国家出版基金项目
NATIONAL PUBLICATION FOUNDATION

西夏学文库

第三辑

著作卷

杜建录　史金波　主编

『十三五』国家重点图书出版规划项目

《述善集》与河南濮阳
西夏遗民研究

杨富学　著

甘肃文化出版社

图书在版编目（CIP）数据

《述善集》与河南濮阳西夏遗民研究 / 杨富学著.
-- 兰州：甘肃文化出版社，2022.12
（西夏学文库 / 杜建录，史金波主编. 第三辑）
ISBN 978-7-5490-2581-7

Ⅰ. ①述… Ⅱ. ①杨… Ⅲ. ①中国文学－古典文学－
作品综合集－元代②《述善集》－研究③濮阳－地方史－
西夏 Ⅳ. ①I214.72②K296.13

中国版本图书馆CIP数据核字（2022）第190935号

《述善集》与河南濮阳西夏遗民研究

杨富学 | 著

策　　划 | 郎军涛
项目统筹 | 甄惠娟
责任编辑 | 何荣昌
封面设计 | 苏金虎

出版发行 | 甘肃文化出版社
网　　址 | http://www.gswenhua.cn
投稿邮箱 | gswenhuapress@163.com
地　　址 | 兰州市城关区曹家巷 1 号 | 730030（邮编）

营销中心 | 贾　莉　王　俊
电　　话 | 0931-2131306

印　　刷 | 西安国彩印刷有限公司
开　　本 | 787 毫米 ×1092 毫米 1/16
字　　数 | 320 千
插　　页 | 12 面
印　　张 | 22
版　　次 | 2022 年 12 月第 1 版
印　　次 | 2022 年 12 月第 1 次
书　　号 | ISBN 978-7-5490-2581-7
定　　价 | 110.00 元

宁夏大学西夏学研究院
中国社会科学院西夏文化研究中心
编

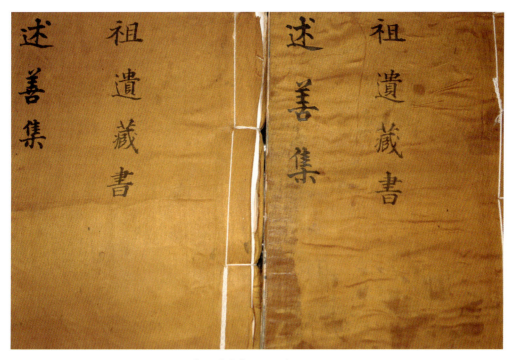

《述善集》甲、乙本封面

濮阳金堤

唐兀杨氏古墓区

唐兀杨氏古墓区碑刻

唐兀杨氏祖茔

唐兀公碑与碑亭

二世祖唐兀闾马墓

三世祖唐兀忠显墓

四世祖唐兀崇喜墓

作者与唐兀杨氏族人合影

濮阳县柳屯镇虎变村千夫长高公家族墓碑

虎变村千夫长高公墓

高公墓出土铜镜

作者与千夫长高公后人合影

1999年复制唐兀公碑揭幕仪式留影

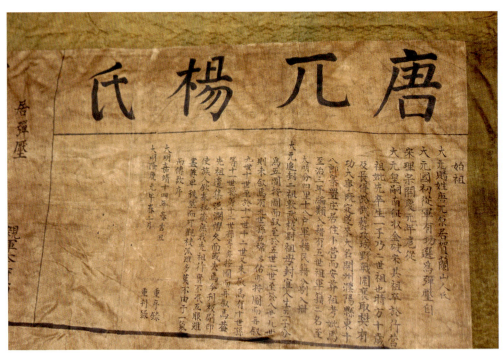

唐兀杨氏世系之图(局部)

百年风雨　一路走来

——《西夏学文库》总序

一

经过几年的酝酿、规划和编纂，《西夏学文库》(以下简称《文库》) 终于和读者见面了。2016 年，这一学术出版项目被列入"十三五"国家重点图书出版规划，2017 年入选国家出版基金项目，并在"十三五"开局的第二年即开始陆续出书，这是西夏学界和出版社共同努力的硕果。

自 1908、1909 年黑水城西夏文献发现起，近代意义上的西夏学走过了百年历程，大体经历了两个阶段：

20 世纪 20 年代至 80 年代为第一阶段，该时期的西夏学有如下特点：

一是苏联学者"近水楼台"，首先对黑水城西夏文献进行整理研究，涌现出伊凤阁、聂历山、龙果夫、克恰诺夫、索弗罗诺夫、克平等一批西夏学名家，出版了大量论著，成为国际西夏学的"老大哥"。

二是中国学者筚路蓝缕，在西夏文文献资料有限的情况下，结合汉文文献和文物考古资料，开展西夏语言文献、社会历史、文物考古研究。20 世纪 30 年代，王静如出版三辑《西夏研究》，内容涉及西夏佛经、历史、语言、国名、官印等。1979 年，蔡美彪《中国通史》第六册专列西夏史，和辽金史并列，首次在中国通史中确立了西夏史的地位。

三是日本、欧美的西夏研究也有不俗表现，特别是日本学者在西夏语言文献和党项古代史研究方面有着重要贡献。

四是经过国内外学界的不懈努力，至 20 世纪 80 年代，中国西夏学界推出《西夏史稿》《文海研究》《同音研究》《西夏文物研究》《西夏佛教史略》《西夏文物》等一系列标志性成果，发表了一批论文。西夏学从早期的黑水城文献整理与西夏文字释读，拓展成对党项民族及西夏王朝的政治、历史、经济、军事、地理、宗教、考古、文物、文献、语言文字、文化艺术、社会风俗等全方位研究，完整意义上的西夏学已经形成。

20 世纪 90 年代迄今为第二阶段，这一时期的西夏学呈现出三大新特点：

一是《俄藏黑水城文献》《英藏黑水城文献》《日本藏西夏文文献》《法藏敦煌西夏文文献》《斯坦因第三次中亚考古所获汉文文献（非佛经部分）》《党项与西夏资料汇编》《中国藏西夏文献》《中国藏黑水城汉文文献》《中国藏黑水城民族文字文献》《俄藏黑水城艺术品》《西夏文物》（多卷本）等大型文献文物著作相继整理出版，这是西夏学的一大盛事。

二是随着文献文物资料的整理出版，国内外西夏学专家们，无论是俯首耕耘的老一辈学者，还是风华正茂的中青年学者，都积极参与西夏文献文物的诠释和研究，潜心探索，精心培育新的科研成果，特别是在西夏文文献的译释方面，取得了卓越成就，激活了死亡的西夏文字，就连解读难度很大的西夏文草书文献也有了突破性进展，对西夏历史文化深度开掘做出了实质性贡献。举凡西夏社会、政治、经济、军事、文化、法律、宗教、风俗、科技、建筑、医学、语言、文字、文物等，都有新作问世，发表了数以千计的论文，出版了数以百计的著作，宁夏人民出版社、上海古籍出版社、中国社会科学出版社、社科文献出版社、甘肃文化出版社成为这一时期西夏研究成果出版的重镇。宁夏大学西夏学研究院编纂的《西夏研究丛书》《西夏文献研究丛刊》，中国社会科学院西夏文化研究中心联合宁夏大学西夏学研究院等单位编纂的《西夏文献文物研究丛书》是上述成果的重要载体。西夏研究由冷渐热，丰富的西夏文献资料已悄然影响着同时代宋、辽、金史的研究。反之，宋、辽、金史学界对西夏学的关注和研究，也促使西夏研究开阔视野，提高水平。

三是学科建设得到国家的高度重视，宁夏大学西夏学研究中心（后更名为西夏学研究院）被教育部批准为高校人文社科重点研究基地，中国社会科学院将西夏学作为"绝学"，予以重点支持，宁夏社会科学院和北方民族大学也将西夏研究列为重点。西夏研究专家遍布全国几十个高校、科研院所和文物考古部门，主持完成和正在开展近百项国家和省部级科研课题，包括国家社科基金特别委托项目"西夏文献文物研究",重大项目"黑水城西夏文献研究""西夏通志""黑水城出土医药文献整理研究",教育部重大委托项目"西夏文大词典""西夏多元文化及其历史地位研究"。

研究院按照教育部基地评估专家的意见,计划在文献整理研究的基础上,以国家社科基金重大项目和教育部重大委托项目为抓手,加大西夏历史文化研究力度,推出重大成果,同时系统整理出版百年来的研究成果。中国社会科学院西夏文化研究中心也在继承传统、总结经验的基础上,制订加强西夏学学科建设、深化西夏研究、推出创新成果的计划。这与甘肃文化出版社着力打造西夏研究成果出版平台的设想不谋而合。于是三方达成共同编纂出版《文库》的协议,由史金波、杜建录共同担纲主编,一方面将过去专家们发表的优秀论文结集出版,另一方面重点推出一批新的研究著作,以期反映西夏研究的最新进展,推动西夏学迈上一个新的台阶。

二

作为百年西夏研究成果的集大成者,作为新时期标志性的精品学术工程,《文库》不是涵盖个别单位或部分专家的成果,而是要立足整个西夏学科建设的需求,面向海内外西夏学界征稿,以全方位展现新时期西夏研究的新成果和新气象。《文库》分为著作卷、论集卷和译著卷三大板块。其中,史金波侧重主编论集卷和译著卷,杜建录侧重于主编著作卷。论集卷主要是尚未结集出版的代表性学术论文,因为已公开发表,由编委会审核,不再匿名评审。著作卷由各类研究项目(含自选项目)成果、较大幅度修订的已出著作以及公认的传世名著三部分组成。所有稿件由编委会审核,达到出版水平的予以出版,达不到出版水平的,则提出明确修改意见,退回作者修改补正后再次送审,确保《文库》的学术水准。宁夏大学西夏学研究院设立了专门的基金,用于不同类型著作的评审。

西夏研究是一门新兴的学科,原来人员构成比较单一,学术领域比较狭窄,研究方法和学术水准均有待提高。从学科发展的角度看,加强西夏学与其他学科的学术交流,是提高西夏研究水平的有效途径。我国现有的西夏研究队伍,有的一开始即从事西夏研究,有的原是语言学、历史学、藏传佛教、唐宋文书等领域的专家，后来由于深化或扩充原学术领域而涉足西夏研究，这些不同学术背景的专家们给西夏研究带来了新的学术视角和新的科研气象，为充实西夏研究队伍、提高西夏研究水平、打造西夏学学科集群做出了重要的贡献。在资料搜集、研究方法和学术规范等方面，俄罗斯、日本、美国、英国和法国的西夏研究者值得我们借鉴学习，《文库》尽量把他们的研究成果翻译出版。值得一提的是，我们还特别请作者，特别是老专家在各自的著述中撰写"前言"，深入讲述个人从事西夏研究的历程，使大家深切感受各位专家倾心参与西夏研究的经历、砥砺钻研的刻苦精神，以及个中深刻的体会和所做出的突出成绩。

《文库》既重视老专家的新成果，也青睐青年学者的著作。中青年学者是创新研究的主力，有着巨大的学术潜力，代表着西夏学的未来。也许他们的著作难免会有这样那样的不足，但这是他们为西夏学殿堂增光添彩的新篇章，演奏着西夏研究创新的主旋律。《文库》的编纂出版，既是建设学术品牌、展示研究成果的需要，也是锻造打磨精品、提升作者水平的过程。从这个意义上讲，《文库》是中青年学者凝练观点、自我升华的绝佳平台。

入选《文库》的著作，严格按照学术图书的规范和要求逐一核对修订，务求体例统一，严谨缜密。为此，甘肃文化出版社成立了《文库》项目组，按照国家精品出版项目的要求，精心组织，精编精校，严格规范，统一标准，力争将这套图书打造成内容质量俱佳的精品。

三

西夏是中国历史的重要组成部分，西夏文化是中华民族文化不可或缺的组成部分。西夏王朝活跃于历史舞台，促进了我国西北地区的发展繁荣。源远流长、底蕴厚重的西夏文明，是中华各民族兼容并蓄、互融互补、同脉同源的见证。深入研究西夏有利于完善中国历史发展的链条，对传承优秀民族文化、促进各民族团结繁荣有着重要意义。西夏研究工作者有责任更精准地阐释西夏文明在中华文明中的地位、特色、贡献和影响，把相关研究成果展示出来。《文库》正是针对西夏学这一特殊学科的建设规律，瞄准西夏学学术发展前沿，提高学术原创能力，出版高质量、标志性的西夏研究成果，打造具有时代特色的学术品牌，增强西夏学话语体系建设，对西夏研究起到新的推动作用，对弘扬中华优秀传统文化做出新的贡献。

甘肃是华夏文明的重要发祥地之一，也是中华民族多元文化的资源宝库。在甘肃厚重的地域文明中，西夏文化是仅次于敦煌文化的另一张名片。西夏主体民族党项羌自西南地区北上发展时，最初的落脚点就在现在的甘肃庆阳一带。党项族历经唐、五代、宋初的壮大，直到占领了河西走廊后，才打下了立国称霸的基础。在整个西夏时期，甘肃地区作为西夏的重要一翼，起着压舱石的作用。今甘肃武威市是西夏时期的一流大城市西凉府所在地，张掖市是镇夷郡所在地，酒泉市是番和郡所在地，都是当时闻名遐迩的重镇。今瓜州县锁阳城遗址为西夏瓜州监军所在地。敦煌莫高窟当时被誉为神山。甘肃保存、出土的西夏文物和文献宏富而精彩，凸显了西夏文明的厚重底蕴，为复原西夏社会历史提供了珍贵的历史资料。甘肃是西夏文化的重要根脉，是西夏文明繁盛的一方沃土。

甘肃文化出版社作为甘肃本土出版社，以传承弘扬民族文化为己任，早在 20 多年前就与宁夏大学西夏学研究中心（西夏学研究院前身）合作，编纂出版了《西夏研究丛书》。近年来，该社精耕于此，先后和史金波、杜建录等学者多次沟通，锐意联合编纂出版《文库》，全力申报"十三五"国家图书出版项目和国家出版基金项目，践行着出版人守望、传承优秀传统文化的历史使命。我们衷心希望这方新开辟的西夏学园地，成为西夏学专家们耕耘的沃土，结出丰硕的科研成果。

史金波　杜建录

2017 年 3 月

序

　　《述善集》是由河南濮阳西夏遗民唐兀氏（杨氏）四祖崇喜于元至正十八年（1358）编成的一部未刊著作集。全书共分"善俗""育材"和"行实"3卷，内收记、序、碑铭、诗赋、题赞、杂著等共75篇，是研究元代西夏遗民十分珍贵的资料。

　　西夏人曾被称为唐兀人或河西人，元代唐兀人不限于党项人，包括原西夏国统治下的党项人、汉人、吐蕃人、回鹘人、鲜卑人、沙陀人、契丹人、鞑靼人等，有如称金朝统治下各民族为汉人、南宋统治下各民族为南人一样。有时狭义上的唐兀人指西夏主体民族党项人。元朝统治者出于军事战争和离散西夏遗民的目的，将他们大量签发为军，或迁到全国各地从事农耕与手工业生产，因此除西夏故地外，今北京、河北、河南、安徽、山东、新疆、江苏、浙江等地都有唐兀人生活的足迹，特别是河南地近西夏，是西夏遗民南迁的第一站，人数更多。西夏亡国前夕，遣精方瓯匦使王立之出使金国。王立之未来得及返回，西夏即已亡国，于是金朝委任他主管西夏降户，并接来其家眷30余口。王立之上言其先世本申州（今河南省信阳市）人，请求辞官回申州居住。金哀宗同意他的请求，令他"以本官居申州，主管唐、邓、申、裕等处夏国降户，给上田千亩，牛具农作"（《金史》卷一三四《西夏传》）。元成宗时"河西之人居郡陵（今属河南省）者万家，号炮手"（苏天爵《滋溪文稿》卷二七《元故参知政事王宪穆公行状》）。今河南濮阳的西夏遗民，只是移居中原西夏遗民的一小部分，由于《述善集》和《大元赠敦武校尉军民万户府百夫长唐兀公碑铭》的发现而闻名于世，由此可见《述善集》的学术价值。

　　20世纪90年代以来，《述善集》得到学界的高度重视，连续召开相关研讨会，出版《〈述善集〉研究论文集》《元代西夏遗民文献〈述善集〉校注》等系列成果。2016年，《西夏学文库》入选国家"十三五"重点出版规划和国家出版基金项目，著作卷除收录近年来国家和省部级项目成果外，还对具有重要学术价值和资料价值的著作补充修订出版，《〈述善集〉校注》就是其中的一种。经与富学教授联系，承蒙慷慨允诺,对原校注本进行了大规模的修订,尤其增补了近年的研究成果。相信该修订本的出版,必将推动辽宋夏金时期各民族交往交流交融研究,为筑牢中华民族共同体意识提供学理支持。

杜建录

2020年10月30日

目　录

前言 ···(001)

上篇:《述善集》校注

校注凡例 ···(011)
序杨氏遗集 ·································· 王崇庆(012)
《述善集》叙 ································ 张以宁(015)
《述善集》目录 ·····························(023)

善俗卷之一 ···(025)
龙祠乡社义约序 ······················ 潘迪(025)
龙祠乡社义约 ············ 唐兀忠显等订、唐兀崇喜笔录(031)
龙祠乡社义约赞 ···················· 伯颜宗道(034)
龙祠乡社义约赞 ······················ 罗逢原(036)
诗一首 ·································· 忠公严(039)
诗一首 ·································· 马淳斋(040)
诗一首并序 ···························· 唐兀伯都(041)
诗一首并序 ···························· 李周臣(043)
诗一首 ·································· 空空道人(045)
诗一首 ·································· 董庸(047)
诗一首并序 ···························· 邓震(048)

诗一首 ·························· 马国驷（050）

五言长诗一首 ·························· 张以宁（051）

自序 ·························· 唐兀崇喜（055）

五言长诗一首 ·················· 程徐书　张翥题（062）

龙祠乡社义约赞 ·························· 曾坚（066）

育材卷之二 ·····························（071）

亦乐堂记 ·························· 潘迪（071）

诗一首 ·························· 张桢（074）

赋一首 ·························· 张以宁（076）

象贤征士亦乐堂诗 ·························· 程徐（082）

诗一首 ·························· 张翥（084）

题杨崇喜亦乐堂诗二首 ·························· 王继善（086）

诗一首并序 ·························· 刘文房（088）

诗一首 ·························· 贾俞（089）

诗一首 ·························· 胡益上（090）

诗一首 ·························· 张士明（091）

诗一首 ·························· 孙子初（092）

诗一首 ·························· 武起宗（095）

亦乐堂铭有序 ·························· 王章（096）

亦乐堂诗 ·························· 广㝢（098）

濮阳县孝义乡重建书院疏 ·························· 张以宁（100）

崇义书院田记 ·························· 程徐（102）

礼请师儒疏 ·························· 潘迪（105）

礼请师儒疏 ·························· 潘迪（106）

有元澶渊官人寨创建庙学记 ·························· 潘迪（108）

自述 ·························· 刘让（114）

报效军储 ·························· 唐兀崇喜（116）

锡号崇义书院中书礼部符文 ·········· 杜秉周（117）

中书礼部护持学校文榜 ···············（121）

崇义书院记 ·························· 张以宁（124）

节妇序 ·························· 伯颜宗道（130）

节妇后序 ……………………………………… 唐兀崇喜（133）

行实卷之三 ……………………………………………（136）

大元赠敦武校尉军民万户府百夫长唐兀公碑铭并序 …… 潘迪（136）

《唐兀公碑》赋诗 ……………………………… 唐兀崇喜（150）

思本堂记 ………………………………………… 潘迪（151）

祖遗契券志 …………………………………… 唐兀崇喜（155）

昆季字说 ………………………………………… 潘迪（156）

顺乐堂记 ………………………………………… 潘迪（158）

敬止斋记 ………………………………………… 潘迪（160）

知止斋记 ………………………………………… 潘迪（164）

知止斋后记 …………………………………… 张以宁（166）

知止斋铭 ………………………………………… 张桢（169）

诗一首 …………………………………………… 睢稼（170）

知止斋箴 ………………………………………… 程徐（171）

唐兀敬贤孝感序 ………………………………… 潘迪（173）

书唐兀敬贤孝感后序 ………………………… 张以宁（177）

诗一首 …………………………………………… 张桢（182）

诗一首 …………………………………………… 睢稼（183）

诗一首 …………………………………………… 程徐（184）

为善最乐 ……………………………………… 唐兀崇喜（185）

观德会 ………………………………………… 唐兀崇喜（187）

观德会跋 ………………………………………… 潘迪（190）

劝善直述 ……………………………………… 唐兀崇喜（191）

赠武威处士杨象贤序 …………………………… 危素（197）

送杨象贤归澶渊序 …………………………… 张以宁（200）

送杨公象贤归澶渊序 …………………………… 陶凯（203）

诗一首 …………………………………………… 魏观（206）

诗二首 …………………………………………… 曾鲁（208）

诗一首 …………………………………………… 李颜（210）

诗一首 …………………………………………… 项驾（211）

诗一首 …………………………………………… 张筹（212）

诗一首 ·············· 陈信之(213)

诗二首 ·············· 张孟兼(214)

伯颜宗道传 ·············· 潘迪(216)

尾题诗 ·············· 佚名氏(224)

《述善集》内容索引 ·····················(225)

下篇:《述善集》与河南濮阳西夏遗民研究

第一章　河南濮阳的西夏遗民 ·············(241)

　　第一节　河南濮阳西夏遗民的来历 ·········(241)

　　第二节　濮阳西夏遗民的社会转型 ·········(246)

　　第三节　濮阳西夏遗民的汉化 ············(248)

　　第四节　濮阳西夏遗民汉化的原因分析 ······(252)

第二章　《龙祠乡约》所见濮阳西夏遗民的乡村建设 ···(254)

　　第一节　《龙祠乡约》的发现与研究 ········(254)

　　第二节　《龙祠乡约》有关乡村建设的条款 ····(255)

　　第三节　《龙祠乡约》与《吕氏乡约》的比较研究 ···(259)

　　第四节　《龙祠乡约》的形成背景与影响 ·····(262)

　　第五节　《龙祠乡约》在中国伦理学史上的地位 ···(265)

第三章　从《述善集》看宋元理学对濮阳西夏遗民的影响 ·····(270)

　　第一节　元代濮阳西夏遗民的忠孝思想 ······(271)

　　第二节　元代濮阳西夏遗民的中庸与善乐思想 ···(274)

　　第三节　元代濮阳西夏遗民之贞节观 ········(277)

　　第四节　元代濮阳西夏遗民理学观形成之原委 ···(279)

　　第五节　《述善集》在中国理学史上的地位 ····(285)

第四章　《述善集》与崇义书院 ·············(288)

　　第一节　濮阳西夏遗民的尚儒意识 ·········(289)

　　第二节　崇义书院的形成 ···············(291)

第三节　关于崇义书院的若干问题 ……………………………（294）

第五章　《述善集》所见哈剌鲁人伯颜宗道事迹 ……………（296）
　　第一节　《述善集》对伯颜宗道的记载 ……………………（296）
　　第二节　伯颜宗道的两则佚文 ………………………………（300）
　　第三节　哈剌鲁人在元代的活动 ……………………………（302）
　　第四节　《述善集》对元末农民战争的反映 ………………（304）

第六章　元代理学与色目进士仕宦之死节现象 ………………（306）
　　第一节　元末"仗义死节"的色目进士 ……………………（306）
　　第二节　为元朝死节的色目仕宦 ……………………………（310）
　　第三节　色目人为元朝死节的历史原委 ……………………（313）
　　结语 …………………………………………………………（319）

参考文献 ………………………………………………………（320）
后记 ……………………………………………………………（335）

前　言

　　西夏是古代党项羌人以宁夏为中心建立的封建割据政权。党项本为一小部族,几经迁徙,于陕北建立了割据政权。安史之乱爆发后,归附于唐朝的西夏残部内迁到灵(今宁夏自治区灵武县)、庆、银(今陕西省米脂县)、夏(今陕西省靖边县)等州境内。唐末,以镇压黄巢起义之功,其首领拓跋思恭被授予夏州定难军节度使之职,统辖着今陕北无定河流域的榆林地区。从唐末到五代,藩镇割据,中原板荡,夏州西夏政权偏居一隅,乘机壮大自己的实力,成为与中原对峙的割据政权。在李继迁、李德明、李元昊祖孙三代的统治之下,夏州西夏政权东抗宋朝,保住原有领地;西攻回鹘和吐蕃,将其势力推进到河西走廊,控制了"丝绸之路"的交通枢纽。

　　宋仁宗宝元元年(1038),元昊经过改姓建制、创立文字、秃发易服等一系列准备之后,正式建立大夏国,都兴庆府(今宁夏自治区银川市)。统治区域相当广大,奄有今宁夏全部、甘肃大部、陕西北部和青海、内蒙古的部分地区。西夏国从景宗元昊到末主睍共传10帝,历时190年。先后与宋、辽、金等政权并存成掎角之势,又与回鹘、吐蕃等势力发生摩擦,历经战和交替、变乱兴衰,终于在1227年被蒙古汗国所灭。西夏灭亡后,境内的西夏人散居到漠北、西域、青藏高原及中原诸地。河南濮阳的西夏遗民就是其中的一支。

　　元人从大一统的史观出发纂修辽、宋、金三史,将三个朝代置于平等的地位,这是颇具历史眼光的。但独不为西夏写出一部分量同样足观的纪传体专史,只在三史的外国传中以少许篇幅专载西夏史事:116卷的《辽史》只有《西夏外记》1卷,135卷的《金史》仅有《西夏传》1卷,《宋史》以卷帙浩繁著称,全书达496卷,其《夏国传》也只有上、下两卷。以此之故,西夏史实与典章制度遂致湮灭亡佚,造成不可挽救的损失。至于清人吴广成撰《西夏书事》、张鉴撰《西夏纪事本末》、周春撰《西夏书》及民国戴锡章撰《西夏纪》等,从严格意义上讲,是不能作为史料来使用的。所以,发掘、研究各种新涌现出来的史料,成为西夏及其遗民研究中至为关键的工作。1985年河南濮阳发现的《述善集》手抄本,就是新发现的研究元代西夏遗民历史的极具重要价值的新资料。

《述善集》是由濮阳西夏遗民唐兀氏(杨氏)四祖崇喜于元至正十八年(1358)编成的一部未刊著作集。从集中看,唐兀崇喜(1300—1372年以后某年)为元末儒士,为逃避元末红巾军起义而避居京师10年,与在京名士潘迪、张以宁等过从甚密。在农民军失败后,崇喜又返回濮阳,决心振兴乡风,发展家乡教育事业,兴建孔庙,订立《龙祠乡约》,创办崇义书院等,名声大振。因此四方文人墨客路过濮阳,往往有诗词曲赋相赠,多是对唐兀氏(杨氏)家族先祖业绩的褒扬。崇喜将其汇编成册,命名为《述善集》。以后又有续补,增入崇喜新撰诗文及新得到的赠文、赠诗。最迟者为明洪武五年(1372)陶凯所撰《送杨公象贤归澶渊序》和唐兀崇喜撰《劝善直述》。现存抄本2件,保存完好,全书共分"善俗""育材"和"行实"3卷,内收记、序、碑铭、诗赋、题赞、杂著等共75篇,保存了极为丰富、异常珍贵的元代濮阳西夏遗民资料。此书杨氏(唐兀氏)家族珍藏600余年,从不轻易示人。近期,杨氏家族愿意将《述善集》贡献给社会,笔者喜得良缘,获准研究并刊布这一重要著作。

河南濮阳的西夏遗民后裔有5000多口,集中居住在濮阳城东约50里处柳屯乡的杨十八郎、西杨十八郎、南杨庄、东杨庄、刘庄、焦村、单十八郎、季十八郎、大寨、清河头、小集、陈庄等十余个自然村中,均为杨姓。他们都是西夏遗民的后裔,这不仅有碑文为证,而且有家谱可稽。

西夏遗民之徙居河南,史籍少有记载,仅有《述善集》抄本对其有着明确记载。杨崇喜在至正二十七年(1367)写的自序中说:"余杨其姓,世居宁夏之贺兰山。"一些文人士大夫赠送的诗文,或说"若祖来西夏,澶乡卜震居",或说"与君同是贺兰人,柳色都门别意新",或说"英英西夏贤,好古敦民彝,几世家濮阳,尔兹风土宜"。这些诗虽未说明他们祖籍确系何处,但明确指出了他们是西夏人。值得注意的是,张以宁所撰《崇义书院记》中称这批西夏遗民"繇河西,下江左,还侨于澶,即今开州之濮阳也",说明他们来自河西;而危素撰《赠武威处士杨象贤序》则进一步具体到河西的武威。

从《述善集》的记载可以看出,濮阳西夏遗民的始祖为唐兀台(?—1257),在殁于军中之前,并未涉足河南。碑载唐兀台去世时,其子闾马(1248—1328)方10岁,而闾马生于1248年,说明唐兀台应死于1257年。始来河南者为闾马,此人参加过元军于1268—1273年攻取襄阳、樊城的战役。在元灭宋后,始定居于河南濮阳地区。

该书具体地记录了西夏遗民汉化的进程。濮阳西夏遗民的汉化,在《述善集》中反映甚多。其姓名的汉化最为明显。从始祖唐兀台到三世达海(1280—1344),专用赐姓唐兀。四世崇喜则唐兀与杨氏并用,但公开场合多用赐姓,私下则多用杨姓。从五世以后迄今之第二十八世,独用杨姓,再未发现以唐兀为姓氏者。崇喜在太学读过书,受过汉文化的熏陶,便取字象贤。流风所及,他的13个兄弟也"因象贤之字类推以代其名",分别取字为思贤、师贤、齐贤、敬贤、继贤、好贤、尚贤、绍贤、居贤、希贤、志贤、惟贤、世贤。与汉人的名字已完全相同。

其生活习俗的汉化也在《述善集》中多有记载。闾马在迁居濮阳之初,即"卜茔于本宅之西北堤南道北爽垲之地,亲茔冢圹,栽植柏杨,乃迁其祖考妣而葬焉"。三世达海将坟地由一亩扩为十亩,再扩为二百余亩,收入专供祭祀之用。四世崇喜放弃功名,守丧葬母,并为其先人立碑刊石。这些举动和汉族士绅已经毫无二致了。

濮阳西夏遗民非常重视儒学。自闾马移居濮阳开始,子孙三代相继筹建义学,至正十三年(1353)义学终于落成,并置学田近五百亩,聘请唐兀彦国任教,学生逾五十人。闾马"尝言:'宁得子孙贤,莫求家道富'。常厚礼学师以教子孙,乡人家贫好学者,悉为代其束脩礼"。杨崇喜于至正九年(1349)鸠工庀匠,建造大成至圣文宣王之殿。红巾军起义爆发后,杨崇喜"献粟五百石,草一万束以助殄寇之资,不求名爵,求赐崇义书院之号",得到了中书礼部的行文嘉奖。

对杨氏家族创办崇义书院之举,《述善集》更是多方记载。张以宁撰《濮阳县孝义乡重建书院疏》、潘迪撰《有元澶渊官人寨创建庙学记》、张以宁撰《崇义书院记》、程徐撰《崇义书院田记》《锡号崇义书院中书礼部符文》《中书礼部护持学校文榜》及潘迪撰《礼请师儒疏》(二篇)等文,把唐兀氏三代人建立书院的经过,包括筹资建房、学堂面积、学田亩数、申报呈文、赐号崇义书院的批文、礼请教师等一系列情况都记录在案。这些是我们迄今所见最完整的原始的元代书院记录,是研究元代教育,尤其是西夏遗民教育的不可多得的宝贵资料。

濮阳西夏遗民与汉族及其他民族长期友好相处,这在《述善集》也有较多的反映。据《述善集》卷三所收潘迪《大元赠敦武校尉军民万户府百夫长唐兀公碑铭并序》及《杨氏家谱》载,一世唐兀台之妻为九姐,族属不详。二世闾马之妻为哈喇鲁氏。三世弟兄五人,其中四人妻为汉族,仅买儿一人娶乃蛮氏。四世昆仲十四人,其中卜兰台娶旭申氏,换住娶哈喇鲁氏,不老娶怯烈氏,广儿娶旭申氏,拜住亦娶旭申氏,余九人之妻均为汉族。五世弟兄更多,仅理安娶哈喇鲁氏,童儿娶乃蛮氏。随着这支西夏遗民汉化程度的不断加深,自六世以后,其娶妻已全部为汉族。其汉化的进程进一步加快了。

《述善集》收录的《龙祠乡社义约》,是迄今所见我国最为古老的少数民族乡规民约,系至正元年(1341)由三世祖唐兀忠显与千夫长高公及邻近村社的"年高有德、才良行修者"共同议定的。全约共15款,1072条,"凡可行之事,当戒之失,悉书于籍,使各遵而由之。其在约者,死丧、患难、救济之礼,德业、过失、劝惩之道,历举而行,熟年有成,四方来观,皆慕且仿",说明该约在当时有着相当大的影响。通过比较研究,我们不难看出,《龙祠乡社义约》直接脱胎于吕大钧于北宋熙宁九年(1076)制定的《蓝田吕氏乡约》,但在表述方式上有较大改变,反映出宋代张载、程朱理学及元代许衡理学对西夏遗民的深刻影响。明代著名理学家王阳明于正德十三年(1518)制定的《南赣乡约》,其中就不乏《龙祠乡社义约》的影子,说明《南赣乡约》的制定应直接或间接地受到过《龙祠乡社义约》的影响,体现了《龙祠乡社义约》在中国伦理学史上的重要地位。

《述善集》保存的为数丰富的元末明初佚诗、佚文,更是我国古代文学史上的遗珍。《述善集》共收录各种体裁的文章与诗赋75篇。其中,文章41篇,包括序、记、赞、说、碑铭、箴、志、符文、榜文、疏、传等,诗、赋有34篇。涉及作者41人。其中,潘迪14篇,唐兀崇喜8篇,张以宁7篇,程徐5篇,王崇庆、张翥、张祯、睢佳各2篇,其余32人各1篇。在41人中,身世清楚并具有较高社会地位、社会声望者大致有16人。其中,张翥、张祯、伯颜宗道在《元史》中都有专传,张以宁、程徐、王崇庆、张孟兼、陶凯、张筹、危素、曾鲁、魏观在《明史》中各有传,其他如潘迪、项驾、唐兀崇喜、曾坚在地方史志中都见于记载,说明他们都是显赫一时的人物。其中,张以宁有《翠屏集》,张翥有《蜕庵词》《蜕岩词》,张孟兼有《白石山房遗稿》,程徐有《积斋集》,王崇庆有《端溪文集》,危素有《危太朴集》,魏观有《蒲山集》《蒲山牧唱》等传世。值得注意的是,《述善集》所收之文在各人文集中均未见收录。《述善集》的再度问世,使这些名人的作品得以再行于世。

此外,唐兀崇喜撰写的《祖遗契券志》是罕见的元代整理家藏契约档案的珍贵记录;很可能出自潘迪之手的《伯颜宗道传》更是详尽记录了唐兀崇喜姻家、哈刺鲁著名理学家伯颜宗道的生平事迹,也反映了元末农民战争在河南濮阳一带的情况。

总之,《述善集》对研究元代河南濮阳西夏遗民的历史、文化、习俗及其他相关问题具有非常重要的价值。

1998年3月,春寒料峭,时任濮阳县文化局副局长的焦进文先生携《述善集》

甲乙两种本子的复印件来兰州,请我鉴定《述善集》的学术价值。据焦先生言,他此前曾将该文献展示给当地及全国的多位学者,但得到的答复大多是价值不大,有的甚至言其毫无价值,颇感失望。后得知笔者粗知西夏学与历史文献学,故而不远千里赴兰州,希望我从历史学、文献学的角度对这一文献的学术价值做出适当的评判。

如前所言,由于历史的原因,西夏传世文献本来就非常稀少,关于元代西夏遗民的文献更少,《述善集》中含有如此丰富的元代西夏遗民资料,非常难得,自然十分珍贵,根本不是什么有无价值的问题。据笔者所知,今存世的元代西夏遗民文集仅有余阙(1303—1358)所撰《青阳集》九卷。余阙,字廷心,一字天心,庐州(今安徽省合肥市)人。元统元年(1333)进士及第,至正十二年(1352)以淮西宣慰副使、都元帅府佥事之身份驻守安庆,镇压红巾军,与之激战百余次,于至正十八年(1358)春以城池失守自刎而死,时年五十六,谥忠宣。遗著《青阳集》前八卷由门人郭奎所辑,含诗一卷、文七卷,卷九为张毅续辑诗文,明、清、民国时期多有刻本传世。而《述善集》仅有两件手抄本传世,其珍贵程度自不待言。

焦进文先生长期在濮阳县担任文化、宣传领导工作,谙熟濮阳历史文化及其掌故,与杨氏家族更是多有接触,比较了解西夏后裔唐兀氏的历史和现状。受其重托,我开始着手整理研究这一珍贵文献。

为了进一步推动学术界对《述善集》及与之相关元代西夏遗民的研究,在中共濮阳县委宣传部、濮阳县人民政府的支持下,1997年4月24日,在濮阳县柳屯镇召开"唐兀氏家乘及《述善集》第一次学术研讨会"。这次会议仅有当地学者参加,属于小型座谈会。继之,由焦进文先生和笔者具体策划,于1999年4月24日在濮阳县柳屯镇举办了"唐兀氏家乘及《述善集》第二次学术研讨会"。与会者除我们二人及濮阳当地学者和相关人士外,尚有河南大学朱绍侯教授,中国社会科学院白滨研究员,宁夏大学王天顺教授、张迎胜教授,西北师范大学李清凌教授,另外,河南大学刘坤太教授提交了论文,但因故未能与会。会议收到论文十余篇,以此为基础,我们再进一步搜求各种报刊上发表的相关文章,择其精要者,将其与会议论文汇于一帙,由濮阳县文化局何广博局长任主编,编成卷帙不大却富有参考价值的《〈述善集〉研究论文集》。除朱绍侯、白滨先生撰写的序言外,文集共收论文20篇。大致可分为三组:第一组专论《述善集》诸文献;第二组为濮阳西夏遗民研究;第三组则论述濮阳以外诸地元代的西夏遗民。该书于2001年由甘肃人民出版社刊行。

与《〈述善集〉研究论文集》同时由同一出版社刊行的还有我和焦进文先生合

署的《元代西夏遗民文献〈述善集〉校注》。当时的标点、校注及后期的出版工作均由笔者负责,其余诸务由焦先生负责。校注本出版时,焦先生坚持不署名,但考虑在那个时代筹措出版经费是一件非常困难的事情,加上焦先生为《述善集》的弘扬工作煞费苦心,不惮劳烦,四处奔走以推动工作,而且他对《述善集》本身也有研究,为其价值的最早发掘者,故而我还是坚持将其署名为第一作者。

值得庆幸的是,在社会的多方关注下,《唐兀公碑》与《述善集》作为整体于2019年10月16日被国务院公布为第八批全国重点文物保护单位。笔者的名字也有幸被写入杨氏族谱之中。《述善集》所收张以宁言杨氏家族"善恶书诸籍,劝惩俱有章",当此谓也。

《述善集》所收诗文出自多人之手(涉及作者41人),文风不一,而且引用典故极多,尤以"四书五经"、宋元理学诸内容贯穿始末。初读其书,第一感觉就是如堕五里雾。不得已,从1998年春节至2000年冬,天天在甘肃省图书馆,翻阅张载《张载集》,程颢、程颐《二程集》,朱熹《四书章句》,阮元校刻《十三经注疏》,黄宗羲《宋元学案》,陈来《宋明理学》,赵吉惠等主编《中国儒学史》,陈谷嘉、邓洪波主编《中国书院史资料》,邱树森主编《中国历代职官辞典》,朱贻庭主编《伦理学大辞典》等也就成为三年学术生活之日常。彼时尽管尽了最大的努力,但由于学识有限,加上手头资料不完备,所以出现的问题还是不少的,首先是破句、讹误之处不在少数;其次是很多典故未能查明出处,没有出注,不便于读者理解;其三是对有些史实缺乏细致了解,对具体问题的探讨有待深入。借本次重新校勘之机,上述问题一并尽量予以处理。对新涌现出来的学术成果,本校注尽量予以吸纳,以反映学术之进展。新增加校记百余条,乃二十余年来阅读《述善集》及相关文献的新收获。这里要特别感谢问永宁、朱巧云二位,他们针对《元代西夏遗民文献〈述善集〉校注》提出的商榷意见,有助于笔者纠正原书稿中的不少疏失。[①]

校注文字就一般规则而论,显得有点繁琐了,不少内容原本都是可以一笔带过的,还有一些注文无必要,但濮阳杨氏族人对于《述善集》一书极为看重,出于阅读之需,提出要求,希望在校注时尽可能详备,尤其是对史实、典故要尽量详明,故而笔者在校注时力求周全,如孔子、孟子、韩愈、柳宗元、二程、朱熹等,都一一出注。出于对杨氏族人的尊重,新校本尽量予以保留,但删除了重复内容。与《元代西夏遗民文献〈述善集〉校注》相比,本书还删除了原校注本中学术价值并

---

① 问永宁:《〈元代西夏遗民文献〈述善集〉校注〉标点献疑》,《社科纵横》2009年第6期,第99—100页;朱巧云:《关于〈述善集〉所收张以宁诗文的几个问题》,《宁夏大学学报》(人文社会科学版)2006年第5期,第79—81页。

不大的《杨氏家谱资料》和其他多种附录，同时副以笔者二十余年间研究《述善集》的一些成果，作为本书的下篇。校注与研究互为表里，有助于读者更全面理解本书的内容。

不幸的是，焦进文先生在《元代西夏遗民文献〈述善集〉校注》出版（甘肃人民出版社，2001年）不久即于2004年罹患中风而长期卧床不起。2018年6月，我带领研究生胡蓉、熊一玮、闫珠君一行四人再次赴濮阳考察时，在十八郎村耆老杨美贵、村主任杨学景先生关照下，对《述善集》甲乙本进行了扫描，然后前往探视焦进文先生病情，并商议校注本修订事。但彼时先生已完全不省人事，家人嘱我自行处理。随后再与先生联系，得到不幸消息，先生已于2019年驾鹤西归。呜呼哀哉！考虑到焦先生有言在先，而且校注修订本未经先生寓目，文责当自负，不便擅署其名。谨以此书告慰先生在天之灵。

上篇 《述善集》校注

校注凡例

一、本校注采用的两件抄本均藏于河南省濮阳县柳屯乡杨十八郎村杨存藻家,为行文方便,简称甲本、乙本。

二、对《述善集》卷三所收《大元赠敦武校尉军民万户府百夫长唐兀公碑铭并序》的校勘,兼采唐兀崇喜于至正十六年(1356)勒立的碑刻,简称《唐兀公碑》;《述善集·伯颜宗道传》系正德十六年(1521)据《正德大名府志》卷一○《文类》所收《伯颜宗道传》辑入,故《正德大名府志》本应为原本,校注时简称"《大名府志》本"。

三、《述善集》所载人事涉及地域广阔(西起中亚,东到山东),民族众多(除党项族、汉族、蒙古族诸族外,还有哈剌鲁、乃曼、怯烈、钦察等),诗文出自多人之手(涉及作者41人),道家、儒家思想,尤其是宋元理学思想在集中多有反映,并且引用有大量的典故,加上抄本本身的错讹乖舛不少,对一般读者来说,都存在这样那样的阅读困难。针对这些情况,我们采纳河南濮阳杨氏家族的建议,校注尽可能详细,一些可注可不注的文字,也都尽量出注。

四、校勘中对照各本文字异同,择善而从。校注中主要的异文都已录出,但少数不太重要的,如原文抄错,但已加乙正符以及同字异写之类就省略了。

五、录文时,凡注释性的文字,用圆括号( )标明;凡拟补之字,均以方括号[ ]注明。

六、注文较长者,一般不复出,必要时以见××页【校注】〔×〕标明之。内容较短者不受此局限。

七、为便于检索,上篇之末附"《述善集》内容索引",主要收录比较重要的人名、地名、职官及其他术语。

序杨氏遗集

王崇庆〔一〕

端溪子〔二〕曰："吾尝读杨氏集而知人性之本善〔三〕也。"夫氏也,生于贺兰〔四〕,迁于濮阳〔五〕,里于榆林〔六〕,派衍于元,云仍〔七〕于明,何其盛也。然而是西夷〔八〕之人也,夷之变于夏〔九〕者也。故君子以为善变也。是故,吾于"思本"见其祭焉,于"顺乐"见其养焉,于"敬止"〔十〕见其履焉,于"观德"见其射焉,于《乡约》见其邻焉,于"为善最乐"〔十一〕见其所慕焉。故读其集之后,又知是集之可训也。

【校注】

〔一〕王崇庆:生于1484年,卒于1565年,字德徵,号端溪子,明代开州人(今河南省濮阳县),正统年间(1436—1449)进士,明代著名学者,以勇于直谏而闻名于当时。历任户部主事、四川布政使、南京太常卿、礼部侍郎、南京吏部尚书等职,著有《海樵子》《周易议卦》《山经释义》《书经说略》《元城语录解》《南京户部志》《诗经衍义》《礼记约蒙》《春秋析义》《五经心义》《端溪集》等,并于嘉靖年间(1522—1566)纂修《开州志》十卷。另据同时代人田汝成记载,他还曾任南京户部尚书。①

〔二〕端溪子:王崇庆号。

〔三〕人性之本善:这一性善论观点是战国时代思想家孟子首先提出来的。孟子认为:"人之性善也,犹水之就下也,人无有不善,水无有不下。"②"性善"就是人有善良的本性。孟子认为人先天就有恻隐、羞恶、辞让、是非之心,这些是仁、义、礼、智的萌芽。

〔四〕贺兰:即贺兰山。该山位于阿拉善高原和银川平原之间,大致呈南北走

---

① [明]田汝成:《西湖游览志余》卷十三《才情雅致》,上海:上海古籍出版社,1998年,第209页。
② 杨伯峻:《孟子·告子章句上》,北京:中华书局,1960年,第253页。

向,延伸约200公里,东西宽20~26公里。以中段山体为高,山脊海拔多在2000~2500米之间,峰峦苍翠,崖壁如削。主峰敖包疙瘩海拔高3556米。该山正处于古代农耕民族与游牧民族的交接地带,在历史上充当着中原地区防御北方游牧民族的重要屏障。横贯山间的许多谷口,平时是贸易交通的孔道,战时就成了兵家必争的军事重地。西夏首都兴庆府就背靠此山而建。① 贺兰山的得名,一般认为因"山有树木青马,望如驳马,北人呼驳为贺兰"。② 宝音德力根认为汉初今贺兰山一带有驳马—贺兰部驻牧而得名,意为"贺兰人的山"。③ 白玉冬认为"贺兰"是古突厥语驳马ala-hala复数形式alan-halan的音译;驳马部别名曷剌,是古突厥语ala-hala的复数形式alat-halat的音译;古突厥语ala-hala最初是斑驳色马匹之义,后衍生出斑驳色之义。④

〔五〕濮阳:古称帝丘,地处黄河之滨,历史悠久,文化灿烂,三皇五帝中有四人活动在这一地区,而颛顼、帝喾均建都于此。后来又为诸侯之国,至秦始称濮阳。晋咸宁三年(277)改东郡置国,治所在濮阳(今河南省濮阳县西南)。辖境相当于今河南滑县、濮阳、范县,山东郓城、鄄城等地。西晋末改为郡。北魏移治鄄城(今山东省鄄城县北)。隋初废置,称其地为澶渊。唐改澶州,在天宝、至德年间又曾改濮州为濮阳郡。金名开州,逮至中华人民共和国成立后,复名濮阳。

〔六〕里于榆林:榆林指陕西北部无定河流域的榆林市。唐末,党项首领拓跋思恭以镇压黄巾军之功,而被授予定难军节度使职。赐姓李,统辖榆林地区。

〔七〕云仍:亦作"云礽",泛指远孙。《尔雅·释亲》:"晜孙之子为仍孙,仍孙之子为云孙。"郭璞注:"言轻远如浮云。"明朱谋玮《骈雅·卷三·释名称》:"孙之子,一世为曾孙,二世为元孙,三世为来孙……六世为云孙。"

〔八〕西夷:古代指我国西部地区的部族。

〔九〕夏:原指黄河中下游地区的夏部落,后指代华夏族,即汉族。

〔十〕敬止:敬仰。《诗经·大雅·文王之什》:"穆穆文王,於缉熙敬止。"朱熹注曰:"敬止,言其无不敬而安所止也。"⑤ 郑玄注:"缉熙,光明也。此美文王之德光

① 许成、汪一鸣:《西夏京畿的皇家林苑——贺兰山》,《宁夏社会科学》1986年第3期,第80—85页;许成:《宁夏考古史地研究论集》,银川:宁夏人民出版社,1989年,第69—78页;鲁人勇、吴忠礼、徐庄:《宁夏历史地理考》,银川:宁夏人民出版社,1993年,第340—342页。

② 郑彦卿:《"贺兰山"释疑——兼论贺兰山名称之由来》,《固原师专学报》(社会科学版)2000年第4期,第50—51页。

③ 宝音德力根:《"驳马—贺兰部"的历史与贺兰山名称起源及相关史地问题》,《中国历史地理论丛》2007年第3期,第8—11页。

④ 白玉冬:《"贺兰"释音释义》,《中国历史地理论丛》2020年第1期,第119—128页。

⑤ [南宋]朱熹:《四书章句集注·大学章句》,北京:中华书局,1983年,第5页。

明,敬其所以自止处。"

〔十一〕为善最乐:东汉东平宪王刘苍语。刘苍为显宗同母弟,拜骠骑将军,位三公。一日,皇帝问东平宪王何等最乐,王言:"为善最乐。"①

嗟呼! 杨之先人,君子以为善变固也。继自今,为其后人,宜何如而可也? 亦曰:"谨率乃祖,勿变乃训。"则亦庶几之矣。杨氏世系与其官司〔一〕,见本集。因序其概,使归藏之。

时大明嘉靖岁丁酉(1537)夏四月四日开州〔二〕端溪子王崇庆序。

【校注】

〔一〕官司:乙本无"司"字。官司,旧时返称官吏或政府。《左传·定公四年》:"官司彝器。"杜预注:"官司,百官也。"此处指唐兀家族成员的任官事迹。

〔二〕开州:州名。金皇统四年(1144)改澶州置。治所在濮阳(即今河南省濮阳县)。辖境相当于当今河南濮阳、清丰、长垣、范县西北部。明代略有缩减,清不辖县。1913年改为县。

---

① [宋]范晔:《后汉书》卷四二《东平宪王传》,北京:中华书局,1965年,第1436页。

《述善集》叙[一]

张以宁[二]

《述善集》者,纪唐兀[三]崇喜象贤氏世德行事之实,而象贤[四]汇录之册,示不忘也。记、序、碑名[五]、字说、诗文、杂著,凡为篇二十九[六]。其十有二,皆故礼部尚书[七]魏郡[八]潘先生作,余则佥宪[九]愚庵颜先生[十]洎名荐绅[十一]、逢掖[十二]之为辞,象贤所自著,而中书[十三]礼部[十四]、郡侯、县大夫之旌劝而褒嘉者咸在焉。予受而读之,叹曰:象贤之先,自贺兰而澶渊[十五],为善之积,盖四世矣。

【校注】

〔一〕述善集叙:此文又收录于张以宁撰《翠屏集》卷三(《四库全书·集部·别集类》),作"述善集序"。

〔二〕张以宁:生于1301年,卒于1369年,字志道,以其居于古田翠屏山下,被尊为翠屏先生,古田人(今属福建省),在《述善集》中自称晋安(今福建省福州市)人,晋安当为郡望。元泰定丁卯(1327),以《春秋》举进士。顺帝征为国子助教,累至翰林侍读学士,知制诰。入明,例徙南京,召为翰林学士、知制诰,兼修国史。博学强记,以"小张学士"知名当世。曾两次出使安南(今越南),卒于归国途中。传世作品有《翠屏集》四卷、《张翰讲集》一卷、《春王正月考》。《明史》卷二八五有传,《宋元学案》卷六四亦有传。

〔三〕唐兀:或作"唐古""唐古特",一般认为是元代蒙古语对"党项"一词的音译。王国维《鞑靼考》说:"唐古亦即党项之异译。"①《新元史·氏族表》说:"唐兀氏,故西夏国。太祖平其地,称其部众曰唐兀氏。"②

---

① 王国维:《鞑靼考》,《观堂集林》卷一四,北京:中华书局,1959年,第650页(收入《王国维论学集》,北京:中国社会科学出版社,1997年,第144页)。

② 柯劭忞:《新元史》卷二九《氏族表下》,北京:中国书店,1988年,第127页。

〔四〕象贤:唐兀崇喜,字象贤。

〔五〕名:甲乙本同,通"铭"。

〔六〕此言二十九篇,未详其何所指。原目录列出的有三十篇,书中还有不少内容未入目录。抑或我们所见到的抄本已与原书有别,未可知也。

〔七〕礼部尚书:官名。北魏始置,为礼部之长官。隋朝设一人,属尚书省,正三品,为中央行政机构六部之一礼部的最高行政长官,掌礼仪、祭祀、宴享及学校之教令,总判部署各司事。自此地位提高,历代相沿不变。元朝改属中书省,初设二员,后来又增加一员,领会同馆事,共三员,正三品。

〔八〕魏郡:汉高祖十二年(前195)置。治所在邺县(今河北省临漳县西南)。辖境相当于今河北大名、磁县、涉县、武安、临漳、肥乡、魏县、邱县、成安、广平、馆陶,河南滑县、浚县、内黄及山东冠县等地。东汉末曾为冀州治所。其后辖境屡有变迁,北周大象初移治安阳。隋开皇初废。大业初改相州为魏郡。此处应指元代元城(今河北省大名县东)。

〔九〕佥宪:礼仪院同佥的尊称。

〔十〕愚庵颜先生:指伯颜宗道(1292—1358)。宗道,元代开州月城人,哈剌鲁氏,一名师圣,字宗道,号愚庵。至正四年(1344),以隐士征至京师,授翰林待制,参加《金史》的撰写,书成后辞归,在家乡讲学。至正十七年(1357),刘福通率领的红巾军攻占大名(今河北省大名县东)、曹(今山东省菏泽市)、濮(今河南省濮阳县)、卫(今河南省汲县)等地,伯颜遂与族人、学生等渡漳河北上,于彰德(今河南省安阳市)修筑堡垒,与红巾军抗衡,失败后被刘沙二俘获而死。死时的年龄,《元史》卷一九〇《伯颜宗道传》载为年六十四,而《述善集·伯颜宗道传》称其享年六十七。此处采后者。伯颜平生修辑《六经》,著述不少,多毁于兵。仅有《节妇序》及《龙祠乡社义约赞》两篇因被收录于《述善集》才有幸存至今日。鲁殿灵光,弥足珍贵。①

〔十一〕荐绅:即搢绅、缙绅,古代高级官吏的装束,亦指有官职或做过官的人。荐,通"搢"。

〔十二〕逢掖:甲乙本皆作"逢掖",不词。观四库本《翠屏集》卷三作"逢掖",意为"儒生"。是,径改。

〔十三〕中书:为中书省或中书门下的简称,官署名。三国魏文帝初年始置,为掌管机要、出纳政令奏章的宫廷机构。隋唐时代,中书省(隋改名为内史省、内

---

① 杨富学:《元代哈剌鲁人伯颜宗道事文辑》,《文献》2001年第2期,第76—88页(收入氏著《中国北方民族历史文化论稿》,兰州:甘肃人民出版社,2001年,第257—268页)。

书省)与门下、尚书并称三省。元朝罢三省制,唯以中书省为全国最高行政机构,总领百官,综理政务,与枢密院、御史台分掌全国行政、军事、监察,职权极重。长官中书令多委任皇太子,不常设,由左、右丞相及平章政事总领朝政,皆为宰相。下设吏、户、礼、兵、刑、工六部,分治政务,各设尚书、侍郎、郎中、员外郎等。又设诸行中书省,为派出机构,分领各地政务、军务。

〔十四〕礼部:官署名。北魏始置,隋朝以后成为中央行政机构六部之一,掌管五礼之仪制及学校贡举之法。金朝设尚书、侍郎、郎中、员外郎、主事等官,掌礼乐、祭祀、燕享、学校、贡举、仪式、符印、表疏、册命、祥瑞、庙讳、释道、四方客使、诸国进贡、犒劳张设等事。元世祖中统元年(1260),以礼部、吏部、户部为左三部。至元元年(1264),分置吏礼部。至元十三年(1276)定制,礼部自成一家,设尚书三员,下设侍郎、郎中、员外郎等,辖侍仪司、拱卫直都指挥使司、仪凤司、教坊司、会同馆等。

〔十五〕澶渊:本为古湖泊名,又称繁渊。故址在今河南省濮阳县西。春秋时属卫国。公元前553年,晋齐等诸侯"盟于澶渊",即此地。北宋景德元年(1004),辽宋会盟于澶州(今河南省濮阳县南)。因澶州又名澶渊郡,故曰"澶渊之盟"。另外,春秋时代,安徽萧县砀山间亦有一名曰"澶渊"的古代聚邑。

夫其龙祠乡社有约,蓝田〔一〕吕氏之范〔二〕也;精舍〔三〕论堂曰"崇义",曰"亦乐〔四〕",睢阳〔五〕戚氏〔六〕之规也;祀先之室曰"思本",肄业之斋曰"敬止〔七〕",曰"知止〔八〕",则紫阳家礼〔九〕、横渠〔十〕砭愚〔十一〕之训也。

【校注】

〔一〕蓝田:地名,即今陕西蓝田县。初置于秦献公六年(前379),治所在今陕西省蓝田县西南灞河西岸。北周建德二年(573)移治峣柳城,即今址。

〔二〕龙祠乡社有约,蓝田吕氏之范:意即《龙祠乡社义约》是以吕大钧《蓝田吕氏乡约》为范本的。

〔三〕精舍:旧时书斋、学舍,集生徒讲学之所。《后汉书·包咸传》:"因住东海,立精舍讲授。"《后汉书·党锢传》:"刘淑檀敷俱立精舍教授。"以其有精行者所居之所意,而为佛教、道教所借用,用以称呼僧、道居住或讲道说法的场所。《三国志·吴书·孙策传》裴松之注引《江表传》曰:"时有道士琅邪于吉,先寓居东方,往来吴会,立精舍,烧香读道书。"《晋书·孝武帝纪》:"帝初奉佛法,立精舍于殿内。"《翻译名义集》七曰:"灵祐寺诰曰:'非粗暴者所居,故云精舍。'"

〔四〕乐乎:《论语·学而》:"子曰:'学而时习之,不亦说乎? 有朋自远方来,不亦乐乎？人不知而不愠，不亦君子乎？'"

〔五〕睢阳：县名。秦置，治所在今河南省商丘市南。隋开皇十八年(598)改名宋城县。金承安五年(1200)复名睢阳县。明洪武初废。

〔六〕睢阳戚氏：指北宋睢阳(今河南省商丘市南)人戚同文。戚同文，字同文，五代时人。幼时即以孝顺闻名。一生"纯质尚信义"，把"人生以行义为贵"奉为立身处世的准则，"人有丧者，力拯济之，宗族闾里贫乏者，周给之。冬月，多解衣裘与寒者，不积财，不营居室"。喜与名士交游，乐闻人善。① 他的这种志操与作风，对学生以及后世都有很大影响。他所创立的睢阳学舍(睢阳书院的前身)，于宋真宗大中祥符二年(1009)由应天府民曹诚予以扩建，"博延生徒，讲习甚盛"②。得到真宗嘉奖，赐额"应天府书院"，与白鹿、嵩阳(一说石鼓)、岳麓齐名，并称四大书院。弟子亦多名士，北宋著名政治家范仲淹即出其门下。③

〔七〕敬止：敬仰之意。止，语气词。《诗经·大雅·文王》："穆穆文王，於缉熙敬止。"朱熹集传："止，语辞……言穆穆然文王之德，不已其敬如此，是以天命集焉。"

〔八〕知止：知，指认识；止，意为到达极点。知止，意为道德认识达到了极点。孔子曰："知止而后有定。""于止，知其所止。"④朱熹注曰："止者，所当止之地，即至善之所在也。知之，则志有定向。"程颐《易传》卷四："夫子曰：'于止知其所止。'谓当止之所也。夫有物必有则，父止于慈，子止于孝，君止于仁，臣止于敬，万物庶事莫不各有其所，得其所则安，失其所则悖。"明薛瑄著《读书录》即采用这一用语，并进一步阐释之，认为知止是道德修养的最高境界，也就是认识的最后完成。他说，知止的范围很广，"就心言之，如心之止德，目之止明，耳之止聪，手之止恭，足之止重之类"；"就物言之，如子之止孝，父之止慈，君之止仁，臣之止敬，兄之止友，弟之止恭之类"。不能知止，则耳目无所加，手足无所措，犹如迷路之人，莫知所向。故唐兀崇喜取之以为斋名。

〔九〕紫阳家礼：紫阳，为南宋著名理学家朱熹(1130—1200)别号之一。朱熹于经学中，特别重视礼，于晚年著《家礼》五卷、《乡礼》三卷、《学礼》十一卷、《邦国礼》四卷、《王朝礼》十四卷。其中的《家礼》，系朱子参考众籍而纂次。朱熹《家礼序》称"尝独观古今之籍，因其大体之不可变者而少加损益于其间，以为一家之

①[清]黄宗羲原著，全祖望补修：《宋元学案》卷三《高平所出》，北京：中华书局，1986年，第134页；《宋史》卷四五七《戚同文传》，北京：中华书局，1977年，第13418页。

②[元]马端临：《文献通考》卷四六《学校七》，北京：中华书局，1986年，第431页。

③[清]黄宗羲原著，全祖望补修：《宋元学案》卷三《睢阳所传》，北京：中华书局，1986年，第135页

④[唐]孔颖达：《礼记正义·大学》，[清]阮元校刻：《十三经注疏》，北京：中华书局，1980年，第1673页。

书"。① 其中多采用司马光与王安石两家的理论。惜书未成而朱子先逝。今天所见到的《家礼》，是否出自朱子之手，学界颇多争议。但在元明时期，紫阳家礼(后世多称朱子家礼)有着至高无上的地位。清末郭嵩焘曾撰《校订朱子家礼》六卷，欲通过订正家礼，使之能进一步对改变社会道德风尚发挥作用。

〔十〕横渠：即张载(1020—1077)，北宋理学家。字子厚，原籍大梁(今河南省开封市)，生于长安(今陕西省西安市)，随父侨寓于凤翔郿县(今陕西省眉县)横渠镇，世称横渠先生。

〔十一〕砭愚：意为"救治愚昧"。

　　敦武之发潜〔一〕有名；昆弟之敬名有说，孝感有记，于是见一家父子祖孙之懿；"顺乐"之堂有记，祖宗契券〔二〕有志，"为善最乐"有说，"观德"之会有文，于是又见君禔身〔三〕正家之有本。而书院锡号〔四〕，具载始末，尤以见为下者捐己以纾〔五〕国家之急；为上者褒义以敦风化之源，甚盛举也。既而复有感焉。

【校注】

〔一〕发潜：四库本《翠屏集》卷三作"法潜"。"发潜"，意为"奋起于潜藏之中"。元柳贯《赠王玄翰》诗："清观我故友，有子在穷阎。技富愈思蓄，时来当发潜。""法潜"不词，以《述善集》本为是。

〔二〕契券：双方(或数方)当事人依法订立的有关权利义务的协议，对当事人有约束力，有买卖、委托、承揽、租赁等契券，相当于今天所说的合同。②

〔三〕禔身，《述善集》甲乙本皆作"提身"，不词。四库本《翠屏集》卷三作"禔身"，意为"安身、修身"。参宋代汪梦斗《上赵签推其二》："千里家书常训子，一言心事在禔身。"应以《翠屏集》为是，故径改。

〔四〕书院锡号：书院是我国封建社会中期开始出现的一种新型教育组织形式。其名始见于唐代，最早为唐玄宗于开元六年(718)设立的丽正殿书院(开元十三年改称集贤殿书院)。置有学士，掌校刊经籍、征集遗书、辨明典章，以备顾问应对，类似宋代的馆阁，而非私人讲学之所。贞元中，著名文学家李渤隐居读书于庐山白鹿洞，至南唐时就遗址建学馆，以授生徒，号为庐山国学。宋代改称

---

① [南宋]朱熹：《家礼序》，朱杰人等主编《朱子全书》第7册，上海：上海古籍出版社、合肥：安徽教育出版社，2002年，第873页。

② 杨富学：《〈祖遗契券志〉——元代西夏遗民整理家藏契券档案的记录》，《档案》2000年第6期，第37—38页(收入氏著《中国北方民族历史文化论稿》，兰州：甘肃人民出版社，2001年，第193—197页)。

白鹿洞书院,为藏书和讲学之所。宋代书院尤盛,白鹿、嵩阳(一说为石鼓)、睢阳、岳麓号为四大书院。创办者或为私人,或为官府,一般选山林名胜之地为院址。不少有名学者讲学其间,采用个别钻研、相互问答、集体讲解相结合的教学方法,以研习儒家经籍为主,间亦议论时政,对学术思想发展有一定影响。元代书院进一步发展,各路、州、府皆设书院。①明、清书院仍盛,只是多数变成了准备科举的场所。清末废科举,书院改为学校。书院锡号,即赐号崇义书院。锡同赐。

〔五〕纾:四库本《翠屏集》卷三作"纡"。"纡"为"解除"之意,当是。"纾"当误,故不取。

古昔田为井授〔一〕之世,联之以州闾族党,淑之以学校庠序〔二〕,习之以诗书礼乐、干籥〔三〕弧矢,正之以君臣父子、长幼朋友,协之以友助扶持之义,而被之以敬业乐群〔四〕之序。是时,士无不善也。

自夫经界〔五〕坏,教典废,而上之善治,下之善俗,咸无焉。斯近代儒先〔六〕,区区修补,盖心古人之心。而象贤氏拳拳景慕,又心近代儒先之心者乎?

【校注】

〔一〕田为井授:指中国殷周时代流行的井田制。在这种制度下,土地被划作"井"字形,故名。始见于《孟子·滕文公上》:"方里而井,井九百亩,其中为公田。八家皆私百亩,同养公田。公事毕,然后敢治私事。"宋代的理学家认为井田之法为救世的良药,如张载就认为:"治天下之术,必自此始。"②他不仅喜与学者讨论三代之法,而且还想买一块地,进行"井田"实验。既完成国家的赋税,又分宅里,立敛法,广储蓄,兴学校,救灾恤患。③

〔二〕庠序:古代学校名。《孟子·滕文公上》称:"设为庠、序、学、校以教之。庠者养也,校者教也,序者射也。夏曰校,殷曰序,周曰庠,学则三代共之,皆所以明人伦也。"《礼记·学记》:"党有庠,术(遂)有序。"民国初年,始正式改学堂为学校。后人通释庠序为乡学,亦以庠序概称学校或教育事业。

〔三〕干籥:即干戈和羽籥,表示文武兼备。《礼记·文王世子》:"春夏学干戈,秋冬学羽籥,皆于东序。"

〔四〕敬业乐群:为中国古代的治学道德。语出《礼记·学记》:"一年视离经辨

① 申万里:《元代教育研究》,武汉:武汉大学出版社,2007年,第340—347页。
② [北宋]张载:《经学理窟·周礼》,章锡琛点校《张载集》,北京:中华书局,1978年,第249页。
③ [北宋]吕大临:《横渠先生行状》,[北宋]张载著,章锡琛点校《张载集》,北京:中华书局,1978年,第384页。

志,三年视敬业乐群。"最初指学生应遵守的道德准则。孔颖达疏:"敬业,谓艺业长者,敬而亲之;乐群,谓群居朋友善者,愿而乐之。"① 后来泛指在学习"圣人之道"时,应好学不倦,持之以恒,"敬业乐群",达到"至道之入神"②。孙希旦《集解》引朱熹曰:"敬业者,专心致志,以事其业也;乐群者,乐于取益,以辅其仁也。"前者指个人专心学业,后者指乐与朋友相切磋。梁启超写有《敬业》《乐业》的专论,把它视为职业道德之规范或义务。

〔五〕经界:即井田。据载,张载"论治人先务,未始不以经界为急"③。

〔六〕儒先:即儒生,犹"先儒"也。

呜呼! 诚使人皆象贤,则世其隆古,是集将无述也。而世之人人顾有心象贤之心者乎,盖有之矣,而鲜克以直遂也。然则是集之传,秉彝好德,人心傻同,必有感发而作兴者,于斯〔一〕世或有助云。

时象贤避地〔二〕,自澶渊来京师〔三〕。

寔〔四〕至正十又〔五〕八年(1358)之嘉平月〔六〕,晋安〔七〕张以宁叙。

【校注】

〔一〕斯:乙本作"前",意不通,故取甲本。

〔二〕避地:《论语·宪问》:"贤者避世,其次避地。"朱熹注"避地"为"去乱国,适治邦"之意。

〔三〕京师:即元朝首都大都。蒙古至元四年(1267)在金中都城东北另筑新城,至元九年(1272)改称大都。至元二十年(1283)筑成。蒙古人称汗八里,意即汗城。城东西两面相当于今北京内城东西城墙,南抵今东西长安街,北抵今德胜门、安定门外土城旧址。都城规模宏大,宫殿壮丽,户口繁庶,商业发达,为当时世界上少有的大都会。

〔四〕寔:乙本作"实"。"寔""实"兼通。

〔五〕又:乙本缺。

〔六〕嘉平月:即腊月(阴历十二月)。《史记·秦始皇本纪》:"三十一年(前216)十二月,更名腊月曰嘉平。"

---

① [唐]孔颖达:《礼记正义·学记》,[清]阮元校刻:《十三经注疏》,北京:中华书局,1980年,第1521页。

② [清]黄宗羲原著,全祖望补修:《宋元学案》卷八五《深宁学案》,北京:中华书局,1986年,第2864页。

③ [北宋]吕大临:《横渠先生行状》,[北宋]张载著,章锡琛点校《张载集》,北京:中华书局,1978年,第384页。

〔七〕晋安:指晋安郡。晋太康三年(282)析建安郡置。治所在侯官(今福建省福州市),辖境相当于今福建省东部及南部。其后略有缩小。隋开皇九年(589)废。

《述善集》目录〔一〕

述善集序

善俗卷之一

龙祠乡社义约序

赞

后序

诗

育材卷之二

亦乐堂记

诗

赋

诗

礼请师儒疏二

庙学记

报效军储

锡号崇义书院中书礼部符文

中书礼部护持学校文榜

崇义书院记

行实卷之三

祖宗行实碑铭

思本堂记

祖遗契券志

昆季字说

顺乐堂记

敬止斋记

知止斋记二

铭

诗

箴

孝感序二

诗

为善最乐

观德会

劝善直述

校注：

〔一〕此为抄本原有的目录，甲乙本完全相同。

善俗卷之一

龙祠乡社义约序

潘 迪[一]

余每爱《蓝田吕氏乡约》[二],诚后世转移风俗之机也。虽未必一一悉合先王之礼[三],而劝善惩恶之方,备载于籍。故鲁斋先生许文正公[四]取之,以列善俗十书[五]之一,而左辖张公仲谦[六]为之锓梓以传世。呜呼! 信可谓善俗矣。

【校注】

〔一〕潘迪:元代元城(今河北省大名县)人,在《述善集》中多处署名"慊山"(其地也在今大名县),博学能文,历官国子司业、集贤学士、礼部尚书,著有《易春秋学庸述解》《格物类编》《六经发明》。潘迪是唐兀崇喜在国子学的老师,关系密切,所以在《述善集》中所写文字最多。

〔二〕蓝田吕氏乡约:北宋吕大钧撰。吕大钧(1029—1082),陕西蓝田人,嘉祐二年(1057)进士。历任秦州司理、三原知县等职。因其父年迈长期家居尽孝。张载在关中讲学,附和者很少。吕大钧是张载的同年友,赞同张载的思想主张,遂拜张载为师,为关中学者以张载为中心形成关学作出了重要贡献。张载在修养方法上主张"知礼成性"[1],特别注重"用礼渐成俗"[2]。吕大钧为贯彻张载的主张,乃作《吕氏乡约》,其内容包括"德业相励""过失相规""礼俗相交""患难相

---

[1] 〔北宋〕张载:《横渠易说·系辞上》,章锡琛点校《张载集》,北京:中华书局,1978年,第191页。
[2] 〔北宋〕程颢、程颐:《河南程氏遗书》卷一〇,王孝余点校《二程集》,北京:中华书局,1981年,第114页。

恤"四个方面。①该乡约之定,吕氏四兄弟——吕大防、吕大忠、吕大钧、吕大临都曾提出意见,都为起草者和发起人,但用力最勤且大力推行乡约和保护乡约的人,应首推吕大钧。朱熹对《吕氏乡约》很感兴趣,曾作《增损吕氏乡约》。朱熹《增损吕氏乡约》编后注云:"此篇旧传吕公进伯所作,今乃载于其弟和叔文集。又有问答诸书。如此知其为和叔所定不疑。篇末者,进伯名意,以其族党之长而推之,使主斯约故尔。淳熙乙未四月甲子朱熹识。"②此论长期为后世所采纳。《吕氏乡约》体现了张载"民胞物与"的伦理精神,对扩大其思想影响、改变关中风俗起了很大作用。《吕氏乡约》的实质是通过入约集会之类的形式,以舆论奖戒的手段,将道德礼仪贯彻于士绅乡民的日常生活之中,其道德礼仪的内容虽大多属封建性的,但其形式以及有些内容仍有一定借鉴意义。濮阳《龙祠乡社义约》就是在该乡约的基础上,结合本地实际情况,经过增删补改而形成的。

〔三〕先王之礼:即周礼。

〔四〕许文正公:即元代著名理学家许衡(1209—1281)。许衡,元怀孟河内(今河南省沁阳市)人,字仲平,号鲁斋。幼读经书。从姚枢、窦默等学习程朱理学。1254年,应忽必烈(世祖)召为京兆提学,后还河南。中统元年(1260),被召至京师。中统二年(1261),拜太子太保,辞不就,改任国子祭酒,不久,以病辞。至元二年(1265),受命议事中书省,上《时务五事》,提出"北方之有中夏者,必行汉法乃可长久"的主张。至元六年(1269),与刘秉忠等议定朝仪、官制。次年,任中书左丞。至元八年(1271),任集贤大学士兼国子祭酒,择蒙古子弟以教。至元十三年(1276),领太史院事,与郭守敬等新制仪象圭表,日测晷景,编定《授时历》。还河南,病死。谥文正。著有《鲁斋遗书》等。③

〔五〕善俗十书:除《吕氏乡约》外,其余九书皆待考。从潘迪《龙祠乡社义约序》"故鲁斋先生许文正公取之,以列善俗十书"和伯颜宗道《龙祠乡社义约赞》"文正许公,十书中纪"等记载来看,"善俗十书"概念应是元代著名理学家许衡提出的,十种有助于推动善俗发展的书也是由许衡遴选出来的。但遍检《鲁斋遗书》,并无这一内容。期待识者教焉。

〔六〕张公仲谦:即张文谦(1216—1283),字仲谦,号颐斋,元顺德沙河(今河北省邢台市)人。早年为刘秉忠同学,经刘推荐,于1247年入忽必烈王府掌管教

---

① 陈俊民辑校:《蓝田吕氏遗著辑校》,北京:中华书局,1993年,第563—567页;焦进文、杨富学:《元代西夏遗民文献〈述善集〉校注》,兰州:甘肃人民出版社,2001年,第238—242页。

② [南宋]朱熹:《增补吕氏乡约》,《四部丛刊初编·集部》卷七四,上海:商务印书馆,1937年,第1379页。

③ 白钢:《许衡与传统文化在元代的命运》,中国元史研究会编《元史论丛》第5辑,北京:中国社会科学出版社,1993年,第199—217页。

令奏笺。曾从忽必烈攻大理、鄂州等地,为中书左丞。至元元年(1264),以本官行西夏中兴府等路事,用郭守敬等科学家开展水利建设。至元七年(1270),拜大司农,请立诸道劝农司。在宣抚大名(今河北大名东)期间,蠲常赋什之四,商酒税什之二。并与名儒窦默上书奏请设立国子学,促成中央官学的建立,推动了元初文教事业的发展。至元十三年(1276),任御史中丞,后为昭文馆大学士、枢密副使。于至元二十年(1283)以病卒,追封魏国公。晚年与许衡过从甚密,尤精于义理之学。传见《元史》卷一五七及《宋元学案》卷九〇。

　　蒙古侍卫百夫长〔一〕唐兀崇喜〔二〕,向在成均〔三〕,尝从余游。及余来魏,拜谒之余,请曰:崇喜世居开州濮阳县十八郎寨〔四〕,寨有古龙祠,每旱干,祷雨辄应,士人神之,遂立乡社,而俎豆〔五〕焉。除夏季忙月不会外,起七月止三月,月一会,上下轮次,不过朔望。初犹简约,比来因袭之弊,习于奢靡,不究立社之义,但盛酒馔以相夸。先人百夫长忠显〔六〕府君,暨千夫长〔七〕高公〔八〕,皆社内老人也。佥议曰:乡社之礼,本以义会;风俗之美,在于礼交,此社之设,本以敬神明、祈雨[泽]〔九〕、美风俗、厚人伦、救灾恤难、厚本抑末、忧悯茕独,岂忆近来以酒馔相侈,甚非可久之道,恐难以继。遂议定〔十〕肴馔酒醴多寡有数,违者有罚,置立社籍,推举年高德盛,才良行修者俾充社举〔十一〕、社司〔十二〕,掌管社事,可行者行之,可戒者戒之,凡劝善惩恶,悉书于籍,使各人遵守,庶可行乎悠久。愿先生书其端,冀为风俗之一助。

【校注】

〔一〕百夫长:古代军官职位,即古代军队百人左右队伍的军官。至正十八年(1358),"设万夫长、千夫长、百夫长,编立牌甲,分守要害,互相策应"①。元代百夫长隶属军民万户府,相当于镇一级的武官。

〔二〕唐兀崇喜:又称杨崇喜,字象贤,《述善集》的编者。文集中收其文多篇,而且不少作者都与他关系密切,大多都因他而作。《元史》无传,光绪《开州志》卷六《人物志·义行》有《杨崇喜传》,记载了他捐资助军与建立崇义书院的业绩。②结合各种文献,可以得知,杨崇喜曾袭任百夫长,受敦武校尉,并就读于国子学,为国子生。因他长期不仕,故又被称为处士。本武威人氏,后入左翊蒙古侍卫兵籍。至正末,中原红巾军起,元政府军力吃紧,供应短缺,崇喜遂自愿捐米五百

①《元史》卷四五《顺帝纪八》,北京:中华书局,1976年,第941页。
②濮阳县地方史志办公室校注:《(光绪)开州志》卷六《义行》,郑州:中州古籍出版社,1995年,第556页。

石、草万束,以助国用,而不求名爵。并创建庙学以养士,割良田五百亩赡之。朝廷以其事下中书,赐名"崇义书院"。他在元末避乱京师时,曾任过官职,惜未知详情。其交往的人士多为达官贵人或名重一时的学者,据此看,当时他在京师有着很高地位和声望。关于唐兀崇喜的生卒年,各种史籍均未见记载。按,至正十六年(1356)七月,唐兀崇喜曾向朝廷上呈《报效军储》,其中有言"系唐兀氏,左翊蒙古侍卫兵籍,年五十七岁"。据此知其当生于大德四年(1300)。卒年无以考证,但从《述善集》所收崇喜于洪武五年(1372)二月所写的《劝善直述》来看,崇喜卒年当在1372年以后。

〔三〕成均:古代对大学的称呼。《周礼·春官·大司乐》载:"大司乐掌成均之法,以致建国之学政,而合国之子弟焉。"后世将公立的最高学府也称为成均。

〔四〕十八郎寨:据传,元代有十八位杨姓军人退伍定居于此,由是得名。据《开州志》卷一《地理·村庄》载,杨十八郎庄辖21村,现在居住杨姓族人的有杨十八郎、西杨十八郎、南杨庄、东杨庄、刘庄、焦庄、单十八郎、季十八郎、大寨、清头河、小集、陈庄等十余村。其中以杨十八郎最为集中。

〔五〕俎豆:一种古代礼器,以木制成。古时祭祀燕享,用以荐牲。

〔六〕忠显:即《述善集》所谓"唐兀忠显",本名唐兀达海,以其曾担任忠显校尉一职而得此称谓。据《述善集·龙祠乡社义约》,其职务曾为百夫长。忠显校尉为武散官,秩从六品。

〔七〕千夫长:古代武官名,即古代军队千人左右队伍的军官。根据历史兵志,所谓百夫、千夫,都是略指,不一定划分那么严整。比如《明史·兵志二》载:"大率五千六百人为卫,千一百二十人为千户所,百十有二人为百户所。"元代千夫长为五品武官。[①]

〔八〕高公:此人于史无征,但从其与唐兀忠显等议定乡约看,其居地应与十八郎寨相距不远。今八郎寨东一公里处有高村,应即当时高公之所在。民国二十四年(1935)高氏重修的祖茔碑有如下记载:

> 据父老传说……顺帝失政,群雄并起,丞相脱脱受命讨难,高公随军出征,[为]前站先锋,转战数载,胜败互易。当此千钧一发之际,正忠义枕戈待旦之秋,不料脱帅功高震主,被谗谪戍。高公目击神伤,能不灰心?遂毅然挂冠,高公蹈隐,居柳下惠故里之西虎变村,后改名高家村。惟日久年湮,数

---

① 《明史》卷九〇《兵志二》,北京:中华书局,1974年,第2193页。

经兵燹,家乘遗书零落殆尽,以致高公名字失传,丰功伟绩亦阙而不可考。

　　按,这里的脱脱(1314—1355)为元顺帝时期权倾朝野的大臣,字大用,蒙古蔑里乞氏。以与顺帝合谋黜权臣伯颜而于至正元年(1341)任中书右丞相。至正十二年(1352),曾率兵进攻徐州芝麻李红巾军,屠城,以镇压红巾军之功封太师,仍为右丞相。至正十四年(1354),总制诸王诸省军讨伐高邮张士诚。高邮未下,顺帝忌脱脱权力过重,用右丞哈麻等言,就军中削其官爵,元军大乱,被张士诚击败。次年(1355)春,脱脱被流徙云南。同年十二月,被毒死。至正二十二年(1362),昭雪复官爵。

　　有人认为,碑中的高公与《龙祠乡社义约》的制定者高公为同一人。其说可疑。因为脱脱之"被谗谪戍"时当至正十四至十五年(1354—1355)之间,高公因"目击神伤"而"毅然挂冠","蹈隐"濮阳虎变村的时间自然就在这二年之间,其时要比《龙祠乡社义约》的制定晚12—13年。此高公抑或先为千夫长,与唐元忠显等合定《龙祠乡社义约》,而后才随脱脱出征,镇压红巾军,亦未可知。

　　〔九〕甲本无"泽"字,依乙本补。

　　〔十〕乙本无"定"字。

　　〔十一〕社举:主管乡社之官吏。

　　〔十二〕社司:主管社仓储粮之官吏。《隋书·食货志》:"收获之日,随其所得,劝课出粟及麦,于当社造仓窖贮之,即委社司,执帐检校,每年收积,勿使损败。"《续资治通鉴》:"宋太宗至道元年(995)冬十月乙亥,辽诏诸道置义仓,每岁秋社,民随所获出粟庤仓,社司籍其目,岁俭,发以赈民。"

　　余观其条目详约备,颇增于吕氏,而其大致多与吕同。吁! 当后世风俗披〔一〕靡中,何幸是乡有此约乎。使自乡而邑,自邑而郡,自郡而天下,则风俗之丕变,安知不自是乡而权舆〔二〕哉?

　　昔吕氏之学出于程子〔三〕,今崇喜之学,实得之成均。宜其相去数百年,所见略同,而且能化其乡之父兄,能守是约云。

　　至正丙戌(1346)八月乙丑朝列大夫〔四〕前国子司业〔五〕愜山〔六〕潘迪序。

【校注】

　　〔一〕披:甲本无此字,乙本作"波"。兹据文意改。

　　〔二〕权舆:草木萌生的状态。《大戴礼记·诰志》:"于时冰泮发蛰,百草权舆。"

引申为起始、初时。《诗经·秦风·权舆》:"于嗟乎,不承权舆。"毛传:"权舆,始也。"

〔三〕程子:即程颢(1032—1085)、程颐(1033—1107)兄弟,洛阳人。程颢,字伯淳,学者称明道先生。程颐,字正叔,学者称伊川先生。程氏兄弟就学于周敦颐,同为北宋理学的奠基者,世称"二程"。程颢在神宗时为太子中允、监察御史里行,反对王安石新政。在洛阳讲学十余年,弟子有"如坐春风"之喻。提出"天者理也"和"只心便是天,尽之便知性"的命题,认为知识、真理的来源,只是内在于人的心中,"当处便认取,更不可外求"①。为学以"识仁"为主。认为"仁者浑然与物同体,义礼知信皆仁也",识得此理,便须"以诚敬存之"②。程颐官至崇政殿说书,反对王安石新政。讲学达三十余年。其学以"穷理"为主,认为"天下之物皆能穷,只是一理"③;"一物之理即万物之理"④。这个理"在天为命,在人为性,论其所主为心,其实只是一个道⑤,从而强调"格物之理,不若察之于身,其得尤切"⑥,并主张"涵养须用敬,进学在致知"的修养方法,目的在于"去人欲,存天理",为名教纲常辩护。认为寡妇再嫁是大逆不道,提出"饿死事极小,失节事极大"⑦的谬论。宣扬所谓"气禀"说,认为人有"贤""愚"之分,是由于"才禀于气,气有清浊,禀其清者为贤,禀其浊者为愚"。二程的学说后来为朱熹所继承和发展,世称"程朱学派"。著作有《定性书》《识仁篇》,后人所编《河南程氏遗书》《河南程氏外书》《河南程氏文集》《周易程氏传》《河南程氏经说》《河南程氏粹言》等,均收入《二程集》1—4册(北京:中华书局,1981年)中。

〔四〕朝列大夫:官名。金朝始置,为文散官。海陵王天德二年(1150)由奉德大夫改。从五品下。元朝改从四品,宣授。明朝为从四品,初授。

〔五〕国子司业:元世祖至元二十四年(1287)设国子监,以管理国子学。设祭酒一人,从三品;司业二员,正五品,掌国子学之教令。

〔六〕惬山:在今河北省大名县东。唐建中三年(782)李怀光攻朱滔于此。

---

① [北宋]程颢、程颐:《河南程氏遗书》卷二上,王孝余点校《二程集》,北京:中华书局,1981年,第15页。
② [北宋]程颢、程颐:《河南程氏遗书》卷二上,王孝余点校《二程集》,北京:中华书局,1981年,第16页。
③ [北宋]程颢、程颐:《河南程氏遗书》卷一五,王孝余点校《二程集》,北京:中华书局,1981年,第144页。
④ [北宋]程颢、程颐:《河南程氏遗书》卷二上,王孝余点校《二程集》,北京:中华书局,1981年,第13页。
⑤ [北宋]程颢、程颐:《河南程氏遗书》卷一八,王孝余点校《二程集》,北京:中华书局,1981年,第204页。
⑥ [北宋]程颢、程颐:《河南程氏遗书》卷一七,王孝余点校《二程集》,北京:中华书局,1981年,第175页。
⑦ [北宋]程颢、程颐:《河南程氏遗书》卷二二下,王孝余点校《二程集》,北京:中华书局,1981年,第301页。

龙祠乡社义约①

唐兀忠显等订、唐兀崇喜笔录

至正元年(1341)岁在辛巳，七月丙子朔，越二日，丁丑，十八郎寨龙王社内老人百夫长唐兀忠显与千夫长高公等佥议曰：乡社之礼，本以义会；风俗之美，在于礼交。本寨近南有一大堤[一]，上有一古庙，名曰"龙王之殿"，殿中所塑神像、龙、云皆古，时遇天旱，寨中耆老人等斋戒沐浴，洁其巾衣韈履，诣庙行香祷祝，祈降甘雨，其应累著灵验。因此敬神为会，故名曰"龙王社"。

此社之设，其来久矣。所设之意，本以重神明、祈雨泽、美风俗、厚人伦、救灾恤难、厚本抑末、周济贫乏、忧悯茕独。逮后因袭之弊，尚于奢侈，不究立社之义，乡约之礼，但以肴馔相侈，宴饮为尚，甚有悖于礼。

今议此社，置立籍簿，推举年高有德、才良行修者俾充社举、社司，掌管社人。斟酌古礼，合乎时宜，可行之事，当禁之失，悉载社籍，使各人遵守而行。其社内之家，死丧、患难、济救之礼，德业、过失、劝惩之道，逐项历举于后。

一、议定[二]每年设社。除夏季忙月不会，余月皆会。七月为首，三月住罢。上轮下次，周而复始。每设肴馔酬酢之礼，肉面止各用二十斤，造膳不过二道，鸡酒茶汤，相为宴乐。盖会数礼勤，物薄情厚。

[一]、每月该设者不过朔望。既设必要如法，违者罚钞五两。若遇骤风雪雨一切不虞之事，过期不在此限。

---

① 对《龙祠乡社义约》的研究，可参见刘坤太《元代唐兀杨氏〈述善集·龙祠乡约〉的伦理学探析》，何广博主编：《〈述善集〉研究论集》，兰州：甘肃人民出版社，2001年，第26—41页；杨富学、焦进文：《河南濮阳新发现的元末西夏遗民乡约》，《宁夏社会科学》2001年第5期，第79—82页；王君、杨富学：《〈龙祠乡约〉所见元末西夏遗民的乡村建设》，《宁夏社会科学》2013年第1期，第93—99页；马晓英：《元代儒学的民间化俗实践——以〈述善集〉和〈龙祠乡约〉为中心》，《哲学动态》2017年第12期，第49—55页。

〔一〕、该设者与（遇）有丧之家，即报社司知会，发书转送。误者罚钞一两。

〔一〕、其坐社者必要早至，非社人不与。在社之时，务辨尊卑之杀[三]，别长幼之序，明宾主之礼，相为坐次，酬酢饮宴，言谈经史，讲究农务，不得喧哗作戏，议论人长短是非正法，违者罚钞一两。

【校注】

〔一〕大堤：即金堤。指西汉时于东郡、魏郡、平原郡界内沿黄河两岸修建的石堤，大致位于今河南省濮阳市至山东平原县一线。金堤一词，最早见于《史记·河渠书》："汉兴三十九年（前168），孝文时河决酸枣（今河南省延津县），东溃金堤，于是东郡大兴卒塞之。"张守节《史记正义》引《括地志》云："金堤一名千里堤，在白马县（今河南省滑县城关镇东）东五里。"后来黄河改道，它变成了金堤河的堤防，同时也是黄河防汛的第二道防线。曲折蜿蜒，长达千里，高至四五丈，伟岸苍茫。《唐兀公碑》及唐兀氏墓地就在金堤与金堤河之间。现代金堤，则是西起滑县耿庄，迤逦东行，经浚县、濮阳和山东莘县、阳谷县，至于山东东阿陶城铺，全长170余公里。该堤自明清以来，经过多次重修、加固。

〔二〕"议定"前原有"一"字，表示一款。甲乙本皆每款前均应有"一"，共15款，但抄本仅在第一款前保留有"一"字，其余诸处均予省略。为清楚起见，均予补充。

〔三〕杀：通"差"。《礼记·文王世子》载："其族食世降一等，亲亲之杀也。"郑玄注："杀，差也。"

〔一〕、其丧助之礼，各赠钞二两五钱，连二纸五十张，一名四口为率，止籍本家尊长，随社人亲诣丧所，挽曳棺柩，以送其葬。非天命而死者不与。其送纳赠钱，斋饭止从本家，勿较其限量、多少、美恶，违者罚钞十两。

〔一〕、婚姻相助之礼，时颇存行，故不复书。

〔一〕、学校之设，见有讲室。礼请师儒，教诲各家子弟。矧又购材命工，大建夫子庙堂，以为书院。自有交会，亦不复书。

〔一〕、其社内之家，使牛一犋，内有倒死，则社人自备饮食，各与助耕地一晌。其锄田人，社随忙月、灾害，自备饮食，各与耘田一日。其助耕耘者不行，依法在意，罚钞一两五钱。

〔一〕、社内人等，不得托散诸物，及与人鸠告[一]酒帖黍课，亦不得接散牌场,搬唱词话、傀儡、杂技等[物]〔二〕戏,伤败彝伦,妨误农业,齐敛钱物,烦扰社内。违者罚钞十两。

[一]、各家头匹〔三〕,务要牢固收拾牧养,毋得恣意撒放,作践田禾,暴殄天物。违者每一匹罚钞一两。若是透漏,不在所罚,香誓为准。

[一]、倘值天旱,社内众人俱要上庙行香祈祷。违众者罚钞五钱。

[一]、夫社举、社司所举之事,务在公当。若管社人当罚而不罚,与不当罚而妄罚者,罚钞二两。合举不举及举不当,亦罚钞二两。当罚者不受罚,除名,社内俱与绝交。违者罚绢一匹。

[一]、社内所罚钞两,社举、社司附历对众交付管社人收贮,营运修盖庙宇,补塑神像。余者周给社内,毋得非礼花破,入己使用。

[一]、除社簿内所载罚赏、劝戒事外,若有水火盗贼一切不虞之家,从管社人所举,各量己力而济助之。

[一]、如有无事饮酒,失误农业,好乐赌博,交非其人,不孝不悌〔四〕,非礼过为,则聚众而惩戒,三犯而行罚,罚而不悛,削去其籍。若有善事,亦聚众而奖之。

如此为社,虽不尽合于古礼,亦颇有补于世教。今将各人姓名,籍录于左。〔五〕

【校注】

〔一〕鸠告:应为"鸠合"之误。

〔二〕甲本无"物"字,据乙本补。

〔三〕头匹:牲畜。《元典章》:"诸色人等,毋得放纵头匹,食践损坏桑果、田禾。"①

〔四〕孝、悌:儒家思想的重要内容。《论语·学而》:"子曰:'弟子,入则孝,出则悌,谨而信,泛爱众,而亲仁。行有余力,则学文。'"

〔五〕籍录于左:甲乙本皆未录社人姓名。

---

① 洪金富校定本:《元典章二·圣政一·劝农桑》,台北:"中央研究院"历史语言研究所,2016年,第204页。

龙祠乡社义约赞

伯颜宗道[一]

吾友象贤,裒[二]友朋,结乡社,惟讲信修睦为事,蹑蓝田之芳踪,遵许公[三]之垂训,与醵饮无仪者大有径庭。予窃闻而是之,敢续朝列潘公辈众作之貂[四],为之赞[五]云:

【校注】

〔一〕伯颜宗道:见16页【校注】〔十〕。

〔二〕"裒":音póu,聚集之意。

〔三〕许公:指元代著名理学家许衡(1209—1281)。见26页【校注】〔四〕。

〔四〕敢续朝列潘公众作之貂:此名从"狗尾续貂"演化而来。古代帝近侍官员之冠饰以貂尾,因任官太滥,貂尾不足,代之以狗尾,即所谓"貂不足,狗尾续"者也。后世引申为以坏继好之意,文人常以此作为自谦之词。

〔五〕赞:古时文体的一种,称扬人的品德或功业。

善俗有方,乡约为美。

翘楚[一]士林,蓝田吕氏[二]。

文正许公,十书中纪。

锓梓寿传,仲谦张子。

户庀家藏,化宏退迹。

猗欤象贤,祖居仁里。

鸠集朋友,前修遵履。

至祷神龙,克诚禋祀。

有感必通,畴繁离祉。

宴集有时,农隙是俟。

朋酒斯享,序宾以齿。

冗费裁省,奢华禁止。

好乐无荒,礼勤而已。

善恶惩劝,立监垂史。

邻保相助,或耕或籽。

吉凶所需,赒生赙死。

救患分灾,缕覼条理。

礼让风淳,敬恭桑梓[三]。

迈迹于今,古风是似。

化洽乡邦,济跄良士。

一揆蓝田,端无彼此。

爰赞兹垂,后昆[四]昭示。

【校注】

〔一〕翘楚:语出《诗经·周南·广汉》:"翘翘错薪,言刈其楚。"郑玄笺:"楚,杂薪之中尤翘者,我欲刈取之。"本指超出杂树丛的荆树,后用来比喻杰出的人才。

〔二〕蓝田吕氏:本为汲郡(今河南省汲县)人,因祖太常博士吕通葬蓝田(今陕西省蓝田县),遂以蓝田为家。吕通生子吕蕡,官至比部郎中。蕡生六子,其五登科,名著于史册者有官至尚书右丞、左仆射的吕大防和号称"蓝田三吕"的张载亲炙弟子吕大忠、吕大钧和吕大临。其中,吕大钧所撰《吕氏乡约》对《龙祠乡社义约》的制定有极大影响。

〔三〕桑梓:《诗经·小雅·小弁》:"维桑与梓,必恭敬止。"桑与梓是古代家宅旁边常栽的树木,这里是说,见桑与梓,容易引起对父母的怀念。张衡《南都赋》:"永世克孝,怀桑梓焉;真人南巡,睹旧里焉。"[1]后用作故乡的代称。柳宗元《闻黄鹂》诗:"乡禽何事亦来此,令我生心忆桑梓。"[2]

〔四〕后昆:后嗣,子孙。《尚书·仲虺之诰》:"以义制事,以礼制心,垂裕后昆。"

① [东汉]张衡著,张震泽校注:《张衡诗文集校注》,上海:上海古籍出版社,1986年,第193页。
② [唐]柳宗元撰,尹占华、韩文奇校注:《柳宗元集校注》卷四三《古今诗》,北京:中华书局,2013年,第3076页。

龙祠乡社义约赞

罗逢原[一]

北窗书困[二]，一枕风清。客有袖一卷，踵门而过之者，于是洗昏花开视之，则悭山潘司业[三]之序，愚庵颜金宪之赞，乃知唐兀象贤乡社约也。

读既竟，象贤起而告予曰："孟子曰：'出入相友，守望相助，疾病相扶持。[四]'此乡田同井[五]之义也。"然当前古之时，民淳俗美，虽无乡社之约，而其心自同，无要质[六]之言，而信不失。世至春秋，民漓俗败，凡诸侯有会，则必刑牲歃血，要质鬼神，其载书有曰："有渝此盟，明神殛之[七]。"而人犹有渝之者，况以无要质之言乎？

【校注】

〔一〕罗逢原：元至正年间在世，曾寓居于濮阳。《龙祠乡社义约赞》的作者自称"寓澶渊精舍罗逢原"。澶渊，河南濮阳的古称。

〔二〕北窗书困：化用宋代苏辙《逍遥堂会宿二首》："秋来东阁凉如水，客去山公醉似泥。困卧北窗呼不起，风吹松竹雨凄凄。"

〔三〕司业：即国子司业。

〔四〕出入相友，守望相助，疾病相扶持：语见《孟子·滕文公上》。

〔五〕乡田同井：语出《孟子·滕文公上》，此乃战国时期国家授田、制土分民的通则。国家公民在乡居同市井，而在野（田）则同井田比邻而耕，在乡之居民行政编组与在野之受田耕垦秩序是一致的。此等民生产耕作、生活朝夕与共，只有这样才能在政府的统一管理下，达到"出入相友，守望相助，疾病相扶持"的理想社会效果。

〔六〕要质：意为"约束"。要，"要挟"意。《论语·宪问》："虽曰不要君，吾不信也。"《公羊传·庄公十三年》："要盟可犯。"何休注："臣约束君曰要。"质，意为"盟约"。《左传·哀公二十年》："黄池之役，先主与吴王有质。"

〔七〕有渝此盟,明神殛之:语出《左传·僖公二十八年》。

今吾里有龙祠,凡土有灾,祷之辄应。稽之圣经,凡御大灾,捍大患,则祀之。故土之人,以其有功捍御也,岁不废常祀,援乡田同井之意,而立社之约,盖仿蓝田吕氏旧规〔一〕与鲁斋许公〔二〕遗意,恐〔三〕人心不齐,违约而背信,故托龙祠以为要质之地,所以齐人心不齐。

【校注】

〔一〕蓝田吕氏旧规:即蓝田吕大钧制定的《吕氏乡约》。

〔二〕鲁斋许公:即元代著名理学家许衡(1209—1281)。参见26页【校注】〔四〕。

〔三〕恐:甲本作"惟",乙本作"恐",义更善,径依乙本改。

潘序于前,颜赞于后,引而伸之,敢假手于一笔可乎? 予因辞象贤曰:"伐木之燕〔一〕,为朋友也,不以於粲洒扫,陈馈八簋〔二〕为夸,而以神之听之,终和且平为福。既醉之设,答父兄也。不以既醉以酒为盛,而以朋友攸摄,摄以威仪为德。今是会也,不计俎豆丰约,而求攸摄之助于朋友,徼和平之福于神明,其意敦本抑末,救灾恤患,兴学校,成礼俗。"

子张子〔三〕志未及就,而象贤能就之。将与乡田同井同一风俗矣! 况立社初意,有象贤旧约,及潘、颜二大手笔在,又何以予言为哉?

至正戊子(1348)夏五月,寓澶渊精舍罗逢原谨书。

【校注】

〔一〕伐木之燕:伐木,为《诗经·小雅》之篇名,系贵族宴请朋友、故旧的乐歌。诗中以"鸟鸣嘤嘤"来比拟求友。伐木之燕遂成为后世常用的典故。

〔二〕於粲洒扫,陈馈八簋:语见《诗经·小雅·伐木》。於粲,是对鲜明美好的赞叹。苏轼《潮州韩文公庙碑》:"爒牲鸡卜羞我觞,於粲荔丹与蕉黄。公不少留我涕滂,翩然被发下大荒。"① 八簋是古代祭祀宴享时盛黍稷或食品用的圆口圈足器皿。周制,天子八簋。毛传曰:"圆口簋,天子八簋。"《礼记·明堂位》:"有虞氏之两敦,夏后氏之四琏,殷之六瑚,周之八簋。"

---

① [北宋]苏轼撰,孔繁礼点校:《苏轼文集》卷十七,北京:中华书局,1986年,第508页。

〔三〕子张子:生于前503年,卒年不详,春秋末陈国阳城人。姓颛孙,名师,字子张。孔子晚年弟子。《论语·先进》记载子张向孔子"问仁政""问善人之道""问明""问崇德辨惑"等。他气魄很大,似乎有包容一切的气量,主张"有若无,实若虚,犯而不校"。他所主张的"士见危致命,见得思义,祭思敬,丧思哀"①,就与《龙祠乡社义约》的主旨大致相通。尽管他未臻高寿以成大学问,未能实现其移风易俗的壮志,但他已能自成宗派。孔子殁后,儒家八派中有"子张氏之儒"。

---

① 《论语·子张》,[清]阮元校刻:《十三经注疏》,北京:中华书局,1980年,第2531页。

诗 一 首

忠公严

劝君驻马龙祠下,邂逅成均旧友生。

偶读惬山诗老序,方知郎寨义乡盟。

里人自致浇风〔一〕变,郡守何曾教化行。

但愿斯民总相效,老夫拭目看升平。

至正戊子(1348)冬十二月谨书于慎思学官,为友人太学生象贤。开州牧守〔二〕忠公严也。再拜。

【校注】

〔一〕浇风:浇为薄意。《淮南子·齐俗训》:"浇天下之淳,析天下之朴。"浇风,意为不良的世风。南朝王中《头陀寺碑文》:"淳源上派,浇风下黩。"①李白《古风》(其二十五):"世道日交丧,浇风散淳源。"②

〔二〕牧守:州郡长官的泛称。

---

① [梁]萧统编,[唐]李善注:《文选》卷五九《碑文下》,上海:上海古籍出版社,1986年,第2539页。

② [清]王琦注:《李太白全集》卷二,北京:中华书局,1977年,第122页。

诗 一 首

马淳斋

细条乡约自贤明,此迹追修谅不轻。
自智自愚那得效,有惩有劝始能成。
一天甘雨称殊庆,满地嘉禾贺太平。
仁寿有途终可致,朱陈[一]未必与齐名。

黄渠马淳斋。

【校注】

〔一〕朱陈:古村名。白居易《朱陈村》诗:"徐州古丰县,有村曰朱陈……一村唯两姓,世世为婚姻。"苏轼《陈季常所蓄朱陈村嫁娶图》诗:"何年顾陆丹青手,画作朱陈婚娶图。"①后世遂以朱陈为联姻的代称,义同秦晋。

---

① [北宋]苏轼著,[清]冯应榴辑注,黄任轲、朱怀春校点:《苏轼诗集合注》卷二〇,上海:上海古籍出版社,2001年,第995页。

诗一首并序

唐兀伯都

尝闻诸夫子曰："里仁为美[一]，择不处仁，焉得知[二]！"盖里有仁厚之俗，则薰陶染习以成其德。周恤爱以全其生，实躯命德行之所关，岂细故而已哉？今读《乡社义约》，则其议之也公，其虑之也远，其行之也严，其处之也当。凡同约者何幸如焉！

由此观之，里不必择，而身已在仁俗中矣！苟或叛盟以自绝者，诚失其是非之本心而不知类也。噫！愚嘉斯美，因嗟叹不足，故叙鄙谚以咏歌之。

虽假龙祠立社名，本书乡约正人情。
祈晴祷雨非淫祀[三]，劝善惩邪实义盟。
助罚有方风俗美，交劝无过礼义明。
蓝田剂券覃怀籍，一脉流芳到鄄城[四]。

唐兀伯都[五]拜书。

【校注】
〔一〕美：甲本作"美"，乙本作"善"，《论语·里仁》亦作"美"。
〔二〕里仁为美，择不处仁，焉得知：语出《论语·里仁》。
〔三〕淫祀：《礼记·曲礼下》曰："凡祭，有其废之，莫敢举也；有其举之，莫敢废也。非其所祭而祭之，名曰淫祀。淫祀无福。"唐代民间信仰的"淫祠"可能肇始于此。赵璘《因话录》卷五载："若妖神淫祠，无名而设……虽岳海镇渎，名山大川，帝王先贤，不当所立之处，不在典籍，则淫祠也。昔之为人，生无功德可称，死无节行可奖，则淫祠也。"以收录野史小说而著称的《太平广记》卷三一五专列有"淫祠类"，其中提到唐人信仰的淫祠有"豫章树""项羽庙""飞布山庙""画琵琶"

"壁山神"等,此外还有许多。①

〔四〕鄄城:旧县名。春秋卫国鄄邑,西汉置县,治所在今山东省鄄城县北旧城。东汉末曹操曾迁兖州治所于此。元代,鄄城变成了濮阳县的一个乡。明洪武二年(1369)废入濮州。

〔五〕唐兀伯都:元代国子监上舍生,博学高识,曾任濮阳监邑、密州学正。曾应唐兀崇喜之请,主崇义书院师席。

---

① 王永平:《论唐代的民间淫祠与移风易俗》,《史学月刊》2000年第5期,第124—129页。

诗一首并序

李周臣

至正丁亥(1347)冬,余蒙象贤、彦国〔一〕之邀,假馆官人寨〔二〕。越明年戊子(1348)春,象贤携卷示余,曰:"此《龙祠乡社义约》之卷子,盖不留题以光其行乎。"余视之愕然曰:"悭山先生〔三〕序之甚详且悉,愚庵先生〔四〕赞之既明且当,象贤条之已输其蕴,彦国咏之已尽其情,奚俟余言为哉?以余〔五〕言之,是犹赞泰山之高,誉东海之大,赘孰甚焉。"象贤曰:"幸毋〔六〕见让。"周臣辞之再三,义不克获,乃赓彦国严韵以咏之,曰:〔七〕

【校注】

〔一〕彦国:即唐兀彦国,潘迪《亦乐堂记》:"彦国名伯都,尝为燕南名进士。其博学高识,殆未易量。"曾为密州儒学正,受唐兀崇喜之聘,在崇义书院"以主师席,教诲各家子弟"。

〔二〕官人寨:即今濮阳县柳屯镇官仁店,位于濮阳县城东二十四公里,柳屯镇政府西两公里处,东与杨什八郎为邻,村南隔金堤与许家屯相对,西邻焦村与刘庄村,北隔公路与赵寨相望。据该村庙碑记载,官仁店以前叫官人寨。据传,以前官人寨有一个村民叫张定方被选为义官,在本村开店,常常资助过路难民,施舍粥饭,后人立碑纪念,将村"官人寨"改为"官人店"。1970年以后,大多数人又把"官人店"写为"官仁店"。元末唐兀杨氏家族所建崇义书院即位于官人寨。

〔三〕悭山先生:指潘迪,见25页【校注】〔一〕。

〔四〕愚庵先生:指伯颜宗道,见16页【校注】〔十〕。

〔五〕余:甲本作"欲",乙本作"余"。从乙本。

〔六〕毋:甲乙本皆误作"母"。

〔七〕乙本缺以下诗歌部分。

象贤斯举匪沽名,严立成规养性情〔一〕。

朔望行香龙祠约〔二〕,寒暄有礼吕乡盟〔三〕。

老终幼毓恩尤厚,善劝奸惩法甚明。

不晚雄藩推是美,佳声看播凤凰城。

古澶渊李周臣拜书。

【校注】

〔一〕性情:是中国伦理思想的重要范畴。性和情是两个既有联系又有区别的概念,前者指人性,即人的本性或本质,后者指人的感情,即人的本性接触外界事物而表现出来的喜、怒、哀、惧、爱、恨、欲等多种感情。《荀子·正名篇》:"生之所以然者,谓之性。性之和所生,精合感应,不事而自然,谓之性。性之好恶喜怒哀乐,谓之情。""性者,天之就也;情者,性之质也。"① 贾谊《新书·道德说》:"性者,道德造物。物有形,而道德之神专而为一气,明其润益厚矣……性,神气之所会也。性立,则神气晓晓然而通行于外矣。与外物之感相应,故曰润厚而胶谓之性。性生气,通之以晓。"② 关于性和情的关系,历代思想家们有不同的理解。孔子认为,人的本性都是相近的,由于后天所受的影响不同,人的品质才产生差异,说"性相近也,习相远也"③。

〔二〕龙祠约:即至正元年(1341)唐兀忠显与高公等议立的《龙祠乡社义约》。

〔三〕吕乡盟:指北宋吕大钧所定《吕氏乡约》。④ 见25页【校注】〔二〕。

---

① [清]王先谦撰,沈啸寰、王星贤点校:《荀子集解》卷十六《正名篇》,北京:中华书局,1988年,第274页。

② [汉]贾谊撰,阎振益、钟夏校注:《新书校注》卷八《道德说》,北京:中华书局,2000年,第326页。

③《论语·阳货》,[清]阮元校刻《十三经注疏》,北京:中华书局,1980年,第2524页。

④ 陈俊民辑校:《蓝田吕氏遗著辑校》,北京:中华书局,1993年,第563—567页;焦进文、杨富学:《元代西夏遗民文献〈述善集〉校注》,兰州:甘肃人民出版社,2001年,第238—242页。

诗 一 首

空空道人

里有仁人[一]德业隆,举令顽俗返淳风。

固知天使变齐鲁[二],更在人能秉孝忠。

此约本缘乡社设,异时当与国朝通。

孔颜[三]相继扶皇极[四],尚冀诸贤赞画功[五]。

桐溪[六]东谷空空道人。

【校注】

〔一〕里有仁人:《论语·里仁》:"里仁为善。择不处仁。"

〔二〕齐鲁:齐指齐国。周初吕尚封国,都临淄(今山东省淄博市临淄区北)。春秋齐桓公首先称霸。战国时为七雄之一。公元前221年为秦所灭。鲁指鲁国,为周公旦封国,都曲阜(今山东省曲阜市东古城)。春秋时为季孙、孟孙、叔孙三家所分。公元前256年灭于楚。孔子即为鲁国人。历史上常以齐鲁代表礼仪之邦。

〔三〕孔颜:孔指孔子;颜指颜回(前521—前490)。

〔四〕皇极:皇,君或大意。极,屋极,位于最高正中处,引申为标准之义。古代帝王自以为所施政教,得其正中,可为法式,故称。《尚书·洪范》:"五、皇极:皇建有其极。"孔颖达疏:"皇,大也;极,中也;施政教,治下民,当使大得其中,无有邪僻。"该书记载,上天曾赐予箕子九条治理自然与国家的规范,其中之一就是皇极。箕子认为,皇极就是天子应当建立起来的最高的治国原则,即一切要顺从王道。

〔五〕赞画功:唐太宗贞观十七年(643)图画开国功臣长孙无忌、杜如晦、魏征、尉迟敬德等二十四人于凌烟阁。唐太宗自己作赞,褚遂良题阁,阎立本绘画。比喻获得极高的荣誉。

〔六〕桐溪：即今浙江省桐庐县境钱塘江支流桐溪。上源为天目溪、紫溪。

诗 一 首

董 庸

徼福龙祠岁月长,依神立社炷心香。

日新月会规模〔一〕远,俗厚民淳德业彰。

赏罚既明言可践,劝惩以理语尤详。

约严费省堪遵守,千载流芳礼义乡。

芝山〔二〕董庸。

【校注】

〔一〕规模:甲本作"规摸",乙本作"规模"。从乙本。

〔二〕芝山:即芝山县。北宋崇宁间置,治所在今广西壮族自治区巴马瑶族自治县境。后废。

诗一首并序

邓　震

　　按月令，择元吉，命民社，是使民祀社以为祈报之举，自与公府所祀不同。然歌《良耜》[一]，颂《载芟》[二]，犹袭《幽风》[三]之常。今濮阳十八郎寨，以祀民社而祀于龙王之祠，是其变也。盖变而不失其道，则民俗亦变而复古矣。诚可咏也。

　　　　转移风俗固多端，道在人弘只等闲。
　　　　秋霁枫林[四]奏箫鼓，春和榆里[五]荐杯盘。
　　　　衣冠俨雅追前达，禾黍丰登免后艰，
　　　　髦士耆英咸萃此，一时文物耸遐观。

　　魏亭邓震。

【校注】

〔一〕良耜：《诗经·周颂》篇名。《诗序》：“《良耜》，秋报社稷也。”是周天子在秋收后用于祀神的乐歌。诗中写到耕地、播种、除草等农业生产的一些情况。也有人认为，此篇与《丝衣》为同一篇，《诗经》误分为二。

〔二〕载芟：《诗经·周颂》篇名。为《周颂》中最长的一篇。《诗序》曰：“《载芟》，春籍田而祈社稷也。”系周天子在春耕时期祀神所用的乐歌。也有人推定其为周天子祭宗庙时所奏的乐歌。诗中写到垦荒、耕地、播种等情况。据近人研究，其写作年代应与《良耜》大致相近，与《良耜》一样，可作为研究周代社会经济形态的资料，系《诗经·周颂》中的一首农事诗，记述春种夏长秋收冬祭之情形。

〔三〕幽风：即《诗经·国风》中的一组诗，共七篇，其中多描写公刘封地——幽地的农家生活、辛勤劳作的情景，是中国早期的田园诗。

〔四〕枫林:枫树林,枫叶至秋,色变红,甚美,是秋天的象征,常受到诗人的赞美。杜甫《寄柏学士枫林》诗:"赤叶枫林百舌鸣,黄花野岸天鸡舞。"①

〔五〕榆里:榆树林里,是春天景色的代表,也得到诗人的称颂。苏轼《种松得徕字》诗:"春风吹榆林,乱茎飞作堆。"榆里也有借喻隐居山林之意。②

① [唐]杜甫著,[清]仇兆鳌注,秦亮点校:《杜甫全集》卷十八,珠海:珠海出版社,1996年,第1285页。
② [北宋]苏轼著,[清]冯应榴辑注,黄任轲、朱怀春校点:《苏轼诗集合注》卷一八,上海:上海古籍出版社,2001年,第885页。

诗 一 首

马国驷

流俗浇讹水下趋，狂澜既倒谁能扶？

龙祠义约嗟奇伟，豹管旁觇愧拙愚。

社内平均君己〔一〕宰〔二〕，乡耆推重我非诬。

买邻百万〔三〕今虽欠，会看他年遂社图。

莱芜〔四〕马国驷。

【校注】

〔一〕"己"：甲乙本皆误作"巳"，形近而讹。

〔二〕社内平均君己宰：套用陈平的典故。陈平(？—前178)，汉初阳武(今河南省原阳县东南)人，以做事公道著称。据载，陈平曾为社内主持分肉事，非常公道、平均。"里父老曰：'善，陈孺子之为宰？'平曰：'嗟呼，使平得宰天下，亦如此肉矣！'"①

〔三〕买邻百万：典出唐李延寿《南史·吕僧珍传》："宋季雅罢南康郡，市宅居僧珍宅侧，僧珍问宅价，曰：'一千一百万。'怪其贵，季雅曰：'一百万买宅，千万买邻。'"

〔四〕莱芜：即唐长安四年(704)于今山东省莱芜市东北设置的莱芜县，元和十五年(820)废，太和元年(827)复置。金代移治今莱芜市。

---

① [汉]班固：《汉书》卷四〇《陈平传》，北京：中华书局，1962年，第2039页。

五言长诗一首

张以宁

澶渊古帝丘〔一〕，属县名濮阳。

有乡曰孝义，土沃民阜康。

惟夏〔二〕唐兀氏，聿来裹喉粮。

卜居龟食兆〔三〕，鸠族蜂分房。

【校注】

〔一〕帝丘：在今河南省濮阳县南，为传说中所谓的"颛顼之虚"（即颛顼都城）。公元前629年，因翟人围卫，卫成公将都城由楚丘（今河南省滑县东）迁至帝丘。战国时名濮阳，秦置濮阳县。

〔二〕夏：当指西夏故国。程徐《五言长诗一首》亦有"英英西夏贤，好古敦民彝；几世家濮阳，乐兹风土宜"之语。

〔三〕龟食兆：《左传·昭公五年》载：是年冬十月，楚灵王攻打吴国，首战告捷。吴王夷眜派弟弟蹶由，往楚师犒劳，但楚灵王准备杀他，故意派人问他，临行时所占的卜是吉卦吗？蹶由回答说：是吉卦，是用敝国的守护神龟占卜的。同时告诉楚灵王，吴国已做好了准备，有着胜利的信念。楚灵王听后，未杀蹶由，宣布退兵。后以龟兆为佳兆之代称。

大堤古龙祠，树木郁青苍。

昔时里中社，水旱此祈禳。

岁深俗滋弊，崇饮礼意荒。

番番忠显君，训子明义方〔一〕。

岂独秀兰桂，所重梓与桑。

恳恳定私约，申申告于乡。

约言月必会，不夺农时忙。

祀必洁冠服，毋[二]或敢弗庄。

晏必序长幼，毋[三]或敢乱行。

过相规以寡，德相劝以藏。

礼俗相交际，患难相扶将。

善恶书诸籍，劝惩俱有章。

面数情则亲，物薄意弥长。

牲币毋已渎，不敬神必殃。

酒肴毋已侈，不节财必伤。

鸠杖[四]行矍铄，银符[五]佩荧煌。

【校注】

〔一〕义方：遵守的规范和道理。《左传·隐公三年》："石碏谏曰：'臣闻爱子，教之以义方，弗纳于邪。'"后世多指教子之道。

〔二〕毋：原本误作"母"。

〔三〕毋：原本误作"母"。

〔四〕鸠杖：杖头上刻有鸠头的拐杖，古代老人年过80岁，帝便赐给鸠杖，以示尊崇。

〔五〕银符：银质符牌，发兵的凭证，暗示唐兀氏为敦武校尉，握有调兵权。

坐使仝里门，化为古心肠。

我读起叹息，念昔增慨慷。

井田制[一]久坏，乡饮礼[二]亦亡。

周亲有斗室[三]，同气多阋墙[四]。

况乃非骨肉，安能不参商[五]。

所以吕蓝田，于焉著其详。

【校注】

〔一〕井田制：中国商周时代的一种土地制度。因这种土地划作"井"字形，故名。始见于《孟子·滕文公上》："方里而井，井九百亩，其中为公田。八家皆私百亩，同养公田。公事毕，然后敢治私事。"宋代的理学家认为井田之法为救世的良药,如张载就认为:"治天下之术,必自此始。"① 他不仅喜欢与学者讨论三代之法,还想买一块地,进行"井田"实验,既完成国家的赋税,又分宅里,立敛法,广储蓄,兴学校,救灾恤患。②

〔二〕乡饮礼:古时乡学,三年业成,依其德行,向上级部门推荐。在推荐之前,由乡大夫作东,与之饮酒,而后荐之,谓之"乡饮礼"或"乡饮酒礼"。《礼记·乡饮酒义》:"乡饮酒之礼,六十者坐,五十者立侍以听政役,所以明尊长也。六十者三豆,七十者四豆,八十者五豆,九十者六豆,所以明养老也。"可见,乡饮礼既有教民"养老"之意,亦含训民"尊长"之意。

〔三〕周亲有斗室:周即周王朝。战国时代,周王室势衰,仅仅保有洛阳附近的一小块地盘。公元前367年,周贵族发生权力争夺,这块小地盘又被划分为东、西两个部分,在河南(今河南省洛阳市)者称西周,在巩(今河南省巩义市西南)者称东周,二周不仅各自独立,还常相攻打。

〔四〕同气多阋墙:同气,有血缘关系的兄弟姐妹。阋墙,兄弟内部斗争。

〔五〕参商:参(shēn)、商,二十八宿中的二星,二者此出则彼没,两不相见,因以比喻人分离不得相见。曹植《与吴季重书》:"面有逸景之速,别有参商之阔。"杜甫《赠卫八处士》诗:"人生不相见,动如参与商。"③ 也比喻不和睦。如,兄弟参商。

既往邈难逮,方来殊可望。
朝鲜化礼让〔一〕,晋鄙薰善良〔二〕。
斯道久寂寞,伊人绍馨芳。
手持囊中胶,救此奔流黄。
安得君辈百,淳风返陶唐〔三〕。
神明祐作善,子姓其必昌。
矢诗勖厥后,善继思勿忘。

晋安张以宁。

① [北宋]张载:《经学理窟·周礼》,章锡琛点校《张载集》,北京:中华书局,1978年,第249页。
② [北宋]吕大临:《横渠先生行状》,[北宋]张载著,章锡琛点校《张载集》,北京:中华书局,1978年,第384页。
③ [唐]杜甫著,[清]仇兆鳌注,秦亮点校:《杜甫全集》卷五,珠海:珠海出版社,1996年,第423页。

【校注】

〔一〕朝鲜化礼让:朝鲜,指来自朝鲜的力士。张良未投刘邦前曾请来朝鲜力士锤击秦始皇。秦始皇恐遭人暗杀,准备多辆一模一样的马车,大力士仅击中其中一辆空车子。此句意思是凶手也学会礼让。

〔二〕晋鄙薰善良:唐人阳城(736—805),字亢宗,定州北平(今河北省顺平县)人,隐居晋之鄙(指中条山),远近慕其德行,多从之学。典出唐韩愈《韩昌黎文集》卷二《争臣论》:"[阳城]学广而闻多,不求闻于人也。行古人之道,居于晋之鄙,晋之鄙人薰其德而善良者几千人。"①

〔三〕陶唐,即陶唐氏,传说中的远古部落名。唐尧治地,位于平阳(今山西省临汾市西南),尧乃其领袖。

---

① [唐]韩愈撰,马其昶校注:《韩昌黎文集校注》卷二,上海:上海古籍出版社,1986年,第109页。

自 序

唐兀崇喜

余杨其姓,世居宁夏之贺兰山〔一〕,先曾祖讳唐兀台〔二〕,国初从军有功,选为弹压〔三〕。岁乙未〔四〕(1235),扈从皇嗣兄弟〔五〕南征,收未顺之国,攻不降之城,累著劳绩,将议超擢,以疾卒于行营。

【校注】

〔一〕贺兰山:见12—13页【校注】〔四〕。

〔二〕唐兀台:生年不详,曾从蒙古军南征,收金破宋,立有军功,曾任弹压等低级官职。1259年病殁于军中,被称为河南濮阳西夏遗民的始祖,其实其足迹并未涉及河南。在大蒙古国时代,西夏遗民政治地位一直较低,在蒙古军队中的西夏遗民人数虽多,但他们一般只能担任中下级官员,直到忽必烈称汗以后,西夏遗民的政治地位才得到大的改善,"从民族阶梯的最底层一跃而登上仅次于蒙古人的第二阶层之中,它获得了与回回、畏兀儿等色目种类同样平等的政治待遇"①。

〔三〕弹压:官名。元朝千户所官员,二员。蒙古人(或色目人)、汉人参用。始设于至元(1264—1294)初年。上千户所弹压为从八品,中下千户所弹压分别为正九品、从九品。

〔四〕乙未:甲乙本皆作"己未"。

〔五〕皇嗣兄弟:《元史·太宗本纪》载1235年窝阔台曾遣"诸王拔都及皇子贵由、皇侄蒙哥征西域,皇子阔端征秦(今甘肃省天水市)、巩(今甘肃省陇西县),皇子曲出及胡士虎伐宋,唐古征高丽"。当时,贵由是汗位继承人,他和蒙哥、阔端、曲出是兄弟。一世祖唐兀台参与了平定甘肃东部金朝残余势力的战争。

---

① 汤开建:《元代西夏人的政治地位》,氏著《党项西夏史探微》,台北:晨允文化,2005年,第478页。

先祖讳闾马[一],继其役,攻城野战,围襄取樊[二],无不在行。而素乐恬退,不希进用。大事既定[三],来开州濮阳县东,官与草地,偕民错居,卜祖茔置居于草地之西北,俗呼十八郎寨者,迄今百年,逾六世矣。

【校注】

[一]闾马:即唐兀闾马(1248—1328),唐兀台之子。他十岁而孤,长成后优于武艺,向学好义,参加过元军于1268—1273年攻取襄阳、樊城的战役。在元灭宋后,举家迁濮阳,被尊为二祖。后以孙卜兰台"蒙塔塔里军民屯田万户府选保充本府百户,受敦武校尉",而被追封为敦武校尉,本府百户。

[二]围襄取樊:指1268—1273年元朝与南宋在襄阳、樊城进行的具有决定性意义的战役。襄阳在汉水之南,樊城在汉水之北,有浮桥相通,互相呼应,是南宋的军事重镇。元至元四年(1267),南宋降将刘整向忽必烈建议,灭宋必须先取襄阳。第二年,忽必烈命阿术、刘整率军围攻襄阳。至元六年(1269),忽必烈命史天泽与驸马忽剌出前往经画。蒙古军筑城堡,在汉水中筑台,切断襄阳、樊城与外界的联系,并操练水军,造船五千艘。南宋屡次发军来援,均被击退。至元九年(1272),元朝又增兵三万,加强对襄、樊的包围。次年,元军破坏汉水上的浮桥,切断了襄阳与樊城之间的联系,然后集中兵力攻樊城。攻占樊城后,元军转而围攻襄阳,宋守将吕文焕出降。襄樊的失陷,使南宋失去了一道抵抗元朝的重要屏障。当时,二世祖闾马参与了这场战争,并立有战功。

[三]大事既定:指1279年元朝灭南宋。

至元八年(1271)[一],签充山东河北蒙古军[二]。十六年(1279),奉旨选充左翊蒙古侍卫亲军[三]。三十年(1293),定著为籍,后追赠敦武校尉[四]、军民万户府[五]百夫长。

【校注】

[一]至元八年(1271):甲乙本皆误作"至正八年(1348)"。

[二]山东河北蒙古军:即山东河北蒙古军都万户府,设于河北、山东交界处。其士卒"以万户为率,择可屯之地屯之,诸蒙古军士,散处南北及还各奥鲁者,亦皆收聚"①。

[三]左翊蒙古侍卫亲军:官署名,为元侍卫亲军的一支,其指挥机构称左翊蒙古侍卫亲军都指挥使司,初设于元世祖至元八年(1271),称指挥使司。元成宗

① 《元史》卷九九《兵志二》,北京:中华书局,1976年,第2540页。

大德七年(1303)改是名。军士一般为蒙古人,但也有其他民族成分。唐兀人得预是军,说明当时唐兀人在某些方面已享受蒙古人的待遇。侍卫亲军是元朝设立的主要用于防卫以两京为中心的京畿腹地的卫戍部队。中统元年(1260),即忽必烈称汗次月,"谕随路管军万户,有旧从万户三哥(即史天泽)西征军人,悉遣至京师(开平)充防城军"①。同月,又"征诸道兵六千五百人赴京师宿卫"②。有元一代,侍卫亲军不断扩大。至元八年(1271),扩充为左、中、右三卫。忽必烈朝前后共置了十二卫。至元朝末年总共设置过三十余卫。卫设都指挥使或率使,秩品与万户(正三品)相当,隶属于枢密院。编入侍卫亲军的,有蒙古军、汉军、新附军等。进入内地的"色目人"军队,由于战斗力较强,后来有相当一部分被编入侍卫亲军。濮阳西夏遗民二世祖闾马就被编入蒙古侍卫亲军。③陈高华则认为:至元八年(1271),闾马正式成为蒙古军(探马赤军)的一名士兵,而他所在的队伍后来是山东河北蒙古军都万户府的组成部分。④

〔四〕敦武校尉:官名。宋代有武官敦武郎,正八品。元朝承袭之,设敦武校尉,但品级不详。《唐兀公碑》称崇喜"受敦武校尉。娶李氏,封恭人"。恭人是元朝六品官妻子的封号,由是观之,敦武校尉很可能就是正六品官。

〔五〕万户府:军队编制。蒙古成吉思汗建国,封右、中、左三万户,分领属下军民。元代分设于中枢及各路,置官万户,开府治事,统属下千户。明初沿设,置官正万户、副万户,后罢。然于西番(今西藏地区)设置沙儿可、乃竹、罗思端、别思麻四万户府,以当地少数民族首领统之。

公为人资性纯厚,好学向义,服勤稼穑。尝言:"宁得子孙贤,莫求家道富。"厚礼学师以教子孙。岁至治癸亥(1323),于所居之西北官人寨之乾隅〔一〕卜地一区,市屋为塾,南北为楹〔二〕者九,东西广亦如之。肇始经营,而竟不果。

【校注】

〔一〕乾隅:《周易·说卦传》云:"天地定位,山泽通气,雷风相薄,水火不相射,

①《元史》卷九九《兵志二》,北京:中华书局,1976年,第2540页。
②《元史》卷四《世祖纪一》,北京:中华书局,1976年,第65页。
③韩儒林主编:《元朝史》,北京:人民出版社,1986年,第309—310页。
④陈高华:《从〈述善集〉两篇碑铭看元代探马军户》,《庆祝何兹全先生九十华诞学术论集》,北京:北京师范大学出版社,2001年,第461页(又收入氏著《元朝史事新证》,兰州:兰州大学出版社,2010年,第315页)。

八卦相错。数往者顺,知来者逆,是故《易》逆数也。"① 宋代著名哲学家邵雍在《皇极经世书》卷首所附《伏羲八卦方位图》中对伏羲八卦之位以小圆图进行表示,即乾南坤北,离东坎西,兑居东南,震居东北,巽居西南,艮居西北,它们相交而成六十四卦。②"伏羲八卦方位"又称"先天八卦方位",与之相对的还有"文王八卦方位"。后者的表示法为:震东、巽东南、离南、坤西南、兑西、乾西北、坎正北、艮东北,又被称作"后天八卦方位"。此乾隅当在哪一方位呢? 同书所收潘迪《亦乐堂记》云:"亦乐堂者,澶渊乡校之讲室也。前国子上舍贡士法百夫长唐兀象贤,乃祖赠敦武府君,至治癸亥(1323)于官人寨之西北,市别墅一区,南北瓦舍九楹,东西广亦如之。此义塾之权舆也。"说明崇义书院建于官人寨的西北。依"伏羲八卦方位",西北为艮,而"文王八卦方位"则以乾指代西北方。可见此处的乾隅应指西北方,同于潘迪《有元澶渊官人寨创建庙学记》中所谓的艮方。

〔二〕楹:堂屋间的四经柱,其前两柱旁无可依的叫作楹。

先考忠显公〔一〕,慨然继志,立乡约,一风俗,兴学校,育人材,以成其事。暨岁泰定(1324—1328),续置东西瓦舍,为楹者亦如先祖敦武公〔二〕所市之数,适与南北九楹齐。先甃〔三〕井于其西,乃叹曰:"欲求家道久昌,莫若教子义方。"割资一千五百缗,购瓦舍为楹者三,为檩有七,欲于前所置东西九间房之正北,构讲堂,延师儒,诲子孙,以为永图。复未就,以疾终于正寝,可胜痛哉!

【校注】

〔一〕忠显公:即唐兀达海(1280—1344),因曾历官忠显校尉,故被称为忠显公。

〔二〕敦武公:即濮阳西夏遗民二祖唐兀间马(1248—1328)。

〔三〕甃:音 zōu,意为"用砖砌墙壁"。

愚窃自谓,资虽不敏,叨居胄馆〔一〕,忝预公试〔二〕,俟贡有期。值父忧,还[家]〔三〕养母,以守业务本为事。既毕丧,敢不思先祖积累之勤,成均师友切磋之笃,圣天子涵养六世之恩,使祖宗以来安享百年之福,冀以报其万一。

---

① [魏]王弼、[晋]韩康伯注,[唐]孔颖达疏,[唐]陆德明音义:《周易注疏》,上海:上海古籍出版社,1989年,第291页。

② [北宋]邵雍著,[明]黄畿注,卫绍生校理:《皇极经世书》,郑州:中州古籍出版社,1993年,卷首附图及第320—329页。

于是拜禀于母恭人〔四〕孙氏,恪遵先志,计仰事俯育之余。罄家资,购材僝工,于先人忠显公续置东西九间房之正北,创购讲堂,为间者三,颜以"亦乐",故集贤学士魏郡潘先生名且记之。复于其西规地为亩者三,建大成〔五〕之殿。神门两庑,斋馆庖湢〔六〕,及学田〔七〕五百亩,不侥浮誉,专为育材。

【校注】

〔一〕叨居胄馆:叨,受人之惠。叨居,即忝居。胄馆,是朝廷中接待宾客之房舍,也指贵族子弟求学的地方,此指大学。胄,皇帝或贵族之后裔。

〔二〕公试:即礼部会试。

〔三〕家:甲本无此字,据乙本补。

〔四〕恭人:元六品官员妻子的封号。

〔五〕大成:《孟子》谓:"孔子之谓集大成。"成者,乐之一终,此言孔子集三圣之事而为一大圣之事,犹作了乐者,集众音之小成而为一大成也。故今称孔子为大成至圣先师。

〔六〕湢:音bì,意为"浴室"。

〔七〕学田:金、元时代官田的一种,用于教育。金代学田免纳租税和物力钱。元代各地庙学、书院都有学田,是其赖以维持的经济基础。蒙古字学、医学也有学田。各地学田数量不等,少则一二百亩,甚至几十亩,多则数千亩,乃至数万亩。由学校经管,佃户承种,岁入租税则充作教师的俸薪和书院设备整修、添置的费用。沿袭前代的旧学田和官府拨赐的学田免输官赋,捐献和购置的田土则须输赋。①

寻以妖贼蜂起,两河调兵,遂至正十六年(1356)秋,愿献粟五百石、草一万束,助珍寇之资,不求官钱名爵。朝议嘉之,赐以"崇义书院"〔一〕之号。

继念先考忠显公先立乡会义约,凡十余条,月为一会,各相稽订,置簿立籍,定其赏罚。中推年高德盛、材良行修者俾充约举、约司,掌管约人。酌古礼意,合今时宜,凡可行之事、当戒之失,悉书于籍,使各遵而由之。其在约者,死丧、患难、济救之礼,德业、过失、劝惩之道,历举而行。数年有成,四方来观,皆慕且仿。故学士潘先生复为之序,翰林待制〔二〕愚庵颜先生为之赞,今翰林侍讲学士〔三〕晋安张先生诗。

① 孟繁清:《元代的学田》,《北京大学学报》(哲学社会科学版)1981年第6期,第49—55页;申万里:《元代教育研究》,武汉:武汉大学出版社,2007年,第349—355页。

乃至正十一年（1351），盗起颍、亳[四]。又七年，延蔓河北。兵燹之际，避地京师，又十年矣。

【校注】

〔一〕崇义书院：元代是我国书院教育发展的极盛期，书院数量众多，教育也相当发达。朱彝尊《日下旧闻》记载："书院之设，莫盛于元。设山长以主之，给廪饩以养之。几遍天下。"① 这反映了元代书院的盛况和元政府对书院建设的支持。明人王圻撰《续文献通考·学校考》对当时书院概况作了如下叙述：

> 自太宗八年（1236）行中书省事杨惟中从皇子库春（即阔出）伐宋，收集伊、洛诸书送燕京，立宋儒周敦颐祠，建大极书院，延儒士赵复、王粹等讲授其间，此元书院之始。其后，昌平有谏议书院，河间有毛公书院，景州有董子书院，京兆有鲁斋书院，开州有崇义书院，宣府有景贤书院……凡此，盖约略举之，不能尽载也。

文中共列举了当时全国享有盛名的书院37处，其中有开州（今河南省濮阳县）崇义书院，这是濮阳西夏遗民于元末建成的规模较大的一座书院，也是我们所知西夏遗民兴建的唯一的书院，在西夏遗民教育史及濮阳文化史上都具有极为重要的地位。但由于史书对该书院的记载绝少，致使数百年来一直湮没无闻。有幸的是，随着《述善集》的再次问世，崇义书院的盛况才得以重新为人们所认识。②

〔二〕翰林待制：官名，即翰林院待制，分掌文翰与修史诸事，正五品。待制之名始见于唐代，本为轮番值日以备顾问之意。至宋而成为定名。辽、金、元及明初尽管在翰林院中虽保留此官，但远不及宋制之重要。

〔三〕翰林侍讲学士：官名。唐玄宗于集贤院置，以五品以上官员充任，掌质史籍疑义。元朝于翰林国史院置，二人，从二品，蒙古翰林院亦置二人，集贤院置二人，从二品，位次于侍读学士，与侍读学士共掌文翰之事，以备皇帝顾问。

〔四〕盗起颍、亳：指元末红巾军起义。元朝末年，政治腐败，土地高度集中，

---

① [清]朱彝尊：《日下旧闻》卷十一，清康熙二十七年（1688）六峰阁刻本。
② 杨富学：《元政府护持学校档案两件——元代西夏遗民兴学档案之一》，《档案》2001年第2期，第43—45页；杨富学：《崇义书院史料辑注——元代西夏遗民兴学档案之二》，杨富学《中国北方民族历史文化论稿》，兰州：甘肃人民出版社，2001年，第205—221页；汤开建、王建军：《元代崇义书院略论》，刘迎胜主编《元史论丛》第9辑，北京：中央广播电视出版社，2004年，第151—161页。

以蒙古贵族为首的各族封建地主阶级对农民的剥削压迫日益严重。同时水旱灾害频仍,广大农民无以为生。元顺帝至正十一年(1351),韩山童等首先利用白莲教发动起义,以红巾为号。韩山童失败牺牲后,其徒刘福通在颍州(今安徽省阜阳市)继起斗争,迅即发展至十余万人,称红巾军。至正十五年(1355),刘福通拥立韩山童之子翰林儿为小明王,国号宋,建都于亳(今安徽省亳县),年号龙凤。刘福通自任丞相,于1557年亲率大军攻克大名(今河北省大名县东)、曹(今山东省菏泽市)、濮(今河南省濮阳县)、卫(今河南省汲县)诸地,次年取汴梁(今河南省开封市),遂迁都于此。1559年,汴梁为元军攻占,刘福通退居安丰(今安徽省寿县),并战死于此。元末农民战争失败。"亳",甲乙本皆误作"毫"。

　　今乱略既定,将挈家复业,裒〔一〕友朋耆宿,续为前约,务农兴学,重建崇义书院,以酬平生之志,诚所愿也。谨缮写三先生所著暨元约于卷端,伏惟省、台、馆、阁、成均之巨公〔二〕,四方游居在京之大夫士,赐之题咏,以为教勉。不惟使愚陋庶有传于当时,后世亦以见我圣朝用武之日,而其未乏材也夫〔三〕。

　　至正二十有七年(1367)春三月吉,杨氏崇喜〔四〕敬书。

【校注】

〔一〕裒:音 póu,聚集之意。

〔二〕巨公:王公大臣。

〔三〕也夫:语气助词,表感叹。《左传·僖公二十四年》:"子臧之服,不称也夫。"

〔四〕杨氏崇喜:又称唐兀崇喜,字象贤,《述善集》的编者。参27页【校注】〔二〕。

五言长诗一首

程徐书 张翥题

大朴[一]久已散，民风日浇漓[二]。

比屋昔可封[三]，于今思见之。

英英西夏[四]贤，好古敦民彝。

几世家濮阳，乐兹风土宜。

【校注】

〔一〕大朴：原始质朴的大道。三国魏嵇康《难张叔辽自然好学论》："昔洪荒之世，大朴未亏。君无文于上，民无竞于下。物全理顺，莫不自得。"①

〔二〕浇漓：亦作"浇醨"，犹言浇薄。张怀瓘《书断·神品》："终以文代质，渐就浇漓。"② 权德舆《祭故梁补阙文》："游夏远矣，文章运衰。风流不还，作者盖希。君得其门，独斥浇醨。"③

〔三〕比屋昔可封：语出《尚书大传》卷五："周人可比屋而封。"唐刘知幾《史通·疑古》："尧舜之人，比屋可封。盖因《尧典》成文，而广造奇说也。"④ 意为周人纯朴，教化遍于四海，每家都可以受到表彰。后用以泛称风俗淳美。

〔四〕西夏：党项拓跋氏所建王朝。党项首领李元昊经过改姓建制、创立文字、秃发易服等一系列的准备之后，正式于宋仁宗宝元元年（西夏天授礼法延祚元年，1038）称帝建国，国号大夏，西夏语为"大白高国"，或合称"白高大夏国"，宋人称其为西夏，建都兴庆府（1205年改为中兴府，今宁夏自治区银川市）。元昊统治时期，西夏的势力有很大发展，其统治区域"东尽黄河，西界玉门，南接萧关（今

---

① [清]严可均校辑：《全上古三代秦汉三国六朝文·全三国文》卷五〇，北京：中华书局，1958年，第1336页。
② [唐]张怀瓘撰，石连坤评注：《书断》卷中《神品》，杭州：浙江美术出版社，2012年，第117页。
③ [唐]权德舆撰，郭广伟校点：《权德舆诗文集》卷四八，上海：上海古籍出版社，2008年，第763页。
④ [唐]刘知幾：《史通·外篇·疑古第三》，北京：中华书局，2014年，第612页。

宁夏自治区同心县南），北控大漠"①，"方二万余里"②。辖地包括今宁夏的大部，陕西、内蒙古、甘肃、青海等省区的一部分。境内生活着党项、汉、吐蕃、契丹、女真、回鹘、鞑靼等多种民族，党项人在政治和文化上都居于主导地位。元昊称帝建国前后，在汉儒文士张元、吴昊等人影响下，立官制，定兵制，制礼义，造文字，建蕃学，基本上参照唐宋的政治、军事和文化制度。元昊建国标志着党项社会走上封建化。西夏王国从景宗李元昊到末主李睍共传10帝，历时190年（1038—1227）。如果从其"虽未称国，而王其土"③的拓跋思恭夏州政权算起，历时347年。先后与宋、辽、金等政权并存成掎角之势，又与回鹘、吐蕃等势力发生摩擦，历经战和交替、变乱兴衰，终于在1227年被蒙古汗国所灭。西夏灭亡后，境内的西夏民族散居各地。濮阳西夏遗民即为其中的一支。从保定出土的西夏文经幢的纪年测定，直到明代中期仍有西夏后裔活动的遗迹。④ 至于南方木雅地区的西夏遗民，更是源远流长。⑤

> 同乡余百年，桑梓联阴翳。
> 礼让庶几[一]兴，居人聿来归。
> 父老乃申约，交修著明规。
> 三时[二]叙情会，孝弟[三]无衍违。
> 况复拓广宇，训迪资名师。
> 匪直守望义，真将返雍熙[四]。

【校注】

〔一〕几：乙本作"己"。"庶己"，不词，故不取。

〔二〕三时：春、夏、秋三个农忙时节。《左传·桓公六年》："谓其三时不害而民和年丰也。"

〔三〕孝弟：《大学》："孝者，所以事君也；弟者，所以事长也；慈者，所以使众

---

① [清]吴广成撰，龚世俊等校证：《西夏书事校证》卷一二，兰州：甘肃文化出版社，1995年，第145页。

② 《宋史》卷四八六《夏国传下》，北京：中华书局，1977年，第14028页。

③ 《宋史》卷四八六《夏国传下》，北京：中华书局，1977年，第14030页。

④ 史金波、白滨：《明代西夏文经卷和石幢初探》，《考古学报》1977年第1期，第143—164页（收入白滨编《西夏史论文集》，银川：宁夏人民出版社，1984年，第574—594页）；史金波、白滨：《明代西夏文经卷和石幢再探》，白滨编《西夏史论文集》，银川：宁夏人民出版社，1984年，第600—622页；李范文：《关于明代西夏文经卷的年代和石幢的名称问题》，《考古》1979年第5期，第472—473页（收入白滨编《西夏史论文集》，银川：宁夏人民出版社，1984年，第595—599页）。

⑤ 邓少琴：《西康木雅乡西吴王考》，白滨编《西夏史论文集》，银川：宁夏人民出版社，1984年，第680—694页；李范文：《西夏遗民调查记》，氏著《西夏研究论集》，银川：宁夏人民出版社，1983年，第190—278页。

也。"《论语·学而》:"其为人也孝弟。"朱熹注:"善事父母为孝,善事兄长为弟。"①亦作"孝悌"。《孟子·梁愚王上》:"申之以孝悌之义。"

〔四〕雍熙:和乐升平,犹言"和谐"。雍,《尚书·无逸》:"言乃雍。"古代又指撤膳时所奏的音乐。张衡《东京赋》:"百姓同于饶衍,上下共其雍熙。"②

> 风尘鸿洞〔一〕中,志业竟已隳。
> 缅怀此古道,千载增唏嘘。
> 王烈去避地〔二〕,田畴甘息机。
> 天运谅循环,思治惟其时。
> 愿言终相依,岁寒以为期。

至正丁未(1367)腊月四明〔三〕程徐〔四〕呵冻〔五〕书。八十二翁河东〔六〕张翥题。

【校注】

〔一〕鸿洞:空虚混沌,无形无象,弥漫无际。《淮南子·精神训》:"古未有天地之时,惟像无形,窈窈冥冥,芒芠漠闵,鸿濛鸿洞,莫知其门。"③

〔二〕王烈去避地:王烈(141—219),字彦方,平原县(今山东省平原县)人。少时师从东汉名士陈寔,闻名遐迩。"会董卓作乱,避地辽东,躬秉农器,编于四民。布衣蔬食,不改其乐。东域之人,奉之若君。"④

〔三〕四明:浙江旧宁波府的别称,以境内有四明山得名,元代属庆元路。传说山上有方石,四面皆明,中通日月星宿之光,故称四明山。

〔四〕程徐:明代庆元(今属浙江省宁波市)人,在《述善集》中自称四明(今宁波市的别称)人,字仲能。至正中,以明《春秋》知名当世。初仕元,至兵部尚书致仕。洪武初,偕危素等自北平至京,授刑部尚书,卒于官。徐性聪敏,工诗文,著有《春秋三传辨疑》,有《积斋集》五卷传于世。《明史》卷一三九、《国朝献征录》卷四四有传。

〔五〕呵冻:嘘气以使砚中冻结的墨汁融解,形容在极寒冷的情况下作书。周必大《题东坡上薛向枢密书》:"是日其生朝也……不则与家人饮食燕乐,乃斋心

---

① [南宋]朱熹:《四书章句集注》,北京:中华书局,1983年,第48页。
② [东汉]张衡著,张震泽校注:《张衡诗文集校注》,上海:上海古籍出版社,1986年,第161页。
③ [西汉]刘安等撰:《淮南子》卷七《精神训》,北京:中华书局,1954年,第99页。
④ [晋]陈寿:《三国志·魏书·王烈传》裴松之注引《先贤行状》,北京:中华书局,1982年,第356页。

呵冻,极陈国计,其贤于人远矣。"①

〔六〕河东:古地区名。战国、秦、汉时代指今山西省西南部。唐以后泛指今山西全省。因黄河经此地作北南向流,本区位在黄河以东而得名。金朝在山西设南北二路。河东北路治所任太原府,辖境相当于山西中阳、灵石、昔阳等县以北,内长城以南及陕西吴堡县以北地区。河东南路治所在平阳(今山西省临汾市),辖境相当于山西省南部及河南武陟以西的黄河北地区。张翥为晋宁(今山西省临汾市)人,故此处的河东应为河东南路。

---

① [北宋]周必大:《周必大集》卷四八,清欧阳棨刻本。

龙祠乡社义约赞

曾　坚[一]

予阅《龙祠乡社义约》，为之叹曰：人心风俗，可移于礼法；世衰习陋，人以吏为师。异端又从而淈[二]之，甚矣。吾疑其弗复也。是约且有二难，设于龙神之堂，创于军砦之士，而视吕蓝田[三]，增其条规，摹古乡饮之仪，与洛社真率会[四]相近似，有足尚也。

【校注】

〔一〕曾坚：生年不详，卒于1370年，字子白，明代金溪（今属江西省）人。在《述善集》中自称临川郡（今江西省抚州市临川区西）人，乃其郡望，少与危素齐名，至正十四年（1354）进士，授国子助教，升翰林修撰。出任江西行省郎官，入为国子监丞，升司业，拜监察御史，改翰林直学士。入明，授礼部员外郎，谙习典章制度，太常讨论礼仪诸事，皆向他咨询。以疾辞。后因感符玺事作《羲象歌》，文中可能有文字触犯了朱元璋的忌讳，被诛。

〔二〕淈：音 gǔ，乃搅浑、搞乱之意。

〔三〕吕蓝田：指蓝田吕氏乡约。

〔四〕洛社真率会：宋代司马光罢相后居洛，常与故老游集，相约酒不过五行，食不过五味，号"真率会"①。宋吴曾《能改斋漫录·事始一》："司马温公有真率会，盖本于东晋初肆拜官相饬供馔。"

忠显公之于崇喜，旧学于成均，有儒风，适追其祖武买地，因建书院，甫就。王师南伐，道经开州，君大具粮刍共[一]军需。朝廷多[二]之，以"崇义"锡院[三]额。既毁于盗，君亦徙京，居十有祺[四]。澶渊濮阳犹墟，将俟兵偃，图归，理先业，修前约，此其立心，顾不磊落丈夫哉？予前祭酒[五]也，知君笃行

---

① [宋]邵伯温著，王根林点校：《邵氏闻见录》卷一〇，北京：中华书局，1997年，第58页。

而揆其志,可与有成也。故书以为勉焉。

【校注】

〔一〕共:疑误,应为"供"之误。

〔二〕多:疑误,应为"美"之误。

〔三〕院:甲本作"字",皆可通。

〔四〕稘,音jī,"周年"意。意同"期"。

〔五〕祭酒:官名,古时会同飨燕,必尊长先用酒以祭,故同列中年德行最高的叫祭酒。后世成为官职。置有博士祭酒,最著者为国子监祭酒。其官至清末始废。

开州之封濮阳县,东官草地平且衍。

地皆官给寨官营,安富相承镇中甸。

嵯峨高栋起乾位〔一〕,前敞神门后祠殿。

廊庑庖厨翼两傍,千载容仪俨然见。

深衣跄跄曳鞠履,童冠从之俱后先。

笥盛遗经坐中授,蒲席敷舒铁为砚。

诵声吾伊〔二〕达州邑,善训薰陶出英彦。

寨西盘回大堤曲〔三〕,在昔龙祠郁葱蒨。

【校注】

〔一〕嵯峨高栋起乾位:指崇义书院建于乾位,即南方。见第57—58页【校注】〔一〕。

〔二〕吾伊:指读书的声音。宋黄庭坚《考试局与孙元忠博士竹间对窗夜闻元忠诵书声调悲壮戏作竹枝歌三章和之》:"南窗读书声吾伊,北窗见月歌竹枝。"①也作"伊吾""咿唔"。

〔三〕大堤曲,指汉武帝的《瓠子之歌》。瓠子,即瓠子河。西汉元光三年(前136)黄河决入瓠子河,东南由巨野泽通于淮、泗、梁、楚一带,连年水灾。至元封二年(前111)堵塞,汉武帝亲临其地,作《瓠子之歌》二首。其一曰:"瓠子决兮将奈何?浩浩洋洋,虑殚为河。殚为河兮地不得宁,功无已时兮吾山平。吾山平兮巨野溢,鱼弗郁兮柏冬日。正道弛兮离常流,蛟龙骋兮放远游。归旧川兮神哉

---

① [宋]黄庭坚著,[宋]任渊、[宋]史容、[宋]史季温注,黄宝华点校:《山谷诗集注》卷九,上海:上海古籍出版社,2003年,第215页。

沛,不封禅兮安知外!皇谓河公兮何不仁,泛滥不止兮愁吾人!啮桑浮兮淮、泗满,久不反兮水维缓。"其二曰:"河汤汤兮激潺湲,北渡回兮迅流难。搴长茭兮湛美玉,河公许兮薪不属。薪不属兮卫人罪,烧萧条兮噫乎何以御水!隤林竹兮楗石菑,宣防塞兮万福来。"①

> 旱干为岁报与祈,俎豆雍容遂高燕,
> 因之中明古乡约,潜寓劝惩何缱绻。
> 鸡黍肴蔬称有无,尊卑长幼期分辩,
> 农桑经史恣谈说,长短是非毋辄擅。
> 耕耘灾患贵相助,丧葬艰虞严遣奠,
> 苟违斥罚□不恕,神物照临思竟劝。
> 问人谁能善俗倡,唐兀象贤金百炼,
> 移家宁夏今六世,敦武开基嗣忠显。
> 君从成均得师法,故里挥财力营缮,
> 刍茭万束粟五百,卜式输边为时献〔一〕。
> 煌煌金榜自天下,缠纠蛟龙日霞绚,
> 妖氛骄凭忽十载,梦寐空怀故鱼佃。
> 民生思治在兹际,矫首升平宜转乱,
> 余风遗俗还邃古,浑朴无雕玉无琢。
> 有基夙夜构堂宇,有土春秋肃坛埠,
> 肸蚃〔二〕仍来旧祠龙,窠巢定集重归燕。
> 君家子弟况多秀,恭引周详成祼荐,
> 白鹿之规〔三〕蓝田约,陶冶乡间乐丕变。

【校注】

〔一〕卜式输边为时献:典出《汉书》卷五八《卜式传》。卜式,西汉河南人,畜牧主出身,屡以家财捐助政府,而不求官爵。武帝任其为中郎将,赐爵左庶长,田十顷,布告天下,借以鼓励其他富商大贾为政府捐资纳财。后被封为关内侯。②这里取此典故以表彰唐兀崇喜向元政府捐草万束、粟万石之举。

〔二〕肸蚃:音xīxiǎng,本为联绵词,作"直泄"与"强烈散发"之意解。《汉书·司

---

① [汉]班固:《汉书》卷二九《沟洫志》,北京:中华书局,1962年,第1682—1683页。
② [汉]班固:《汉书》卷五八《卜式传》,北京:中华书局,1962年,第2625页。

马相如传上》:"众香发越,肸蚃布写。"左思《吴都赋》:"芬馥肸蚃。"①

〔三〕白鹿之规:白鹿,指白鹿洞书院。白鹿之规指南宋朱熹在白鹿洞书院指定的《白鹿洞学规》。淳熙五年(1178),朱熹"访白鹿洞书院遗址,奏复其旧,为《学规》俾守之"。其内容有5个方面。1.敬敷五教:"父子有亲;君臣有义;夫妇有别;长幼有序;朋友有信。"2.为学之序:"博学之;审问之;慎思之;明辨之;笃行之。"3.修身之要:"言忠信;行笃敬;惩忿窒欲;迁善改过。"4.处事之要:"正其义,不谋其利;明其道,不计其功。"5.接物之要:"己所不欲,勿施于人;行有不得,反求诸己。"②

> 一门尽自辟雍〔一〕出,染习见闻人所羡,
> 二美〔二〕重修世则齐,请君勉力期无倦。
> 翰林先生若林立,潘记〔三〕增书从拣选,
> 从此雍熙亿万年,优游礼乐消征战。

右送唐兀君象贤归濮阳重修乡校、乡约二美事。至正二十有八年(1368)岁次戊申二月十有八日己未,宗圣公〔四〕孙临川郡〔五〕曾坚书于京师昭回里之寓,曰北圃轩。

【校注】

〔一〕辟雍:亦作"辟廱""辟雝""璧雍"。本为周天子所设大学。东汉以后,历代皆有辟雍,除北宋末年为太学之预备学校(亦称外学)外,均为祭祀之所。此处仍取其"大学"意。

〔二〕二美:指唐兀崇喜于濮阳建学校、修乡约二美事。

〔三〕潘记:指潘迪撰《龙祠乡社义约序》。

〔四〕宗圣公:即曾子(前505—前436),春秋末鲁国南武城(今山东省费县)人。姓曾,名参,字子舆。孔子晚年弟子,以孝行著称。平日为学极尽心,极笃实,为人极守信。《汉书·艺文志》著录《曾子》18篇,今存10篇,收入《大戴礼记·曾子问第七》。曾子又被看成是思孟学派的开山,影响甚大,被封建统治者尊为"宗圣"。宋代道学家认为他是传接孔子道统的唯一人物。

---

① [梁]萧统编,[唐]李善注:《文选》卷五《赋丙》,上海:上海古籍出版社,1986年,第209页。
② [清]黄宗羲原著,全祖望补修:《宋元学案》卷四九《晦翁学案下》,北京:中华书局,1986年,第1570—1571页;[南宋]朱熹:《朱文公集》卷七四《白鹿洞书院学规》,四部备要本。

〔五〕临川郡:三国吴太平二年(257)析豫章郡置,治所在临汝县(今江西省抚州市临川区西)。南朝齐徙治南城县(今江西省南城县东南),陈仍徙治临汝县。隋开皇九年(589)改置抚州,大业初复为临川郡。唐武德五年(622)改为抚州,天宝元年(742)复为临川郡,乾元元年(758)改抚州。

育材卷之二

亦乐堂记

潘 迪

亦乐堂者,澶渊乡校之讲室也。前国子上舍〔一〕贡士〔二〕法百夫长唐兀象贤,乃祖赠敦武府君,至治癸亥(1323)于官人寨之西北,市别墅一区,南北瓦舍九楹,东西广亦如之。此义塾之权舆也。

泰定间(1324—1327),乃考忠显府君续置瓦舍为楹者,亦如敦武所市之数,前后凡为步者十有八,适与南北九楹齐,仍凿井于乾隅。忠显叹曰:"欲求家道久昌,莫若教子义方。"于是用楮币〔三〕为缗者一千五百,市瓦堂三楹,方欲谋徙建于东西九楹房之正北,以为讲堂,将议礼请师儒,教诲子孙。未及以寿终。既免丧,象贤思乃祖之积德,乃考之好义,与其兄思贤、弟百夫长卜兰台佥议,继祖考之志,扩而大之。不数月,卑者崇,故者新,狭者裕,暗者明,轮奂翚飞,青碧璀璨,凡为正堂三楹,堵头二楹,桓〔四〕高弥丈,梁倍之。又重葺东西九楹,西三楹以居师儒,中三楹门之以出入,东三楹以寓四方学者。以讲室后基稍隘,地主啬之。濮阳监邑〔五〕伯都〔六〕用意劝率。既允,象贤又用楮缗一千五百有奇,凡三券,市地计为步者若干,鸠工于至正丁亥(1347)十有一月,落成于今年四月。

【校注】

〔一〕上舍:宋朝学校三舍之第一等。神宗熙宁四年(1071)始于太学置,学生一百人。考试成绩分上、中、下三等,获上等成绩者可直接授官,获中等成绩者免礼部试,获下等成绩者可免解试。上舍生常被选充太学前廊学录、学谕、直学等职事,给月俸。元朝承袭宋朝制度,将国子学分为外舍、内舍和上舍,学生可按照具体年限和自身条件,依次递进。上舍是国子学中的最高档次。

〔二〕贡士:周朝诸侯国向天子推荐人才称贡士。《礼记·射义》:"诸侯岁献贡士于天子。"唐宋以后地方学校入京师国子学及赴殿试者称贡士。此处代指太学生。

〔三〕楮币:宋、金、元时期发行的"会子""宝券"等纸币,因其用楮皮纸制成,故名。后世泛指一般纸币。

〔四〕桓:表柱。《礼记·檀弓》:"三家视桓楹。"孔颖达疏:"按《说文》,桓,亭邮表也。"即华表。

〔五〕监邑:主管教育的官员。

〔六〕伯都:即唐兀伯都,见第42页【校注】〔五〕。

伯都亦前国子上舍,故于学校尤力。先是象贤与兄思贤暨闾里信义士夫、诗礼之家,愿备厚礼,敦请新除密州〔一〕儒学正〔二〕唐兀彦国先生以主师席,教诲各家子弟。今甫再期,远近学者不啻五十余员,讲解课业已有成效。堂既毕工,郡邑监尹暨军帅长〔三〕二悉来劝勉,饮以落之,岂徒为一乡学者劝,实可为一郡学校毕也。

将落成,以书来请扁〔四〕,余僭为署曰"亦乐"。摭吾夫子朋来自远,不亦乐乎〔五〕之意,而孟子亦以得天下英材而教育之为三乐之一〔六〕。愚闻:人之为学,既有时习之功,则理与心契,同类之朋自远而来,则理与人符者众,而乐之发于中者为何如? 然君子之学,积于己者厚,将以养德性,变气质。初非有待于朋来也,惟其积于中者厚,英华发于外者著,则后觉者孰不仰其德业之盛,思有以启其昏蒙之蔽哉? 宜乎担负簦笈〔七〕,弗惮跋涉而愿从焉,则理之悦于心,而乐之发于外。其容已乎。

【校注】

〔一〕密州:隋开皇五年(585)改胶州置,治所在东武县(后改为诸城县,即今山东省诸城市),大业初改为高密郡。唐武德元年(618)复为密州,天宝元年(742)又改为高密郡,乾元元年(758)复为密州。明洪武元年(1368)废。

〔二〕学正:官名。宋初始置。初为太学职事之一。仁宗时,选差学生充任。神宗熙宁四年(1071)选上舍生分经为之,每经二人。熙宁末年,始正式命官充任,但仍旧参用学生,遂有命官学正与职事学正之别。命官正九品,三年一任。

南宋太学初置二人,后改一人。掌执学规、考核学生。元沿宋制,设于路、下州儒学及医学,由教谕、学录中选充。明朝设于国子监及州学。与助教、学录分掌六堂教务,并讲说经义文字,导约规矩。

〔三〕军帅长:可能是军府中掌管教育的官员。

〔四〕扁:"匾"的本字,即匾额,挂在厅堂或亭榭上的题字横幅。

〔五〕朋来自远,不亦乐乎:语出《论语·学而》:"有朋自远方来,不亦乐乎!"

〔六〕孟子亦以得天下英材而教育之为三乐之一:《孟子·尽心章句》:"孟子曰:'君子有三乐,而王天下不与存焉。父母俱存,兄弟无故,一乐也;仰不愧于天,俯不怍于人,二乐也;得天下英才而教育之,三乐也。君子有三乐,而王天下不与存焉。'"

〔七〕簦笈:长柄笠(犹今之伞)与箱囊,即旅人所携用品。温庭筠《病中书怀呈友人》:"齿牙频激发,簦笈尚崎岖。"

呜呼! 唐虞〔一〕三代〔二〕何愧于古哉? 后世风浇俗漓,视学校为不急务,此人材风俗所以不古若也。士君子虽有好善之心,不为流俗所移者,鲜矣。今象贤培养于成均者久,其居乡邑,乃能继祖考之志,兴起乡校,尊礼师儒,治经诲子,以及乡邻之子弟,以至构讲堂,施廪给,割学田,略无靳色。四方学者,莫不感发,信乎? 人心之天,今不愧于古矣。

诸生居是堂,肄是业,玩"亦乐"之旨,体圣贤之心,则他日将见人材辈出,以需世用,则不惟不负彦国教诲之勤,其于象贤兴举乡校之意亦不负矣。若然,则乐之所得,又何如哉?

彦国名伯都,尝为燕南名进士。其博学高识,殆未易量。象贤名崇喜,学问纯正,抱远大器,不屑轻进云。

至正戊子(1348)四月甲午朝列大夫国子司业魏郡潘迪谨记。

【校注】

〔一〕唐虞:唐指陶唐氏,虞指有虞氏,均为传说中的远古部落名。前者的首领是尧,生于濮阳,都于平阳(今山西省临汾市西南),后者领袖为舜,居于蒲坂(今山西省永济市蒲州镇)。皆是传说中的治世。

〔二〕三代:指夏(约前2070—前1600左右)、商(约前1600—前1046)、周(前1046—前221)。

诗 一 首

张 桢〔一〕

万象〔二〕涵濡严泽多,蕊珠〔三〕琪树共吟哦,

风行川水波光溢,日帘帘桄昼影和。

白马翩翩来上国,锦衣灿灿照行窝,

明堂厦屋须梁栋,不是衡门〔四〕隐者歌。

张桢。

【校注】

〔一〕张桢:原书作张祯(《大明一统志》卷一二同,作"祯"),当即后文的张桢(1305—1368)。据光绪《开州志》,张桢曾在至正初年任开州刺史①,并在大德元年(1297)州尹弭礼所建文庙的基础上,对之重新修葺。② 张桢在濮阳的时间,正与《述善集》中张祯(桢)题诗的年代相符。按《述善集》为传抄本,错别字较多,如"大惧"误作"大懂","色目"被写成"邑目","折冲"误作"拆冲"等,故将张桢误作"张祯"是可能的。按:张桢,字约中,元代汴(今河南省开封市)人,登元统元年(1333)进士第,授彰德路录事,累迁高邮县尹、中政院判、监察御史、金山南道肃政廉访司事等官。于至正八年(1348),弹劾太尉阿乞拉欺罔之罪,未果。又于至正二十一年(1361),弹劾也先不花等弃权误国之罪,又不报。遂辞去,结茅安邑山谷间。有访之者,不复言时事,但对之流涕而已。生平事迹见《元史》卷一八六、《元统元年进士录》卷上、《大明一统志》卷一二。

〔二〕万象:指万象宫,唐武则天称帝后所建之佛殿,富丽堂皇,不计靡耗,为男宠薛怀义督建。

---

① 濮阳县地方史志办公室校注:《(光绪)开州志》卷四《职官志》,郑州:中州古籍出版社,1995年,第212页。
② 濮阳县地方史志办公室校注:《(光绪)开州志》卷二《建置志》,郑州:中州古籍出版社,1995年,第96页。

〔三〕蕊珠:指蕊珠宫,省称"蕊宫",道教经典中所说的仙宫。

〔四〕衡门:横木为门,指简陋的房屋。借指隐者所居。

赋 一 首

张以宁

侯〔一〕贺兰之名裔兮，

宅澶渊之陕区；

族浸蕃而孔硕〔二〕兮，

袭祖祢之庆余；

既齿虎闱〔三〕之胄子兮，

又长兔罝〔四〕之武夫；

超辞荣以隐处兮，

慨然念夫厥初；

曩贻谋〔五〕之是思兮，

追往哲之宏模；

谓嵩阳〔六〕白鹿〔七〕之经始兮，

举昔幽贞〔八〕之所庐；

【校注】

〔一〕侯：唐兀崇喜及其家人均未封侯，此侯字是对崇喜的尊称。

〔二〕孔硕：硕大。《诗经·小雅·楚茨》："为祖孔硕。"朱熹集注："硕，大也。"

〔三〕虎闱：古时国子学的代称。因其地在虎门之左，故有是称。犹虎门也。

〔四〕兔罝：捕兔的网，引申为捕兔之人，再引申为在野之贤人。《诗序》："《兔罝》，后妃之化也。"孔颖达疏："《笺》：罝兔之人，鄙贱之事，犹能恭敬，则是贤者众多也。"①

〔五〕贻谋：典出《诗经·大雅·文王有声》："诒厥孙谋，以燕翼子。"后以"贻

---

① 《诗经·周南·兔罝》，〔清〕阮元校刻：《十三经注疏》，北京：中华书局，1980年，第281页。

谋"指父祖。

〔六〕嵩阳:指嵩阳书院,位于今河南省登封市太室山南,原名嵩阳寺,北魏孝文帝太和年间始建。五代后周时改为太乙书院。宋太宗至道二年(996),赐名太室书院。大中祥符三年(1010),赐经。景祐二年(1035),更名嵩阳书院,著名理学家程颐曾于此讲学。

〔七〕白鹿:指白鹿洞书院。

〔八〕幽贞:义为隐士,指高洁坚贞的节操。语出《周易·履》:"履道坦坦,幽人贞吉。"

矧〔一〕予奕叶之清白兮,

吾谁赖曰诗书;

恢精舍〔二〕之遗制兮,

割土田之上腴;

聚购书以淑士兮,

驰骋币以招儒;

崇以閟宫〔三〕之翼翼兮,

承以厦屋〔四〕之渠渠;

【校注】

〔一〕矧:音shěn,况且。

〔二〕精舍:旧时书斋、学舍,集生徒讲学之所。《后汉书·包咸传》:"因住东海,立精舍讲授。"《后汉书·党锢传》:"刘淑檀敷俱立精舍教授。"以其有精行者所居之所意,而为佛教、道教所借用,用以称呼僧、道居住或讲道说法的场所。《三国志·吴书·孙策传》裴松之注引《江表传》曰:"时有道士琅邪于吉,先寓居东方,往来吴会,立精舍,烧香读道书。"《晋书·孝武帝纪》:"帝初奉佛法,立精舍于殿内。"宋僧法云《翻译名义集》曰:"灵祐寺诰曰:'非粗暴者所居,故云精舍。'"①

〔三〕閟宫:神庙。《诗经·鲁颂·閟宫》:"閟宫有侐,实实枚枚。"郑玄笺:"閟,神也。姜嫄神所依,故庙曰神宫。"

〔四〕厦屋:大屋。左思《三都赋·魏都赋》:"厦屋一揆,华屏齐荣。"②

---

① [宋]法云:《翻译名义集》卷二〇《寺塔坛幢篇》,南京:江苏广陵古籍刻印社,1990年,第473页。
② [梁]萧统编,[唐]李善注:《文选》卷五《赋丙》,上海:上海古籍出版社,1986年,第277页。

考既勤于作屋兮，

宣肯构[一]之在予；

征吉占于日者兮，

协佥议于友于[二]；

辟斯堂之弘敞兮，

寔讲习之所；

群青衿[三]之济济兮，

俨缃帙以舒舒；

论中声于雅颂[四]兮，

诹古义于典谟[五]；

【校注】

〔一〕肯构：肯堂肯构之简书。《尚书·大诰》："若考作室，既底法，厥子乃弗肯堂，矧肯构？"孔安国传："以作室喻治政也。父已致法，子乃不肯为堂基，况肯构立屋乎？"考：父亲。底法：定法。矧：况且。原意为儿子不愿按照父亲的设计，继承父亲的事业。后反其义用之，以"肯堂肯构"比喻子能继承父业。又作"肯构肯堂"，简作"肯堂"或"肯构"。

〔二〕友于：本指兄弟相处弥笃。《尚书·君陈》："孝乎惟孝友于兄弟。"后割裂用典，以"友于"代"兄弟"。

〔三〕青衿：青色高领长衫，古代学生和明清秀才常服。《诗经·弟风·子衿》："青青子衿，悠悠我心。"毛传："青衿，青领也，学子之所服。"

〔四〕雅颂：《诗经》分为风、雅、颂三类。风，主要是各地民间歌谣，仅有一小部分是贵族、士的作品。雅，分大雅、小雅，是宫廷和京畿一带演唱的乐歌。颂，分周颂、鲁颂、商颂，是贵族用于宗庙祭祀的乐歌。古人常以雅颂代表高雅文化。如《汉书·董仲舒传》："教化之情不得，雅颂之乐不成。"《荀子·乐论》："先王恶其乱也，故制雅颂之声以道之。"

〔五〕典谟：指《尚书》中的《尧典》《舜典》和《大禹谟》，有"典雅""古奥"之意。

粤昔孔门之多贤兮，

缤三千其有徒[一]；

曾屣履而歌商兮，

颜箪瓢[二]其宴如;

维兹万物之源兮,

匪丰啬于贤愚;

侃群迷[三]而独觉兮,

噎中情其纡郁;

遵明训于潜圣兮,

佩格言于子舆[四];

来远朋而育英材兮,

庶余心其乐胥[五];

【校注】

〔一〕孔门之多贤兮,缤三千其有徒:孔子是我国古代杰出的教育家,他首创私学之风,以"有教无类"为宗旨,相传弟子有三千人之多,其中贤者七十。

〔二〕颜箪瓢:化用孔子赞美颜回的言辞。《论语·雍也》:"子曰:贤哉,回也。一箪食,一瓢饮,在陋巷,人不堪其忧,回也不改其乐。贤哉,回也。"

〔三〕迷:乙本作"述",形近而误,故不取,从甲本。

〔四〕子舆:一般指曾子。

〔五〕乐胥:"喜乐"之意。《诗经·小雅·桑扈》:"君子乐胥,受天之祜。"

怡远观于川水兮,

畅高咏于风雩[一];

嘉薄采于芹茆[二]兮,

欣妙契于渊鱼[三];

始心和而气平兮,

遂志泰而神愉;

谅宣宫商[四]而谐律吕[五]兮,

夫岂斯乐之能逾世;

【校注】

〔一〕风雩:《论语·先进》:"莫春者,春服既成,冠者五六人,童子六七人,浴乎沂,风乎舞雩,咏而归。"何晏集解引包咸曰:"浴乎沂水之上,风凉于舞雩之下,歌咏先王之道而归夫子之门。"后即借"风雩"表示不愿仕宦之志。

〔二〕薄采于芹茆:《诗经·鲁颂·泮水》:"思乐泮水,薄采其芹……思乐泮水,薄采其藻……思乐泮水,薄采其茆。"就以采芹指代入学,或表示考中秀才成了县学生员。

〔三〕渊鱼:比喻隐秘之事。《旧唐书·武宗纪》:"接壤戎帅,屡奏阴谋,顾鬓龇之所矜,岂渊鱼之是察。"

〔四〕宫商:五音中的宫音与商音,引申为音乐、音律。出自《文选·王褒·洞箫赋》。

〔五〕律吕,古代乐律的统称,可分为阳律和阴律,是有一定音高标准和相应名称的中国音律体系。

浮夸之是耽兮,
日般游〔一〕以康娱;
曾快意其几何兮,
只自昧夫远图;
歌舞化而为鸣蚩〔二〕兮,
华屋忽其荒墟;
医名教之有地兮,
永世守而弗渝;
蓺带草于中庭兮,
植香芸于前除;
冀沐后皇〔三〕之雨露兮,
登芳馨而荐诸。
乱日〔四〕:
"趑趑眉学,
登斯堂兮;

【校注】

〔一〕般游:即游乐。汉张衡《归田赋》:"于时曜灵俄景,系以望舒。极般游之至乐,虽日夕而忘劬。"[1] 晋袁宏《后汉纪·桓帝纪上》:"日般游诸臣之家,降尊乱卑,等威无别。"[2]

---

[1] [东汉]张衡著,张震泽校注:《张衡诗文集校注》,上海:上海古籍出版社,1986年,第245页。
[2] [晋]袁宏著,周天游校注:《后汉纪校注》卷二十一《桓帝纪上》,天津:天津古籍出版社,1987年,第568页。

〔二〕鸣蛩：即蟋蟀。唐钱起《晚次宿预馆》诗："回云随去雁，寒露滴鸣蛩。"①

〔三〕后皇：天地的代称，出自《楚辞·九章·橘颂》。

〔四〕乱曰：为古代文献中常见的语言形式，有多种含义，此处当为"总结评论"之意。②屈原《九章》："乱曰：鸾鸟凤皇，日以远兮。"③

以游以歌，

讲唐虞兮；

乐只斯文，

邦家之光兮；

嗟后之人，

继序思不忘兮。"④

晋安张以宁为唐兀象贤赋。

至正庚子(1360)⑤春二月吉旦书于成均之崇术堂。

---

① 中华书局编辑部点校：《全唐诗》(增订本)卷二三七，北京：中华书局，1999年，第2625页。

② 黄震云、孙娟：《"乱曰"的乐舞功能与诗文艺术特征》，《文艺研究》2006年第7期，第68—69页。

③ [宋]洪兴祖注：《楚辞补注》，北京：中华书局，1983年，第131页。

④ 问永宁：《〈元代西夏遗民文献《述善集》校注〉标点献疑》，《社科纵横》2009年第6期，第99页。

⑤ 朱巧云：《关于〈述善集〉所收张以宁诗文的几个问题》，《宁夏大学学报》(人文社会科学版)2006年第5期，第79页。

象贤征士亦乐堂诗

程 徐

圣朝崇教化,乡塾[一]总儒林。

古郡弦歌盛,征君[二]众庶钦。

构堂千载意,讲道百年心。

龢会交间里,欢欣动风襟。

育材宁弃禄,教子不遗金[三]。

邂逅纷倾盖,追随尽盍簪[四]。

传经师说富,辅德友情深。

知二怀端木[五],闻三喜子禽[六]。

【校注】

〔一〕乡塾:指旧时乡里教学的地方。

〔二〕征君:是对征士的尊称。

〔三〕教子不遗金:化用《汉书·书贤传》"遗子黄金满籯,不如一经"之谚语而来,意为给儿子留下许多黄金,不如让他学通一部经书。

〔四〕盍簪:朋友相聚。语出《周易·豫卦·九四》:"由豫,大有得勿疑,朋盍簪。"三国魏王弼注:"故勿疑,则朋合疾也。盍,合也。簪,疾也。"

〔五〕知二怀端木:子贡,复姓端木,名赐,字子贡,卫人。《论语·公冶长》载子贡利口巧辞,孔子常黜其辩。问曰:"女(同"汝")与回也孰愈?"对曰:"赐也何敢望回! 回也闻一以知十,赐也闻一以知二。"

〔六〕闻三喜子禽:子禽,姓陈,名亢,生于公元前511年,卒于公元前430年,小孔子四十岁,有说是孔子弟子,也有说是子贡弟子。《论语·季氏》:"鲤退而学礼。闻斯二者。陈亢退而喜曰:'问一得三:闻诗,闻礼,又闻君子之远其子也。'"

菁菁莪草茂〔一〕,秩秩简芸森。

适意诗频和,忘怀酒屡斟。

华香浮几静,云影落窗阴。

步月秋携手,临流昼听琴。

中原称胜事,大雅托遗音。

俊彦罗阶玉,贤材拟国琛。

涵煦思盛世,腾跃望甘霖。

他日澶渊上,扁舟〔二〕许我寻。

右题《象贤征士〔三〕亦乐堂诗》一首,四明程徐仲顿首。

【校注】

〔一〕菁菁莪草茂:化用《诗经·小雅·菁菁者莪》:"菁菁者莪,在彼中阿。既见君子,乐且有仪。菁菁者莪,在彼中沚。既见君子,我心则喜。菁菁者莪,在彼中陵。既见君子,锡我百朋。泛泛杨舟,载沉载浮。既见君子,我心则休。"

〔二〕扁舟:小舟。《史记·货殖列传》:"范蠡既雪会稽之耻……乃乘扁舟,浮于江湖。"苏轼《赤壁赋》:"驾一叶之扁舟,举匏樽以相属。"①

〔三〕征士:朝廷从民间征召知识分子当官。

---

① [北宋]苏轼撰,孔繁礼点校:《苏轼文集》卷一,北京:中华书局,1986年,第6页。

诗 一 首

张 翥

好事多君有义方,里人弦诵共琅琅。

须知石鼓[一]终名院,要似匡山[二]旧筑房。

高栋宿云油素润,虚窗迎日碧□香。

此心尚友当千古,不独朋来乐一堂。

河东张翥[三]。

【校注】

〔一〕石鼓:指石鼓书院。唐宪宗元和年间(806—820),李宽于衡州石鼓山(今湖南衡阳)建屋,读书其中。宋太宗至道二年(996),李士真请就李宽读书原址建书院,招衡州生徒。景祐二年(1035),赐额"石鼓书院"。未几,改为州学。马端临《文献通考·学校七》将该书院与白鹿洞、睢阳、岳麓三书院并列,称其为宋初"天下四书院"之一。北宋王应麟则以南康军(治所在今江西省庐山市)星子县白鹿洞书院、潭州(今长沙市)善化县岳麓书院、南京(今开封市)宋城县应天书院、西京(今洛阳市)登封县嵩阳书院为"宋朝四书院",曰:"国初,斯民新脱五季锋镝之厄,学者尚寡,海内向平。文风日起,儒老往往依山林,即闲旷以讲授,大率多至数十百人,嵩阳、岳麓、睢阳及白鹿洞为尤著天下,所谓'四书院'者也。"[①]

〔二〕匡山:又作匡庐,为今江西省九江市南庐山的别称,此指白鹿洞书院。该书院位于庐山五老峰下。唐贞元(785—805)中,李渤隐居读书于此,尝畜一白鹿以自娱,人称白鹿先生。至南唐升元(937—943)年间,因洞建学馆,以授生徒,号为庐山国学。宋改称白鹿洞书院。南宋淳熙六年(1179),朱熹知南康军,重修白鹿洞,手定《白鹿洞学规》,并到书院讲学。这是白鹿洞书院的极盛时期。

---

① 〔北宋〕王应麟辑:《玉海》卷一六七《宫室·宋朝四书院》,扬州:广陵书社,2003年,第3075页。

〔三〕张翥：生于1287年，卒于1368年，元代著名学者、教育家，晋宁（今山西省临汾市）人，字仲举，世称蜕庵先生。早岁居杭州，受业于理学家李存，得其道德性命之说。后至扬州弘传其说，学者及门徒甚众。至元末，以隐逸荐。至正初为国子助教，官至翰林学士承旨，加河南行省平章政事，曾参修宋、辽、金三史。后又收集元末反对农民军而死者的事迹为书，名《忠义录》。他曾从著名文学家仇远（1247—1326）学诗，为诗词颇多，诗尤婉丽风流。有《张蜕庵诗集》四卷传世（《四部丛刊续编·集部》）。张翥无子，死后不久元朝灭亡，其诗遂散佚，后由友人庐陵沙门大杼汇集成册，但900余首诗中约有三分之一失传，《述善集》所收此诗，即不见于文集。《元史》卷一八六有传。《宋元学案》卷九三亦详载其事。

题杨崇喜亦乐堂诗二首

王继善

世任云雷[一]变,斯堂道自隆。
朋来欣有得,瓢饮味无穷。
院宇光风里,襟怀霁月中。
陶然真境在,直与混鸿蒙。[二]

又诗一首

诗礼传家业,芸香蔼栋楹。
义途修坦熟,性地入高明。
千里薰兰复,九皋感鹤鸣[三]。
浮云时事改,应不役斯名。

东原[四]王继善。

【校注】

〔一〕雷:《述善集》甲、乙本均作"电"。光绪《开州志》卷八《艺文志》所收该诗作"雷"①。从音韵和用词的角度,"云电"显然有误,当因"電"(电)与"雷"形近而误。

〔二〕其中第一首诗见录于光绪《开州志》卷八《艺文志·诗》,题《题杨崇喜亦乐堂》。蒙,《开州志》本作"濛"②,兼通。

〔三〕九皋感鹤鸣:九皋,意为深泽。《诗经·小雅·鹤鸣》:"鹤鸣于九皋,声闻于

---

① 濮阳县地方史志办公室校注:《(光绪)开州志》卷八《艺文志》,郑州:中州古籍出版社,1995年,第748页。
② 濮阳县地方史志办公室校注:《(光绪)开州志》卷八《艺文志》,郑州:中州古籍出版社,1995年,第748页。

野……鹤鸣于九皋,声闻于天。"毛传:"皋,泽也。"郑玄笺:"皋,泽中水溢出所为坎。自外数至九,喻深远也。"陆德明释文:"九皋,九折之泽。"

〔四〕东原:《尚书·禹贡》:"东原底平。"据郑玄注,即西汉东平郡地,相当于今山东东平、汶上、宁阳一带。

诗一首并序

刘文房

濮阳《亦乐堂记》,至正戊子(1348)前集贤学士潘公之所作也,详述百夫长唐兀氏父子建义塾之美意。

戊子及今十三年矣,想书房讲室已为兵烬焚荡,尚赉《堂记》,求诗缙绅间,题赞者更纷然无斁〔一〕,可见斯文在世,千载犹一朝焉。感而且喜,遂为八句以写其梗概云尔。其诗曰:

> 风尘浩荡暗澶漪,亦乐堂空漫索诗。
> 我有虚灵元不昧,天无声息〔二〕竟难归。
> 乾坤满眼兜鍪〔三〕士,仁义常思俎豆〔四〕师。
> 昨夜斗边祅彗灭,重寻白鹿〔五〕理□基。

右淄野刘文房。

【校注】

〔一〕斁:音dù,意为“败坏”。

〔二〕息:甲本作“臭”,乙本作“袭”,均不词。兹据文意改。

〔三〕兜鍪:音dōumóu,通“兜牟”,古代战士戴的头盔。秦汉以前称胄,后称兜鍪。《东观汉记·马武传》:“[武士]身被甲兜鍪,持戟奔击。”①

〔四〕俎豆:一种古代礼器,以木制成。古时祭祀燕享,用以荐牲。

〔五〕白鹿:指白鹿洞书院。见84页【校注】〔一〕。

---

① [东汉]刘珍等辑,吴树平校注:《东观汉记校注》卷一一《马武传》,北京:中华书局,2008年,第416页。

诗 一 首

贾 俞

士趋堂肯构,斯乐泮池[一]宫。

心会天彝[二]内,朋来性善中。

寒檠桃夜雨,绛帐纳春风。

他日澶渊志,诗应采辟雍。

右雍丘[三]贾俞。

【校注】

〔一〕泮池:旧时学宫前的水池。《礼记·王制》:"天子曰辟雍,诸侯曰泮宫。"

〔二〕天彝:犹天理、天常。宋苏轼《和黄鲁直效进士作二首岁寒知松柏》:"谁知此植物,亦解秉天彝。"① 《元典章》:"其本贼即系周氏的派族孙,三次偷掘祖宗坟墓,劫取财物,原其所犯,灭绝天彝。"②

〔三〕雍丘:古县名。秦始置雍丘县,治所在今河南省杞县。五代后晋改名杞县。后汉复名雍丘县。金正隆后又改名杞县。

---

① [北宋]苏轼著,[清]冯应榴辑注,黄任轲、朱怀春校点:《苏轼诗集合注》卷三〇,上海:上海古籍出版社,2001年,第1534—1535页。

② 洪金富校定本:《元典章五十·刑部十二·发冢》,台北:"中央研究院"历史语言研究所,2016年,第1482页。

诗 一 首

胡益上

泮沼菁莪〔一〕化雨深,春开绛帐盍朋簪。
庭前新种千桤树,坐待屯云长绿阴。
祖功父德庆源长,□肯〔二〕重成乐亦堂。
俎豆衣冠春济济,琴书灯火夜琅琅。

右安定〔三〕胡益上。

【校注】

〔一〕泮沼菁莪:泮沼,即泮池,旧时学宫前的水池。《礼记·王制》:"天子曰辟雍,诸侯曰泮宫。"旧时常以"泮沼"典故来譬喻学校。菁莪,即菁菁者莪的简称,为《诗经·小雅》中的篇名。《诗序》:"《菁菁者莪》,乐育材也。君子能长育人材,则天下喜乐之矣。"《诗集传》则谓:"此亦燕饮宾客之诗。"旧时常以"菁莪"典故来譬喻教育人才。

〔二〕□肯:疑为"肯构"。

〔三〕安定:即安定郡,西汉元鼎三年(前114)置,治所在高平县(今宁夏回族自治区固原市原州区)。东汉移治临泾县(今甘肃省泾川县北泾河北岸)。隋开皇三年(583)废,大业三年(607)复置。唐初改为泾州,天宝元年(742)复改安定郡,至德元年(756)改名保定郡。安定郡为胡氏郡望。北魏末著名的胡灵太后(?—528)即出此。

诗 一 首

张士明

羡子崇儒教,欣然构此堂。
朋来方籍籍,喜气自洋洋。
时雨沾千里,春风住一乡。
穷经将致用,莫更论行藏。

右河东张士明。

诗 一 首

孙子初

君何不淬励,历世守之纯钧,
收复未复东南州[一],谈笑坐取凌烟侯[二];
又何不申请,君前进纳粟□,
远袭羊豕之拔足,大换公卿万钟禄。
胡为乎? 曰勤乎?
荒寒之戍,寂寞之场,
若有弗及,汲汲皇皇。
今年买赡士田,明年构讲读堂;
于庑于漏,于垣于墙。
往必有立,至必有时,
几岁月历,有处弗忘,
粤合完美,必诚必详。
虽人之孜孜于其私者,有不足与之兢强,
我知夫君不寻常。
仰辅吾君,岂在用一己之长;
惠泽之大,莫过育天下之才良。
我将奉名[三]师,于是而德化,
贤士于是而修藏;
我将于兹,以风四方,
术必有序[四],党必有庠[五];

【校注】

〔一〕收复未复东南州：指濮阳唐兀氏初祖唐兀台、二祖阊马参与元军平定南宋之事。

〔二〕凌烟侯：意为地位崇高的官。唐太宗贞观十七年（643），图画开国功臣长孙无忌、杜如晦、魏征、尉迟敬德等二十四人于凌烟阁。唐太宗自己作赞，褚遂良题阁，阎立本绘画。①此为古时极高的荣誉。

〔三〕名：甲乙本皆作"明"，不词，兹据文意改。

〔四〕序：古代对学校的称呼。《汉书·儒林传序》："闻三代之道，乡里有教，夏曰校，殷曰庠，周曰序。"

〔五〕庠，音 xiáng，古代学校名。《汉书·儒林传序》："闻三代之道，乡里有教，夏曰校，殷曰庠，周曰序。"

于昭礼义诗书，光教化放达，溢然无疆。

元恺〔一〕具举同辛阳〔二〕，济济翼翼娣周昌〔三〕，

随采随足，大者中梁。

柱小者成桷，□〔四〕出为世用，

大与皇上作时康，鳅尝与君上下床。

【校注】

〔一〕元恺：八元、八恺的简称，八元八恺相传为古代十六个善良、和顺、有才德的贤臣。八元为高辛氏所驭人才，《左传·文公十八年》："高辛氏有才子八人：伯奋、仲堪、叔献、季仲、伯虎、仲熊、叔豹、季狸，忠肃共懿，宣慈惠和，天下之民，谓之'八元'。"八恺则为高阳氏的八个才子。《左传·文公十八年》："昔高阳氏有才子八人：苍舒、隤敳、梼戭、大临、龙降、庭坚、仲容、叔达，齐圣广渊，明允笃诚，天下之民谓之八恺。"

〔二〕辛阳：帝喾高辛氏和帝颛顼高阳氏的并称，泛指圣明之世。

〔三〕周昌：即周的奠基者文王姬昌。他在位时期，注意发展农业生产，关心民众生活，"笃仁、敬老、慈少、礼下贤者，日中不暇食以待士，士以此多归之"②，赢得了四十多位诸侯的支持。在姜子牙（吕尚）的辅助下，他攻克了许多小的诸侯国，奠定了后来周的基业。数千年来，他一直被作为人们传诵、效法的道德榜样。

---

① ［唐］刘肃撰，李鼎霞点校：《大唐新语》卷一一《褒锡》，北京：中华书局，1984年，第163页。
② ［汉］司马迁：《史记》卷四《周本纪》，北京：中华书局，1959年，第116页。

〔四〕□：所缺字疑为"梁"。

雍宫辟水连翱翔，君所择术厥有当，

小鹰隼不为而为鸾凤，酆英发不事而事淳庞〔一〕；

惟其蓄贮注且洋，故其所施霈与滂。

嗟哉！象贤！诚足有尚。

呜呼！世之人作必为己作，动必为己谋，

一蜗角触蛮肺，附属而仇雠，

闻君之义，得不为之包羞。

嗟哉！象贤！诚莫与俦。

右乐安〔二〕孙子初。

【校注】

〔一〕淳庞：意思是淳厚。南宋文天祥《跋〈刘父老季文画像〉》："予观其田里淳庞之状，山林朴茂之气，得寿于世，非曰偶然。"①

〔二〕乐安：即乐安郡。东汉质帝时改乐安国置，治所在高苑县（今山东省邹平市）。西晋初改为国，元康中复为郡。南朝宋移治所于千乘县（今山东省广饶县北）。隋初废。

---

① ［南宋］文天祥：《文天祥全集》卷一〇，北京：中国书店，1985年，第250页。

诗 一 首

武起宗

胜友来千里,高堂庆盍簪。

波光涵丽泽,兰臭发同心〔一〕。

凫雁纷交影,埙篪〔二〕迭奏音。

主人嘉兴在,白雪吐青吟。

右东原武起宗。

【校注】

〔一〕兰臭发同心:《周易·系辞》:"二人同心,其利断金;同心之言,其臭如兰。"

〔二〕埙篪:音 xūnchí,埙、篪皆古代乐器,二者合奏时声音相应和。《诗经·小雅·何人斯》:"伯氏吹埙,仲氏吹篪。"东汉郑玄笺:"伯仲喻兄弟也。我与汝恩如兄弟,其相应和如埙篪。"

亦乐堂铭有序

王 章

前国子上舍生,夏台崇喜象贤,克继乃祖考之志,作崇义书院于澶渊寓弟之里,构堂其中,为学者讲诵之所,故前[一]集贤直学士[二]魏郡潘公迪,既为之扁[三]曰"亦乐",取《论语》首章之旨。

象贤复求临川王章为之铭。铭曰:

【校注】

〔一〕甲本无"前"字,此据乙本补。

〔二〕集贤直学士,官名。元世祖至元二十年(1283)将集贤院并归翰林国史院。第三年,又将集贤院分离出来,置大学士、学士、直学士。掌提调学校、征求隐士贤良等事,并领国子监、道教及阴阳、祭祀、占卜等事。

〔三〕扁,"匾"的本字,即匾额,挂在厅堂或亭榭上的题字横幅。

于穆闷宫,有翼其阿。

卓彼中堂,有郁其峨。

青青子衿,来游来歌。[一]

如切如磋,如琢如磨。[二]

维德日新,惟业日广。

台莱杞梓[三],是崇是长。

金玉圭璧,令闻令望。

近悦远来[四],虚至实往。

【校注】

〔一〕来游来歌:《诗经·大雅·卷阿》:"岂弟君子,来游来歌,以矢其音。"

〔二〕如切如磋,如琢如磨:《诗经·卫风·淇奥》:"有匪君子,如切如磋,如琢如磨。"朱熹注曰:"切以刀锯,琢以椎凿,皆裁物使成形质也。磋以鑢锡,磨以沙石,皆治物使其滑泽也。治骨角者,既切而复磋之。治玉石者,既琢而复磨之。皆言其治之有绪,而益致其精也。"①

〔三〕杞梓:原指两种木材名字,后比喻优秀的人才。典出自《国语·楚语上》:"晋卿不若楚,其大夫则贤,其大夫皆卿才也。若杞梓、皮革焉,楚实遗之。"《晋书·陆机陆云传评》:"观夫陆机、陆云,实荆衡之杞梓。"

〔四〕近悦远来:《论语·子路》:"叶公问政。子曰:'近者悦,远者来。'"

维贤维能,亦既孔多。

朋从尔思,不遏以过。

瞻彼中陵,菁菁者莪〔一〕。

我心悠悠〔二〕,其乐如何〔三〕?

其乐如何? 有扁斯纪。

诵言洋洋,我之怀矣。

南山有杨,北山有李。

岂弟君子,德音不已〔四〕。

【校注】

〔一〕菁菁者莪:《诗经·小雅》篇名。《诗序》:"《菁菁者莪》,乐育材也。君子能长育人材,则天下喜乐之矣。"《诗集传》则谓:"此亦燕饮宾客之诗。"旧时常以"菁莪"典故来譬喻教育人才。朱熹《白鹿洞赋》叙白鹿洞书院事,亦云:"乐菁莪之长育,拔隽髦而登进。"菁菁,为茂盛之意。《诗经·唐风·杕杜》:"其叶菁菁。"

〔二〕我心悠悠:语出《诗经·邶风·泉水》:"思须与漕,我心悠悠。"

〔三〕其乐如何:语出《诗经·小雅·隰桑》:"既见君子,其乐如何! 隰桑有阿,其叶有沃。"

〔四〕"南山有杨,北山有李。岂弟君子,德音不已":这段诗出自《诗经·小雅·南山之台》:"南山有杞,北山有李。乐只君子,民之父母。乐只君子,德音不已。"

---

① 〔南宋〕朱熹:《四书章句集注·大学章句》,北京:中华书局,1983年,第5页。

亦乐堂诗

广 彐

翼翼新学，有堂其阿。
朋来云从，载咏以歌。
其歌维何，乐此乡校。
己善则多，百士是效。
鹤鸣九皋，声闻于外〔一〕。
好是懿德，不昭而会。
其言孔嘉〔二〕，千里斯从。
君子有美，之德之风。
自乡而邦，济济多士。
诗书礼乐，亦既在此。
丽泽交益，草木之滋。
己志之乐，孰大于斯。
五亩树桑，自我先祖。
躬耕且学，绳继厥武。
作此庠序〔三〕，百夫之良。
我歌以诗，昭劝四方。

右临川广彐。

【校注】

〔一〕鹤鸣九皋，声闻于外：《诗经·小雅·鹤鸣》："鹤鸣于九皋，声闻于野……鹤鸣于九皋，声闻于天。"毛传："皋，泽也。"郑玄笺："皋，泽中水溢出所为坎，自外数至九，喻深远也。"陆德明释文："九皋，九折之泽。"

〔二〕孔嘉,非常美好。《诗经·小雅·宾之初筵》:"饮酒孔嘉,维其令仪。"

〔三〕庠序,古代学校名。《孟子·滕文公上》:"设为庠、序、学、校以教之。庠者养也,校者教也,序者射也。夏曰校,殷曰序,周曰庠,学则三代共之,皆所以明人伦也。"《礼记·学记》:"党有庠,术(遂)有序。"民国初年,始正式改学堂为学校。后人通释庠序为乡学,亦以庠序概称学校或教育事业。

濮阳县孝义乡重建书院疏

张以宁

　　书院重建于唐兀氏敦武公,三世始完。近兵燹,一朝遂废,兹其孙崇喜象贤,乃心继述[一],重经营,未免苦于独力,端望好义之士乐相其成者。

　　右伏以维兹濮阳,当河朔[二]一名都之会;视昔岳麓[三],有宋初四书院[四]之规,自敦武公三世之经营,实唐兀氏百年之积累,贻后裔为读书之地,荷中朝锡"崇义"之名,泮涣尔游方咏,薄采藻芹之乐[五];乱离斯瘼[六],遽兴鞠为草莽之悲。虽贵[七]而固有剥然,往者无不复之理。兹欲继昔时而重建,其如在今日以大难,惟其丹膜[八]之涂,幸厥考肯堂[九]之有子。相彼缁黄[十]之盛,岂吾儒同道之无人? 倘好义以成人之美而为心,庶斯文有不日而兴之可望。巍巍宫庙闻金石,济济衣冠阐礼乐。诗书之教,乃所愿也。尚其图之。谨疏。

【校注】

〔一〕继述:继,承受、继承。述,遵循继述先烈遗志。唐韩愈《顺宗实录五》:"惧忝传归之业,莫申继述之志。"宋岳珂《桯史·陈了翁始末》:"主上修继述之效,阁下乃违志坏事。"

〔二〕河朔:泛指黄河以北地区,又指黄河下游南北一带。

〔三〕岳麓:即岳麓书院,在今长沙岳麓山抱黄洞下。彭城人刘鳌初创。北宋太宗开宝九年(976),潭州太守朱洞始建讲堂五间、书斋数十,以待四方学者。真宗咸平二年(999),潭州太守李允则扩大其规模,新建书楼。大中祥符五年(1012),山长周式请于太守刘师道,将书院进一步扩大。大中祥符八年(1013),真宗召见周式,拜国子主簿,使归教授,因旧名赐额,于是岳麓书院之名闻于天下。南宋孝宗乾道元年(1165),湖南安抚使刘珙重建,次年著名理学家张栻撰《潭州新修岳麓书院记》。朱熹、张栻一度讲学于此。后世屡有修茸。现为湖南大学校址。

〔四〕四书院:北宋王应麟以南康军(治所在今江西省庐州市)星子县白鹿洞书院、

潭州(今长沙市)善化县岳麓书院、南京(今开封市)宋城县应天书院、西京(今洛阳市)登封县嵩阳书院为"宋朝四书院"。① 元人马端临则以衡州衡阳县石鼓书院代西京登封县嵩阳书院入四书院之列。② 同时代的其他人大都同王应麟的说法,如黄溍《金华集》卷一四《重修月泉书院记》、吴澄《吴文正公集》卷二九《岳麓书院重修记》等。清代学者全祖望考订亦以王说为是,见《鲒埼亭集》外编卷四五《答张石痴征士问四书院帖子》。文中还指出,南宋亦有四大书院,即岳麓书院、白鹿洞书院、丽泽书院、象山书院。

〔五〕泮涣尔游方咏,薄采藻芹之乐:典故出自《诗经·鲁颂·泮水》:"思乐泮水,薄采其芹……思乐泮水,薄采其藻。"科举时代称考中秀才入学做生员为"采芹",也称"入泮",即由此来。按古代的学宫称泮宫,泮水就是学宫里面的水池。

〔六〕乱离斯瘼:因政治动乱而给国家带来的疾苦。乱离,指政治动荡给国家带来忧患。瘼,即病、疾苦。《诗经·小雅·四月》:"乱离瘼矣,爰其适归。"毛传:"离,忧。"郑玄笺:"今政乱国将有忧病者矣。"

〔七〕贲:音 bì,饰也,华美也。《周易·贲卦·上九》:"白贲,无咎。"孔颖达《周易正义》:"以白为饰而无忧患。"③

〔八〕丹雘:音 dānhuò,指可供涂饰的红色颜料。《尚书·周书·梓材》:"若作梓材,既勤朴斲,惟其涂丹雘。"

〔九〕肯堂:肯堂肯构之简书。

〔十〕缁黄:僧道的代称。和尚穿缁服,道士戴黄冠,故称"缁黄"。《宋史·李纮传》:"每灾异,辄聚缁黄赞呗于其间,何以示中外?"

至正二十三年(1363)十一月 日,翰林待制奉直大夫〔一〕兼国史编修官〔二〕晋安张以宁疏。

【校注】

〔一〕奉直大夫:官名。宋朝始置。徽宗大观二年(1108)由右朝议大夫改置,正六品。金置为文散官,以授从六品上文官。元朝袭置,改文官从六品,宣授。明朝为文官从五品,升授。清朝为文官从五品,封赠。

〔二〕国史编修官:官名,为国史院修史官员之一。宋初于门下省置编修院掌修国史。哲宗元祐五年(1090)设国史院。元朝置翰林兼国史院,设监修国史、同修国史及国史编修官、查阅官等。

---

① [北宋]王应麟辑:《玉海》卷一六七《宫室·宋朝四书院》,扬州:广陵书社,2003年,第3075页。
② [元]马端临:《文献通考》卷四六《学校七》,北京:中华书局,1986年,第431页。
③ 《周易·贲卦》,[清]阮元校刻:《十三经注疏》,北京:中华书局,1980年,第37页。

崇义书院田记

程　徐

贺兰唐兀氏,有侨居澶之濮阳者,曰杨君崇喜,承其祖父之志,建义学,买田以给师生廪膳。朝廷锡号"崇义书院",以褒美之。礼部尚书潘公迪既为作《庙记》,国子博士[一]张君以宁复为作《书院记》矣。崇喜复谒徐,志其学田焉。

徐谓:"田为书院设也,书院既有记,田地可附见,奚庸赘录?"辞之不获。命且曰:"某之托文也,岂徒纪其多寡数目,岁月颠末而已哉?盖将上有以副[二]国家养士之意,下有以昭先世志业之勤,外有以淑吾乡里,内有以遗我子孙。俾无坠,则某之素志也。"不何以文为?

【校注】

〔一〕国子博士:学官名。西晋武帝咸宁(275—280)中立国子学,置国子博士一员,以教授生徒儒学。隶国子祭酒,地位高于太学博士。元朝集贤院国子学置国子博士二员,正七品,掌教授生徒、考较儒人著述、教官所业文字;蒙古国子学亦置二员,正七品,掌教习诸生。

〔二〕副:辅助。《黄帝内经素问》:"按循医事,为万民副。"① 亦意"相称"。《后汉书·黄琼传》:"盛名之下,其实难副。"②

学田先后所置,为区二十有九,皆在学官之傍,地以亩计,凡四百五十有四,其入皆为学用。直以缗记,凡十五万有畸[一],其资皆自君出。别为置籍,以防侵欸[二]。盖自君之大父[三]敦武府君侨于濮阳,至治间(1321—1323)肇建义塾,君之父忠显府君泰定间(1324—1328)增倍其楹数,然皆弗克如其

---

① [明]马莳撰,田代华主校:《黄帝内经素问注证发微》,北京:人民卫生出版社,1998年,第646页。
② [南朝宋]范晔:《后汉书》卷六一《黄琼传》,北京:中华书局,1965年,第2032页。

所愿。至于庙有殿,讲有堂,学田则皆自君成之。宜其忧深虑远,托于文辞,以图不朽也。

【校注】

〔一〕畸:通"奇"。意为零头、余数。《论语·学而》:"道千乘之国。"何晏《集解》引汉马融曰:"千乘之赋,其地千成,居地方三百一十六里有畸。"

〔二〕敓,音 duó,通"夺"。

〔三〕大父:祖父。《韩非子·五蠹》:"大父未死,而有二十五孙。"① 有时也指外祖父。《汉书·娄敬传》:"冒顿在,固为子婿;死,外孙为单于。岂曾闻外孙敢与大父亢(抗)礼哉!"

呜呼!三代盛时,井田制定,民无不受田之家,将壮者无饥寒之患,家塾、党庠、遂序〔一〕,不过以暇日修其孝弟忠信之行,明其三纲五常〔二〕之道,习其礼、乐、射、御、书、数之艺而已。当是时,学田无称也。

末世田制既坏,彼务兼并者,既以连田阡陌为夸,农工商贾,亦各执其业以自食。独为士者,诵诗读书,以修先圣之道,乃或婐媠〔三〕,然贫无所于养。故有国者,于郡县之学,皆有田以供其牢醴〔四〕,廪其师徒,庶几乎教养之道。而好义之家,亦割已田以赡乡校。凡祭祀,醴齐〔五〕、币帛、脯脩〔六〕、膳饮供需,毕于是乎出,使其子弟得专心励志于学,成德达材以待宾兴之用,则褒崇之典,国家礼亦宜之。而学田之志,虽特书可也。

【校注】

〔一〕家塾、党庠、遂序:都是古代对学校的称呼。语见《礼记·学记》:"党有庠,术(遂)有序。"

〔二〕三纲五常:简称"纲常",是儒家伦理的核心内容。"三纲"指封建社会中三种主要的道德关系和道德原则,"五常"指五种道德规范。三纲,西汉董仲舒提出"王道之三纲,可求于天"②。《白虎通》曰:"三纲者,何谓也?君臣、父子、夫妇也。"③ 孔颖达注《礼记·乐记》引《礼纬·含文嘉》:"君为臣纲,父为子纲,夫为妻纲。"五常指仁、义、礼、智、信五个道德范畴。董仲舒《举贤良对策》提出:"夫仁、

---

① 王先慎:《韩非子集解·五蠹第四十九》,北京:中华书局,1954年,第340页。
② 〔西汉〕董仲舒撰,王心湛校勘:《春秋繁露集解·基义》,上海:广益书局刊行,1936年,第114页。
③ 〔清〕陈立撰,吴则虞点校:《白虎通疏证》(新编诸子集成本)卷八《三纲六纪》,北京:中华书局,1994年,第373页。

宜(义)、礼、智、信五常之道,王者所当修饬也。"①

〔三〕娟娟:甲、乙本皆作"娟娟",当误,很可能是"婳婳"之误。婳婳,体态美好的意思。

〔四〕牢醴:古代祭祀用的牲品和美酒。牢,养牲畜的圈。醴,甜酒。《太平广记》卷四八四《李娃传》:"乃质衣于肆,以备牢醴。"②

〔五〕醴齐:指醴酒,甜酒。

〔六〕脯脩,亦作"脩脯",指干肉,泛指学费。

杨君以三世之积,兴〔一〕建是学,始终不倦,无求于时,卒成厥志。心勤以诚,规宏以固,是由足尚为可述者,故书以为《崇义书院田记》。

君象贤尝补国子生,将入官矣,去之。尝长百夫〔二〕,又去之。尝出粟藁以助军用,授以官,复辞不受。其义举甚多,尚当为君别书之。

至正十八年(1358)春三月朔,奉训大夫〔三〕监察御史〔四〕程徐记。

【校注】

〔一〕兴:甲、乙本皆作"与"。因興(兴)、與(与)形近而误。

〔二〕甲本在"百夫"后多出一"矣"字。

〔三〕奉训大夫:官名。金始置,为文散官,以授从六品下文官。元朝袭置,改文官从五品宣授。明朝为文官从五品,初授。

〔四〕监察御史:古代官名,掌管监察百官、巡视郡县、纠正刑狱、肃整朝仪等事务。隋文帝开皇二年(582)始设,改检校御史为监察御史。唐御史台分为三院,监察御史属察院,品秩不高而权限广。宋元明清因之。明清废御史台设都察院,通常弹劾与建言,设都御史、副都御史、监察御史。监察御史分道负责,因而分别冠以某某道地名。

---

① [汉]班固:《汉书》卷五六《董仲舒传》,北京:中华书局,1962年,第2502页。
② [宋]李昉等编:《太平广记》卷四八四《李娃传》,北京:中华书局,1961年,第3987页。

礼请师儒疏

潘 迪

开州濮阳县官人寨蒙古侍卫百夫长唐兀崇喜并兄涣著及友蒙古百夫长铁砺,盖社长张仲义、柳仲亨、元道亨等,就于本寨起立乡校,愿备束脩楮币一十五锭〔一〕、米一十五石、学田四十亩、柴薪一千束,礼请到新除密州儒学正唐兀彦国,尊为乡师,教训各家子弟,此诚善事也。崇喜以余有旧,请疏之。

伏以邑虽十室,岂无忠信之人;寨未百家,尚有谦恭之士。弗延先觉,孰诲晚生。

窃惟彦国学正先生,诗礼名门〔二〕,簪缨世胄,驰芳馨于河北,占上甲〔三〕于山东。舆论久归,敢输献赘抠衣〔四〕之恳;诸生素仰,愿效持经请益之勤。蒙发蔽开,彝伦明而君子众;风移俗易,师道立而善人多。学校既兴,英才愈盛,凡同义约,请署荣御。

右谨疏。

至正十六年(1356)闰十月　日偃山疏。

【校注】

〔一〕锭:甲乙本皆作"定",当为"锭"之误,径改。

〔二〕门:乙本作"家",亦通。

〔三〕上甲:又称"一甲",指科举时代殿试成绩最优的一等。《邵氏闻见录》卷七:"太宗即位,齐贤方赴廷试,帝欲其居上甲,有司置于丙科,帝不悦。"①

〔四〕抠衣:见长者时提起衣服的前襟,以示恭敬。《礼记·曲礼上第一》:"毋践屦,毋踏席,抠衣趋隅,必慎难诺。"

---

① [北宋]邵伯温著,王根林点校:《邵氏闻见录》卷七,北京:中华书局,1997年,第41页。

礼请师儒疏

潘　迪

建学立师,既开蒙而解惑;授经传业,必端己而正人。

伏惟师德先生,有志诗书,无心利禄,德足以服众,道足以济人,垂训立言,允蹈先儒之范;行规导矩,当为后进之模。讲解有渊源,每得程〔一〕朱〔二〕之余论,文章有机杼〔三〕,世修韩〔四〕柳〔五〕之正传,若允舆论,宜主师席,将见后进,有所依归。学者云趋,门徒雾瀚〔六〕,谨备束脩〔七〕之薄礼,以为献贽之菲仪,言不必多,辞不容再。

右谨疏。

至正十五年(1355)正月　日悒山疏。

【校注】

〔一〕程:指北宋著名理学家程颢(1032—1085)、程颐(1033—1107)兄弟。

〔二〕朱:即南宋著名理学家、教育家朱熹(1130—1200)。

〔三〕机杼:形容文章布局、思想皆有条理。《魏书·祖莹传》:"文章须自出机杼,成一家风骨。"从织机演化引申而对诗文的赞颂。

〔四〕韩,指唐代著名文学家、哲学家韩愈(768—824)。韩愈,字退之,河南河阳(今河南省孟州市西)人。其先世曾居昌黎,故自谓望郡昌黎,世称韩昌黎。早孤,由嫂抚养。自幼刻苦治学。贞元(785—805)进士。历任监察御史、国子博士、刑部侍郎等官。以谏阻唐宪宗迎佛骨而被贬为潮州刺史。后官至吏部侍郎、御史大夫。卒谥文,故称韩文公。政治上反对藩镇割据,提倡忠君,主张除弊抑暴,但维护成法,反对当时王叔文集团的政治改革。在哲学思想上,尊崇儒学,排斥佛、道。著有《原道》《原性》等哲学著作。维护儒家传统思想,强调儒家自尧舜至孔孟一脉相传的"道统",以对抗佛教的"祖统"。在文学上倡导古文运动,力反六朝以来的骈俪文风,提倡散体。在继承先秦两汉古文的基础上,加以创新与发展,被列为"唐宋八大家"之首。其诗力求新奇,但有时流怪,对宋诗影响颇大。有《韩昌黎集》传世。

〔五〕柳:指唐代著名文学家、哲学家柳宗元(773—819)。柳宗元,字子厚,河东解(今山西省运城市解州镇)人,世称柳河东。少时聪颖绝众,自幼好佛与儒。贞元进士。授校书郎,调蓝田尉,升监察御史里行。与刘禹锡参加王叔文政治革新运动,任礼部员外郎。失败后贬为永州司马。后迁柳州刺史,故又称柳柳州。在柳州居官期间,改革当地"以男女质钱"等土俗陋习。与韩愈皆倡导古文运动,同被列为"唐宋八大家"之一,世称"韩柳"。散文峭拔矫健,与韩愈的雄浑有别;说理之作,以谨严胜。又工诗,风格清峭。在哲学上,著有《天说》《天对》等重要论著,认为"元气"是物质的客观存在,根本否认在"元气"之上还有最高的主宰,天地、元气、阴阳不能"赏功而罚祸",打击了当时流行的因果报应思想。在儒、释、道关系上,主张"三教调和"。著作有《河东先生集》。

〔六〕雾溽:云雾四起,比喻盛多。宋赵福元《沁园春·寿朱溏》词:"正乾坤交泰,圣贤相遇,风生虎啸,雾溽龙兴。"①

〔七〕束脩,原意为十条干肉,是送人的礼物,后来演变为学生入学时敬师的礼物,最后成了学费的代称。《论语·述而》:"子曰:'自行束脩以上,吾未尝无诲焉。'"

---

① 唐圭璋编:《全宋词》,北京:中华书局,1965年,第2651页。

有元澶渊官人寨创建庙学记

正议大夫[一]集贤直学士致仕礼部尚书魏郡潘迪撰

前国子掌仪将仕郎[二]、提举万亿绮源库[三]知事邢台张昭[四]书丹

宣文阁鉴书博士、奉训大夫兼经筵译文官[五]金华王余庆[六]篆额

至正癸巳(1353)夏四月,澶渊官人寨庙学[七]讫工。前国子生唐兀崇喜遣其子理安来京师,述其营缮之颠末,谒予于登瀛堂,请记诸石。昔侍亲于魏,素闻其事。且崇喜父子皆从余游,义不容辞。

【校注】

〔一〕正议大夫:官名。隋炀帝大业三年(607)置,正四品。金朝置为文散官,正四品上。元改正三品,宣授。明为正三品,加授。

〔二〕将仕郎:官名。隋炀帝大业二年(606)始置,掌出使事务。金朝置为文散官,正九品下。元朝改正八品,敕授。

〔三〕提举万亿绮源库:官署名,元朝置,设于世祖至元二十五年(1288),掌诸色段匹,隶户部。

〔四〕张昭:元代刑台(今河北省邢台市)人,官至国子掌仪将士郎、提举万亿绮源库知事。

〔五〕经筵译文官:元代经筵官之一。宋朝经筵曾设翰林侍读、侍讲学士,崇政殿说书、侍读、侍讲等官,统称经筵官,掌进读史书,讲释经义,备皇帝顾问。元朝有奎章阁学士院学士、承制学士、供奉学士、经筵译文官等。

〔六〕王余庆:字叔善,金华(今属浙江)人。宣文阁鉴书博士、奉训大夫兼经筵译文官及江南行台监察御史等,以儒学名重当世。

〔七〕庙学:原指依附于孔庙内的学校,唐以后逐渐变成儒学的代称。"庙学"一词最早见于唐代文学家韩愈的《处州孔子庙碑》,其中有诗曰:"惟此庙学,邺侯所作。厥初庫下,神不以宇。先师所处,亦窘寒暑。乃新斯宫,神降其献。讲

读有常,不诫用劝。"① 唐朝以前,孔庙与学校分离。从唐朝开始,中国的儒学都祭祀孔子,凡有孔庙的地方,一般都附有学宫。孔庙学宫密切结合,互为表里,"由学尊庙,因庙表学"②。庙学初见于唐武德年间(618—626),贞观时(627—649)得到发展,开元年间(713—741)臻至极盛。开元二十七年(739)八月,唐玄宗下诏追谥孔子为文宣王。宋真宗于大中祥符元年(1008)十一月加谥孔子为玄圣文宣王;大中祥符五年(1012)十二月,改谥孔子为至圣文宣王。宋仁宗于至和二年(1055)三月封孔子45代孙孔宗愿为衍圣公。元朝时期,尊孔之风更盛。元大德十一年(1307),武宗即位,加封孔子为大成至圣文宣王。元朝的庙学也出现了前所未有的繁荣景象。元代的路州府县各地方机构大多都有相应的庙学,从繁华的京师到偏僻的山区,甚至边远的云南、福建、两广等地,都可见到庙学。③

案其状,创建之由自祖敦武府君,岁至治癸亥(1323),于官人寨店之艮方〔一〕卜宅一区,南北瓦舍为间者九,东西亦如之。方始经营,意不果。至其忠显府君,慨然有继述志,岁泰定(1324—1328)之际,续置东西瓦舍为间者亦九,与前所置西缴东西相齐,即甃〔二〕井于兑方〔三〕。尝曰:"欲求家道久昌,莫若教子义方。"乃割资一千五百缗,购瓦舍为楹者三,为檩有七。欲于前所置东西九间之正北,起构讲堂,延师儒,诲子孙,以为永图,有志未就而卒。

至正丁亥(1347),其子崇喜于东西九楹之北,创起讲堂,为间者三,承先志也。

【校注】

〔一〕艮方:《说卦传》云:"天地定位,山泽通气,雷风相薄,水火不相射,八卦相错,数往者顺,知来者逆,是故易逆数也。"④ 宋代著名哲学家邵雍在《皇极经世书》卷首所附《伏羲八卦方位图》中对伏羲八卦之位以小圆图进行表示,即乾南坤北,离东坎西,兑居东南,震居东北,巽居西南,艮居西北,它们相交而成六十四

---

① [唐]韩愈撰,马其昶校注:《韩昌黎文集校注》卷七,上海:上海古籍出版社,1986年,第492页。

② [元]苏天爵编:《元文类》卷二九《武昌路学记》,北京:商务印书馆,1968年,第374页。

③ 胡务:《元代庙学的兴建和繁荣》,中国元史研究会编《元史论丛》第6辑,北京:中国社会科学出版社,1996年,第118—131页。

④ [魏]王弼、[晋]韩康伯注,[唐]孔颖达疏,[唐]陆德明音义:《周易注疏》,上海:上海古籍出版社,1989年,第291页。

卦。①"伏羲八卦方位"又称"先天八卦方位",与之相对的还有"文王八卦方位"。后者的表示法为:震东、巽东南、离南、坤西南、兑西、乾西北、坎正北、艮东北,又被称作"后天八卦方位"。此长方当以何为准呢? 同书所收潘迪《亦乐堂记》云:"亦乐堂者,澶渊乡校之讲室也。前国子上舍贡士法百夫长唐兀象贤,乃祖赠敦武府君,至治癸亥(1323)于官人寨之西北,市别墅一区,南北瓦舍九楹,东西广亦如之。此义塾之权舆也。"可见,此处是以"伏羲八卦方位"为准的,艮方,即西北方。

〔二〕甃,音zōu,意为"用砖砌墙壁"。

〔三〕兑方:依"伏羲八卦方位",此兑方即东南方。

堂成,求余扁〔一〕。尔尝取朋来之意,以"亦乐"名之。其事亦尝为之记。堂构既成,乃〔二〕叹曰:"人生天地间,幸际太平时,无官守言责,袭祖宗累世之所积,家道颇丰,衣食粗给。上无以报国家,下无以报祖宗,是徒植于世,宁无所愧乎?"遂拜禀于母恭人〔三〕孙氏,佥议于叔敦武百夫长、兄思贤、弟师贤、齐贤〔四〕、百夫长希贤、好贤等。[同]母弟百夫长卜兰台敬贤同心协力,以襄其事,诹谋于讲堂西北卜地之爽垲〔五〕,割资二千缗五券,续置地为亩者三,创建大成至圣文宣王〔六〕之殿,以为春秋释奠、朔望行香〔七〕、诸生瞻仰之所。阶崇四尺五寸,柱植丈有一尺,梁修二丈有二尺,歇山周角四,铺五明璃琉,金碧璀灿,朱户绿窗,丹青炳辉,轮奂飞翚,材抡二致,以为一方文明之状观。

【校注】

〔一〕扁:"匾"的本字,即匾额,挂在厅堂或亭榭上的题字横幅。

〔二〕甲本无"尔尝"至"乃"24字。在乙本中,这些字亦为旁书,或为后人所加,亦未可知。

〔三〕恭人:元六品官员妻子的封号。

〔四〕齐贤:人名,其典故出自《论语·里仁》:"子曰:'见贤思齐焉,见不贤而内自省也。'"

〔五〕爽垲:指高爽干燥之地。《左传·昭公三年》:"子之宅近市,湫隘嚣尘,不可以居,请更诸爽垲者。"

〔六〕大成至圣文宣王:孔子谥号。唐玄宗开元二十七年(739)追谥孔子为文

---

① [宋]邵雍著,[明]黄畿注,卫绍生校理:《皇极经世书》,郑州:中州古籍出版社,1993年,卷首附图及第320—329页。

宣王。宋真宗大中祥符元年(1008),加谥孔子为玄圣文宣王。大中祥符五年(1012),宋真宗以国讳改谥玄圣文宣王为至圣文宣王。元大德十一年(1307),元武宗将孔子改谥为大成至圣文宣王。"大成",孟子曾以"集大成"赞誉孔子。至圣二字,出自《史记·孔子世家》:"自天子王侯,中国言《六艺》者折中于夫子,可谓至圣矣。"

〔七〕春秋释奠、朔望行香:宋元时期,庙学每年的二月和八月都要举行入学的祭祀,是为二丁,称春秋丁祭,又称春秋释奠;每月的初一和十五举行的祭祀则为朔望行香。

文济王〔一〕大书"大成殿〔二〕"三字,以华其扁,至于神门两庑,庖湢〔三〕居舍,各有其序。鸠工于至正九年(1349)三月,落成于十有二年(1352)五月。

呜呼! 甚哉! 学校之重也,富庶而教治之序也。教一日不立于天下,则纲常沦,九法〔四〕致〔五〕,争斗之心滋,僭侈之风炽,欲富庶不可得也。兹非教者,富庶之本乎?

【校注】

〔一〕文济王:蒙古宗王之一。元统二年(1334)夏四月,"封宗室蛮子为文济王"①。至正十三年(1353),由不花帖木儿袭封。②"大成殿"建成于至正十二年(1352),文济王赐书时间又早于大成殿之建成时间,故可以肯定,此文济王为蛮子。

〔二〕大成殿:文庙的大殿。宋崇宁三年(1104),赐辟雍文宣王庙曰大成殿。元以后因之。

〔三〕湢:音bì,意为"浴室"。

〔四〕九法:可能指古人所崇尚的九德。《逸周书·常训》:"九德:忠、信、敬、刚、柔、和、固、贞、顺。"

〔五〕致:音dù,意为"败坏"。

治人之道,必曰明伦始,学则三代共之。皆所以明人伦,曰庠,曰序,曰校〔一〕。虽命名不同,而设教则一。矧〔二〕六府〔三〕、三事〔四〕,无非教也;皇极、九畴〔五〕,无非教也;历代因革损益,礼乐、刑政、法度、班制,考于经典,无非教

---

①《元史》卷三八《顺帝纪一》,北京:中华书局,1976年,第821页。
②《元史》卷四三《顺帝纪六》,北京:中华书局,1976年,第911页。

也,则所学者,孰非教之本乎?

【校注】

〔一〕曰庠,曰序,曰校:庠、序、校,均为对古代学校的称呼。《汉书·儒林传序》:"闻三代之道,乡里有教,夏曰校,殷曰庠,周曰序。"

〔二〕矧:音shěn,况且。

〔三〕六府:古以水、火、金、木、土、谷为六府。《左传·文公七年》:"六府、三事,谓九功。水、火、金、木、土、谷,谓之六府。"《尚书·大禹谟》:"地平、天成,六府三事允治,万世永赖。"孔颖达疏:"府者,藏财之处;六者,货财所聚,故称六府。"①

〔四〕三事:三件事,此指正德、利用、厚生三事。《尚书·大禹谟》:"地平、天成,六府三事允治,万世永赖。"孔颖达疏:"正身之德,利民之用,厚民之生,此三事惟当谐和之。"②

〔五〕九畴:九种法则,指古代传说禹继鲧治洪水时,天帝赐给他的九种治理天下的大法。《尚书·洪范》:"天乃赐禹洪范九畴,彝伦攸叙。初一曰五行,次二曰敬用五事,次三曰农用八政,次四曰协用五纪,次五曰建用皇极,次六曰乂用三德,次七曰明用稽疑,次八曰念用庶征,次九曰向用五福、威用六极。"旧谓五行辨析物性;五事属于个人立身行事;八政以安定民生;五纪于观察天象,计时定岁;皇极为民之准则;三德以治民;稽疑以卜筮占吉凶;庶征以天时变化测岁收;五福以免人为善;六极以沮人为恶。

方今圣明治教,大敷四民〔一〕,居仁由义,人人有士君子行化,渐靡使然也。自其塾立而教达于家,庠立而教达于党〔二〕,序立而教达于遂〔三〕,学立而教达于国〔四〕,则人材之培养,风俗之丕变,岂无所本欤?

【校注】

〔一〕四民:指士、农、工、商。《谷梁传·成公元年》:"古者有四民:有士民,有商民,有农民,有工民。"《汉书·食货志上》:"士农工商,四民有业:学以居位曰士,辟土殖谷曰农,作巧成器曰工,通财鬻货曰商。"

〔二〕党:古代基层户籍编制单位,五百家为一党。

〔三〕遂:古代地方的行政区划单位。

〔四〕塾立而教达于家,庠立而教达于党,序立而教达于遂,学立而教达于国:

---

① 《尚书·大禹谟》,[清]阮元校刻:《十三经注疏》,北京:中华书局,1980年,第135页。

② 《尚书·大禹谟》,[清]阮元校刻:《十三经注疏》,北京:中华书局,1980年,第135页。

该句典出《礼记·学记》："古之教者,家有塾,党有庠,术有序,国有学。""术"者,古代基层户籍编制单位,每二千五百家为一术。推而论之,"遂"与"术"相当,由二千五百家构成。

今观唐兀氏,累业积德,庆衍后裔,是役之兴,乃祖肇其基,乃考修其砌,贤孙肯其构,可谓世继其美,克绳祖武矣。矧其一椽一瓴[一],竹头木屑,必躬临抢择,虽晨霜暑雨,亦所不惮。至于德容有庙,讲论有室,出入有门,庖涤有厨,师儒有居,不烦于官,不资于人,倾意奋为,其志匪夺,诚可尚也。鲁无君子,斯焉取斯?[二]唐兀氏以焉。

况贤王[三]锡以"云翰"[四]之章,庸侈其美,所以激励群伦,兴举奖劝,其得转移之机乎。虽然祖考兴是役于前,子孙成是役于后,凡居其堂,习是业,拜瞻是殿,亦必思精而业,行而修,讲明三代之学,以资世用。品节五常[五]之教,以施天下,诚非小补。他日人材之盛,风俗之美,宁不由是邑学校之化有以先之? 故曰:"人伦明于上,小民亲于下[六]。"信有征矣。若然,则不惟不负唐兀氏兴举学校之心,贤王崇儒重道之意,而明时激劝之恩,亦不负矣。

大成殿举会知音,此作非私我一身,
匪赖吾皇宣圣教,安能得享太平春?

【校注】

〔一〕瓴:音líng,指房屋上仰盖的瓦形成的瓦沟。

〔二〕鲁无君子,斯焉取斯:化用《论语·公冶长》:"子谓子贱:'君子哉若人,鲁无君子者,斯焉取斯?'"

〔三〕贤王:即文济王蛮子。

〔四〕云翰:指富于才藻之士。

〔五〕五常:指仁、义、礼、智、信五个道德范畴。董仲舒提出:"夫仁、宜(义)、礼、智、信五常之道,王者所当修饬也。"①

〔六〕人伦明于上,小民亲于下:语出《孟子·滕文公上》。

---

① [汉]班固:《汉书》卷五六《董仲舒传》,北京:中华书局,1962年,第2502页。

自 述

刘 让

　　至正八年(1348)春,予以守〔一〕令判〔二〕濮阳首知。同夏,象贤杨君伯仲,好义,能下士,继祖父志,为吾夫子庙貌,费巨万,殿堂门庑轮奂一新。亲王〔三〕额书,名贤赞美,差强人意,诚一段嘉话。

　　征拙作,不欲赘,聊笔五言律:

　　　　若祖来西夏,澶乡卜震居。

　　　　百夫虽授长,三代寔崇儒。

　　　　肯构魁多士,周穷变六虚〔四〕。

　　　　明时君子重,金柜〔五〕正抽书。

　　西夏刘让〔六〕。

【校注】

　　〔一〕守:官制用语。官吏试职称守。唐制,散位低而职事高者称守某某官。辽朝、元朝凡官阶低于官职者,均于官职前加一守字。

　　〔二〕判:官职名。以小兼大的职位,叫判。宋初,为削弱地方藩镇权力,令朝廷大臣判冲要府州,与知府、知州共理政事。元前承袭了这一制度。清时,将判府者改称通判,判州者改为州判。

　　〔三〕亲王:即文济王蛮子。

　　〔四〕六虚:指上下四方。《列子·仲尼》:"用之弥满六虚,废之莫知其所。"①

　　〔五〕金柜:即金匮。古时政府设立的藏书之所。《史记》卷一三〇《太史公自

---

　　①[晋]张湛注:《列子注》(诸子集成本)卷四《仲尼》,北京:中华书局,1954年,第49页。

序》:"卒三岁而迁为太史令,绌史记石室、金匮之书。"司马贞《索引》:"石室、金匮,皆国家藏书之处。"这里借指唐兀氏家族藏书之丰。

〔六〕刘让:活动于元至正年间(1341—1368)前后。作者《自述》自称"西夏刘让",知其或为西夏遗民;又称"予以守令判濮阳首知",知其曾活动于濮阳一带。《全元文》第五十二册第563—564页收录刘让文1篇,即采自清宣统元年(1909)《濮州志》,志书采其文表明刘让曾任职于此。濮州在今河南濮阳一带,与唐兀崇喜居住地吻合。《全元文》据弘治《桐城县志》卷二考证其平迹,称:"刘让,字敬修,一字敬先,桐城(今属安徽)人。至顺元年(1330)进士,任翰林典籍,累官顺州知府。"刘让,或其先祖本西夏人,后迁徙至桐城。①

————————

① 苏成爱:《〈述善集〉所见元文及其作者考略——〈全元文〉补目23篇》,《学理论》2015年第23期,第107—108页。

报效军储

唐兀崇喜

　　前国子生唐兀崇喜呈。系唐兀氏,左翊蒙古侍卫兵籍,年五十七岁,见于开州濮阳县鄄城乡[一]张郭保十八郎寨,置庄住坐。

　　伏惟崇德报功,固有国之先务,保"后胥感[二]",诚往古之成规。岂为国家方调军储,需用至广,崇喜除创建庙学及糊口外,愿出粟五百石,草一万束,并不愿除授名爵,关请官钱,但期天戈早息,生民获安,此愚心之至愿也。合行具呈。

　　濮阳县照详施行须至呈者。

　　右谨具呈。

　　至正十六年(1356)七月　　日,唐兀崇喜呈。

【校注】

　　〔一〕鄄城乡:今鄄(juàn)城县,治所在今山东省鄄城县北旧城,隶属于山东省菏泽市,因境内有鄄邑、鄄城而得名。春秋卫国鄄邑,西汉置县。东汉末曹操曾迁兖州治所于此。元代,鄄城变成了濮阳县的一个乡。明弘治四年(1491)开州设鄄城等乡347个。

　　〔二〕后胥感:语见《尚书·商书·盘庚中》:"后胥感鲜,以不浮于天时。"后,首领的泛称。胥,通"谞",知。感,古"戚"字,亲近、亲爱。①

---

①周秉钧:《〈盘庚〉后胥感鲜解》,《湖南师范大学学报》(哲学社会科学版)1980年第1期,第117—118页。

锡号崇义书院〔一〕中书礼部符文①

皇帝圣旨里中书礼部据大名路〔二〕申,据开州备濮阳县申,准本县尹刘德新奉训,关该照得近为前国子生唐兀崇喜创建宣圣〔三〕庙学,及置学田。已经备细申达上司,乞赐书院之号,照验去讫。

【校注】

〔一〕崇义书院:书院,其名始见于唐代。13世纪上半叶,蒙古攻灭夏、金,统治了整个中国北部地区。窝阔台十二年(1240),杨惟中(1205—1259)、姚枢(1201—1278)在燕京设立了蒙古的第一个儒学教育机构——太极书院。忽必烈统治时期,比较重视地方教育,各路、州、府皆有书院(元代又称庙学)之设,其中,民办书院在元代特别盛行,数量大大超过了官办的书院。元末,社会动荡,暴动此起彼伏,为了挽救频频爆发的社会危机与政治危机,统治者更是不遗余力地提倡兴建书院,以冀通过教化来挽救岌岌可危的封建统治。于是,书院的兴建于元末蔚然成风,出现了一大批书院。②崇义书院就是其中的一个缩影。③

〔二〕大名路:五代时为大名府。治所在元城大名(今河北省大名县东)。宋辖境相当于今河北大名、魏县、成安、广平、威县、临西、馆陶和山东临清、夏津、冠县、莘县及河南内黄等地。元改为路,辖境西南移,包括濮阳、范县在内。明朝改为府,并移大名于今治。清辖境相当于今河北大名及河南南乐、清丰、濮阳、长垣及山东东明等县地,1913年废。位当河南、河北交通要冲,宋时为防守汴京(今河

---

① 对该符文的研究见杨富学《元政府护持学校档案两件——元代西夏遗民兴学档案之一》,《档案》2001年第2期,第43—45页。另可参见项泽仁《蒙元符文考述——以〈述善集〉与石刻史料为中心》,《档案学通讯》2022年第1期,第67—69页。唯文中将"到今未蒙书院之呈"的"呈"擅改为"号",欠妥。

② 王颋:《元代书院考略》,《中国史研究》1984年第1期,第157—168页。

③ 杨富学:《元政府护持学校档案两件——元代西夏遗民兴学档案之一》,《档案》2001年第2期,第43—45页;杨富学:《崇义书院史料辑注——元代西夏遗民兴学档案之二》,杨富学《中国北方民族历史文化论稿》,兰州:甘肃人民出版社,2001年,第205—221页;汤开建、王建军:《元代崇义书院略论》,刘迎胜主编《元史论丛》第9辑,北京:中央广播电视出版社,2004年,第151—161页。

南省开封市)的门户,庆历初建号北京。其后刘豫为齐帝,曾建伪都于此。

〔三〕宣圣:即孔子谥号大成至圣文宣王之省称。

施行间,又据崇喜呈,为方调大兵,不愿名爵官钱,献粟五百石,草一万束,另行申覆照验,到今未蒙书院之呈,乞照验。得此当职切详。

义士崇喜,愿备物力,创建学庙,欲尽报本之心,以为育材之地。复为朝廷方调军储,不望名爵官钱,愿献粟草,欲尽报国之心,以为殄寇之资。似此忠义之士,诚为罕有,请早为申达上司,乞赐书院之号,付下遵奉施行。准此。照得先为此事已有申覆,照验去讫。

施行间,又据崇喜呈,近为创建大成至圣文宣王〔一〕之殿,神门、两庑、讲堂、庠舍、学田三项二十六亩已经具呈,乞赐转申上司,赐以书院之号。

付下去后,未蒙明降令。今又用中统钞八百一十六锭〔二〕,续置到条段不等学田三段,计一顷二十八亩,通前地,四项五十四亩。若不再呈,恐有不率之人毁蠹侵欺;若蒙申达上司,赐以书院之号,护持禁约,使庙学无沮坏之虞,田土免侵欺之弊,上不失朝廷重道崇儒之意,下可励士庶学古向善之心。呈讫照验事,得此县司看详。

【校注】

〔一〕大成至圣文宣王:孔子谥号。参110页【校注】〔六〕。

〔二〕锭:甲乙本皆作"定"。

唐兀崇喜创建庙学,置买学田,献纳粮储,慕道报国,诚非细故。申乞照验事,得此除,另行申覆照验,得此府司申覆照验。得此行据集贤院,经历司呈奉院,劄送待制厅议得。

前国子生唐兀崇喜创建宣圣庙学,并置学田四项五十四亩,献粟五百石,草一万束,以供调兵之用,不愿名爵官钱,惟求书院之号。斯人尚义轻财,尊儒重道,建学田,育人材以报国,献粟草,供军需而效忠。既无心爵赏之名,惟注意书院之号,若兹嘉士,良可褒称,可拟"崇义书院",盖取褒崇义士之意,如蒙准呈,亦励薄俗,厚风化之一端也。

从省部。可否定夺,相应连呈,照详,得此,使院合下仰照验就呈,合干〔一〕部分照验施行。承此具呈照详。得此。已经议拟,具呈中书省照详。

去讫,施行间,承奉中书省判〔二〕送本部元呈,议得大名路申濮阳县县尹刘德新奉训,切照前国子生唐兀崇喜,愿备物力创建宣圣庙学,及置学田四顷五十四亩,欲尽报本之心,以为育材之地,又献粟五百石,草一万束,已供军储。本人不望名爵官钱,欲尽报国之心,以为殄寇之资,乞赐以书院之号,护持禁约,使庙学无沮坏之虞,田土免侵欺之弊,上不失朝廷重道崇儒之意,下可励士庶学古向善之心。以此参详国子生唐兀崇喜献粟以供军储,舍田以赡庙学,以兹善行,诚可嘉尚。既集贤院〔三〕褒称定拟"崇义书院"之号,合准所拟,合依已拟相应。如蒙准呈,宜从都省劄付〔四〕本部,依上施行具呈,照详得此覆奉都堂钧旨,连送礼部,依上施行。奉此。除外省部,合下仰照验,依上施行,须至符下大名路总管〔五〕府主者,符到奉行。

至正十八年(1358)四月吉日令史〔六〕杜秉周〔七〕承学校 等事。

【校注】

〔一〕合干:谓树的主干相并合。《宋书·礼志三》:"嘉禾积穗于殿霤,连理合干于园籞。"这里表示将所有手续一并解决。

〔二〕判:官职名。以小兼大的职位,叫判。宋初,为削弱地方藩镇权力,令朝廷大臣判冲要府州,与知府、知州共理政事。元朝承袭了这一制度。清时,将判府者改称通判,判州者改为州判。

〔三〕集贤院:元代官署名。掌理提调学校,征求隐逸,及道教、阴阳、祭祀、占卜等事,设大学士等官。

〔四〕劄付:中国古代的一种官文书。徐元瑞《吏学指南》云:"劄付,《演义》曰:'枊也。以木为牒,简笺之属。'又刺著为书曰劄,以文相与曰付。犹界赐也。"[1] 明代朝鲜文学家崔世珍(1473—1542)编《吏文辑览》卷二"劄付"条云:"大概与照会同,但上司行所属衙门居多,如五军都督府行经历司、都察院行御史道、六部行各清吏司之类。"[2]《辞源》"劄付"条云:"官府上行下的文书,多指手谕。"无论"照会",还是"手谕",均指其行移文书的属性。[3]

〔五〕总管:官名。在中国历史上,总管可分为三类。其一为地方高级军政长

---

[1] [元]徐元瑞撰,杨讷点校:《吏学指南》,杭州:浙江古籍出版社,1988年,第35页。
[2] [古朝鲜]崔世珍编,[韩国]朴在渊、洪波点校:《吏文·吏文辑览》卷二,牙山:鲜文大学校中韩翻译文献研究所,2001年,第9页。
[3] 张国旺:《元代委任劄付略论》,《河北师范大学学报》(哲学社会科学版)2022年2期,第16页。

官,如北周改都督诸州军事为总管。隋、唐初也在各州设总管。其二为军事长官,如隋及唐初设行军总管、行军大总管,是出征时的军队行军主帅。其三为管理专门事务的行政长官。元代中央与地方有各种名目的都总管府或总管府,如管理全国工匠的诸色人匠都总管府,管理地区财赋的江淮等处财赋都总管府,负责守护行宫及皇帝游猎事务的尚供总管府等,均设达鲁花赤及总管各一人。

〔六〕令史:官名。汉代为郎以下掌文书的官员。有兰台令史、尚书令史。隋唐以后,变为三省、六部及御史台低级事务员之称。元代于省、部、台、院均设令史一职,专掌文书案牍。

〔七〕杜秉周:元至正年间在世,曾任令史。其余不详。

中书礼部护持学校文榜〔一〕①

皇帝圣旨里中书礼部承奉中书省判送本部元呈,议得大名路申濮阳县尹刘德新奉训,切照前国子生员唐兀崇喜,愿备物力,创建宣圣庙学,欲尽报本之心,以为育材之地,舍学田五百余亩,又献粟五百石,草一万束,已供军储。本人不望名爵官钱,欲尽报国之心,为珍寇之资,乞赐以书院之号,护持禁约,使庙学无沮坏之虞,田土免侵欺之弊,上不失朝廷重道崇儒之意,下可以励士庶学古向善之心。

【校注】

〔一〕原目录标题为"中书礼部护持学校文榜",但文中写作"中书礼部文榜"。文榜,有时又写作榜文,是古代由上向下发的告示。元代的文榜,今已稀见,可知者仅有吾邱衍所撰《革昏田地榜文》,载于《紫竹山房集》卷二七。

以此参详国子生唐兀崇喜,献粟以供军储,舍田以赡庙学,以兹善行,诚可嘉尚。既集贤院定拟"崇义书院"之号,合依已拟相应。如蒙准呈,宜从都省劄付本部,依上施行,具呈照详,得此覆奉都堂钧旨,连送礼部,依上施行,奉此。

除外会验到至元三十一年(1294)七月内钦奉圣旨:"节该:孔子之道,垂教万世,有国家者当崇奉曲阜林庙〔一〕,上都、大都、诸路府州县邑庙学、书院,钦依世祖皇帝圣旨〔二〕,禁约诸官员、使臣、军马毋得于内安下,或聚集理问词讼,亵渎饮晏,工役造作,收贮官物。本路总管府〔三〕提举儒学〔四〕、肃政廉访司〔五〕宣明教化,勉励学校。凡庙学公事,诸人毋得沮扰,钦此。"〔六〕

---

① 对该榜文的研究,参见杨富学《元政府护持学校档案两件——元代西夏遗民兴学档案之一》,《档案》2001年第2期,第43—45页。

【校注】

〔一〕曲阜林庙：指山东济宁曲阜的孔府、孔庙、孔林，三者又被统称作"三孔"。山东济宁曲阜是孔子的故乡，是历代儒客朝拜之圣地，亦是历代封建王朝推崇儒学的表征，以其丰厚的文化积淀、悠久的历史、宏大的规模、丰富的文物珍藏，以及科学艺术价值而著称于世。

〔二〕世祖皇帝圣旨：指中统二年(1261)忽必烈所颁有关儒学教育的圣旨，即"先圣庙，国家岁时致祭，诸儒月朔释奠，宜恒令洒扫修洁。今后禁约诸官员、使臣、军马毋得于庙宇内安下，或聚集理问词讼，及亵渎饮宴，管工匠官不得于其中营造，违者治罪。管内凡有书院，亦不得令诸人搔扰，使臣安下"①。

〔三〕总管府：官署名。元代中央与地方有各种名目的都总管府或总管府，如管理全国工匠的诸色人匠都总管府，管理地区财赋的江淮等处财赋都总管府，负责守护行宫及皇帝游猎事务的尚供总管府等，均设达鲁花赤及总管各一人。

〔四〕提举儒学：儒家的学校以孔子的学说为传授内容。旧时府厅州县之教官，亦称儒学。提举儒学为管理学校教育的长官。

〔五〕肃政廉访司：官署名。元朝的地方监察机构，长官为肃政康访使，正三品。

〔六〕至元三十一年七月内钦奉圣旨：至元三十一年(1294)，元朝再次重申中统二年(1261)忽必烈所颁圣旨，明确指出："孔子之道，垂宪万世，有国家者所当崇奉。曲阜林庙，上都、大都、诸路府州县邑庙学、书院，照依世祖皇帝圣旨，禁约诸官员、使臣、军马毋得于内安下，或聚集理问词讼，亵渎饮宴，工役造作，收贮官物等。其赡学地土产业及贡士庄田，外人毋得侵夺。所出钱粮，以供春秋二丁、朔望祭礼，及师生廪膳……本路总管府提举儒学、肃政廉访司宣明教化，勉励学校。凡庙学公事，诸人毋得沮坏。"②

除钦遵外，切详学校乃造士育材之地，化民成俗之源，治本攸先，理宜崇重。今出文榜于"崇义书院"内张挂，仰拘该有司常加勉力、巡视，若有非理搅扰之人，钦依圣旨事意就便究治施行。所有文榜，省部须议出给者。

---

① 王颋点校：《庙学典礼》卷一《先圣庙岁时祭祀禁约骚扰安下》，杭州：浙江古籍出版社，1992年，第12页；洪金富校定本：《元典章三一·礼部四·儒学》，台北："中央研究院"历史语言研究所，2016年，第1003—1004页。

② 洪金富校定本：《元典章三一·礼部四·崇奉儒教事理》，台北："中央研究院"历史语言研究所，2016年，第1005页。

右榜晓谕

诸人通知

至正拾捌年(1358) 月 日

崇义书院记

张以宁

至正十三年(1353)夏四月,前国子生唐兀氏崇喜,新作庙学于开州濮阳县所居之鄄城乡,既成。十六年(1356)秋,献粟为石五百,藁为束万予县官〔一〕,佐军兴用。粤十又八年(1358)之夏四月,中书礼部符下大名路,赐"崇义书院"名,旌义士,劝齐民〔二〕也。

【校注】

〔一〕县官:古代称天子为县官。《史记·绛侯世家》司马贞索隐:"县官谓天子也。所以谓国家为县官者,《夏官》王畿内县即国都也。王者官天下,故曰县官也。"又指朝廷、官府。

〔二〕齐民:旧指平民。《汉书·食货志》:"世家子弟富人,或斗鸡走狗马,弋猎博戏,乱齐民。"颜师古注引如淳曰:"齐,等也。无有贵贱,谓之齐民,若今言平民矣。"

初,崇喜之祖赠敦武府君,名在五符〔一〕,从其父罽河西〔二〕,下江左〔三〕,还侨于澶,即今开州〔四〕之濮阳也。生聚教训,既殖以蕃子姓,僮奴食者万指〔五〕,思贻孙谋,用永励世,乃[至]〔六〕治癸亥(1323),市屋为塾于居室之西北陬,南北为楹〔七〕者九,东西广亦如之。至泰定间(1324—1328),考忠显府君议广前规,爰作义学,东西为楹,如敦武所市之数。中建讲堂,楹三檩七,以为讲读之所。先甃〔八〕井于其西,它未奏功,赍志以终〔九〕。君既仕,奋然曰:"幸得生圣明时,庶富而教,以克荷国宠荣,繄〔十〕祖考遗德〔十一〕是赖,其曷为报称?"遂禀于母恭人〔十二〕孙氏,谋于季父敦武伯〔十三〕、诸昆弟,捐金出粟,购材命工,首成堂三间,额〔十四〕以"亦乐",故赠礼部尚书潘公迪名且记也。寻买地三亩,创礼殿,扁〔十五〕以"大成",藩王文济书以赐也。

【校注】

〔一〕五符：元代的符牌种类有五种，即金虎符、金符、银符、海青符、园符。①

〔二〕河西：春秋、战国时代指今山西、陕西之间黄河南段以西地区。汉、唐时代指今甘肃、青海二省黄河以西，即今河西走廊和湟水流域一带。根据这一记载，结合危素《赠武威处士杨象贤序》一文的说法，可证河南濮阳西夏遗民应来自河西的武威一带。

〔三〕江左：一称江东。清魏禧《日录杂说》："江东称江左，江西称江右，盖自江北视之，江东在左，江西在右耳。"其地本指芜湖市、南京市长江以东地区。因东晋及南朝宋、齐、梁、陈各代皆建都建康（今南京市），故时人又称其统治区域为江左。

〔四〕甲乙本皆漏"州"字。

〔五〕万指：千人。一人十指，千人则万指。僮奴食者万指意为拥有奴婢上千人。《史记·货殖列传》："童手指千。"意为有奴隶上百人。

〔六〕甲本漏"至"字。乙本中的"至"字以小字旁书，当为后补。

〔七〕楹：堂屋间的四经柱，其前两柱旁无可依的叫作楹。

〔八〕甃：音zōu，意为"用砖砌墙壁"。

〔九〕贲志以终：意喻勇士壮志未酬。贲，音bēn，奔走、快跑。虎贲，古时指勇士。

〔十〕繄：音yī，"惟""是"之意。

〔十一〕德：甲乙本皆作"得"。

〔十二〕恭人：元六品官员妻子的封号。

〔十三〕伯：甲乙本皆作"泊"，不词，径改。

〔十四〕额：甲乙本皆作"颜"，不词，径改。

〔十五〕扁："匾"的本字，即匾额，挂在厅堂或亭榭上的题字横幅。

殿崇为阶四尺有五，柱杖有一，其修为梁二丈有二，广为丈有三，面势宏敞，缔构坚缴，丹碧黝垩〔一〕，焕丽辉炳。既而灵星〔二〕、周庑、斋馆、庖湢〔三〕，次第毕备。买田四顷五十亩有畸〔四〕，定著于籍。延聘儒师，训迪学子，凡醴齐、膳饮、币帛、脯之须〔五〕，胥此焉出。惟官未锡名，无以列诸学院，大懼弗称。及是县上其事于州若郡，郡请于朝。集贤院议曰："是义人也。宜旌之如郡，

---

① 乔今同：《元代的符牌》，《考古》1980年第6期，第542页。

请达于春官〔六〕。"

【校注】

〔一〕黝垩：意为彩绘。

〔二〕灵星：即棂星门。《龙鱼河图》："天镇星主得土之庆，其精下为灵星之神。"①孔庙前有棂星门，取"得士"之意。古"灵"与"棂"通。

〔三〕湢：音bì，意为"浴室"。

〔四〕"畸"：通"奇"。意为零头、余数。《论语·学而》："道千乘之国。"何晏《集解》引汉马融曰："千乘之赋，其地千成，居地方三百一十六里有畸。"

〔五〕须：通"需"。

〔六〕春官：官署名，即礼部，属中书省，有管理教育职责。

闻于宰相，宰相曰："俞。"故获是命。余闻之，志曰："善作者不必善成。是举也，起敦武，历三世，用巨万，始克成于君，岂易易〔一〕也已？"夫其兴学以光先猷，不忘其本，孝也；输家以助国费，不志于禄，忠也。维忠与孝，天下大义。用兵九载，凡建功立节，明兹义以扶人极，于今类皆学孔氏者，县官嘉惠斯文。以宠赉于唐兀氏，岂直若汉代尊显卜式，风厉百姓而止哉？

於乎〔二〕！其所关者，大矣。肇自今兹，游于斯者，处而治已，出而治身，孳孳乎善利之间，断断乎舍生取义之际，使人称曰："是。"诚学忠孝者，于"崇义"名，庶其无忝乎。且昔之书院，为古学也，记以劝寔甚宜。君字象贤，繇上舍擢侍卫百夫长，辞不仕。季父〔三〕镇化台〔四〕，兄换住，弟帖睦、塔哈出、拜住，母弟〔五〕卜兰台，子理安，协志赞谋，皆贤可纪。系以诗曰：

【校注】

〔一〕易易：很容易之意。《礼记·乡饮酒义》："吾观于乡，而知王道之易易也。"唐柳宗元《晋问》："若果有贡于上，则吾知其易易焉也。"②《开州志》所录《崇义书院记》为"易"③，是。有论者指出《述善集》当衍一"易"字④，非也。笔者认为当以"易易"义更善。

---

① [日]安居香山、中村璋八辑：《纬书集成》第六卷，石家庄：河北人民出版社，1994年，第1153页。

② [唐]柳宗元撰，尹占华、韩文奇校注：《柳宗元集校注》卷十五《问答》，北京：中华书局，2013年，第1040页。

③ 濮阳县地方史志办公室校注：《(光绪)开州志》卷八《艺文志》，郑州：中州古籍出版社，1995年，第781页。

④ 朱巧云：《关于〈述善集〉所收张以宁诗文的几个问题》，《宁夏大学学报》(人文社会科学版)2006年第5期，第80页。

〔二〕於乎：同"呜呼"，感叹词。

〔三〕季父：意思是最小的叔叔。《史记·秦本纪》："灵公卒，子献公不得立，立灵公季父悼子，是为简公。"

〔四〕镇化台：为唐兀崇喜之叔父。在《大元赠敦武校尉军民万户府百夫长唐兀公碑铭并序》和平昇撰《杨氏重修家谱序》中均作"镇花台"。

〔五〕母弟：意思为同母之弟，别于庶弟。《左传·宣公十七年》："冬，公弟叔肸卒。公母弟也。"结合上下文，可以看出，"兄换住，弟帖睦、塔哈出、拜住"皆小叔镇花台之子，仅有卜兰台为唐兀崇喜之亲弟。

桓桓敦武，于维厥祖。

自河之右，于澶胥宇〔一〕。

其艰其勤，既卓既殷。

世其诗书，遗子若孙。

乃齿胄闱〔二〕，乃长禁旅。

乃辞印组〔三〕，式宴〔四〕以处。

维乡有校，祖也傲营〔五〕。

荐更乃世，未抵于成〔六〕。

【校注】

〔一〕胥宇：察看可筑房屋的地基和方向，犹相宅。

〔二〕乃齿胄闱：闱，音 wěi，"开门"。《国语·鲁语下》："康子往焉，闱门与之言。"韦昭注："闱，辟也。"乃齿胄闱，意指唐兀崇喜出自国子监。《[康熙]开州志》卷九《艺文志》所收《崇义书院记》作"乃齿监胄"①。"监胄"意为国子监。兼通。

〔三〕印组：印绶。北齐颜之推《颜氏家训·省事》："拜守宰者，印组光华，车骑辉赫，荣兼九族，取贵一时。"王利器集解引卢文弨曰："组，即绶也，所以系佩者。"②

〔四〕式宴：又作"式燕"，"宴饮"之意。出自《诗·小雅·鹿鸣》："我有旨酒，嘉宾式燕以敖。"

〔五〕傲营：《述善集》甲乙本皆作"叔营"，不词。《[康熙]开州志》卷九《艺文

---

① 故宫博物院编：《故宫珍本丛刊·[康熙]开州志》卷九《艺文志》，海口：海南出版社，2001年，第152页。

② 王利器：《颜氏家训集解》卷五《省事》，北京：中华书局，1993年，第335页。

志》所收《崇义书院记》作"俶营",是。①《北史·李崇传》:"嵩都创构,洛邑俶营,虽年跨十稔,根基未就。"② "俶"者,音chù,"开始"之义。《诗经·大雅·既醉》:"令终有俶。"

〔六〕未抵于成:《述善集》甲乙本皆作"未溃于成",意不通。《[康熙]开州志》卷九《艺文志》本作"未抵于成"③,指崇喜之祖、父二代的书院之建未及完工便去世之憾事。是,径取之。

我忱念哉,我谋我度。
我朴我斲〔一〕,新庙我作。
有孙绳绳,有徒丞丞。
我食我教,先志是承。
兴言为国,如汉臣式〔二〕。
崇义之名,春官斯锡。
其崇伊何〔三〕? 为龙为光。
子孙其昌,祖考之庆。
其义伊何? 为忠为孝。
祖考之教,子孙是效〔四〕。
天经地纪,昭兹永存。
撰辞刻石,以勖后昆。

晋安张以宁撰。

【校注】

〔一〕斲:音zhuó,古同"斫",大锄,引申为用刀、斧等砍。

〔二〕汉臣式:当指汉代屡以家财捐助政府,而不求官爵的卜式。见第68页【校注】〔一〕。

〔三〕伊何:意思是"为何"。《诗经·小雅·頍弁》:"有頍者弁,实维伊何?"高亨注:"伊,犹为也,作也。"

〔四〕"其义伊何? 为忠为孝。祖考之教,子孙是效":《[康熙]开州志》卷九

---

① 故宫博物院编:《故宫珍本丛刊·[康熙]开州志》卷九《艺文志》,海口:海南出版社,2001年,第152页。
② [唐]李延寿:《北史》卷四三《李崇传》,北京:中华书局,1974年,第1601页。
③ 故宫博物院编:《故宫珍本丛刊·[康熙]开州志》卷九《艺文志》,海口:海南出版社,2001年,第152页。

《艺文志》脱"为忠为孝"。另,"子孙是效",《述善集》甲乙本皆作"子孙是孝",《[康熙]开州志》本作"子孙是效",当以"效"为是。

节 妇 序

伯颜宗道

淳浇朴散，俗靡风流〔一〕，人道于是乎泯绝，节义于人，绝无而仅有，奚啻〔二〕颓波而砥柱哉。是以圣人于《春秋》书纪叔姬〔三〕，《国风》录卫共姜〔四〕，俾辉映简编，书于无穷。闻风而兴起者，俱足以继高风而蹈遐躅，固王化欲危之基，培世教将拔之本，岂曰小补之哉？

【校注】

〔一〕淳浇朴散，俗靡风流：《淮南子·齐俗训》："浇天下之淳，析天下之朴浇。"南朝王中《头陀寺碑文》："淳源上派，浇风下黩。"① 吕延济注："淳和之源，自上流派，而浇薄之风，垢浊于下。"

〔二〕奚啻：音 xīchì，意为何止、岂但，亦作"奚翅"。出自《孟子·告子下》："取食之重者与礼之轻者而比之，奚翅食重？"《吕氏春秋·当务》："跖之徒问于跖曰：'盗有道乎？'跖曰：'奚啻其有道也。'"。

〔三〕叔姬：春秋时晋国大夫羊舌子妻，叔向母，杨氏女。羊舌子为人严正，不容于晋，去三室之邑为宰。邑人攘羊遗之，羊舌子辞不受。叔姬以为不受则得罪于三室之邑，不如受而埋之。后事发，都吏至，发而视之，羊首存，因得免罪。其事迹在《春秋》中曾七度出现：

鲁隐公"七年春，王三月。叔姬归于纪"。晋杜预（222—284）注曰："无传。叔姬，伯姬之娣也。至是归者，待年于父母国，不与嫡俱行，故书。"②

鲁庄公二十七年，"莒庆来逆叔姬。"杜预云："无传。庆，莒大夫。叔姬，庄公女。卿自为逆则称字。"③

---

① [梁]萧统编，[唐]李善注：《文选》卷五九《碑文下》，上海：上海古籍出版社，1986年，第2539页。
② [晋]杜预：《春秋左传集解》，上海：上海人民出版社，1977年，第40页。
③ [晋]杜预：《春秋左传集解》，上海：上海人民出版社，1977年，第194—195页。

鲁文公十二年"二月庚子,子叔姬卒"①。

鲁文公十四年,"子叔姬妃齐昭公,生舍。叔姬无宠,舍无威"②。

鲁文公十四年"十有二月,器人来归于叔姬。"杜预注曰:"齐人以王故,来送子叔姬,故与直出者异文。"③

鲁宣公"五年春,公如齐,高固使齐侯止公,请叔姬焉"④。

鲁成公四年,"杞伯来朝,归叔姬故也。"杜预注曰:"将出叔姬,先修礼朝鲁,言其故。"⑤

〔四〕共姜:周时卫世子共伯之妻。共伯早死,她不再嫁,故常被后世引为女子守节之典范。《诗经·鄘风·柏舟》毛序:"《柏舟》,共姜自誓言也。卫世子共伯早死,其妻守义。父母欲夺而嫁之,誓而弗许。故作是诗以绝之。"

寄斋辅臣〔一〕,世席山东河北蒙古军都万户府镇府之职,其母济阴郡〔二〕太君,系色〔三〕目〔四〕钦察〔五〕氏亦纳思国王之玄孙,神清朗澈,有林下之风〔六〕。出于右族,来配名门,宣昭〔七〕壸范〔八〕,宜其家人。生子女而夫早世,甫二十四而孤在龆齿。甘守夫亡,恪执妇道,遵奉姑命,抚孤益笃,家系扈从之役,番上行戍,虽甫成童亦所不免。于是,子不能释膝下弄雏之情,母不能割出入雇复之恩,偕其子以行。

【校注】

〔一〕寄斋辅臣:唐兀崇喜《节妇后序》载:"脱因,其(指伯颜宗道)姻家也,字辅臣,自号奇(寄)斋,濮州人,为山东河北蒙古军都万户府左手万户府镇抚,母封济阴县太君。"

〔二〕济阴郡:因在济水之南而得名。西汉景帝中元六年(前144)从梁国分出定陶国,汉武帝建元三年(前138)改定陶国为济阴郡,汉宣帝甘露二年(前52)更名为定陶国,哀帝建平二年(前5)又改为济阴郡,属兖州,治所在定陶(今山东省菏泽市定陶区)。济阴郡从汉至明存在1500多年,是山东重镇之一。

〔三〕色:甲乙本皆误作"邑"。

〔四〕色目:即色目人,系元朝对西北各族、西域以至欧洲来中原各族人的概

---

① [晋]杜预:《春秋左传集解》,上海:上海人民出版社,1977年,第479页。

② [晋]杜预:《春秋左传集解》,上海:上海人民出版社,1977年,第493页。

③ [晋]杜预:《春秋左传集解》,上海:上海人民出版社,1977年,第498—499页。

④ [晋]杜预:《春秋左传集解》,上海:上海人民出版社,1977年,第557页。

⑤ [晋]杜预:《春秋左传集解》,上海:上海人民出版社,1977年,第672页。

称。"色目"一词,有各色各目之意。常见于元人记载的色目人有唐兀、乃蛮、汪古、"回回"、畏兀儿、康里、钦察、阿速、哈剌鲁、吐蕃等。元朝色目人政治待遇高于汉人(概指淮河以北原金朝境内的汉族和契丹、女真诸族)、南人(指最后为元朝征服的原南宋境内各族),低于蒙古人,科举考试和入仕享有优待,身犯重刑者由大宗正府处置。

〔五〕钦察:又译钦叉、可弗驻、克鼻稍、乞卜察兀惕。押亦河(今乌拉尔河)至黑海以北的突厥海游牧部落,下分若干各自独立的小部。王族居玉理伯里山,在押亦河和也的里河(今伏尔加河)两河流入里海处,称玉理伯里伯牙兀氏。成吉思汗和窝阔台两次派兵进军钦察,灭其国。拔都建钦察汗国于撒莱,以钦察草原为领地。钦察人多被蒙古人俘虏为奴,因善制黑马奶酒,故名哈剌赤。元世祖时,首领土土哈有战功,钦察人隶诸王为奴者被释免为军,置钦察卫亲军都指挥司。后又分出左、右两部和龙翊侍卫等,各卫之上设钦察亲军大都督府。

〔六〕林下之风:《世说新语·贤媛》:"王夫人神情散朗,故有林下风气。"① 后因称妇女仪度娴雅者为有"林下风致"或"林下之风"。林下,原指幽僻之境,此处引申为恬静之意。

〔七〕昭:乙本作"照",以甲本为是。

〔八〕壸范:妇女的仪范、典式。南宋陆游《贺皇帝表》:"伏以圣人有作,追参尧、舜、禹之盛时;壸范增光,上配姜、任、姒之至德。"②

自孀居迄今,积五十余禩〔一〕,志节弥坚,脂松不御。于是,耆旧张成保呈所属,转达朝廷,降花诰,表宅里,建雄门之壮观,清圣代之芳风,罔俾叔姬、共姜专美于前所,汗简〔二〕遗编永垂训于后云。

至正戊子(1348)夏四月朔旦,处士〔三〕愚庵伯颜序。

【校注】

〔一〕禩:通"祀",通"年"。

〔二〕汗简:著述的代称。袁桷《偶述末章答继学》诗:"汗简功深岁月修。"③

〔三〕处士:不仕之士,即没有做过官的读书人。

---

① [南朝宋]刘义庆著,[南朝梁]刘孝标注,余嘉锡笺疏:《世说新语笺疏》卷下之上《贤媛第十九》,北京:中华书局,2007年,第822页。

② [南宋]陆游:《陆游集·渭南文集》卷二,北京:中华书局,1976年,第1984页。

③ [元]袁桷:《袁桷集·清容居士集》卷一二,长春:吉林文史出版社,2009年,第174页。

节 妇 后 序

唐兀崇喜

余暇日阅旧书于箧中,得故愚庵文节颜先生遗藁[一],序康里[二]脱因母太君钦察氏志节。至正八年(1348)作也。

初,至正十有一禩[三](1351),盗起颍、亳。又七载,蔓延河北,先生之门人达儒丁刘、公辅等团结丁壮,保卫乡井。军大名、广平[四]之间,先生在焉。

【校注】

〔一〕藁:通"稿"。

〔二〕康里:又译康礼、航里、抗里、夯里、杭斤,游牧于乌拉尔河以东至咸海东北的突厥部落。成吉思汗十八年(1223),蒙古军征斡罗思,回军时进入康里境,击败其主霍脱思罕。成吉思汗分封诸子时,康里地成为长子术赤的封地。康里人被掳掠至中原者甚多。他们大多从军。武宗时曾设立广武康里侍卫亲军都指挥使司。

〔三〕禩:通"祀",通"年"。

〔四〕广平:即广平路。元至元十五年(1278)改洺磁路置。治所在永年(今河北省邯郸市永年区东南),辖境相当今河北鸡泽、永年、磁县、邯郸、曲周、武安、成安、肥乡、广平等地。明改为府,1913年废。

十八年(1358)夏五月,贼将沙刘二[一]、梅方颜[二]等,率众来攻,破其营,生执先生至磁州[三],释其缚,待先生以礼貌,诱使附己。先生毅然不肯,返[四]喻以大义,使之去逆效顺。贼不听。先生知其不悛,随骂不辍,求亟死。贼恚,尽杀其妻子。先生终不屈,死之。总兵[五]行[六]枢密院[七]判官伯帖木儿具实以闻,廷议褒封太常礼仪院[八]同佥[九],谥曰"文节"[十]。

【校注】

〔一〕沙刘二：元末农民军将领，为刘福通指挥的三路军的中路军领袖之一，主要活动于山西、河北一带。至正十八年(1358)十二月，关先生、破头潘、沙刘二率领中路军向北攻克上都(今内蒙古自治区正蓝旗东北)，后又转攻全宁路(今内蒙古自治区赤峰市翁牛特旗)，焚鲁王宫府。又夺取辽阳行省所在辽阳路(今辽宁省辽阳市)，杀懿州路(今辽宁省阜新市东北)总管吕震。至正二十一年(1361)，中路军十万人在关先生、沙刘二、破头潘的率领下渡鸭绿江攻朔州，陷抚州、安州，并占领了高丽的京城开京(今朝鲜开城)，迫使高丽恭愍王逃奔福州(今朝鲜安东)。高丽王假降，并以财宝美女麻痹农民军。一天晚上，他们突然发起袭击，农民军损失惨重，关先生、沙刘二等战死，残部万余人在破头潘的率领下败退辽阳。四月，破头潘在辽阳被俘，中路军消亡。其中的沙刘二，《元史》卷九二《百官志》、卷二〇七《孛罗帖木儿传》均作"沙刘"。《元史》卷四五《顺帝纪》作"沙刘二"。《庚申外史》至正十七年、十八年所记均是"沙刘二"。《述善集》亦可证"沙刘二"为是。

〔二〕梅方颜：与沙刘二同为元末农民军首领，事迹不详。

〔三〕磁州：一作慈州。隋开皇十年(590)置，治所在滏阳县(今河北省磁县)。大业初废。唐武德元年(618)复置，贞观元年(627)废，永泰元年(765)复置，天祐三年(906)改名惠州。五代后唐复改为磁州。明洪武初省滏阳县入州。1913年降州为县。

〔四〕返：通"反"。

〔五〕总兵，武官名。《元史》未载此官。故学界一般认为此官始设于明代。而此文撰成于至正丁未(1367)，说明元朝其实即已有此官之设。

〔六〕行：官制用语，指官缺未补，暂由他官兼摄其事。

〔七〕枢密院：官署名。五代后梁时建立崇政院，后唐改称枢密院。宋代沿置，主要管理军事机密、边防等，与中书省并称"二府"，同为最高国务机关。辽设北枢密院(相当于兵部)、南枢密院(相当于吏部)及汉人枢密院(掌汉族地区兵马)。元代枢密院主要掌管军事机密、边防及宫廷禁卫等事务。战争时设行枢密院，掌一方军政。明代废。

〔八〕太常礼仪院：官署名。元武宗至大二年(1309)由太常寺改置，秩正二品，掌管大礼乐、祭祀宗庙社稷以及封赠谥号等事务。下辖太庙、郊祀、社稷、大乐四署。

〔九〕同佥：官名。为太常礼仪院使下属官员，二人，正四品。

〔十〕文节：唐张守节《史记正义·谥法解》曰："道德博闻曰文""学勤好问曰

文""慈惠爱民曰文"①"好廉自俭曰节"。②

　　脱因,其姻家也,字辅臣,自号奇斋,濮州〔一〕人,为山东河北蒙古军都万户府左手万户府镇抚,母封济阴县太君。方盗起,镇抚〔二〕奉母避兵山后,诸郡县乱离中,家业尽矣。自食脱粟蔬菜而甘旨不绝,乱定家居。其母,甫二十四而夫亡,甘守夫妇分,积五十余年,志节愈坚,养姑不衰,抚孤益笃。今年近百岁而康宁,眼明若少壮时。镇抚亦年七十。有子保保〔三〕,年四十,人以为孝义所感云。

【校注】

〔一〕濮州:州名。隋开皇十六年(596)改濮阳郡置。治所在鄄城(今山东省鄄城县北旧城)。大业初废。唐武德四年(621)复置。辖境相当于今山东鄄城及河南濮阳南部地区。其后辖境屡有伸缩。清不辖县。1913年改为县。

〔二〕镇抚:官名。元朝始置,为万户府下镇抚司官。二人,蒙古人、汉人参用。掌狱事,无狱事则管军。

〔三〕保保:即前揭潘迪撰《大元赠敦武校尉军民万户府百夫长唐兀公碑铭并序》中的"宝宝"。《唐兀公碑》亦作"保保"。娶唐兀崇喜侄女为妻。

　　先生既没,而文稿在予。先生〔一〕及镇抚〔二〕皆忝在姻娅,为之感恸,乃装黄卷轴,缮写于其端,敬谒缙绅。先生及大夫士题咏以赞其美,使寄斋〔三〕辅臣母子之善行,愚庵文节先生之遗文不没,以传于后世,用见我圣朝百年涵养之厚,一举而咸备焉。

　　旹〔四〕至正丁未(1367)仲春初瀚吉日古澶杨崇喜谨书。

【校注】

〔一〕先生:指伯颜宗道。

〔二〕镇抚:指脱因。

〔三〕寄斋:同文前作"奇斋",这里又作"寄斋",甲乙本均同。但前文的《节妇序》也作"寄斋"。推而论之,应以"寄斋"为是。

〔四〕旹:通"时"。

---

① 汪受宽:《谥法研究》,上海:上海古籍出版社,1995年,第291—292页。
② 汪受宽:《谥法研究》,上海:上海古籍出版社,1995年,第296页。

行实卷之三

大元赠敦武校尉军民万户府
百夫长唐兀公碑铭并序①

正议大夫、集贤直学士致仕、礼部尚书魏郡潘迪撰并书石篆额

敦武校尉、左翊蒙古侍卫百夫长〔一〕崇喜,状其祖军民万户府百夫长府君行实,请曰:"曩在成均,深蒙教养,获跻上舍,积分入等,已豫〔二〕会试〔三〕,俟贡有期〔四〕。奈户隶蒙古兵籍,为门户计,弗获已,俯就武职。荷祖宗之积累,叠蒙恩宠,一门之中,父子昆弟,咸膺武爵。褒封祖考,荣及存殁,诚子孙之至愿也。然先世潜德,苟不托钜笔铭诸琬琰〔五〕,不惟无以示后人,而百世之下,亦安知余庆之所自哉。敢再拜请。"余素嘉其有志嗜学,且从游久,固不敢以不敏辞。

【校注】

〔一〕左翊蒙古侍卫百夫长:官名,属镇一级的武官。

〔二〕乙本于此处少一"豫"字。

〔三〕会试:明清时集各省举人于京师,称会试。简派总裁试之,其科目与乡试同。

〔四〕俟贡有期:候,甲、乙本均误作"俟"。丙本作"俟"。俟贡有期,即等候供

---

① 学术界对《唐兀公碑》的研究,主要有穆朝庆、任崇岳:《〈大元赠敦武校尉军民万户府百夫长唐兀公碑铭〉笺注》,《宁夏社会科学》1987年第1期,88—93页;潘迪撰,朱绍侯点校:《〈述善集〉选注(二篇)》,《史学月刊》2000年第4期,第5—8页(收入何广博主编《〈述善集〉研究论集》,兰州:甘肃人民出版社,2001年,第69—73页);杨富学:《元代西夏遗民文献〈唐兀公碑〉校释》,《甘肃民族研究》2001年第1期,第56—67页。

职已有期望、期限。元袭宋制,最高学府太学仍分为外舍、内舍、上舍三等。上舍学习期满,成绩合格,或直接任官,或参加科举。自元代始称礼部一级的科举考试为会试。俟贡有期,当指殿试在望。

〔五〕琬琰,碑石之美称。苏轼《贺林待制启》:"著书已成,特未写之琬琰,立功何晚,会当收之桑榆。"

　　谨案府君讳闾马,唐兀氏。其父[一]唐兀台,世居宁夏路贺兰山。岁乙[二]未(1235),扈从皇嗣[三]昆仲南[征][四],收金破宋,不避艰险,宣力国家。尝为弹压,累著功效。方议超擢,年六十余,以疾卒于营戍。其妻名九姐,年五十余,先卒。

【校注】

〔一〕父:《唐兀公碑》作"父讳",意同。

〔二〕乙:甲乙本皆误作"己"。兹据《唐兀公碑》改。《唐兀公碑》说"岁乙未扈从皇嗣昆仲南征",而所有的家谱则众口一词,都说"自宋理宗开庆元年(1259,己未)扈从大元皇嗣南征,收金破宋"。揆之情理,己未说与史实不合,必因乙、己二字形近而讹。这是因为:公元1259年,蒙哥与忽必烈同时南征宋朝,二人虽是昆仲,但忽必烈不是汗位继承人,而且金朝早在公元1234年即已亡于蒙古人之手,"收金"二字无从说起。公元1235年,窝阔台曾遣"诸王拔都及皇子贵由、皇侄蒙哥征西域,皇子阔端征秦、巩,皇子曲出及胡土虎伐宋,唐古征高丽"[①]。贵由是汗位继承人,后来被追尊为定宗皇帝,他和蒙哥、阔端、曲出等人是昆仲;金国虽在公元1234年亡于蔡州(今河南省汝南县),但秦(今甘肃省天水市)、巩(今甘肃省陇西县)二州的残余势力尚存,唐兀台随军收金,当在情理之中。唐兀台殁于军中,未曾涉足河南,但他曾任过弹压,而弹压一官设于世祖时,可知唐兀台死于至元初年。始来河南者为唐兀台之子闾马,其父死时,他才十岁,由于父母双亡,为亲族鞠育成人。据碑文记载,他死于致和元年(1328),享年八十有一。他参加过元军于公元1273年攻取襄阳、樊城的战役,当时26岁。《唐兀公碑铭》说闾马在"大事既定后,始卜居于濮阳县东",当是指元朝灭掉南宋,混一宇内而言。由此可以断定,闾马是在1279年前后解甲归田,来到河南的,彼时闾马年龄在32岁左右。

　　是故,这里的己未当为乙未(1235)之误。是年,元太宗窝阔台曾遣"诸王拔都及皇子贵由、皇侄蒙哥征西域,皇子阔端征秦、巩,皇子曲出及胡土虎伐宋,唐

----

① 《元史》卷二《太宗本纪》,北京:中华书局,1976年,第34页。

古征高丽"①。杨氏家谱中众口一词,称"自宋理宗开庆元年(1259,己未)扈从大元皇嗣南征,收金破宋"。据考证,此己未必为乙未之讹。②

〔三〕皇嗣:即汗位继承人。对"皇嗣"的理解学界有不同意见,有的认为指忽必烈,有的认为指贵由。其事既然发生在乙未(1235)年,则汗位继承人应指贵由,而非忽必烈。

〔四〕甲本漏"征"字,据乙本并《唐兀公碑》补。

时府君甫十岁许,别无恒产,依所亲营次以居,即崇喜之祖也。及长成丁,优于武艺,攻城野战,围打襄樊,诸处征讨,多获功赏。然性恬退,不求进用,大事既定〔一〕,遂来开州濮阳县东,拨付草地,与民相参住坐,后置庄于草地之西北官人寨店东南十八郎寨两堤之间,卜茔于本宅之西北,堤〔二〕南道北爽垲之地,亲茔冢圹,栽植柏杨。乃迁其祖考妣而安葬焉〔三〕。

【校注】

〔一〕大事既定:指1279年元灭南宋,完成统一大业。

〔二〕堤:即金堤。指西汉时于东郡、魏郡、平原郡界内沿黄河两岸修建的石堤,大致位于今河南省濮阳市至山东省平原县一线。金堤一词最早见于《史记·河渠书》:"汉兴三十九年(前168),孝文时河决酸枣(今河南省延津县),东溃金堤,于是东郡大兴卒塞之。"张守节《史记正义》引《括地志》云:"金堤一名千里堤,在白马县(今河南省滑县城关镇东)东五里。"后来黄河改道,它变成了金堤河的堤防,同时也是黄河防汛的第二道防线。曲折蜿蜒,长达千里,高至四五丈,伟岸苍茫。《唐兀公碑》及唐兀氏墓地就在金堤与金堤河之间。

〔三〕乃迁其祖考妣而安葬焉:《唐兀公碑》作"乃迁其考妣而安葬焉",少一"祖"字,未详孰是。

至元八年(1271),籍充山东河北蒙古军户〔一〕。十六年(1279),奉旨选充左翊蒙古侍卫亲军〔二〕。三十年(1293),编类入籍。累得功赏。马匹、楮币弗肯过侈,用之有节,推其余以济乡党〔三〕之匮乏。

【校注】

〔一〕军户:即官府指定出军的人户。金代的猛安谋克户又称军户。元代军

---

① 《元史》卷二《太宗本纪》,北京:中华书局,1976年,第34页。
② 任崇岳、穆朝庆:《略谈河南省的西夏遗民》,《宁夏社会科学》1986年第2期,第77页。

户分为蒙古军户、探马赤军户、汉军户和新附军户。前二者主要从蒙古各部签发，新附军户是归降的南宋军人及其家属。军户必须出军，政府发给口粮与衣装，其他自理。北方军户可免纳科差，免交四顷地内税粮。成宗以后，除边远出征军人外，其他军户和民户一样承当杂泛差役与雇、买。南方新附军除本人支取口粮外，家口可按月支取口粮。军户数量很大，在诸色户计中仅次于民户。①

〔二〕侍卫亲军：元朝设立侍卫亲军，主要用于防卫以两京为中心的京畿腹地。中统元年（1260），即忽必烈称汗次月，"谕随路管军万户，有旧从万户三哥（即史天泽）西征军人，悉遣至京师（开平）充城防军"②。同月，又"征诸道兵六千五百人赴京师宿卫"③。有元一代，侍卫亲军不断扩大。至元八年（1271），扩充为左中右3卫。忽必烈朝前后共置了12卫。至元朝末年总共设置过30余卫。卫设都指挥使或率使，秩品与万户（正三品）相当，隶属于枢密院。编入侍卫亲军的，有蒙古军、汉军、新附军等。进入内地的色目人军队，由于战斗力较强，后来有相当一部分被编入侍卫亲军。④濮阳西夏遗民二世祖间马就被编入蒙古侍卫亲军。

〔三〕党：乙本作"邻"，意同。

虽幼在戎行，然好学向义，勤于稼穑。尝言："宁得子孙贤，莫求家道富。"常厚礼学师，以教子孙。乡人家贫好学者，悉为代其束脩礼〔一〕，亲戚有贫弗能育其子女者，府君辄〔二〕与其值〔三〕赎之，以养于家。或曰："他人之子女，费钱以养育，毕竟是他人。"府君曰："不然〔四〕，此非汝所知也。子女之父母，贫乏弗能自存，得钱足以活己。故谚曰：'减口胜添粮。'其子女在吾家又得饱暖，一举而两全。他日将养成人，女备装奁以嫁，男备聘财以娶，所费几何？"

【校注】

〔一〕束脩礼：脩是干肉。束脩，为十条干肉，是馈赠的礼物。后来演变为学生入学时敬师的礼物，逐渐演变成学费的代称。《论语·述而》："子曰：'自行束脩以上，吾未尝无诲焉。'"

〔二〕辄：同"则"。

①陈高华：《论元代的军户》，《元史论丛》第1辑，北京：中华书局，1982年，第72—90页（收入陈高华《元史研究论稿》，北京：中华书局，1991年，第127—155页）。

②《元史》卷九九《兵志二》，北京：中华书局，1976年，第2540页。

③《元史》卷四《世祖纪一》，北京：中华书局，1976年，第65页。

④韩儒林主编：《元朝史》，北京：人民出版社，1986年，第309—310页。

〔三〕"值"：甲、乙本均作"直"，意同。此依《唐兀公碑》。

〔四〕甲本于"不然"前衍一"君"字，据乙本并《唐兀公碑》删。

乡人有死弗克葬者，则与丧具、米粮以葬之。其父祖有官，而子孙不能袭荫者，则与楮币、鞍马为之，起复公文，以袭荫之，若此者十有余家。

又置产于宿州灵璧县东南芦沟村，以为别墅。致和元年（1328）九月二十有八日，以天年终于正寝，享年八十有一。

祖母哈剌鲁〔一〕氏，纺绩织［纴］〔二〕，佐夫内治，俭而好礼，和以睦族，至元后〔三〕三年三月十有九日，以疾终，享年八十有二。

【校注】

〔一〕哈剌鲁：又译合儿鲁、罕禄鲁、匣剌鲁、哈剌奴儿、柯耳鲁，唐代作葛逻禄，系西突厥的一部。金代，驻牧于巴尔喀什湖东海押立周围地区，臣属于西辽，由其君主阿儿思兰汗及西辽委派的监护官共同统治。1211年，成吉思汗派忽必来向西辽进军，阿儿思兰汗杀西辽监护官，降附蒙古，娶公主。哈剌鲁人来中原者甚多，元世祖至元二十四年（1287）招集哈剌鲁军人立万户府，屯田于襄阳。

〔二〕"纴"字原缺。《墨子·非乐上》有云："农夫早出暮入，耕稼树艺……妇人夙兴夜寐，纺绩织纴。"据补。

〔三〕至元后：即后至元。至元为元世祖忽必烈年号（1264—1294）。元顺帝妥懽帖睦尔也有至元年号（1335—1340），故称后至元或至元后。

子五人，长达海〔一〕，次镇花台〔二〕，次间儿，次当儿，次买儿。女一人，曰迈讷。

长〔三〕即崇喜之父也。以崇喜恩封忠显校尉〔四〕、左翊蒙古侍卫百夫长〔五〕，娶孙氏。年七十有二而康宁，封恭人〔六〕。忠显性资温厚，仁慈恺悌。祖母既亡之后，凡诸家所假斛粟、楮币之类，悉命焚其券，以年难，免索也。贫者莫不德〔七〕之。其典买田土〔八〕契券，命崇喜整治收顿，戒之曰："夫契者，家业之基，祖先所遗，祭祀供需之源，宗族衣食之本，诚为重事。"

【校注】

〔一〕达海：即唐兀达海（1280—1344），间马之长子，因曾历官忠显校尉，故被称为忠显公。

〔二〕镇花台：《唐兀公碑》作"镇化台"。间马之次子（1292—1356年以后），曾以军功而充任塔塔里军民万户府百户长。

〔三〕长:《唐兀公碑》作"达海"。

〔四〕忠显校尉:散官名号。金始置,为武散官以授从七品下武官。元朝沿置,改武官从六品,敕授。

〔五〕左翊蒙古侍卫百夫长:官名,属镇一级的武官。

〔六〕恭人:元六品官员妻子的封号。

〔七〕德:甲、乙本均作"得",此依《唐兀公碑》。德之,意为感其恩德。

〔八〕田土:《唐兀公碑》作"地土"。

本寨耆老等旧随香会〔一〕,名曰《龙祠乡社义约》,因袭之弊,尚于奢侈,以酒馔相矜。忠显一日来会,言于众曰:"乡社之礼,本以义会,风俗之美,在于礼交。是会之设,本欲敬神明、祈雨泽、救灾恤患、厚本抑末、周济贫乏、忧〔二〕悯茕独,弗意〔三〕习奢至此,甚非可久之道,大为不可。"遂佥议创置社籍,定其赏罚,斟酌古礼,合乎时宜,凡可行之事,当戒之失,悉载于上,永远恪守。推举年高有德、才良行修之士,以掌其簿,至今遵守,乡里赖之。如纵放头匹〔四〕、践踏田禾、非礼饮酒、失误农业、好乐赌博、交非其人、不孝不弟〔五〕,皆在所罚。

【校注】

〔一〕香会:《唐兀公碑》作"乡会"。

〔二〕忧:《述善集》甲乙本、《唐兀公碑》皆作"优",不词。据《龙祠乡社义约》,应为"忧"。

〔三〕意:《述善集》甲乙本皆误作"忆",兹据《唐兀公碑》改。

〔四〕头匹:牲畜。《元典章》:"诸色人等,毋得放纵头匹,食践损坏桑果、田禾。"①

〔五〕弟:《唐兀公碑》作"悌",意同。

祖先茔域,旧仅〔一〕壹亩,今扩为亩者十。亲诣指画,命崇喜栽植柏杨,东西南北,皆有伦理,赡坟地至二百余亩,内有所产,以供祭祀。

天历兵兴〔二〕,起遣渐丁〔三〕,蒙朝廷差来官选委为百夫长。忠显恐乌合之

---

① 洪金富校定本:《元典章二·圣政一·劝农桑》,台北:"中央研究院"历史语言研究所,2016年,第204页。

众,有害于百姓,谕[四]于众曰:"他家即己家,彼我[五]有父母,安可惟知有己,而不知有人乎?"众皆感悟,循行正道,无有害于百姓者。

【校注】

〔一〕乙本无"仅"字。此依甲本及《唐兀公碑》。

〔二〕天历兵兴:天历为元文宗图帖睦尔年号(1328—1330)。致和元年(1328)七月,泰定帝也孙铁木儿病死于上都,倒剌沙专权,元上层统治者发生内乱。燕帖木儿反于大都,九月,立武宗次子图帖睦尔为帝,是为文宗。同时,上都诸王大臣亦立泰定帝子阿速吉八为帝,改元天顺,并加紧进攻大都。四川行省囊加台又举兵作乱,反对文宗。第二年正月,和宁又出现了第三位皇帝,即明宗和世㻋(图帖睦尔异母弟)。此次内乱,波及四省,出现流民数百万。三位皇帝同时存在,征伐不已。天历二年(1329)九月,居住在岚、管、临三州(均在今山西省西北部)的诸王八剌马、忽都火者等部"乘乱为寇",元政府遣台、省、宗正府官前往,督促地方有关机构镇压。①

〔三〕渐丁:未成年候补待役者。《元典章》:"探马赤军人,累次签数渐丁,以致气力消乏,如今除至元八年籍定军人外,据已后续金渐丁,权且在家存恤,津助旧军,遇有调度,尽数其遣。其已立渐丁军千户、百户、奥鲁官员,并行革罢。"②可见,在一般情况下,是不允许征发渐丁的。天历兵兴,战事频繁,人员伤亡过重,不得不再度征发渐丁。

〔四〕《唐兀公碑》在"谕"前多一"乃"字。

〔五〕《唐兀公碑》残"我"字。

其恤贫济困,克绍先志。至正四年(1344)七月五日,以疾终,得年六十有五。恭人[一]孙氏,亦极贤。自四年冬至五年春,大歉[二]。恭人命崇喜令家人每旦多备粥饭,以食乞人[三]之老弱。有少壮男子饥饿濒死,命收留[四]养济,以活者十余人。客户[五]贫不能自存,辄贷粮以济者十余家。

【校注】

〔一〕《唐兀公碑》残"恭人"二字。恭人,元六品官员妻子的封号。

〔二〕歉:甲乙本皆作"俭",不词。据下文可知,"俭"为"歉"之讹。

---

① 事见《元史》卷三三《文宗二》,北京:中华书局,1976年,第741页。

② 洪金富校定本:《元典章三四·兵部一·拯治军官军人条画》,台北:"中央研究院"历史语言研究所,2016年,第1066页。

〔三〕乞人:甲本与《唐兀公碑》均作"乞食"。

〔四〕收留:《唐兀公碑》作"长留"。

〔五〕客户:无地或缺地而租种地主土地的佃户。此处的客户可能是唐兀家族的佃户。

子二人,长即崇喜,次卜兰台。

崇喜,国子上舍生,积分及等,蒙枢密院奏充本卫百户〔一〕,受敦武校尉〔二〕。娶李氏,封恭人。子一人,名理安〔三〕,娶征士〔四〕奉议大夫翰林待制伯颜宗道之〔五〕女哈剌鲁氏。女二人,长适旭申〔六〕氏阳律。

【校注】

〔一〕百户:官名。元代军制,设百户为"百夫之长",隶属于千户,为世袭军职。驻守各地者,设百户所。百户所分两等:上所设蒙、汉百户各一员,下所设百户一员。明代卫所兵制亦设百户所,统兵一百二十人,分为二总旗、十小旗,隶属于千户所。百户为一所长官。

〔二〕敦武校尉:官名,从七品武官。①

〔三〕《唐兀公碑》在"理安"后多出"国子生"三字。

〔四〕征士:朝廷从民间征召知识分子当官,即为征士。《唐兀公碑》作"名士"。

〔五〕《唐兀公碑》无"之"字。

〔六〕旭申:又译许兀慎、许慎,蒙古迭儿列斤部(意为"一般的蒙古人")之一。波斯史学家拉施特主编的《史集》一书中对该部落有详尽的描述。②陶宗仪《南村辍耕录》卷一又写作"忽神",列其为蒙古氏族七十二种之一。

卜兰台,攻习儒书及蒙古文字,深通农务,晓知水利。蒙塔塔里〔一〕军民屯田万户府〔二〕选保充本府百户,受敦武校尉。以其先仕,奉父命让封祖父敦武校尉、本府百户,祖母宜人〔三〕。娶旭申氏,子一人,名〔四〕从安,女三人,长适国子生燕山。忠显女二人,长适武德将军〔五〕武卫亲军〔六〕千户所〔七〕达鲁花赤〔八〕长安,封濮阳县君〔九〕。次适哈剌鲁氏保住。

【校注】

〔一〕塔塔里:元明时代的文献又作塔滩里,即鞑靼的音转。鞑靼,部族名,早

---

① 《元史》卷九一《百官志七》,北京:中华书局,1976年,第2322页。

② 余大钧、周建奇译:《史集》第一卷第一分册,北京:商务印书馆,1983年,第280—281页。

期根据地在今内蒙古自治区呼伦贝尔市南部至锡林郭勒盟北部。11世纪时,达达儿、蒙古、蔑儿乞、翁吉剌、克烈、汪古等部,结成以达达儿为首的联盟,以反对辽朝的统治,故达达儿曾一度为蒙古草原各部的通称。塔塔里即达达儿诸部所居的蒙古高原。元明时期的塔塔里,其地当在今宁夏海原①或后套平原②。

〔二〕万户府:万户,为官名。金初设置,为世袭军职,统领千户(即猛安)、谋克,隶属于都统。成吉思汗建国时封授左、中、右三万户,分领所属军民。元代承袭之,成为军制。其制设万户为"万夫之长",总领于中央的枢密院;驻于各路者,则分属于行省。设万户府以统领千户所。统兵七千以上称上万户府;五千以上称中万户府;三千以上称下万户府。诸路万户府各设达鲁花赤一员,万户一员。

〔三〕宜人:封号。元代七品官夫人之封号。

〔四〕《唐兀公碑》无"名"字。

〔五〕武德将军:官名。元代武职散官,正五品。

〔六〕武卫亲军:官署名,为元代禁军机构。

〔七〕千户所:官署名。设于各路的军事机构。隶属于万户,下领百户。千户,为官名。出现于金朝初年,为世袭军职,系女真语"猛安"之汉译,统领谋克,隶属于万户。元代相沿,其军制设千户为"千夫之长",亦隶属于万户。驻于各县者,分属于诸路万户府。设千户所统领百户所。统兵七百以上称上千户所;五百以上称中千户所;三百以上称下千户所。各设达鲁花赤一员,千户一员。明代卫所兵制亦设千户所,驻重要府州,统兵一千一百二十人,分为十个百户所,统隶于卫。

〔八〕达鲁花赤:官名。蒙古语为"镇压者""制裁者""盖印者"之意,转而有"监临官""总裁官""宣差"之意。元时汉人不能任正官,多数行政机关及各路、州、府、县均设达鲁花赤,品秩与正职官同,职权高于正职。主要由蒙古人充任,亦常参用色目人,以掌印办事,把握实权。清代文献写作"达噜噶齐"。

〔九〕县君,封号。元代五品官夫人之封号。

镇花台,府君之第二子也。年六十有五而康宁,居于濮州鄄城县西南张村保青窝村。性禀温纯,尚义疏财,以勤俭起家。至正五年(1345)春,大歉,亲诣州廨,愿施白米五十石,以赈饥民。娶盖氏,子一人,名塔哈出。天

---

① 赵俪生主编:《古代西北屯田开发史》,兰州:甘肃文化出版社,1997年,第268页。
② 周松:《塔滩新考》,《中国边疆史地研究》2009年第4期,第123页。

历兵兴,出征有功。至元四年(1338),蒙枢密院除充塔塔里军民万户府百户,受敦武校尉,封其父亦敦武校尉、本府百户,母宜人。至正四年(1344)八月二十五日,以疾终,得年六十有二〔一〕。再娶王氏。妻袁氏,亦封宜人。二子,长保童,次祐童。二女,长适山东河北蒙古军都万户府左手万户府〔二〕镇抚〔三〕宝宝,次适左翊蒙古军侍卫千户关住〔四〕。

【校注】

〔一〕六十有二:《唐兀公碑》作"六十有三"。

〔二〕都万户府左手万户府:官署名。成吉思汗建国,封授左、中、右三万户,分领所属军民。左手万户府,正四品,下领各千户所。

〔三〕镇抚:官名。元朝始置,为万户府下镇抚司官。二人,蒙古人、汉人参用。掌狱事,无狱事则管军。

〔四〕二女,长适山东河北蒙古军都万户府左手万户府镇抚宝宝,次适左翊蒙古军侍卫千户关住:《唐兀公碑》写作"四女,长适蒙古军左手万户府镇抚保保,次适本卫千户关住"。其中的宝宝(保保),即《述善集》卷二唐兀崇喜撰《节妇后序》中的"保保"。

闾儿,府君之第三子也。居于官人寨店西,天资明敏,性体纯粹,儒吏兼优。蒙本卫保充令史。辞曰:"父母年迈,不能远离。"至顺三年(1334)七月六日卒,得年四十有七。娶王氏,年六十有二而康健。子六人〔一〕,长曰换住,娶哈剌鲁氏,子三人,长福安,次延安,次善安。女一人,适儒士闾闾。次曰留住,早卒。次曰教化,娶高氏。子三人。长保安,次祐安,次祐安。次曰伯颜,娶彭氏。女二人。次曰春兴,娶张氏。子二人。长安儿,次歪儿〔二〕。次曰禄僧,未娶。女一人,适蒙古氏朵烈团〔三〕。

【校注】

〔一〕《唐兀公碑》在"子六人"之后又有"女一人玉珍"。

〔二〕歪儿:《唐兀公碑》作"歪头"。

〔三〕女一人,适蒙古氏朵烈团:《唐兀公碑》作"女一玉珍适本卫蒙古士朵烈秃"。朵烈团,即元代文献中所见朵儿边、秃鲁班、度礼班的不同译法,系蒙古尼鲁温部的一支。

当儿,府君之第四子也。娶冯氏,早卒。子一人帖睦〔一〕,娶乃蛮〔二〕氏。

子四人。长冀安,以军功除固始县达鲁花赤[三],娶高氏。次卫安,次添儿,次芦安[四]。女一人。再娶盖氏,子四人,女一人赛珍。长曰不老,娶怯烈[五]氏,子三人。长童儿,娶乃蛮氏。次道儿,次德儿[六]。次曰脱脱,娶孔氏,俱早卒。次曰广儿,更名伯颜普化,国子生。至正四年(1344),因劝籴拜爵,受进义校尉[七]、济宁路金乡县务司提领[八]。娶旭申氏,子一人关住,女一人。次曰野仙普化,亦因劝籴以拜其爵,受敦武校尉[九]、长芦盐运司利民场司令[十]。娶刘氏,子一人哈剌。赛珍,适兰阳县务司副使[十一]旭申氏添孙[十二]。

【校注】

〔一〕帖睦:《唐兀公碑》作"帖穆"。

〔二〕乃蛮:又译乃满、奈蛮,即《辽史》中的粘巴葛、《金史》中的粘拔恩,为蒙古高原西部势力强大的游牧部落,宋末游牧于金山(阿尔泰山),族人多信仰景教。公元1204年,成吉思汗西征,击破其部,将其合并。今哈萨克族中的乃蛮部落即其后裔。

〔三〕长冀安,以军功除固始县达鲁花赤:据明嘉靖《固始县志》与清乾隆《固始县志》载,元代任固始县达鲁花赤可考者有七人,但无冀安其人,据《述善集》和《唐兀公碑》可将冀安补入。

〔四〕芦安:《唐兀公碑》作"庐安"。

〔五〕怯烈:又译克烈、克列夷、怯列、凯烈、杰列宜、客烈亦惕等,是辽金时期漠北最大最强的一部,游牧于鄂尔浑和土拉河流域,东邻蒙古各部,西接乃蛮,北连蔑里乞。贵族信仰聂思脱里派基督教(即景教),首领磨古斯、余古赧、忽尔札胡思皆为教名。《辽史》中与蒙古诸部概称为阻卜。辽大安五年(1089),道宗封磨古斯为"阻卜诸部长"。后磨古斯反辽,被辽军捕杀。子忽儿札胡思、孙脱斡邻相继为部落首领。成吉思汗青年时,曾依附于怯烈部,尊脱斡邻为父,累次合兵与蔑里乞、塔塔儿、札木合诸部战。怯烈部后与成吉思汗发生冲突,金泰和三年(1203)为蒙古所灭。今哈萨克族中的克烈部落即其后裔。在辽宋夏金元时期的史料中,常可见到克烈人(早期称阻卜、鞑靼或达旦、达怛、塔塔等)与西夏发生联系的记载。[1]

〔六〕德儿:《唐兀公碑》作"德安"。

〔七〕进义校尉:官名。宋徽宗政和二年(1112)重定武职官员阶官名,进义校尉属无品武阶官。金、元皆置,为武散官三十四阶第三十二阶。金为正九品下。

---

[1] 孟楠:《论克烈人与西夏的关系》,《内蒙古社会科学》1998年第3期,第37—42页。

元朝为正八品,敕授。"进义校尉"四字,《唐兀公碑》作"将仕郎"。

〔八〕济宁路金乡县务司提领:官名,掌管济宁路金乡县出纳文书等事。济宁路,治所在今山东省巨野县。金乡县,在今山东省嘉祥县南。提领,官名,部门长官,从九品。

〔九〕敦武校尉:《唐兀公碑》作"从仕郎",秩同从七品。

〔十〕长芦盐运司利民场司令:官名。长芦是镇名,大都河间盐运司设于长芦,习惯称为长芦盐运,从七品。

〔十一〕兰阳县务司副使:兰阳县(今河南省兰考县)务司副官,位在从九品下。

〔十二〕"副使旭申氏添孙":《唐兀公碑》作"副使添孙"。

买儿,府君之第五子也。泰定五年(1328)正月初三日以病卒,年仅三十有九,娶乃蛮氏,子一人拜住,娶李氏,早卒,再娶旭申氏,女三人。长适哈剌鲁氏保住,次适哈剌鲁氏保童〔一〕,次适乃蛮氏〔二〕,女一人〔三〕。

【校注】

〔一〕保童:《唐兀公碑》作"宝童"。

〔二〕《唐兀公碑》在"乃蛮氏"后注明其名曰"买住"。

〔三〕次适乃蛮氏,女一人:《唐兀公碑》作"次适乃蛮氏买住。拜住女一人"。

迈讷,府君之女也。适哈剌鲁氏普化,早寡,以孝节闻,有子一人庆安,又名脱脱,充军民万户府百户。

呜呼!观其子孙之荣盛,则其祖考之积累,不无启于前;观其祖考之勤俭,则其子孙之发达,宜乎丰于后矣。

唐兀氏自贺兰始祖,启庆源于其端,而敦武府君以孑然孤童,勤俭起家,功著于国而不求其报,则其子孙荣盛而发达,殆有以浚庆源于其后欤!一门之中,荣膺宠渥,长百夫者,父子昆弟不啻数人,子孙及家人无虑近万指〔一〕。苟非祖考积累之功,奚克致是猗欤?盛哉!

【校注】

〔一〕万指:千人。一人十指,千人则万指。《史记·货殖列传》:"僮手指千。"意为有奴隶上百人。

铭曰：

贺兰古族，归顺国初。

拥扈圣冑，强梗是锄。

剪金蹙宋[一]，不避艰虞。

未及受禄，抱勋以殂。

奇哉敦武[二]，零丁孤苦。

生未十龄，居无宁所。

爰依所亲，长隶行伍。

襄樊之攻，多获丑虏。

大勋未酬，慨然归休。

济贫恤匮，余扩田畴。

延师诲子，道义是求。

贫而好学，愿代束脩。

子女匮食，乃赎于室。

乃室乃归，俾遂所适。

贫弗能官，我叙其职。

亡不能葬，我资其力。

有子有孙，家道裕温。

恩加三命，寿逾八旬。

庆分五派，春满一门。

森森翠柏，惟公之坟。

至正十六年(1356)六月吉日立石，[大都刘公亮、平川任诚、韩温、张德林刊]。[三]

【校注】

[一]蹙宋：甲、乙本均作"感宋"，不词。《唐兀公碑》作"蹙宋"，颠覆宋朝之意。

[二]敦武：即敦武校尉。此处指二世祖唐兀间马(1248—1328)。他10岁而孤，但长成后优于武艺，向学好义，后举家迁居濮阳。后以孙卜兰台"蒙塔塔里军民屯田万户府选保充本府百户，受敦武校尉"，而被追封为敦武校尉、本府百户。

[三]至正十六年(1356)六月吉日立石，大都刘公亮、平川任诚、韩温、张德林

刊:这段文字,在《述善集》中仅有"至正十六年六月吉日崇喜等立石"。其余文字皆据《唐兀公碑》补。①

① 穆朝庆、任崇岳:《〈大元赠敦武校尉军民万户府百夫长唐兀公碑铭〉笺注》,《宁夏社会科学》1987年第1期,第91页。

《唐兀公碑》赋诗

唐兀崇喜

欲镌金石纪宗枝，特特求文谒我师。

为感恩亲无可报，且传行实后人知。

思本堂记①

潘　迪

古者家必有庙,欲营宫室,先营家庙。则庙之设于家,其来尚矣。礼诸侯五,大夫三,元士二,官师一〔一〕,《士冠礼》〔二〕筮于庙门,《士婚礼》〔三〕迎宾于庙门外,释者谓祢庙〔四〕也。

【校注】

〔一〕礼诸侯五,大夫三,元士二,官师一:按《礼记·祭法》诸侯设五庙,大夫立三庙,元士二庙,官师一庙。郑玄注:"官师,中士、下士、庶士、府史之属。"

〔二〕士冠礼:《仪礼·士冠礼》:"筮于庙门。"

〔三〕士婚礼:《仪礼·士婚礼》:"主人礼迎宾于庙门外,揖让如初,升。"

〔四〕祢庙:父庙,或称考庙。祢,音mí,指奉祀亡父的宗庙。祢庙(考庙)为《礼记·祭法》所称五庙之一:"诸侯立五庙,一坛、一墠。曰考庙,曰王考庙,曰皇考庙,皆月祭之。显考庙、祖考庙享尝乃止。"

唯朱文公,家礼〔一〕通上下,始祖以下,四世祀之。则祠堂之设,虽非庙制,亦礼缘人情而为之制。尔今人臣庙制,虽未〔二〕暇论,人子往往思亲,必为藏主之所,亦庙制之权舆也。

澶渊左翊百夫长唐兀崇喜,以思本扁〔三〕其家庙,请余记。勤请〔四〕既笃,义不容辞,敬书以成厥志。

【校注】

〔一〕家礼:中国封建时代存在的一种礼仪规则,可分为两个部分,一部分是与国家政治息息相关的礼仪制度,包括政府的一系列礼仪,如祭祖、祈年、郊天、

参圣等,以及人们在日常政治活动与社会交往中所应遵守的行为规范,如君臣之礼、师生之礼、朋友之礼等,包括对不同等级、不同身份的人在公共场合的言辞、服饰、举止等细节的规定;另一部分是家庭之礼,在家庭内部各成员之间的等级区分与行为规定,涉及祖孙之间、父子之间、母子之间、兄弟之间、姊妹之间、夫妻之间、叔嫂之间、翁婿之间、婆媳之间、主仆之间,等等。

最早的家礼见于汉代成书的《礼记》。《礼记》是汉儒编纂的战国以来诸儒解说、议论礼仪规则的言论总集,其中有理论性的篇章,如《大学》《中庸》等,也有记录礼仪内容的篇章。如其中的《内则》,堪称中国第一部比较完整的家礼,涉及夫妇、婆媳、姑嫂、叔嫂等许多家庭成员的行为规则。其他篇章也不同程度地包含了一些家礼的内容,如《曲礼》对“人为子者”的种种要求,以及“男女不杂坐”“叔嫂不通问”的规定。《郊特性》规定了夫妻之礼。《礼记》中的家礼内容涉及面广,但大都是一些原则性的规定,不如后世的家礼那么详细。《礼记》在唐代升格为经后,其中的家礼内容就自然被当作整个社会共同的家庭礼仪规则,对后世各种家礼的制定具有原则性的指导意义。

除了通用的家礼外,某些家庭还自己制定家礼,但出现年代较晚。东汉邓禹虽曾“修整闺门,教养子孙,皆可以为后世法”①,但未闻汉代有自定家礼者。

《庭帏杂录》载:“六朝颜之推家法最正,相传最远。”②家法即家礼,此诚封建家庭自己制定家礼的最早记录,惜颜氏家礼的详细内容今已无从考见。颜之推之后直到宋初,史籍中很少再出现关于家庭自定家礼的记载。保留至今的家礼,最早者当首推敦煌发现的唐代写本《太公家教》。③

宋代以后,有关家礼的记载开始多起来了,许多大家族定了家礼,其中对后世影响最大的当为司马光的《家范》和朱熹的《家礼》。

家礼的形式多种多样,不拘一格,仅名称就有“家礼”“家法”“家范”“家规”“家诫”“家约”等,有的包罗万象,涉及孝悌、事夫、守节、治家、理财等很多方面,有的专讲婚丧嫁娶礼仪,甚至还有的仅为妇女礼仪。家礼大部分都形成文字,著录于册,但仅有那些影响大、有典型意义者才得以刊行并流传至今。④

〔二〕甲本漏“未”字。

---

① [南宋]范晔:《后汉书》卷一六《邓禹传》,北京:中华书局,1965年,第605页。
② [明]袁衷:《庭帏杂录》,王云五主编《丛书集成初编》第0975册,上海:商务印书馆,1935年。
③ 汪泛舟:《〈太公家教〉考》,《敦煌研究》1986年第1期,第48—55页;周凤五:《太公家教重探》,《汉学研究》第4卷第2期,台北,1986年,第355—377页;朱凤玉:《太公家教研究》,《汉学研究》第4卷第2期,台北,1986年,第389—408页。
④ 李晓东:《中国封建家礼》,西安:陕西人民出版社,1986年,第26—29页。

〔三〕扁："匾"的本字，即匾额，挂在厅堂或亭榭上的题字横幅。

〔四〕跽请：即"恳请"。跽，语助词，音jì，"长跪"意。以双膝着地，上身挺直，以示敬重。"跽"，甲乙本皆误作"諆"，径改。

夫万物本乎天，人生本乎祖。人物虽殊，其初各有所本也。礼，"冬至祭始祖"。岂万物至此？归根复命〔一〕，于一阳初生之日，乃见其本乎？此必于冬至祭始祖，明其一本之所以然也。按字义，本为木之根。本之盛者，枝必茂；实之繁者，根必深。人之谱系叠衍，子孙殷盛。其先世籍之者，必深远可知。

予观唐兀氏，自其乃祖积德，派衍五枝，子孙蕃盛，一门万指，则其积累，岂无自而然哉？今崇喜庸思其本，乃构堂以妥其先祖，不丰不陋，适合厥度，叠甓以代筵，列位以陈主，帟〔二〕以覆之，帷以周之。春秋致祭，由祖祢〔三〕推而思之，则思之所及，庸可已乎？且四时迁改，霜露下降，晨鸡鸣，暮角哀，此固孝子之思亲也。此特思之小者，由一世推而至百世，必思本之所自，则其思也。为何如？故孝子之思亲也，不以孝思为难，而以时思为难；不以时思为难，而能思其本为尤难歆。

唐兀氏能思其本，固所以为孝，至于保守遗体，尤当充其思本之实乎？苟能事上接下，处己待物，各尽其理之当然。至于一出言，一举足，唯恐有以累吾亲，不惟遗体能保，而不负思本之实，而名堂之意，亦为不负矣。若其堂构之轮奂，工役之先后，在所略云。

至正癸巳(1353)九月己卯集贤直学士朝散大夫〔四〕恓山潘迪于登瀛堂书。

【校注】

〔一〕归根复命：语见《道德经》十六章："归根曰静，是谓复命。复命曰常，知常曰明。"卦气冬至准《复》，五阴之下，一阳复始。《礼记正义》卷二十六："冬至一阳生。"又云："阳气初动，天之始也。"《复卦》卦辞说："复，其见天地之心乎。"故曰"本"。《朱子家礼》云"冬至祭始祖"，并引程子之言曰："此厥初生民之祖也。冬至一阳之始,故象其类而祭之。"①此处应断为:"礼,'冬至祭始祖'。岂万物至此?归根复命,于一阳初生之日,乃见其本乎?"②

〔二〕帟:音yì,意为"小帐幕""幄中座上的承尘"。

〔三〕祖祢:祖庙与父庙。《公羊传·隐公元年秋七月注》:"生称父,死称考,入庙称祢。"

〔四〕朝散大夫:官名。隋文帝始置,为正四品文散官。唐朝置为文散官,从五品下。北宋仍之。金为文散官,从五品中。元改从四品,宣授。

---

① 〔南宋〕朱熹:《朱子家礼》,朱杰人等主编《朱子全书》第7册,上海:上海古籍出版社、合肥:安徽教育出版社,2002年,第941页。

② 问永宁:《〈元代西夏遗民文献《述善集》校注〉标点献疑》,《社科纵横》2009年第6期,第100页。

祖遗契券志①

唐兀崇喜

至元后〔一〕二年(1336)二月二十有三日,父忠显公命崇喜将各年文契、问据、典倚诸等文字,编类次序,置籍抄写,仍易于寻照。

崇喜敬将远年近岁典倚、问据诸等文字,各以类编,买契以契封讫。后凡寻照者,必以年次编类,置籍抄录。先以籍策内检阅年号。年号相同,然后方许开封寻照,照验过仍旧类放,勿令摺皱散乱。

夫契者,家业之基,祖先所遗,祭祀供需之源,宗族衣食之本,诚为重事,可不谨乎?

【校注】

〔一〕至元后:即后至元。至元为原世祖忽必烈年号(1264—1294)。元顺帝妥懽帖睦尔也有至元年号(1335—1340),故称后至元或至元后。

---

① 杨富学:《〈祖遗契券志〉——元代西夏遗民整理家藏契券档案的记录》,《档案》2000年第6期,第37—38页。

昆季字说

潘 迪

蒙古百夫长崇喜象贤,从予问学既久,闻见益广,而谦虚益甚。尝以国子生积分及等,升上舍,略无自满色。会试有日,乃叹曰:"亲老违养,非孝也;膺禄独荣,非义也[一]。"乃俯就是职。不惟便养,亦可以庇族。

盖蒙古军,无事则一卒应番,有事则举族皆行。象贤之就此,弗离乡戍,不惟可以便养,亦可以庇族,贤矣哉。

一日来谒,曰:"诸昆季因崇喜在席下,皆知有慕于斯文。崇喜既蒙师友锡之以字,曰:'象贤',愧无以当。昆季之未字者,愿先生有以始终之。"愚谓贤者,才德兼备,能多于人之称,乃希圣[二]之基也。生之昆季,循循雅饬。若诗礼家,因象贤推类以代其名,可乎。夫思贤则能象贤,象贤则知师贤,师贤则知齐贤[三]矣。既知齐贤,人之贤者,知所以敬之;先世之贤者,知所以继之绍之矣。若徒知继绍而不能实有于身,则未可也。故次之以居贤,居贤则大贤之事业,知所以希之志之,又岂但惟贤是好是尚,信能世继其贤于无穷矣。

象贤昆季十有四人,故字象贤之兄换住曰思贤,次象贤也。象贤之弟帖穆曰师贤。次塔哈出曰齐贤。卜兰台曰敬贤。齐贤、敬贤,亦皆百夫长也。留住曰继贤。不老曰绍贤。教化曰居贤。伯颜曰希贤。广儿曰志贤。希也志也,皆国子上舍生。奈惊曰惟贤。拜住曰好贤。春兴曰尚贤。禄僧曰世贤。

呜呼!字以代名,因字思义,勉尔令德,永保世禄若之。昆季勖之哉。

至正改元[四](1341)三月甲子朝列大夫前国子司业悭山潘迪书。

【校注】

〔一〕乙本缺"膺禄独荣,非义也"七字。

〔二〕希圣:效法圣人,仰慕圣人。曹魏李康《运命论》:"文章之贵,弃于汉祖,虽仲尼至圣,颜冉大贤,揖让于规矩之内,闾闾于洙、泗之上,不能遏其端;孟轲、孙卿体二希圣,从容正道,不能维其末,天下卒至于溺而不可援。"①

〔三〕齐贤:典故出自《论语·里仁》:"子曰:'见贤思齐焉,见不贤而内自省也。'"

〔四〕至正改元:意为改行至正年号,是年为1341年。这是元顺帝使用的第三个年号,从1341年行用至1370年。

---

① [清]严可均校辑:《全上古三代秦汉三国六朝文·全三国文》卷四三,北京:中华书局,1958年,第1295页。

顺乐堂记

潘　迪

澶渊进士，前成均上舍生唐兀崇喜，昔从余游颇久。余以亲老来魏，崇喜适丁外艰〔一〕，亦家居焉。一日抵魏，请曰："崇喜幸侍先生于函丈〔二〕之末，上有垂白之母，次有克家之弟，下有内助之偶，应门之嗣，家人无虑千指〔三〕。因撼《中庸》引《诗》'妻子好合，如鼓瑟琴。兄弟既翕，和乐且耽。宜尔室家，乐尔妻帑。'夫子赞云：'父母其顺矣乎'〔四〕之意，扁〔五〕其堂曰'顺乐'。愿先生记之。"余闻君子修身之道，必自家始，妻子好合，如鼓瑟琴，和之形于闺门者，可知矣。兄弟既翕，和乐且耽。和之及于同气，可想矣。吾夫子读诗至此，则知室家之宜，妻帑之乐，兄弟之翕其和如此，父母其有不顺者乎？

【校注】

〔一〕丁外艰：指子遭父丧或承重孙遭祖父丧，也称"丁父忧"。唐杨炯《后周青州刺史齐贞公宇文公神道碑》："公少丁外艰，州党称其孝。"①

〔二〕函丈：《礼记·曲礼上》："若非饮食之客，则布席，席间函丈。"郑玄注："谓讲问之客也。函，犹容也，讲问宜相对容丈，足以指画也。"旧时常用作对师或前辈长者的敬称，犹言讲席。

〔三〕千指：百人。一人十指，百人则千指。《史记·货殖列传》："童手指千。"意为有奴隶上百人。

〔四〕"妻子好合，如鼓瑟琴。兄弟既翕，和乐且湛。宜尔室家，乐尔妻帑。夫子赞云：父母其顺矣乎"：化用《礼记·中庸第三十一》："《诗经·小雅·鹿鸣之什·常棣》曰：'妻子好合，如鼓瑟琴。兄弟既翕，和乐且耽。宜尔室家，乐尔妻帑'。子曰：'父母其顺矣乎！'"在《诗经·小雅·鹿鸣之什·常棣》中，耽作"湛"，亦音耽，乐也。

---

① [清]董诰等编：《全唐文》卷一九三，北京：中华书局，1983年，第1956页。

〔五〕扁:"匾"的本字,即匾额,挂在厅堂或亭榭上的题字横幅。

人能自一身之和顺,推而至于一家之和顺,使父母安其乐于上,子孙致其乐于下,熙熙然,一家之唐虞也。推而至于天下国家〔一〕,则和顺之所及,岂不益广乎?

今崇喜处于家道优裕之中,而能知止以安分,延师以诲子,和顺以悦乎亲,怡逊以友其弟,薄利禄如浮云,鄙功名为外物,则其乐之所适,又岂他人之可逮〔二〕哉?余虽未及登生之堂,想其晨昏侍侧,不违亲之志,固足以为顺乎。抑甘旨备养,所欲毕给,亦足以为乐乎。〔三〕是盖未足以尽生之乐,则生之乐岂非在于子弟之趋,教家人之力本,尊卑之有等,长幼之有序,使吾亲安且乐。自乡而邑,自邑而郡,自郡而天下,皆在春风和气中,则乐之所及广矣。若然,则自生之所以为乐。其然乎?抑不然乎。

生再拜,请书诸绅,余素嘉生有志,因为书之。

至正丁亥(1347)七月庚午朝列大夫国子司业恬山潘迪记。

【校注】

〔一〕天下国家:语出《中庸》第二十章:"凡为天下国家有九经。"①

〔二〕逮:为"及""到""至"诸义。

〔三〕乙本缺"抑甘旨备养所欲毕给,亦足以为乐乎",计十五字。

---

① [南宋]朱熹:《四书章句集注·中庸章句》,北京:中华书局,1983年,第30页。

敬止斋记

潘 迪

斋以"敬止[一]"名,表厥志也。主之者谁?澶渊士唐兀崇喜象贤也。斋有名,久未有记之者,抠衣跽请[二],属[三]余贲[四]焉。

余素嘉崇喜有志嗜学,观其持守严,践履笃,讲习精明,议论正大,所以名斋之意可知矣。《大学传》之三章,引《诗》曰:"於缉熙敬止。"[五]先儒引之,以明"止善[六]"之实,岂君子修身之道?固在于"毋不敬"。而入德之方,尤在于"安所止"。自"主一无适","俨若思",积而极之,止于笃恭之效。[七]昔伊川[八]程子、考亭[九]朱子[十],皆由敬而入,故竟造学问之极功。

【校注】

〔一〕敬止:敬仰。《诗经·大雅·文王之什》:"穆穆文王,於缉熙敬止。"朱熹注曰:"敬止,言其无不敬而安所止也。"①

〔二〕抠衣跽请:恭请之意。抠衣,见长者时提起衣服的前襟,以示恭敬。《礼记·曲礼上》:"毋践屦,毋踖席,抠衣趋隅,必慎难诺。"跽请,即"恳请"。跽,语助词,音jì,"长跪"意。以双膝着地,上身挺直,以示敬重。"跽",甲乙本皆误作"認",径改。

〔三〕属:意为"嘱"。"属"与"嘱"可以构成通假。②

〔四〕贲:bì,饰也。《周易·贲卦·上九》:"白贲,无咎。"孔颖达《周易正义》:"以白为饰而无忧患。"此处乃"美言"之意。

〔五〕於缉熙敬止:意思是行事光明正大又谨慎。语见《诗经·大雅·文王之什》:"穆穆文王,於缉熙敬止。"朱熹注曰:"敬止,言其无不敬而安所止也。"③

---

① [南宋]朱熹:《四书章句集注·大学章句》,北京:中华书局,1983年,第5页。

② 金颖:《〈赤壁赋〉注释商榷二则:"属""枕藉"》,《语文建设》2007年第7期,第92页。

③ [南宋]朱熹:《四书章句集注·大学章句》,北京:中华书局,1983年,第5页。

〔六〕止善：使自己达到完美的思想境界，然后一直这样持续下去。《礼记·大学》："大学之道，在明明德，在亲民，在止于至善。"

〔七〕毋不敬、俨若思、主一无适：语出《礼记·曲礼上》："毋不敬，俨若思。"《论语·学而》"敬事而信。"朱熹注："敬者，主一无适之谓。"

〔八〕伊川：即伊水，又称伊河。源出河南栾川县西伏牛山，东北流至偃师县西南入洛河。北宋著名理学家程颐（1033—1107）为洛阳人，号伊川，故称伊川先生，以他为代表的学派也被称为伊川学派。

〔九〕考亭：地名，即望考亭，在今福建省建阳市西南。朱熹晚年居此，建沧洲精舍。宋理宗赐名考亭书院。此后称其学派为"考亭学派"。

〔十〕朱子：即朱熹（1130—1200），南宋著名理学家、教育家。字元晦，一字仲晦，号晦庵，别称紫阳，徽州婺源（今属江西）人，迁居建阳（今属福建）。曾任秘阁修撰等职。主张抗金，并强调军备。被韩侂胄派目为"伪学"。广注典籍，对经学、史学、文学、乐律以至自然科学有不同程度贡献。在哲学上发展了二程（程颢、程颐）关于理气关系的学说，集理学之大成，建立一个完整的客观唯心主义的理学体系，世称程朱学派。认为理和气不能相离，"天下未有无理之气，亦未有无气之理"。但又断言："理在先，气在后"；"有是理便有是气，但理是本"。强调"天理"和"人欲"的对立，要求人们放弃"私欲"，服从"天理"。他从事教育五十余年，认为"为学之道，莫先于穷理；穷理之要，必在于读书；读书之法，莫贵于循序而致精；而致精之本，则又在于居敬而持志"①。吸收当时科学成果，提出了对自然界变化的某些见解，如关于阴阳二气的宇宙演化说，如人高山上残留的螺蚌壳论证地质变迁（原为海洋）说等。他的理学一直成为后来封建地主阶级统治人民的理论工具，在明清两代被提到儒学正宗的地位。他的博览群书和精密分析的学风对后世学者很有影响。日本在德川时代，"朱子学"也颇流行。著作有《四书章句集注》《周易本义》《诗集传》《楚辞集注》，及后人编纂的《晦庵先生朱文公文集》和《朱子语类》等多种。

今象贤不独撷敬以名斋，必取"敬止"以为扁〔一〕，可谓知所本矣。今虽未尝造其斋，想其牙签万轴〔二〕，经史列前，图书在后，入孝出恭，兄友弟敬，铢轩冕而尘金玉，外物不足以动其心，安其所居之位，乐其日用之常，何莫非"敬止"之功乎？

---

① ［南宋］朱熹：《朱文公文集》卷十四《甲寅行宫便殿奏札二》，四部丛刊本。

矧^{〔三〕}格物致知，诚意正心，非敬无由入；而修齐治平，非敬无以成，讵非敬为圣学成始终之要，而须臾不可阙^{〔四〕}哉。

【校注】

〔一〕扁："匾"的本字，即匾额，挂在厅堂或亭榭上的题字横幅。

〔二〕牙签万轴：牙签即象牙制的签牌，系在书册上作标志，以便翻检。轴指书画卷轴，形容藏书非常多。南唐李煜《题〈金楼子〉后》诗："牙签万轴裹红绡，王粲书同付火烧。"

〔三〕矧：音 shěn，意为况且。

〔四〕格物致知，诚意正心，非敬无由入；而修齐治平，非敬无以成，讵非敬为圣学成始终之要，而须臾不可阙："修齐治平"为儒家用语，即修身、齐家、治国、平天下的简称。《礼记·大学》云："古之欲明明德于天下者，先治其国；欲治其国者，先齐其家；欲齐其家者，先修其身；欲修其身者，先正其心；于正其心者，先诚其意；于诚其意者，先致其知，致知在格物。"儒家主张由近及远，由己及人，所以把"格物""致知""诚意""正心"作为"修身""齐家""治国""平天下"的基础，形成封建伦理政治哲学的整个体系。

今象贤尝游成均，从事于"四书"^{〔一〕}，得之于程朱^{〔二〕}，闻之于师友者多，所以存养践履^{〔三〕}，有非他人可逮者矣。生诚能于"敬止"而有得焉，将见参前倚衡^{〔四〕}，莫非"敬止"之所在。异日施之于行事，特举而措之耳。^{〔五〕}若然，则先儒所谓"有天德，便可语王道，其要只在慎独^{〔六〕}余。"余因象贤之"敬止"，深有所冀云。

至正丁亥(1347)七月庚子朝列大夫国子司业愜山潘迪记。

【校注】

〔一〕四书：指《大学》《中庸》《论语》《孟子》。宋代将《孟子》升为"经"，又以《礼记》中的《大学》《中庸》二篇，与《论语》《孟子》配合。至淳熙年间(1174—1189)，朱熹撰《四书章句集注》，"四书"之名始立。朱熹生前屡遭非议与贬斥，死后却受到历代王朝的尊崇。元仁宗延祐年间，诏以朱熹《四书章句集注》试士子。朱熹的重要著作被列为官方指定的教科书，也是元明清考试出题、答卷的依据。此后，长期成为封建政府科举取士的初级标准书。

〔二〕程朱：程，指北宋著名理学家、理学奠基人程颢(1032—1085)、程颐

(1033—1107)兄弟。朱,即南宋著名理学家、教育家朱熹(1130—1200)。程颢、程颐提出的理气关系学说,由朱熹进一步发扬光大,形成了一个完整的客观唯心主义的理学体系,世称程朱学派。

〔三〕存养践履:通过存心养性来进行修养践履。

〔四〕参前倚衡:意指言行要讲究忠信笃敬,站着就仿佛看见"忠信笃敬"四字展现于眼前,乘车就好像看见这几个字在车辕的横木上。泛指一举一动,一切场合。典自《论语·卫灵公》:"子张问行,子曰:'言忠信,行笃敬,虽蛮貊之邦,行矣。言不忠信,行不笃敬,虽州里,行乎哉?立则见其参于前也,在舆则见其倚于衡也,夫然后行。'子张书诸绅。"

〔五〕"生诚能于'敬止'而有得焉,将见参前倚衡,莫非'敬止'之所在。异日施之于行事,特举而措之耳":化用《论语·卫灵公》:"言忠信,行笃敬,虽蛮貊之邦,行矣。言不忠信,行不笃敬,虽州里,行乎哉?立则见其参于前也,在舆则见其倚于衡也,夫然后行。"

〔六〕有天德便可语王道,其要只在慎独:意思是心的纯洁达到了道体无欲的程度,继续保持这种状态,就是天德。语出《河南程氏遗书》卷一四。[1]慎独,乃儒家的重要思想之一,也是儒家自我修养的重要手段。《中庸》言:"君子慎其独也。"郑玄注曰:"慎独者,慎其闲居之所为。"就是说,人们在独处之际仍能保持道德的操守,独善其身。郑玄的这个解释,合乎逻辑,文理通达,故千百年来广为人们接受。但20世纪70年代出土的马王堆帛书《五行》经传和90年代出土的郭店竹简《五行》,都出现了慎独,其内容却与我们以往的理解迥异。其传文称:"'能为一然后能为君子':能为一者,言能以多为一;以多为一也,言能以夫五为一也。'君子慎其独':慎其独也者,言舍夫五而慎其心之谓也。"显然,慎独是指内心的专注、专一状态,尤指在一人独处、无人监督时,仍能坚持不苟。[2]

---

① [北宋]程颢、程颐:《河南程氏遗书》卷一四,王孝余点校《二程集》,北京:中华书局,1981年,第141页。
② 梁涛:《郭店竹简与"君子慎独"》,《光明日报》2000年9月15日第4版。

知止斋记

潘 迪

澶渊百夫长唐兀敬贤,颜其斋曰:"知止",请余记之。敬贤兄象贤尝北面[一]执弟子礼,余视之均诸生也。敢以不敏辞。

夫天下事物之礼,莫不各有当止之处止,不失其所止而止,适其时则止,得其止矣。然君之所谓止,岂清心迹,绝嗜好,定性情,息思虑之止乎? 曰:否。岂铢轩冕、尘金玉、澹势利、薄功名之止乎? 曰:否。抑内欲不萌,外物不接[二],离群而超世,守株而水止之止乎? 曰:殆不然。然则君之所谓止,可知矣。岂非父止于慈,子止于孝,兄止于友,弟止于敬。曰:然。

吁兮! 之所当止止之大者,君既知之,然事之当止者,可不知乎? 若夫齐家止于勤俭,处友止于敬信,居官止于公廉,待下止于宽仁,道德止于高远,文章止于正大,六经[三]止于通融,学问止于圣贤。至若九仞而止,半途而止,亲于老,流于释,皆非吾之所止。敬贤曰:斯得其止矣。余是以记。

至正己[四]丑(1349)四月丙子朝列大夫国子司业恽山潘迪书于遗安堂。

【校注】

〔一〕北面:古代君主南面而坐,臣子朝见君主则面北。因谓称臣于人为北面。古代学生敬师之礼。《汉书·于定国传》:"定国乃迎师学《春秋》,身执经,北面,备弟子礼。"

〔二〕内欲不萌,外物不接:语出《朱子语类》引伊川语云:"内欲不萌,外物不接,如是而止,乃得其正。"[1]

〔三〕六经:六部儒家经典。始见于《庄子·天运》篇,即在五经(《诗》《书》《礼》

---

[1] [北宋]朱熹:《朱子语类》卷七三《易九》,朱杰人、严佐之、刘永翔主编《朱子全书》第16册,上海:上海古籍出版社、合肥:安徽教育出版社,2002年,第2473页。

《易》《春秋》)之外,另加《乐经》。后世学者,或认为《乐经》因秦焚书而亡佚,或认为儒家本来就没有《乐经》,乐实际包括在《诗》《礼》之中。以古代文献观之,当以后说较为可信。历史上也有称六经为六艺者,见《史记·滑稽列传》。

〔四〕已:甲乙本皆误作"已"。

知止斋后记

张以宁

嘉禾堂主者李彦辉，称唐兀氏象贤及其弟敬贤之孝友，皆可传也。又言敬贤早擢百夫长，既遵父命，追封祖父母，遂养母，不求仕进，独谋于兄，捐赀数万缗，大建孔子庙堂，置田延师，将淑其家，而薰其里焉。又言其斋，居名以"知止"，请予为记。不获辞，乃曰："古之言'知止'者有二。老氏〔一〕言，'知止者不殆〔二〕'。昔汉疏广〔三〕受行之以名于百载。"〔四〕孔子曰，"知止而后有定〔五〕"，"于止，知其所止〔六〕"者。昔曾子〔七〕述之，以教于万世。

【校注】

〔一〕老氏：即老子，春秋时代思想家，道家的创始人。一说即老聃，姓李名耳，字伯阳，楚国苦县（今河南鹿邑东），做过周朝管理藏书的史官。相传孔了曾向他问礼，后退隐，著《老子》（又称《道德经》）。但《老子》一书是否为老子所作，历来有争论。直到近年湖北荆门郭店楚墓竹简《老子》的发现，才进一步证实：孔子问礼于老子，老子确系《老子》一书的初始作者；而《老子》一书，也确系始成于春秋时代，尽管它此后经历了一个长时期的演变过程。与竹简《老子》甲、乙、丙书同时出土的另一竹简文本《太一生水》，是我国第一部专门论述宇宙生成学说的著作，很可能同出老子之手。①

〔二〕知止者不殆：《道德经》第四十四章："知足不辱，知止不殆，可以长久。"《汉书·疏广传》："吾闻知足不辱，知止不殆。"

〔三〕疏广：字仲翁，东海兰陵（今山东省兰陵县）人。汉宣帝时，官至太傅，年老求退，曰："吾闻知足不辱，知止不殆，功遂身退，天之道也。"②

〔四〕"古之言'知止'者有二。老氏言，'知止者不殆'。昔汉疏广受行之，以

---

① 侯才：《郭店楚墓竹简〈老子〉校读》，大连：大连出版社，1999年，《前言》第2页，《序》第18—21页。
② ［汉］班固：《汉书》卷七一《疏广传》，北京：中华书局，1962年，第3039页。

名于百载":《老子》第四十四章:"知足不辱,知止不殆,可以长久。"《汉书》卷七一《隽疏于薛平彭传》:"(疏)广谓(疏)受曰:吾闻'知足不辱,知止不殆,功遂身退,天之道也'。"

〔五〕知止而后有定:语见《礼记·大学》:"知止而后有定,定而后能静,静而后能安,安而后能虑,虑而后能得。物有本末,事有始终,知所先后,则近道矣。"

〔六〕于止,知其所止:语见《礼记·大学》:"子曰:'于止,知其所止,可以人而不如鸟乎?'"

〔七〕曾子:生于公元前505年,卒于公元前436年,春秋末鲁国人。姓曾,名参,字子舆。南武城人。孔子晚年弟子,以孝行著称。平日为学极尽心,极笃实,为人极守信。《汉书·艺文志》著录《曾子》18篇,今存10篇,收入《礼记·曾子问》。曾子被看成是思孟学派的开山,影响甚大。宋代道学家认为他是传接孔子道统的唯一人物。先后被元、明封建统治者尊为"宗圣公"与"宗圣"。

二者义不同焉。夫勇退于急流而无穷途覆辙之忧者,一行之卓也;徐进于识路,而无冥行擿埴〔一〕之患者,大学之先也。信如子言,则敬贤之于行卓矣,犹且不忘于学焉。予知其必不翳于老氏之义以自居,盖将翳吾圣人之义以自勖也。夫彦辉曰:"然。"司业潘先生既以是为之记矣。予叹曰:"有志哉,敬贤乎!"予请为征之于《易》。

【校注】

〔一〕擿埴:擿,音zhì,同掷。擿埴为擿埴索途的简化,指盲人以杖点地探索道路,比喻暗中摸索,事终无成。《法言·修身》:"擿埴索途,冥行而已矣。"李轨注:"埴,土也。盲人以杖擿地而求道,虽用白日,无异于夜行。"[①]

夫《易》,广大悉备之书也。其卦曰:"艮,艮者,止也。其象〔一〕曰:艮其止,止其所也〔二〕。"吾圣人之曰"知止者"是已。又曰:"时止则止,时行则行。〔三〕"则老氏之知不能外焉,而非若老氏之一于止也。

今敬贤允能不以老氏者自居,而以吾圣人者自勖也,则将于亲焉而益致其孝,知为子之止也;于兄焉而益尽其友,知为弟之止也。今日之不求仕进,他日之不苟禄也。今日之建学延师,他日之兴学教民也,又可知乎为臣之止

---

① [西汉]扬雄著,汪荣宝疏:《法言义疏》卷三《修身》,北京:中华书局,1987年,第94页。

也。行以立之,学以成之,声名之出,爵禄之入也,不日矣。繇乎"止其所"之义,予知敬贤之能知其止也;繇乎"时止时行"之义,予知敬贤之安能遂其止也乎。虽然静而止以养其知,动而止以行其知,止其欲以澄其滓,止其言以密其几。未至而止焉,画也,我则进之;已至而不止焉,迁矣,我则安之。学非可以蹴到也,知其所知,止其所止[四],非可以一言尽也。他日敬贤倘见,予当为更仆言之。彦辉曰:"诺请书其说,先以贻之。"是为记。

至正壬辰(1352)立春日晋安张以宁记。

【校注】

〔一〕彖:音tuàn,《易经》中对各卦基本含义所作的说明。

〔二〕"艮,艮者,止也。其象曰:艮其止,止其所也":语出《周易·下经·艮》:"象曰:艮,止也……艮其止,止其所也。"

〔三〕时止则止,时行则行:《周易·下经·艮》:"艮,止也。时止则止,时行则行;动静不失其时,其道光明。艮其止,止其所也。"

〔四〕知其所知,止其所止:《礼记·大学第四十二》:"子曰:于止,知其所止,可以人而不如鸟乎?"

知止斋铭

张 桢

有含斯贞,有流斯峙。

亭毒端倪,明扬终始。

道有显污,物有隆替。

知之则哲〔一〕,止其所止〔二〕。

乌集丘隅,鱼游川水。

习与性成〔三〕,妙契斯理。

惟唐兀有子,由文武而仕。

相其后先,随之时义。

斋居有铭,祝规〔四〕有记。

朝斯夕斯,儿蹈厥旨〔五〕。

【校注】

〔一〕知之则哲:语出《尚书·皋陶谟》:"知人则哲,能官人。"

〔二〕止其所止:《礼记·大学第四十二》:"子曰:于止,知其所止,可以人而不如鸟乎?"

〔三〕习与性成:习,习惯。性,性格。长期的习惯就会形成一定的性格。后多指坏习惯。《尚书·太甲上》:"兹乃不义,习与性成。"

〔四〕祝规:祝词中劝勉的话。唐韩愈《送石处士序》:"先生起拜祝辞曰:'敢不敬蚤夜以求从祝规。'"①

〔五〕厥旨:即主题、主旨。厥为代词"其"之意。钟嵘《诗品》中称阮籍《咏怀诗》:"厥旨渊放,归趣难求。"②赞扬其诗主题深远,回归自然,其旨趣他处难觅。

---

① [唐]韩愈撰,马其昶校注:《韩昌黎文集校注》卷四,上海:上海古籍出版社,1986年,第280页。

② [清]严可均校辑:《全上古三代秦汉三国六朝文·全梁文》卷五五,北京:中华书局,1958年,第3276页。

诗 一 首

睢 稼

濮水之阳,有蒲与荷。

乐尔[一]有常,云如之何。

蔚蔚穷林,有鹨萃止。

乐尔有常,丽音其矢。

物之有止,万果一同。

学也多岐,进之在躬。

进进不已,惟止所之。

止之以善,德广业熙。

以是名斋,常目在兹。

贤哲于祀,嘻其远而。

【校注】

〔一〕乐尔:当取《诗经·小雅·鹿鸣之什·常棣》"妻子好合,如鼓瑟琴;兄弟既翕,和乐且湛;宜尔室家,乐尔妻帑"之意,以示和乐也。

知止斋箴

程　徐

惟皇降衷〔一〕,有物有则。

惟厥圣人,克践其极。

贤哲造请,寔繇学力。

为臣敬忠,孝惟子职。

义寔正路,仕乃安宅。

究之推之,月将日积。

引而伸之,触类可识。

一旦贯通,涣然冰释。

知而至焉,如射中的。

至而安焉,如饫〔二〕饮食。

相彼鸟矣,翔集自适。

矧〔三〕伊人矣,胡求不得。

彼昧于知,懵如面壁。

知而不至,无乃自画。

君子颜斋,知止是绎。

我用作箴,敢告司直。

愿言勉旃,服之毋致〔四〕。

【校注】

〔一〕惟皇降衷:语出《尚书·汤诰》:"惟皇上帝,降衷于下民。"孔颖达传:"衷,善也。"①

---

①《尚书·汤诰》,[清]阮元校刻《十三经注疏》,北京:中华书局,1980年,第162页。

〔二〕饫:音yù,"饱"之意。

〔三〕矧:音shěn,意为况且。

〔四〕致:厌弃。甲本作"绎",不词,从乙本。《诗经·周南·葛覃》:"为𫄨为绤,服之无致。"

唐兀敬贤孝感序

潘 迪

百夫长唐兀象贤谒予于魏郡。余询其亲之起居,及弟敬贤行藏,起而对曰:"有亲康健,有弟孝感,是以崇喜得优游于诗书,从侍于先生长者,皆弟之功也。"

弟名卜兰台,因观光京师,蒙塔塔里军民万户府〔一〕剡辟本府百夫长。枢府〔二〕允其请,授敦武校尉〔三〕。故事,品及七级,褒封父母,乃让封祖父间马敦武校尉,祖妣哈剌鲁氏〔四〕宜人,遵父命也。

【校注】

〔一〕万户府:万户,为官名。金初设置,为世袭军职,统领千户(即猛安)、谋克,隶属于都统。成吉思汗建国时封授左、中、右三万户,分领所属军民。元代承袭之,成为军制。其制设万户为"万夫之长",总领于中央的枢密院;驻于各路者,则分属于行省。设万户府以统领千户所。统兵七千以上称上万户府;五千以上称中万户府;三千以上称下万户府。诸路万户府各设达鲁花赤一员,万户一员。

〔二〕枢府:指"塔塔里军民万户府"。

〔三〕敦武校尉:封号。宋代有武官敦武郎,正八品。元承袭之,设敦武校尉,品级不详。但《唐兀公碑》称崇喜"受敦武校尉。娶李氏,封恭人"。恭人是元朝六品官妻子的封号,以是观之,敦武校尉很可能就是正六品官。

〔四〕哈剌鲁:又译为合儿鲁、罕禄鲁、匣剌鲁、哈剌奴儿、柯耳鲁,唐代作葛逻禄,系西突厥的一部。金代,驻牧于巴尔喀什湖东海押立周围地区,臣属于西辽,由其君主阿儿思兰汗及西辽委派的监护官共同统治。1211年,成吉思汗派忽必来向西辽进军,阿儿思兰汗杀西辽监护官,降附蒙古,娶公主。哈剌鲁人来中原者甚多,元世祖至元二十四年(1287)招集哈剌鲁军人立万户府,屯田于襄阳。

父因崇喜职,亦封忠显校尉。寻本府例革,遂事亲,不复进。知止之士也。

岁甲申(1344)秋,父卒。崇喜[在]京师,卜兰台制棺椁衣衾,悉遵礼制,殡于客位,寝苫枕块,以讣凶问。

是年秋九月,有强寇二百余人围其第[一],操兵突入。乃置母他处,举家逃窜,独守父柩,以身膺之。寇至,取良马,时马已镯足。怒,令仆牛儿者操斧椎[二]击,镯弗开。寇怒,剧欲[三]刃之,躬为操斧。斧未及,镯自释,悉取良马数匹,但戕及邻人。

【校注】

〔一〕第:甲乙本皆误作"弟",径改。

〔二〕椎:甲乙本皆误作"推",径改。

〔三〕乙本无"欲"字,亦通。

孙其姓者,好语劝率,庸事得免。寇去,慰之曰:"汝,大孝人,不敢有犯。"此非误也。

踰[一]月,崇喜奔赴至,置明器,修葬具。明年夏,克葬忠显府君于先茔。丁亥(1347)冬,虑母老,欲豫寿器,躬诣炎陬[二],市紫沙棺材,修盈又广尺许。夏至自南康[三]。母氏之情甚欢如,愿书数语,以为弟勉。

【校注】

〔一〕踰:通"逾"。

〔二〕炎陬:指南方炎热边远地区。

〔三〕"市紫沙棺材,修盈又广尺许。夏至自南康":《五杂俎》卷一〇:"楠木生楚蜀者,深山穷谷,不知年岁,百丈之干,半埋沙土,故截以为棺,谓之沙板。"[1] 紫沙即一种沙板,南康为地名,元代为路名,治所在今江西省庐山市。

吁! 忠孝一源,天人一理,有感必应,应复有感。天人之理,未始不通也。孝弟固出于天性,虽由庸行之常,然世之克尽其道者鲜。今观敬贤,能尽孝敬之道,故行人所难能之事,一旦遘难,不丧所守,力未施而镯自释,凶徒凛然不敢侵。苟非一念之诚[一]感天地鬼神者,讵能然哉? 然则孟氏之

---

[1] [明]谢肇淛:《五杂俎》卷一〇《物部二》,上海:上海书店出版社,2001年,第194页。

笋〔二〕,王氏之鲤〔三〕,天下之所以阴相孝子者,固必有道矣。敬贤之孝感余,不容默云。

至正己丑(1349)四月既望,朝列大夫、国子司业恬山潘迪序。

【校注】

〔一〕谋:甲乙本皆作"谌",当为"谋"之误,径改。

〔二〕孟氏之笋:孟氏,即孟宗。元人郭居敬集前代孝道人物24个,撰成《二十四孝》,其中所载"孟宗哭竹"即此。孟宗,字恭武,三国吴江夏(今湖北省武汉市蔡甸区鲁山)人。本名宗,避孙皓字,易名仁。任吴令、盐池司马,累迁光禄卿、司空。《三国志·吴书·三嗣主传第三》裴松之注引《楚国先贤传》曰:"宗母嗜笋,冬节将至,时笋尚未生,宗入竹林哀叹,而笋为之出,得以供母,皆以为至孝之所致感。"白居易《白氏六帖》亦称:孟宗后母爱吃笋,笋生春季,而她却令孟宗在冬天寻之。孟宗入竹林恸哭,感动上天,笋为之出。敦煌遗书《孝子传》对此亦有载,但甚简略。① 敦煌遗书《古贤集》中亦将"孟宗冬笋供不阙"列为古代圣贤事之一。②

〔三〕王氏之鲤:历史上类似的与鲤鱼有关的王氏孝行故事有二则。一为王祥,二为王延。王祥,字休徵,琅邪临沂(今山东省诸城市东南)人,系郭居敬《二十四孝》所列人物之一。汉末,隐居庐江(治今安徽省舒城县)二十余年。后任温(今河南省温县西南)令,累迁大司农、司空、太尉。晋代魏,武帝拜为太保,赐爵为公。《晋书·王祥传》载:王祥性至孝。早年丧母,而继母朱氏又不慈,屡谗言之,使其又失父爱。但王祥不以为仇,反而对父母愈发恭敬。"父母有疾,衣不解带,汤药必亲尝。母常欲生鱼,时天寒冰冻,祥解衣将剖冰求之,冰忽自解,双鱼跃出,持之而归。母又思黄雀炙,复有黄雀数十飞入其幕,复以供母。乡里惊叹,以为孝感所致焉。有丹柰结实,母命守之,每风雨,祥辄抱树而泣。其笃孝纯至如此。"晋萧广济率先将其列入《孝子传》中③,《孝诗》赞其孝行曰:"风李应难守,冬鱼未易求。剖冰不辞冻,抱树可胜愁。"敦煌遗书《孝子传》列其"守树"情节,但未言"卧冰求鲤"一事。④ 此外,其事还见于唐欧阳询等编《艺文类聚》引孙盛《杂语》、南朝齐臧荣绪《晋书》、唐虞世南编《北堂书钞》卷一四五、唐徐坚编《初学记》卷三、北宋李昉等编《太平御览》卷八六三引《孝子传》、东晋干宝《搜神记》卷一一。

---

① 王重民、王庆菽等编:《敦煌变文集》下集,北京:人民文学出版社,1984年,第903页。

② 韩建瓴:《敦煌写本〈古贤集〉研究》,《敦煌语言文学研究》,北京:北京大学出版社,1988年,第160页。

③ [宋]李昉等撰:《太平御览》卷九二二,九七〇引,北京:中华书局,1960年。

④ 王重民、王庆菽等编:《敦煌变文集》下集,北京:人民文学出版社,1984年,第907页。

王延,字延元,西河(今山西省汾阳市)人。非常孝顺。其继母卜氏在隆冬季节想吃鱼,王延去汾河抓鱼,但未抓到,被继母打得浑身出血。王延于是再至汾河,"叩凌而哭,忽有一鱼长五尺,踊出水上,延取以进母。卜氏食之,积日不尽,于是心悟,抚延如己生"[1]。本事亦见南朝齐臧荣绪《晋书》、北魏崔鸿《十六国春秋·前赵录》、东晋干宝《搜神记》卷一一。

其中,王祥因被列为二十四孝之一,故其卧冰故事影响更大。此处所指当为此人。

---

① [唐]房玄龄纂:《晋书》卷八八《王延传》,北京:中华书局,1974年,第3290页。

书唐兀敬贤孝感后序

张以宁

大哉孝乎,可以感天地,感鬼神,笋生[一]而瓜实[二],兔扰[三]而鹿驯[四],鱼之跃[五],乌之号[六],鸟为之耘[七]而燕为之衔土[八],凡草木、禽兽、鳞虫之微,举可以感焉。盗亦人也,於戏有不感而动者乎? 予读汉蔡顺[九]、赵礼[十]事,击恻也。今观《唐兀敬贤孝感序》[十一],益信。叙,国子司业潘先生作也。

【校注】

〔一〕笋生:即孟宗哭笋故事。见175页【校注】〔二〕。

〔二〕瓜实:二十四孝故事中未见此典故。考《幽冥录》:孙钟,少时家贫种瓜。瓜熟而有二人乞瓜。孙钟将其引入瓜庵,以瓜与饭款待二人。二人告诉钟:蒙君厚待,今指示其葬地,可得世世封侯,为数代天子。又曰:"我司命也。君下山百步勿反顾。"钟于此遂葬母。后来,孙钟生孙坚(155—191),孙坚生孙策(175—200)、孙权(182—252)。孙策被封吴侯,孙权于229年建立吴国,称吴大帝。孙权传位孙亮(称侯官侯,252—258年在位),孙亮传孙休(称吴景帝,258—164年在位),孙休传孙皓(称归命侯,264—280年在位)。参见李翰《蒙求》。① 但孙钟的故事与张以宁原义不甚相合。录此备考。

〔三〕兔扰:民间传说,商纣王曾囚禁周文王于羑里(今河南省汤阴县北)。其子至孝,冒着生命危险去狱中探望,被纣王所杀,其肉被包入饺子以供文王享用。文王不知内情,只觉得饺子味道鲜美。是时,其子化为兔子在其胸间蹦跳,文王始知其故。佛经中所谓的兔王本生故事也有与之相类的内容:帝释天欲考验兔子、猴子、胡狼和水獭的牺牲精神,自变为一个饥饿的婆罗门,并让动物们供上贡品。猴子供上芒果,水塔献钱,胡狼奉酸牛奶,兔子没有献日常食物,而是献

---

① 汪泛舟:《蒙求》,《敦煌研究文集·敦煌研究院藏敦煌文献研究篇》,兰州:甘肃民族出版社,2000年,第366—436页;郑阿财:《敦煌本〈蒙求〉及注文之考订与研究》,《敦煌学》第24辑,台北,2003年,第177—197页。

上了自己的身体。此举感动了帝释天,遂送其上了月亮。从此以后,在满月时人们便可看到月宫中兔子的形象。①

〔四〕鹿驯:即郭居敬所列二十四孝中剡子鹿乳奉亲的故事。睒子,梵文写作Syāma,巴利文写作Sāma,本印度迦夷国人。其孝养二盲父母的故事见于《佛说睒子经》《六度集经》卷五《睒道士本生》等多种佛经。佛教传入中国后,与中国传统儒学相结合,表现孝道思想的睒子本生故事遂被儒家借用以宣传孝道。春秋时,孔子的一位弟子名曰剡子。睒、剡音近形近。儒者为了掩盖"鹿驯"故事的真正来源,开始假托印度睒子之事于孔子弟子剡子身上。其时大致在宋朝。②印度睒子的故事,经修改后,在郭居敬《二十四孝》中变成了如下内容:"父母年老,俱患双眼,思食鹿乳,剡子乃衣鹿皮,入鹿群内取鹿乳供亲,猎者见而欲射之,剡子俱以情告,乃免。"敦煌遗书P. 2621、S. 5776、S. 389、P. 3536、P. 3680也有与之相关的记载,文称当时射猎者为迦夷国王,误射睒子。睒子父母仰天悲号,感动了上天,遂以"诸天下药涂疮",睒子得以复活。其父母的眼睛也因此重见光明。③

〔五〕鱼之跃:即前文所见"王氏之鲤"。见175页【校注】〔三〕。

〔六〕乌之号:《尚书·尧典》《孟子·万章》《史记·舜本纪》、刘向《孝子传》(《法苑珠林》马绣《绎史》引)都记载:舜大孝,而父玩、母嚚、弟傲,他却能长期忍辱行孝。敦煌变文《舜子变》载:有一次,舜子受继母诬陷,而他又不愿说出真相,以免损及继母,故惹怒其父瞽叟。瞽叟"把舜子头发悬在中庭树地"进行毒打,"鲜血遍流洒地。瞽叟打舜子,感得百鸟自鸣,慈乌洒泪不止"④。慈乌,即乌鸦。相传此鸟有反哺父母之慈孝,故称慈乌。孟郊《远游》:"慈乌不远飞,孝子念先归。"敦煌写本P.2193《目连缘起》:"慈乌返报,书使(史)皆传。"⑤

〔七〕鸟为之耘:舜子为郭居敬所列二十四孝之一。司马迁曾详载其孝行,称他忍辱负重,"顺适不失子道",耕种于历山。⑥汉刘向辑《孝子传》,载其孝行多种,但未言及象、鸟助其耕耘事。敦煌变文《舜子变》载:有一天,舜至历山,"见百

①《巴利文本生经(Pāli-Jātaka)》第316号。参见 P. Zieme, Jātaka-illustrationen in uigurischen Blockdrucken, Kulturhistorische Probleme Südasiens und Zentralasiens, Halle, 1984, S. 157-170;杨富学:《回鹘文〈兔王本生〉及相关问题研究》,《宗教学研究》2006年第3期,第64—71页。

②陈观胜著,许章真译:《中国佛教中之孝道》,《西域与佛教文史论集》,台北:学生书局,1989年,第248—250页。

③郑阿财:《敦煌文献与文学》,台北:新文丰出版公司,1993年,第175—176页;谢明勋:《敦煌本〈孝子传〉"睒子"故事考索》,《敦煌学》第17辑,台北,1991年,第21—50页。

④王重民、王庆菽等编:《敦煌变文集》上集,北京:人民文学出版社,1984年,第131页。

⑤王重民、王庆菽等编:《敦煌变文集》下集,北京:人民文学出版社,1984年,第712页。

⑥[汉]司马迁:《史记》卷一《五帝本纪》,北京:中华书局,1959年,第32页。

余顷空田,心中哽咽。种子犁牛,无处取之。天知至孝,自有群猪(象)与(以)嘴耕地开垅,百鸟衔子抛田,天雨浇溉"①。

〔八〕燕为之唧土:敦煌遗书《孝子传》载:"文让者,河三人也。至行孝道,今古罕问闻,供承老母,未常离侧。母终之后,让乃誓身不仕,毁形坏坟。坟土未成,日夜不止,哀泣坟侧。恸(动)穿苍,遂感飞鸟走兽,衔土捧块,助让培坟。逾数朝,其坟乃成。天子闻之,遂与金帛,礼躬为相,让终退辞不就。"②

〔九〕蔡顺:字君仲,汝南安城(今河南省汝南县东南)人。以至孝称。《后汉书·蔡顺传》载:"顺少孤,养母。尝出求薪,有客卒至,母望顺不还,乃噬其指,顺即心动,弃薪驰归,跪问其故。母曰:'有急客来,吾噬指以悟汝耳。'母年九十,以寿终。未及得葬,里中灾,火将逼其舍,顺抱伏棺枢,号哭叫天,火遂越烧它室,顺独得免。太守韩崇召为东阁祭酒。母平生畏雷,自亡后,每有雷震,顺辄圜冢泣,曰:'顺在此。'崇闻之,每雷辄为差车马到墓所。后太守鲍众举孝廉,顺不能远离坟墓,遂不就。"《东观汉记》卷一六载:"王莽乱,人相食。顺取桑葚,赤黑异器。贼问所以,云:'黑与母,赤自食。'贼异之,遗盐二斗,受而不食。"《孝子传补遗》所载与此基本相同。《初学记》还记载有蔡顺为母尝毒之事。蔡顺"拾葚""尝毒""抱枢""哭墓"四件孝行,在敦煌遗书《孝子传》亦有记载。③"蔡顺拾葚供亲",被郭居敬列为二十四孝之一。

〔十〕赵礼:应指赵礼兄赵孝。赵孝,又名赵孝宗,如山西长子县石哲金墓榜题就写作赵孝宗。《后汉书》卷三九有传,为沛国蕲(今安徽省宿县)人。父善在王莽时为田禾将军,任赵孝为郎。"及天下乱,人相食。孝弟礼为饿贼所得,孝闻之,即自缚诣贼,曰:'礼久饿羸瘦,不如孝肥饱。'贼大惊,并放之,谓曰:'可且归,更持米糒来。'孝求不能得,复往报贼,愿就亨。众异之,遂不害。乡党服其义。州郡辟召,进退必以礼。举孝廉,不应。"《东观汉记》卷一七、《初学记》卷一七、《艺文类聚》卷二〇均有载,并多出了"赵孝食蔬"的故事。敦煌遗书《孝子传》今言及"〔前缺〕义将军,司马赵孝,字长平,沛国人也"。④郭居敬二十四孝未列此人。

〔十一〕《唐兀敬贤孝感序》:潘迪撰,见前。其中,"序",甲本作"叙"。

予行河朔,见舍于逆旅〔一〕者有群马,夜辄镯其足以虞盗,益信其言有征

---

① 王重民、王庆菽等:《敦煌变文集》上集,北京:人民文学出版社,1984年,第133页;项楚《敦煌变文选注》,成都:巴蜀书社,1989年,第262页。

② 王重民、王庆菽等编:《敦煌变文集》下集,北京:人民文学出版社,1984年,第909页。

③ 王重民、王庆菽等编:《敦煌变文集》下集,北京:人民文学出版社,1984年,第902—903页。

④ 王重民、王庆菽等编:《敦煌变文集》下集,北京:人民文学出版社,1984年,第907页。

云。或有病敬贤以将家子尝长百夫，不能为国家尸[二]，鼠辈。顾乃德色于苟免者。予订之曰："不然。"士无问勇怯[三]，问义何如耳？古人有言曰："千金之子，不死于盗贼[四]。"以其身之重，而盗不足以死也。若曾子云："战阵无勇，非孝也[五]。"谓当时居位者耳。

【校注】

〔一〕逆旅：指客舍、旅店。《左传·僖公二年》："今虢为不道，保于逆旅。"杜预注："逆旅，客舍也。"

〔二〕不能为国家尸：意为不能为国家承担重任。

〔三〕士无问勇怯：《孙子兵法·势篇》："勇怯，势也。强弱，形也。"①《史记·报任安书》："勇怯，势也。强弱，形也。审矣，何足怪乎？"

〔四〕千金之子，不死于盗贼：语见苏轼《留侯论》："千金之子，不死于盗贼，何者？其身之可爱，而盗贼之不足以死也。"②

〔五〕战阵无勇，非孝也："阵"，甲乙本皆作"陈"，以形近而误。《吕氏春秋·孝行》："曾子曰：'身者，父母之遗体也。行父母之遗体，敢不敬乎？居处不庄，非孝也；事君不忠，非孝也；莅官不敬，非孝也；朋友不笃，非孝也；战陈无勇，非孝也。五行不遂，灾及乎亲，敢不敬乎？'"

今敬贤，位百夫长，已去而家食[一]，方服父丧，毁瘠。有老母在，是身非其身，乃致力其亲之身也。夫以累然苦块[二]之身，而猝遇悍然虎狼之盗，旁无潺然蚁子之援，使其不量力且斗，斗且死。是可以无死而死，伤勇而害义矣。有如他日，敬贤出当推毂之选[三]，任专城之寄[四]，则身又非[五]其身，而委质于君之身矣。予知其必能奋身以馘盗，立功无难也。今兹之隐忍，所以为他日之有为。敬贤尝知学其处此也。审矣！况孝之积将有解力刀佩犊[六]，与夫盗不入境之化者乎？

或者语塞，疑释然。遂书叙右，以备其义。若夫行事之详，具于序者。不赘云。

至正十有二年(1352)龙集[七]壬辰立春日，前进士晋安张以宁书于左屯之嘉禾堂。

---

① [春秋]孙武撰，[东汉]曹操等注，杨丙安校理：《十一家注孙子校理》(新编诸子集成)，北京：中华书局，2012年，第95页。

② [北宋]苏轼撰，孔繁礼点校：《苏轼文集》卷四，北京：中华书局，1986年，第104页。

【校注】

〔一〕家食：意思是赋闲，不食公家俸禄。《周易·大畜》："大畜，利贞，不家食，吉，利涉大川。"孔颖达疏："'不家食吉'者，已有大畜之资，当使养顺贤人，不使贤人在家自食，如此乃吉也。"①

〔二〕苫块：寝苫枕块之简。古代居丧时以干草为席，土块为枕，称为"苫块"，意思是指丧父母的礼节。《礼记·问丧》："成圹而归，不敢入处室，居于倚庐，哀亲之在外也；寝苫枕块，哀亲之在土也。"

〔三〕推毂之选：推选为将帅。推毂，推车前进。古时帝王任命格帅出征时的一种隆重礼遇。

〔四〕专城之寄：主宰州郡牧守的使命。专城，主持一城的地方长官。

〔五〕"非"：甲本作"匪"，亦通。

〔六〕将有解力刀佩犊：典出《汉书·龚遂传》："遂见齐俗奢侈……乃躬率以节约……民有带持刀剑者，使卖剑买牛，卖刀买犊，曰：'何为带牛佩犊？'后因以"佩犊"喻地方劝奖农业生产。

〔七〕龙集，犹言岁次。龙，指岁星。集，次于。汉王莽《铜权铭》："岁在太梁，龙集戊辰。"② 唐张说《故洛阳尉赠朝散大夫马府君碑》："今龙集戊申，将返葬故国。"③ 清钱谦益《张昭子墓志铭》："有明崇祯，龙集癸未，葬张昭子于梁水之原。"④有时也有"贤者云集"之意。

---

①《周易·大畜》，[清]阮元校刻：《十三经注疏》，北京：中华书局，1980年，第40页。

②[唐]魏征、令狐德芬：《隋书》卷十六《律历志上》，北京：中华书局，1973年，第411页。

③[唐]张说著，熊飞校注：《张说集校注》卷十九《碑铭》，北京：中华书局，2013年，第933页。

④[清]钱谦益：《牧斋初学集》卷六十《墓志铭十一》，四部丛刊本。

诗 一 首

张 桢

春晖散川陆,零露濡桑梓。
累累五女冢[一],遥映遽公里[二]。
清时逸群盗,扶柩哀所恃。
匕首当其凶,贞心谅昭只。
保身视明哲,庇宗念终始。
良马压槽枥,纵之如弃屣。
慷[三]慨挥千金,徘徊荐甘旨。
赓歌[四]失其音,卫国多君子[五]。

【校注】

〔一〕五女冢:"冢",甲乙本均误作"家"。《(光绪)开州志·古迹》:"五女墓,在州境临河废县西三十里。"①《太平寰宇记》:"五女墓高五尺,在县西北三里。淳于公有五女,公卒,五女葬之于此。"②《汉书·刑法志》:汉文帝十三年(前167),齐太仓令淳于公犯罪当死。公乃叹曰:"生女不生男,缓急非有益。"其女缇萦随父至长安,上书求入为官婢,赎父刑。帝感之,除肉刑,赦淳于罪。后卒,五女共葬于此。

〔二〕遽公里:春秋卫国大夫遽伯玉之故里,在今濮阳县南。

〔三〕慷:甲本作"慵",乙本为"慷",从乙本。

〔四〕赓歌:赓,继续、连续。《诗经·益稷》:"乃赓载歌。"

〔五〕卫国多君子:语出《左传·襄公二十九年》:"卫多君子,未有患也。"

---

① 濮阳县地方史志办公室校注:《(光绪)开州志》卷一《陵墓》,郑州:中州古籍出版社,1995年,第60页。
② [宋]乐史:《太平寰宇记》卷五七,北京:中华书局,2007年,第1180页。

诗 一 首

睢 稼

岁晚群盗起,纷纭忿一朝。

狼分〔一〕方劫货,蚁附竟操刀。

取马镯自解〔二〕,戕人怒已消。

君侯啼扶枢,孝已格昭昭。

【校注】

〔一〕狼分:如狼之争吃食物,比喻竞争激烈。《三国志·蜀书·谯周传》:"于是豪彊并争,虎裂狼分,疾博者获多,迟后者见吞。"

〔二〕取马镯自解:潘迪《唐兀敬贤孝感序》称,至正四年(1344)秋九月,有强寇二百余人围其府第。唐兀敬贤独守父枢。"寇至,取良马时,马已镯足。怒,令仆牛儿者,操斧推击,镯弗开。寇怒,剧欲刃之,躬为操斧。斧未及,镯自释,悉取良马数匹,但戕及邻人。"

诗 一 首

程　徐

名都多节行，尤说二难贤〔一〕。

共掷银符贵，相趋彩服鲜。

获丧宁问马〔二〕，尽孝即通天，

枢上回飞火，江边汲涌泉。

古今同一理，又见后人传。

【校注】

〔一〕二难贤：《世说新语·德行》："陈元方子长文，有英才，与季方子孝先，各论其父功德，争之不能决，咨于太丘。太丘曰：'元方难为兄，季方难为弟。'"① 后以"二难"称贤兄弟，也用以称贤德的朋友。

〔二〕获丧宁问马：化用孔子"伤人乎不问马"之典故，语出《论语·乡党》："厩焚，子退朝，曰：'伤人乎？'，不问马。"宁，指守父母之丧。《汉书·哀帝纪》："博士弟子父母死，予宁三年。"颜师古注："宁，谓处家持丧服。"

---

① [南朝宋]刘义庆著，[南朝梁]刘孝标注，余嘉锡笺疏：《世说新语笺疏》卷上《德行第一》，北京：中华书局，2007年，第13页。

为善最乐①

唐兀崇喜

　　戴溪〔一〕笔义〔二〕曰:夫为善之人,从容中道,不为不义。明无人非,幽无鬼责,浩然天地之间,俯仰无愧,心平气和,神安而体舒,天下之乐,岂夫有大于此者?

　　余悲夫世之人,以忧为乐,而卒莫之知也。忧乐聚门,乐未去而忧随之。千日之乐,不足以敌一日之忧。汉诸侯王,大抵皆骄佚放恣。夫其为〔三〕骄佚放恣者,岂不以为乐哉? 曾未几何,身死国除,其祸惨矣。岂非前日之乐,乃所以为后日之忧乎?

【校注】

　　〔一〕戴溪:生于1141年,卒于1215年,字肖望,一说字少望,学者称岷隐先生,南宋永嘉(今浙江省温州市)人。少有文名。淳熙五年(1176),别头省试第一名,监潭州南岳庙。绍熙初,主管吏部架阁文学。任太学录兼实录院检讨官,正录兼史职自溪始。后历官太学博士,庆元府通判、兵部郎官、太子詹事兼秘书监、工部尚书、华文阁学士。曾奏请两淮当立农官,括闲田,让主户出财,客户出力,主客均利,以此为救农之策。光宗时,领石鼓书院山长。著有《石鼓论语答问》《续吕氏(祖谦)家塾读诗记》《春秋讲义》《易总论》《书说》《礼记口义》《孟子答问》《通鉴笔议》《将鉴论断》《清源志》和《岷隐诗文集》等,对提高儒学的学术地位起到一定作用。

　　〔二〕笔义:戴溪著有《通鉴笔议》,不知是否指此书。存疑。

　　〔三〕乙本无"为"字。

　　善哉! 东平王〔一〕之言也。岂独善保其国而已哉? 虽怀道致义之士,隐

约穷阎[二],明于利害之故,察于人情之变,深沉默静,灼然有得于心者,其论亦无以过此也。故于东平王之言,有感焉。

余读史至汉东平王"为善最乐"之言,戴溪笔义之语,每置册于几而思绎之。诚有补于世教,欲缮写其[三]图,以广其闻,又恐世人误认于为善者,故赘以鄙意而释之曰:夫为善,非是信邪诞之说,祭淫辟之祠,盖为是我职分之当为,善是性分之固有,俾人人俛[四]焉。以尽其力。此其所以谓"为善最乐"。

至正十有三年(1343)正月二十有一日古澶崇喜书。

【校注】

〔一〕东平王:即东平宪王刘苍。《后汉书》载东平宪王苍"少好经书,雅有智思,为人美须髯,腰带八围,显宗甚爱重之。及即位,拜为骠骑将军,置长史掾史员四十人,位在三公上"①。他以善谏好礼而受到后世称赞。

〔二〕穷阎:陋巷,穷人住的里巷。《荀子·儒效》:"虽隐于穷阎漏屋,人莫不贵之,贵道存也。"杨倞注:"穷阎,穷僻之处。阎,里门也。"

〔三〕"其":乙本作"为"。

〔四〕俛:音fǔ,同"俯"。

---

① [宋]范晔:《后汉书》卷四二《东平宪王传》,北京:中华书局,1965年,第1433页。

观 德 会

唐兀崇喜

余尝读文公先生〔一〕《小学书》〔二〕。《周礼·大司徒》:"以〔三〕乡三物〔四〕,教万民而宾兴之。一曰六德:智〔五〕、仁、圣、义、忠、和。二曰六行:孝、友、睦、姻、任、恤。三曰六艺〔六〕:礼、乐、射、御、书、数。"

【校注】

〔一〕文公先生:即朱熹,字元晦,一字仲晦,号晦庵,别称紫阳,徽州婺源(今属江西)人,迁居建阳(今属福建)。曾任秘阁修撰等职。他因为批评过当时的统治者,揭露过当时的腐败,故触怒了孝宗皇帝,其学说遭到排斥。宁宗时不仅将其学说定为伪学,而且禁止传播。① 但在朱熹死后,情况大变,宁宗于嘉定二年(1209)诏赐朱熹遗表恩泽,"谥曰文",称"朱文公"②。

〔二〕小学书:又称《小学》,为朱熹五十八岁(1187)时所著。

〔三〕以:《述善集》甲乙本皆作"一",不词。按,通行本《周礼·大司徒》原作"以",是,径改。

〔四〕乡三物:即古代乡学的课程,即六德、六行与六艺。

〔五〕智:通行本《周礼·大司徒》原作"知"。

〔六〕六艺:有两种含义。其一即"六经"。《史记·滑稽列传》:"孔子曰:'六艺于治一也。《礼》以节人,《乐》以发和,《书》以道事,《诗》以达意,《易》以神化,《春秋》以道义。'"刘歆《七略》著录六经经籍,称为"六艺略",见《汉书·艺文志》。其二指中国古代学校的教育内容。《周礼·地官司徒·保氏》:"保氏管谏王恶;而养国子以道,乃教之六艺。"即《周礼·地官·大司徒》所谓的"礼、乐、射、御、书、数"。

---

① [明]陈邦瞻:《宋史纪事本末》卷八〇《道学崇黜》,北京:中华书局,1977年,第869—873页。
② [清]毕沅:《续资治通鉴》卷一五八,北京:中华书局,1957年,第4291页。

夫六德、六行,为人之切己,学者之当务。讲书修心,循序渐进,不患不能行。若夫六艺,礼、乐、书、数四者,亦切于学者之事,固不可以不习。然六德、六行,讲之有素,行之有常,得之于心,熟之于己,而其本立矣。本既立,其于礼、乐、书、数,稍加推测之力,自然有得而不差矣。但射、御二者,习颇为难,人多所忽而莫之治。然御虽古法,时制不同,姑舍是〔一〕。盖射者,前代之制,时王所尚,养心修德,持身处物,有益于为己,试用于将来,何不讲而习之耶? 故于鄙里与二三同志,考古人之成规,合当时之法制,而于岁余暇隙时日习射,以为会,名之曰:"观德"。

夫射者,每人弓一矢三,量其力能,度其矢及,而为鸿鹄〔二〕于两端,偶偶对射。验中否,定赏罚。将射时,先须志体正直于内外,揖逊中合乎礼节,方可持弓矢。审固,持弓矢。审固,然后敢发而虑中。发若不中,节躬以自责,不敢有怨于胜己者。

【校注】

〔一〕姑舍是:暂且先放下这件事。

〔二〕鸿鹄:天鹅,形状像鹅而比鹅大,全身白色,飞得很高。鸿,甲乙本皆作"鸥",当误。《孟子·告子上》:"有鸿鹄将至,思援弓缴而射之。"

孔子曰:"君子无所争。必也射乎! 其争也君子。"〔一〕愚窃谓,固验德取士而荐用。然德之修,射之熟,不但取士荐用而已,又可蕃篱王室,保障居第,何则? 宣力〔二〕于国,忠君御敌,威镇天下,使外夷不敢有谋于边境;用之于家,防已避患,风闻远道〔三〕,使寇盗畏避乎间里。为射之义,岂浅浅哉?

矧胜负赏罚,遵依礼制,患难救恤,恪守信义。如此为会,虽与古法颇有争悬〔四〕,其于世,教不无少补云〔五〕。

至正辛卯(1351)正月十有四日唐兀崇喜书。

【校注】

〔一〕"君子无所争。必也射乎! 其争也君子":语见《论语·八佾》。

〔二〕宣力:用力、效力。

〔三〕道:甲乙本皆作"到",不词,径改。

〔四〕争悬:过于悬殊。

〔五〕甲本无"云"字。

观德会跋[一]

潘 迪

侍卫百夫长唐兀崇喜以谓六德[二]、六行[三]固人人之所勉,而六艺惟射御,今日所忽,莫之或究。乃约同志之士,酌古准今,为会以"观德"。取其内体正,外体直,然后持弓矢。审固,持弓矢。审固,然后言"中"。发而不中,不敢怨胜己者。明立赏罚,各务修德。间里之中,朔望之内,习以为常。岂徒御外侮,亦足以威远人。一旦施之于用,岂小补哉?

集贤直学士、朝散大夫恬山潘迪书于登瀛堂。

【校注】

〔一〕观德会跋:原为潘迪为唐兀崇喜《观德会》撰写的跋文,为明晰起见,另名而独立列为一篇。

〔二〕六德:中国古代统治者教化百姓和考察贤能的六条道德标准,指知、仁、圣、义、忠、和。《周礼·地官·大司徒》:"以乡三物,教万民而宾兴之。一曰六德:知、仁、圣、义、忠、和。"东汉郑玄注:"知,朋于事;仁,爱人以及物;圣,通而先识;义,能断时宜;忠,言以中心;和,不刚不柔。"贾谊曰:"人有仁、义、礼、智、信之行,行和则乐与,乐与则六,此之谓六行。"①

〔三〕六行:即六种行为。《周礼·地官·大司徒》:"二曰六行:孝、友、睦、姻、任、恤。"

---

① 〔汉〕贾谊撰,阎振益、钟夏校注:《新书校注》卷八《六术》,北京:中华书局,2000年,第316页。

劝善直述

唐兀崇喜

汉昭烈〔一〕将终,敕后主〔二〕曰:"勿以恶小而为之,勿以善小而不为。"〔三〕

朱子曰:"善必积而后成,恶虽小而可戒。"〔四〕

古语云:"从善如登,从恶如崩。"

《书》曰:"天道福善祸淫。"〔五〕

又曰:"作善降之百祥,作不善降之百殃。"〔六〕

【校注】

〔一〕昭烈:即昭烈皇帝,三国时蜀国的建立者刘备的谥号。《谥法》:"昭德有劳曰昭。""圣闻周达曰昭。"① "有功安民曰烈。""秉德尊业曰烈。"② 刘备(181—223),字玄德,涿郡涿州(今属河北省)人。东汉远支皇族,为汉景帝子中山靖王刘胜之后。幼时贫穷。东汉末起兵,参与镇压黄巾军。后采用诸葛亮联合江东孙吴以共拒曹操的主张,于建安十三年(208)联合孙权,于赤壁(今湖北省武汉市江夏区赤矶山)大败曹操,随后占领荆州(治今湖南省常德市东北),力量逐渐壮大,并夺取益州(治今四川省广汉市北)和汉中(治今陕西省汉中市)。公元221年称帝。都成都,国号汉,年号章武。次年在吴蜀彝陵(今湖北省宜昌市东)之战中大败,不久病死。事见《三国志·蜀书·先主传》。

〔二〕后主:即三国时蜀汉第二代皇帝刘禅(207—271)。刘禅,字公嗣,小名阿斗,涿郡涿州(今属河北省)人。刘备子,于章武三年(223)刘备驾崩后继位,由丞相诸葛亮辅政。亮死,他信任宦官黄皓,朝政日趋腐败。蜀汉炎兴元年(263)魏军进逼成都,他出降于魏。后被封为安乐公。事见《三国志·蜀书·后主传》。

〔三〕勿以恶小而为之,勿以善小而不为:语出《诸葛亮集》。③

① 汪受宽:《谥法研究》,上海:上海古籍出版社,1995年,第367页。
② 汪受宽:《谥法研究》,上海:上海古籍出版社,1995年,第395页。
③ [晋]陈寿:《三国志·蜀书·先主传第二》裴松之注引《诸葛亮集》,北京:中华书局,1982年,第891页。

〔四〕善必积而后成,恶虽小而可戒:语出《朱子文集》卷一八,原作"善必积而后成,恶虽小而可惧"。

〔五〕天道福善祸淫:语出《尚书·汤诰》:"天道福善祸淫,降灾于夏,以彰厥罪。"

〔六〕作善降之百祥,作不善降之百殃:语出《尚书·伊训》:"惟上帝不常,作善降之百祥,作不善降之百殃。"

或问其友曰:"何谓善? 何谓恶?"

其友答曰:善是秉彝好德之良心,操之有要,行之无违,穷则独善其身,达则兼善天下[一]。恶是越礼犯分之私意,肆欲妄行,无所忌惮。小则殒身灭性,大则覆宗绝嗣。"

或又疑曰:"善恶之说,既闻命矣。敢问积善之家或未福,作恶之家或未殃,何也?"

其友答曰:"吾闻之,积善而善未成,作恶而恶未满,善成则福必至,恶满则祸自来矣。"

或曰:"以子之言,善恶之报,理固然也。敢问善成福至,恶满祸来,其有征欤?"

友曰:"善如尔问,不能尽述,姑举其梗概。如子路[二],自食藜藿[三],为亲负米百里之外,后为楚大夫,从车百乘,积粟万钟。孙叔傲[四]为儿时,出游,见两头蛇,必死。恐死后人,杀而埋之[五]。后为楚相。兹非善成福至之征欤?"舜诛四凶[六],而天下咸服。四凶不见诛之于尧,而见诛之于舜,兹非恶满祸来之征欤?"

【校注】

〔一〕穷则独善其身,达则兼善天下:语出《孟子·尽心上》:"尊德乐义,则可以嚣嚣矣。故士穷不失义,达不离道。穷不失义,故士得己焉;达不离道,故民不失望焉。古之人,得志,泽加于民;不得志,修身见于世。穷则独善其身,达则兼善天下。""独善其身"是说在穷困时不随波逐流,不颓废沉沦,思想上固守自己的信仰和理想,行为上坚持自己的原则和标准。"兼善天下",说的是在善己的前提下还要善天下。善天下是指使天下美好,亦可指使天下人共善。

〔二〕子路:生于公元前542年,卒于公元前480年,春秋时期鲁国卞(今山东省泗水县)人。仲氏,名由,字季路,孔子学生。性直爽勇敢,曾对孔子的"正名"主张表示怀疑。①孔子任鲁国司寇时,他被任为季孙氏的宰(家臣),后任卫大夫孔悝的宰,在贵族内讧中被杀。

〔三〕藜藿:即藜和藿,指粗劣的饭菜。

〔四〕孙叔敖:春秋时期楚国期思(今河南省淮滨县东南)人。蒍氏,名敖,字叔孙,一字艾猎。官至楚国令尹(丞相)。曾辅助楚怀王指挥楚军击败晋军。在期思、雩娄(今河南省商城县东)兴修水利工程。又相传开凿芍陂(今安徽省寿县安丰塘),蓄水灌溉。

〔五〕"孙叔傲为儿时,出游,见两头蛇,必死。恐死后人,杀而埋之":典出贾谊《新书·春秋》:"孙叔敖之为婴儿也,出游而还,忧而不食。其母问其故,泣而对曰:'今日吾见两头蛇,恐去死无日矣。'其母曰:'今蛇安在?'曰:'吾闻见两头蛇者死,吾恐他人又见,吾已埋之也。'其母曰:'无忧,汝不死。吾闻之,有阴德者,天报以福。'果不死。人闻之,皆谕其能仁也。及为令尹,未治而国人信之。"②

〔六〕四凶:尧舜时代的四个坏人,即浑敦、穷奇、梼杌、饕餮。见《左传·文公十八年》大史克奉季文子之命对鲁宣公说的一段话:"昔帝鸿氏有不才子,掩义隐贼,好行凶德,丑类恶物,顽嚚不友,是与比周,天下之民谓之'浑敦'。少皞氏有不才子,毁信废忠,崇饰恶言,靖谮庸回,服谗搜慝,以诬盛德,天下之民谓之'穷奇'。颛顼氏有不才子,不可教训,不知话言,告之则顽,舍之则嚚,傲狠明德,以乱天常,天下之民谓之'梼杌'。此三族也,世济其凶,增其恶名,以至于尧,尧不能去。缙云氏有不才子,贪于饮食,冒于货贿,侵欲崇侈,不可盈厌,聚敛积实,不知纪极,不分孤寡,不恤穷匮,天下之民以比三凶,谓之饕餮。舜臣尧,宾于四门,流四凶族浑敦、穷奇、梼杌、饕餮,投诸四裔,以御螭魅。"③《尚书·舜典》也记载了类似传说,但称四凶为"四罪"。称舜"流共工于幽州,放驩兜于崇山,窜三苗于三危,殛鲧于羽山,四罪而天下咸服"。其中的驩兜即浑敦,共工即穷奇,鲧即梼杌,三苗即饕餮。这个传说反映了原始社会末期私有财产出现以后,各种卑鄙的手段——偷盗、暴力、欺诈、背信已经产生,氏族显贵及其子弟为了维持自己奢侈腐化的生活,不惜欺压群众、侵吞氏族和部落的共有财产,争权夺利。人类社会正从"纯朴的道德高峰"上跌落下来。从上述两段记载看,"舜诛四凶"应为"舜逐四

---

① 《论语·子路》,[清]阮元校刻《十三经注疏》,北京:中华书局,1980年,第2507页。
② [汉]贾谊撰,阎振益、钟夏校注《新书校注》卷六《春秋》,北京:中华书局,2000年,第250页。
③ 杨伯峻:《春秋左传注》(修订本),北京:中华书局,1990年,第436—461页。

凶"。但程颐曾说:"舜之诛四凶,四凶已作恶,舜从而诛之。"①庄春波对此有论述。②唯将《舜典》误为《尧典》,当予修正。

　　世之愚人、谬子,心既不藏沮疾为善,每以尧舜父子贤否以为论,颜子〔一〕、盗跖〔二〕寿夭之所比,殊不知人性本善〔三〕,但气禀有清浊不齐,是以有圣、愚、贤、不肖之分。

【校注】

〔一〕颜子:即颜渊(前521—前490),春秋末鲁国人。姓颜名回,字子渊。他是深受孔子喜爱的学生。一生贫居陋巷,箪食瓢饮,而不改其乐。孔子称赞他的德行,并说他"不迁怒,不贰过"③"其心三月不违仁"④。颜渊对孔子之学笃信至诚,身体力行。孔子把发扬光大孔门的希望寄托在颜渊身上。但他不幸早卒,孔子极为悲痛。颜渊尽管早卒,但其门人继承了他的学说。在孔子死后,形成"颜氏之儒"。后被封建统治者尊为"宗圣"。

〔二〕跖:亦称柳下跖。儒家所贬斥的恶的代表人物。其实,跖是春秋时期的一位著名的农民军领袖。相传他率领九千人,侵暴诸侯,横行天下。儒家持重义轻利的伦理观点,极力攻击讲利者,并把跖作为其谋利弃义的代表。传说他死于东陵山上,得以寿终。

〔三〕性本善:战国时代思想家孟子首先提出来的人性论观点。孟子认为:"人之性善也,犹水之就下也,人无有不善,水无者不下"。⑤"性善"就是人有善良的本性。认为人先天就有恻隐、羞恶、辞让、是非之心,是仁、义、礼、智的萌芽。恻隐、羞恶、辞让、是非就是情。所以孟子主张性善情也善。但他认为善情受到欲望的引诱会流于恶,于是提出"寡欲"主张,以抵制物欲的诱惑,保存和扩充本性。这一思想对后世影响很大。

　　矧世道之变常,时运之盛衰,其有所关矣。乃人道尽,其当为富贵、贫贱、穷、达、寿、夭〔一〕,间有不同,是天命之所为,非人力之可必〔二〕也。先儒所谓"自古圣贤",不系于世类,尚矣! 乌可执一而论哉?

---

① [北宋]程颢、程颐:《河南程氏遗书》卷一五,王孝余点校《二程集》,北京:中华书局,1981年,第144页。
② 庄春波:《舜征三苗考》,《古史钩沉》,天津:历史教学社,1995年,第1—12页。
③《论语·雍也》,[清]阮元校刻《十三经注疏》,北京:中华书局,1980年,第2477页。
④《论语·雍也》,[清]阮元校刻《十三经注疏》,北京:中华书局,1980年,第2478页。
⑤ 杨伯峻:《孟子·告子章句上》,北京:中华书局,1960年,第253页。

夫颜子高明之资,生知之亚,传道于一时,为法于万世。不幸而夭,虽死犹生。盗跖极愚,肆不道能,几何遗恶名于无穷。幸而有寿,虽生何益其于颜子? 如薰莸、冰炭之相,反霄壤之不侔〔三〕矣。岂可列名而比哉?

【校注】

〔一〕夭:乙本作"天"。以形近而误。

〔二〕可必:谓可以预料其必然如此。

〔三〕如薰莸、冰炭之相,反霄壤之不侔:薰莸,草名。《左传·僖公四年》:"一薰一莸,十年尚犹有臭。"杜预注:"薰,香草,莸。臭草。十年有臭,言善易消,恶难除。"《孔子家语·致思》:"薰莸不同器而藏。"沈约《弹奏王源》:"薰莸不杂,闻之前典。"这里以薰与莸、冰与炭、霄与壤之别来形容颜子与跖的不可相提并论。

程子尝曰:"自暴者,拒之以不信;自弃者,绝之以不为,虽圣人与居,不能化而入。"〔一〕正谓此下愚之人耳。愚人、谬子无异于是也。大抵气数盛衰所值,固有不同,人为善恶,迟疾必报,不及其身,必及其子孙〔二〕。天道循环,岂有往而不复之理?

或人语塞,疑释豁然,而叹曰:"老子云:'天网恢恢,疏而不漏。'〔三〕亦犹此也。"

【校注】

〔一〕"自暴者,拒之以不信;自弃者,绝之以不为。虽圣人与居,不能化而入":语出程颢、程颐《周易程氏传》卷四。①

〔二〕人为善恶,迟疾必报,不及其身,必及其子孙:这段言论明显受到佛教因果报应思想的影响。《瑜伽师地论》卷三八所载"已作不失,未作不得"②,表述的就是佛教因果论的特点,即任何思想行为,都必然导致相应的结果,"因"未得"果"之前,不会自行消失;反之,不作一定的业因,亦不会得到相应的结果。

〔三〕天网恢恢,疏而不漏:语见《道德经》第七十三章。期中之"不漏",亦有本子作"不失"。

其友曰:"然。"

余闻是论,辩析分详,明天理昭著,善恶显应,因书座右自以为警。又恐

---

① 〔北宋〕程颢、程颐:《周易程氏传》卷四,王孝余点校《二程集》,北京:中华书局,1981年,第956页。

② 〔唐〕玄奘译:《瑜伽师地论》卷三八,《大正藏》第30册,No. 1579,页500c。

不广其闻,故缋写为图,以传诸世,使人人闻之,警以自勉,皆感发而进于善矣。岂不盛哉?

道听途说之非,固有所责,与人为善之意,不无小补云。

洪武壬子(1372)二月朔旦,古澶杨崇喜述。

赠武威处士杨象贤序

危 素

昔我国家用兵南伐,既灭女贞[一],乃命诸军留镇中土,蕃[二]汉之民,参错而居,虽其制驭甚严,久则流敝生焉。倚军势而为暴,蔑官府而称雄,鳃鳃[三]然以自营其私者,皆是也。余客北燕,谈者多称武威[四]象贤之善而识之。

盖其大父[五]国初在兵间,留居开州之濮阳,有惠及民。其父忠显君作《龙祠乡社义约》十有五条,所以维持风俗,保固人心者,其虑远矣。

【校注】

〔一〕女贞:即女真,又作女直,我国北方古代民族,来源于唐代黑水靺鞨。五代时,分布在松花江、黑龙江下游,东至海。从事渔猎,并养猪。北宋初,以完颜部为核心迅速发展。12世纪初,完颜阿骨打统一女真各部,建立金政权(1115—1234),建都会宁(今黑龙江省哈尔滨市阿城区南)。金太宗天会三年(1125)灭辽,次年灭北宋,先后迁都中都(今北京市)、开封等地。疆域东北到今日本海、鄂霍次克海、外兴安岭上的火鲁火疃谋克,西北到蒙古国,西以河套、陕西横山、甘肃东部与西夏接界,南以秦岭、淮河与南宋接界。金与南宋长期对峙。这一时期,大批女真人迁居中原,社会经济得以迅速发展,并在长期的共同生产和共同斗争中与汉族逐渐融合。而留居东北的女真人,发展较为缓慢。天兴三年(1234),在蒙古与南宋的联合进攻下灭亡。共历九帝,统治一百二十年。元朝时期,女真人归合兰府水达达路管辖。明代,被分为建州女真、海西女真和野人女真三部分。明末(17世纪初),由努尔哈赤统一,成为满族的主要组成部分。

〔二〕蕃:甲乙本皆误作"藩"。

〔三〕鳃鳃:音xǐxǐ,恐惧貌。

〔四〕武威:古称凉州,亦称武威郡、凉州、凉州府等。汉元狩二年(前121)以原匈奴休屠王辖地置武威郡,治武威(今甘肃省民勤县东北),元鼎后辖境相当于今甘肃黄河以西,武威以东及大东河、大西河流域一带。东汉移治姑臧(今甘肃省武威市凉州区)。十六国时前凉、后凉、南凉、北凉皆建都于此。隋开皇初废。大业及唐天宝、至德时又曾改凉州为武威郡。西夏时代称为西凉州,为西夏国的辅郡,受西夏统治前后达200余年(1006—1226),拥有丰富的西夏文化遗产。从清代以来,在此出土、收集、保存的西夏文物就达3200多件。其数量之多,种类之丰富,研究价值之高,在全国都是不多见的。

〔五〕大父:祖父。《韩非子·五蠹》:"大父未死,而有二十五孙。"有时也指外祖父。《汉书·娄敬传》:"冒顿在,固为子婿;死,外孙为单于;岂曾闻外孙敢与大父亢(抗)礼哉!"

象贤蚤〔一〕肄业上庠〔二〕,以孝友见推,承列圣之诏旨,乃作孔子庙学〔三〕;谓射者六艺之一,承平既久而武事弗修,乃作"观德"之会;营先祠以奉祖祢,曰"思本"之堂;藏修以求圣贤之学,曰"敬止〔四〕"之斋;兵乱以来,裒〔五〕所得晋绅先生之文章次辑之,曰"述善"之集。此其人品为何如耶?向使〔六〕河南山东都府所部将校士卒,皆若象贤父子祖孙之立心处己,虽有悍嚣之徒,其能为乱乎?虽乱,亦岂有逾纪之久而靖乎?

【校注】

〔一〕蚤:通早。

〔二〕上庠:庠,音xiáng,古代学校名。《汉书·儒林传序》:"闻三代之道,乡里有教,夏曰校,殷曰庠,周曰序。"上庠,即最高学府国子监。唐兀崇喜曾就学于国子监。

〔三〕孔子庙学:原指依附于孔庙内的学校,唐以后逐渐变成儒学的代称。见第108页【校注】〔七〕。

〔四〕敬止:《诗经·大雅·文王之什》:"穆穆文王,於缉熙敬止。"朱熹注曰:"敬止,言其无不敬而安所止也"。[1]

〔五〕裒:音póu,聚集之意。

〔六〕向使:向,甲乙本皆作"乡",不词。向使,意为假使。

象贤有弟曰敬贤,居丧,遇盗,克尽其孝。惜乎其蚤〔一〕世。然其见诸纪述,传诵于天下,后世不其盛欤!老子曰:"修之于乡,其德乃长。"〔二〕吾于象

---

[1] [南宋]朱熹:《四书章句集注·大学章句》,北京:中华书局,1983年,第5页。

贤之父子祖孙见之矣。

象贤避难北来，观其敦朴，自将言论，恳至善而能恒者。因其取别，南还濮阳，庸书其美，以谂其后。昆且有徼焉。

至正二十四年（1364）五月既望，临川危素〔四〕书。

【校注】

〔一〕蚤：通早。

〔二〕修之于乡，其德乃长：语见《道德经》第五十四章。宋刊本河上公《道德经》及魏王弼《道德真经注》等如是作，而唐开元二十六年（738）《易州龙兴观御注道德经幢》、元至元二十七年（1290）《陕西楼观台道德经碑》等无"于"字。敦煌本亦无。又敦煌本"乃"作"能"。

〔三〕危素：生于1303年，卒于1372年，元末明初文学家。字太朴，金溪（今属江西）人。少通五经，元至正年间，以荐授经筵检讨，参修宋、辽、金史。累迁翰林学士承旨，入明任侍讲学士，与宋濂同修《元史》，兼弘文馆学士，备顾问，论说经史。晚年谪居和州，幽恨而死。能诗文，亦善书法。有《说学斋稿》四卷、《云林集》二卷。《赠武威处士杨象贤序》一文不见于文集。《明史》卷二八五及《宋元学案》卷九三有传。

送杨象贤归澶渊序

张以宁

至正丁未(1367)夏四月,唐兀杨氏象贤将归大名开州之濮阳,谒予而言别。

盖君自河北避地于京师,十有余年矣。予为之叹曰:"自寇乱以来,海内百年涵煦[一],休息之氓,弱者恋赀产而不去以蹈祸;强者决性命而勇往以从戎。胥为鱼肉,暴露原野者,奚可胜计?而君独以胄监[二]老生,辞荣不仕,翩然远举,托于辇毂之下,全身及家,岂不真明哲烛几[三]之士哉?"

君蹙然曰:"仆不武先祖敦武公洎考忠显公,自夏来澶,于兹六叶,自力于善,购地买田,即居傍便近地建先圣庙学;效蓝田吕氏法,为义约,以淑其乡。历三世,乃克有成,恩赐以'崇义书院'之名,匪一手烈乎?今不幸毁于兵,荡为瓦砾。言瞻遗趾,戚然痛心。今之归,讵[四]惟上世之瘠田,敝庐之念,实亟于复旧规以述先志是求,庶其获鸠族间[五],奉前约,使异时有以白吾祖考于地下,是吾志也。"

【校注】

〔一〕涵煦:滋润养育。宋曾巩《移沧州过阙上殿札子》:"真宗皇帝继统遵业,以涵煦生养,蕃息齐民。"①

〔二〕胄监:即国子监,亦指国子监的生员。

〔三〕烛几:洞察隐微。《周易·系辞下》:"几者,动之微,吉之先见者也。"②

〔四〕讵:副词,表示反诘,相当于"岂""难道"。

〔五〕鸠族间:安定族间。《国语·晋语九》:"庶曰可以鉴而鸠赵宗乎!"韦昭注:

---

① [北宋]曾巩:《元丰类稿》卷三十,四部备要本。

② [魏]王弼、[晋]韩康伯注,[唐]孔颖达疏,[唐]陆德明音义:《周易注疏》,上海:上海古籍出版社,1989年,第276页。

"鸠,安也。"①

予闻而重叹曰:"厥今俶扰定〔一〕,小人谋阖庐〔二〕以避,寒暑之弗逮,高者易其坟墓,岁时得以洒壶浆盂饭于其上,足矣。而遑以他为?"

昔者,嵩阳、岳麓、睢阳〔三〕、白鹿〔四〕,号为四书院者,始皆创于锋镝甫息之余,而绛流为诗书不尽之泽。今君缓彼而急于此,先儒所云不为一时之谋,而有千载古之虑者,君其知此道也哉。古人有言:"有志者事竟成〔五〕"。君其勉诸。

【校注】

〔一〕俶扰定:动乱已平定。俶,音chù,意为"开始"。宋濂《宣慰曾侯嘉政记》:"自中原俶扰蔓延大江之东,兵连不解,殆将十稔。"②

〔二〕阖庐:住屋。

〔三〕睢阳:即睢阳书院,又称应天(府)书院,在今河南省商丘市故城,原为五代末年戚同文隐居讲学之所——睢阳学舍。戚同文,字同文。"纯质尚信义",终身都把"人生以行义为贵"奉为立身处世的准则。③他的这种志操与作风,对学生以及后世都有很大影响。宋真宗大中祥符二年(1009),应天府民曹诚于同文旧址,建学舍50间,聚书1500余卷,"博延生徒,讲习甚盛"④。得到真宗嘉奖,赐额"应天府书院"。与白鹿书院、嵩阳书院(一说石鼓书院)、岳麓书院齐名,并称四大书院。弟子亦多名士,北宋著名政治家范仲淹在这里学习了五年。宋仁宗天圣五年(1027),范仲淹应晏殊之邀,在应天府书院讲习艺文,培养了大批人才。景祐二年(1035),以书院为府学,给学田10顷。庆历三年(1043),又改府学为南京国子监。

〔四〕白鹿:指白鹿洞书院。见第84页【校注】〔二〕。

〔五〕有志者事竟成:《后汉书·耿弇传》:"帝谓弇曰:'将军前在南阳建此大策,常以为落落难合,有志者事竟成也!'"宋人楼钥《送王知复宰建德》:"勇决有如此,端是英雄姿;有志事竟成,不后一年期。"⑤

---

① 徐元诰集解:《国语集解》,北京:中华书局,2002年,第449页。

②〔明〕宋濂:《宋文宪公集》卷四三,四部备要本。

③〔清〕黄宗羲原著,全祖望补修:《宋元学案》卷三《高平所出》,北京:中华书局,1986年,第134页。

④〔元〕马端临:《文献通考》卷四六《学校七》,北京:中华书局,1986年,第431页。

⑤〔宋〕楼钥:《攻媿集》卷二,四部备要本。

遂序,以饯其行。

是月壬戌之日,翰林侍讲学士、中奉大夫〔一〕、知制诰〔二〕、同修国史〔三〕张以宁书于玉堂之署。

【校注】

〔一〕中奉大夫:官名。北宋前期置,为正四品下阶文散官。金、元皆沿袭之,为文散官四十二阶中之第十四阶。金从三品下;元为从二品,宣授。明朝沿置,从二品文官初授散官即加此阶。

〔二〕知制诰:官名。唐初中书舍人掌草拟诏敕,称知制诰。金元时期翰林学士承旨、翰林学士、翰林侍读学士、翰林侍讲学上、翰林直学士,皆带此衔,掌制撰词命。

〔三〕同修国史:官名,为国史院修史官员之一。宋初于门下省集修院掌修国史。哲宗元祐五年(1090)设国史院。以侍从官兼任同修国史一职,掌修国史。元朝置翰林兼国史院,设监修国史、同修国史及国史编修官、查阅官等。

送杨公象贤归澶渊序

陶　凯〔一〕

　　杨公象贤,其先贺兰人,后徙居澶渊,历四世,以耕桑积赀,富饶而力学,树善为乡闾楷式。其处于家也,祀先之祠曰"思本";养亲之堂曰"顺乐",藏修之所"敬止""知止",其惟以淑人也。建书院〔二〕曰"崇义〔三〕",辟射圃曰"观德",即龙祠以为社,则立约以示戒焉,集嘉言以垂范,则为图以劝善焉。平王取"为善最乐"四字,书之座右,视若布帛粟菽之有以资于人者焉。用是〔四〕,人咸慕用而景仰之。

【校注】

〔一〕陶凯:生于1304年,卒于1376年,字中立,号琼台山人,明代天台(今属浙江)人,领元至正乡荐,元末已小有名气。洪武初,召修《元史》,书成,授翰林应奉,教习大本堂,擢礼部尚书,与崔亮等主持拟订朝廷礼仪,凡诏令、封册、歌颂碑碣,多出其手。洪武五年(1372),请依唐宋会要,记载时政,皇帝从之。第二年出为湖广参政。洪武八年(1375)起任国子祭酒,不久改入晋王府左相。陶凯博学,善属文,尤工诗,尝自号耐久道人,"帝闻而恶之"。后就职礼部,曾出使高丽。因主客曹误用符验,被处以死罪。《明史》卷一三六有传。但人物小传未记其生卒年,今考其生卒年,古书有明文记载,故补之。《全元文》第58册第588页至592页收陶凯文4篇。《述善集》收其文《送杨公象贤归澶渊序》文末自署称"琼台山人陶凯"。琼台山属天台山之一部分,《全元文》称陶凯为临海(今浙江省临海市)人,元代天台山即在当时临海一带,故可确定此文作者与《全元文》陶凯为一人。①

〔二〕书院:我国封建社会中期开始出现的一种新型教育组织形式。其名始见于唐代。最早为唐玄宗于开元六年(718)设立的丽正书院(开元十三年[725]

----

① 苏成爱:《〈述善集〉所见元文及其作者考略——〈全元文〉补目23篇》,《学理论》2015年第23期,第108页。

改称集贤殿书院）。置有学士,掌校刊经籍、征集遗书、辨明典章,以备顾问应对,类似宋代的馆阁,而非私人讲学之所。贞元（785—801）中,著名文学家李渤隐居读书于庐山白鹿洞,至南唐时就遗址建学馆,以授生徒,号为庐山国学;宋改称白鹿洞书院,为藏书和讲学之所。宋代书院尤盛。白鹿书院、嵩阳书院（一说为石鼓书院）、睢阳书院、岳麓书院号为四大书院。创办者或为私人,或为官府。一般选山林名胜之地为院址。不少有名学者讲学其间,采用个别钻研、相互问答、集体讲解相结合的教学方法,以研习儒家经籍为主,间亦议论时政,对学术思想发展有一定影响。元代各路、州、府皆设书院。明、清书院仍盛,只是大多数变成了准备科举的场所。清末废科举,书院改为学校。

〔三〕义:甲乙本均作"院"。

〔四〕用是:意思是"因此"。《汉书·赵充国传》:"车骑将军张安世始尝不快上,上欲诛之,卬家将军以为安世本持橐簪笔事孝武帝数十年,见谓忠谨,宜全度之。安世用是得免。"唐柳宗元《答吴武陵论非国语书》:"恒恐后世之知言者,用是诟病。"①

时元政失驭,兵革并起,国用不足。公辄输财助官而辞不受赏,人由[是]服其高义。一家之内缌麻同爨〔一〕,凡若干寇〔二〕盗过而无犯,兵临而不害其子弟。或仕宦〔三〕四方者,亦能保全其身。凡先世之田庐,祖父之茔封,其在开州濮阳〔四〕及南宿临濠〔五〕者,皆无恙也。庸讵〔六〕非积善之报然欤?

【校注】

〔一〕缌麻同爨:高祖至同族兄弟未嫁姐妹同在一起生活。缌麻,丧服名,指孝服用细麻制,服期三个月,是五服中最轻者。凡本宗的高祖、曾祖、叔伯、族兄弟及未嫁姐妹,表兄弟,岳父母均服之。

〔二〕寇:甲乙本皆误作"口",同音字。

〔三〕宦:乙本作"官",兼通。

〔四〕濮阳:甲乙本皆作"濮州"。

〔五〕临濠:即临濠府,元至元十五年（1278）改濠州置,治所在钟离县（今安徽省凤阳县临淮关西）。后复为濠州。朱元璋吴元年（1367）复改临濠府,洪武二年（1369）建为中都,洪武六年（1373）改为中立府。

〔六〕庸讵:意为"何以""怎么"。又作"庸遽"。《庄子·齐物论》:"庸讵知吾所

① [唐]柳宗元撰,尹占华、韩文奇校注:《柳宗元集校注》卷三一《书》,北京:中华书局,2013年,第2071页。

谓知之非不知邪？庸讵知吾所谓不知之非知耶！"①

今天下既平，象贤与其昆弟宗族虽异居，尚有无相通以给食。其犹子〔一〕曰大本，仕礼部侍郎〔二〕，戒诸弟，使奉母居开州，而身居京师，竭力以治官事，所得俸禄，岁时具甘旨〔三〕奉母，又推以与其族人。兹象贤之来，奉养之敬，事之无怠无忽，载酒肉，遗糗粮〔四〕，靡有不至。其自奉旦夕蔬食，泊如〔五〕也。余以是知象贤德修于身，教行于家，而化及乡人。可谓能力于为善者矣。

君子乐道人之善，庶闻者有所感发而兴起焉。象贤行，与大本为同僚者，咸歌以送之，授首简，俾余为序，余辞不获，遂书以为序云。

洪武五年(1372)三月朔日，琼台山〔六〕人陶凯序。

【校注】

〔一〕犹子：即侄子也。《礼记·檀弓上》："兄弟之子，犹子也。"后因称侄子为"犹子"。另谓如同儿子，《论语·先进第十一》："子曰：'回也视予犹父也，予不得视犹子也。'"

〔二〕礼部侍郎：官名。元代礼部官员，隶属礼部尚书。明清时期，礼部设尚书一人，左、右侍郎各一人，为礼部副长官。

〔三〕甘旨：美好的食品。《韩诗外传》卷五："鼻欲嗅芬芳，口于嗜甘旨。"②又特指养亲的食品。任昉《上萧太傅固辞夺礼启》："饥寒无甘旨之资，限役废晨昏之半。"③

〔四〕糗粮：音 qiǔliáng，义为干粮。《尚书·费誓》："峙乃糗粮，无敢不逮。"孔安国传："皆当储峙汝糗糒之粮，使足食。"

〔五〕泊如：恬淡无欲貌。《汉书·扬雄传下》："时，雄方草《太玄》，有以自守，泊如也。"

〔六〕琼台山：地名，今浙江天台县天台山西北。

---

① [清]王先谦集解：《庄子集解》卷一《齐物论》(新编诸子集成本)，北京：中华书局，2012年，第63页。

② [汉]韩婴撰，许维遹校：《韩诗外传集释》卷五，北京：中华书局，1980年，第184页。

③ [梁]萧统编，[唐]李善注：《文选》卷三九，上海：上海古籍出版社，1986年，第1797页。

诗 一 首

魏 观[一]

张守从来畏简书[二]，薛苞归去复田庐[三]。

蓬莱[四]春色吟无尽，桑梓韶华乐有余。

日上虚庭初度鹤，雨收芳漳忽沉鱼。

邻翁赍酒[五]来相过，好为南宫[六]致起居。

【校注】

〔一〕魏观：原题"蒲山魏观"，字杞山，明代蒲圻（今属湖北）人。《述善集》署为蒲山（今地不详）人。朱元璋攻下武昌，授其国子助教，再迁浙江按察司佥事。吴元年（1367）转两淮都转运使，入为起居注。后仕至国子祭酒，两知苏州事，改修府治，兴修水利，颇有政声。著有《蒲山集》四卷。《明史》卷一四〇有传。

〔二〕张守从来畏简书：张守，即唐玄宗时大臣、诗人张九龄（678—740）。字子寿，一名博物。韶州曲江（今属广东）人。长安进士，后任拾遗，迁左补阙。开元二十一年（733）任中书侍郎同中书门下平章事。因玄宗急于政事，张九龄常评论其得失。于开元二十四年（736）为李林甫所陷害，罢相。出为洪州（今江西省南昌市）都督。徙桂州（今广西桂林市），兼岭南按察选补使。《新唐书》卷一二六、《旧唐书》卷九九有传。其诗《与生公寻出居处》云："今为简书畏，只令归思浩。"又有《冬中至玉泉山寺，属穷阴水闭，崖容无色，及仲春行县，后往焉，故有此诗》云："简书虽有畏，身世亦相捐。"

〔三〕薛苞归去复田庐：南朝傅亮《为宋公修张良庙教》载："范晔《后汉书》曰：薛苞与弟子分田庐，取其荒顿者。"①

〔四〕蓬莱：古代传说中神仙所居之地，与方丈、瀛洲并为三神山。《史记·秦始皇本纪》："齐人徐市等上书言：海中有三神山，名曰蓬莱、方丈、瀛洲。"传言山中

---

① [梁]萧统编，[唐]李善注：《文选》卷三六，上海：上海古籍出版社，1986年，第1641页。

有不死药,以黄金白银为宫阙。战国齐威王、宣王、燕昭王及秦始皇皆曾遣人入海访求此三神山。《拾遗记·蓬莱山》对该山多有描绘。李白《古风·玄风变太古》言:"但识金马门,谁知蓬莱山。"

〔五〕贳酒:意为赊酒。贳,音shì,甲乙本皆作"贯",形近而误。

〔六〕南宫:南宫为尚书台的别称。《后汉书·郑弘传》:"建初初,为尚书令……弘前后所陈有补益王政者,皆著之南宫,以为故事。"有时又为礼部的别称。王禹偁《小畜集》卷一〇《赠礼部宋员外阁老》云:"未还西掖旧词臣,且向南宫作舍人。"自注:"礼部员外,号南宫舍人。"

诗 二 首

曾 鲁[一]

微雨泛华滋,御沟柳新绿。

攀条送行人,举觞听离曲。

燕飞语高樯,莺迁啭乔木。

川途慎驱驰,到家酒应熟。

又一首

高谊敦薄俗,清风播乡间。

岂无耆[旧]传[二],足裨史氏书。

乘兴观上国,返棹归田庐。

时应报阿咸[三],眠食果何如?

【校注】

〔一〕曾鲁:生于1319年,卒于1372年,字得之,明代新淦(今江西省新干县)人。七岁时就能一字不漏地背诵"五经"(《诗》《书》《礼》《易》《春秋》),"稍长,博学古今。凡数千年国体人才,制度沿革,无不能言者"。遂以文学闻名于当时。洪武初,入为纂修《元史》总裁官①,以撰辑功最多而被授为礼部主事,超六阶,拜中顺大夫、礼部侍郎。当时与宋濂齐名,时人言:"南京有博学士二人,以笔为舌者宋景廉,以舌为笔者曾得之也。"由于曾鲁"属文不留稿,其徒间有所辑录,亦未成书"②,故其著作除《大明集礼》留世以外,诗文存世者极稀,《述善集》所收的这

① [清]张廷玉等:《明史》卷一三六《曾鲁传》,北京:中华书局,1974年,第3935页。而《明太祖实录》卷三十七洪武二年(1369)二月丙寅条称曾鲁为纂修,而非总裁。未详孰是。

② [清]张廷玉等:《明史》卷一三六《曾鲁传》,北京:中华书局,1974年,第3936页。

二首佚诗对研究曾鲁生平与文学成就不无价值。《明史》卷一三六有传。①

〔二〕耆旧传：旧，甲乙本皆于此处留一空白，兹据文意补。耆旧，指年高而久负声望的人。杜甫《遣兴》诗："襄阳耆旧间，处士节独高。"其中的耆旧就是指三国时代被称作"凤雏"的庞统。记述这些名人事迹的传记多被称为耆旧传、先贤传等，著名者有《四海耆旧传》《海内先贤传》、陈寿《益都耆旧传》、刘义庆《江左名士传》等。

〔三〕阮咸：西晋时期"竹林七贤"之一的阮咸，是阮籍侄，亦有才名，后因称侄为"阿咸"。阮咸（生卒年不详），字仲容，陈留尉氏人（今河南），与嵇康、阮籍、山涛、向秀、刘伶、王戎并称"竹林七贤"。阮咸善弹琵琶，精通音律，著有《律议》。一种形似月琴而颈较长的古琵琶，相传因他善弹而被命名为"阮咸"，简称"阮"。

---

① ［唐］杜甫著，［清］仇兆鳌注，秦亮点校：《杜甫全集》卷三，珠海：珠海出版社，1996年，第274页。

诗 一 首

李 颜[一]

与君同是贺兰人,柳色都门[二]别意新。

万里青山横[上][三]国,一簪白发照青春。

诗书尚足征文献,耕钓何妨老晋绅。

旧隐可能无恙否,好因秋雁寄书频。

【校注】

〔一〕李颜:原题"西夏李颜",明代贺兰人。

〔二〕柳色都门:化用宋韩维《次韵和唐公北使途中见寄二首》:"文史平居乐,尘埃少别心。都门开柳色,樽酒驻车音。"①

〔三〕上:甲乙本皆于此处留一空白,兹据文意补。

---

① [宋]韩维:《南阳集》卷八,四库全书本。

诗 一 首

项 驾[一]

隐居别业在澶渊,乔木于今已百年。

好义旧开崇义馆,辞官曾入卖官钱。

青云历仕多犹子,白发归耕有薄田。

想得到家三月尽,酒杯政[二]对落花天。

【校注】

〔一〕项驾:原题"昆山项驾"。字叔睿,昆山人。博涉经史,尤工诗文,洪武初应秀才举,擢礼部郎中,调官广东,政治廉平,有声于时。事迹见方鹏《昆山人物志》卷七。

〔二〕政:通"正"。

诗 一 首

张 筹^{〔一〕}

江上花飞委绿波,送君柰此别愁何。

一杯且干麻姑酒^{〔二〕},万里须经瓠子河^{〔三〕}。

某水某山宜猎钓,我疆我理足委佗。

白头归隐真奇事,不愧诗人赋在阿。

【校注】

〔一〕张筹:字惟中,明代无锡(今属江苏)人。洪武间荐授翰林应奉,后升任礼部主事,奉诏与陶凯集汉、唐以来藩王事迹,著成《昭鉴录》一书。累官礼部尚书。博学多识,尤长于文学,为人颇善阿附,为时人所非。《明史》卷一三六有附传。

〔二〕麻姑酒:麻姑中国古代神话中的女仙。葛洪《神仙传》说她为建昌人,修道中牟东南姑余山。东汉桓帝时应王方平之召,降生于蔡经家,年十八九,能掷米成珠,自言曾见东海三次变为桑田,蓬莱之水也浅于旧时,或许又将变为平地。相传三月三日西王母寿辰,她在绛珠河畔以灵芝酿酒,为王母祝寿。后世遂以麻姑酒指代美酒、福禄酒。

〔三〕瓠子河:故道自今河南省濮阳县南分黄河水东出,经山东省鄄城、郓城二县南,折北经梁山县西、阳谷县东南、东阿县北,东至济南市长清区西南入济水。西汉元光三年(前132),黄河决入瓠子河,东南由巨野泽通于淮、泗、梁、楚一带,致连年水灾。至元封二年(前109)堵塞,汉武帝亲临其地,作《瓠子之歌》二首。工成,建宣房宫于堰上。

诗 一 首

陈信之〔一〕

东风官柳绿垂丝,忍向江头把别卮。

万里扁舟归故国,半挑行李束新诗。

莺华已逐春光老,□□何妨客路迟。

好遂庞公〔二〕耕隐志,到家蚕岁麦秋时。

【校注】

〔一〕陈信之:原题"三山陈信之"。三山,地名,历史上被称作三山的山峰、地方有十余处,此处未详其确指。

〔二〕庞公:南都襄阳人,居岘山南。《三国志》未载其人,其事迹见于皇甫谧《高士传》。据载,刘表在荆州延请不至,乃往请之。德公耕垄上,妻耘于后,相敬如宾。表问曰:"先生苦居畎亩而不肯官禄,后世何以遗子孙乎?"德公曰:"人皆遗之以危,我独遗之以安。虽所遗不同,未为无所遗也。"建安中与妻子隐居鹿门山,因采药不返。①

---

① [晋]皇甫谧:《高士传》卷下《庞公传》,上海:上海古籍出版社,2014年,第294页。

诗 二 首

张孟兼[一]

天上青春老,江干细柳长,
客归舟倚渡,人送酒盈觞。
未觉年华晚,空怜岁月忙,
惭予留滞久,惜别最思乡。

又一首

三月江南景,村村荠麦齐。
归装连晓发,好鸟向人啼。
纵酒歌频放,停车思欲迷。
今朝回首地,应隔五云西[二]。

【校注】

〔一〕张孟兼:原题"金华张孟兼"。张孟兼,明代浦江(今属四川)人。又称张丁、张佥事,为著名学者,以书法盛行于世。在《述善集》中,自称金华(今属浙江)人。明洪武初,征为国子监学录,参修《元史》,以太常司丞出为山西按察司佥事,迁山东按察司副使,以执法不阿而为奸人所诬,被朱元璋弃市。著有《白石山房文稿》二十卷及《蜀山遗集》,惜均佚。其十一世孙思煌辑其遗存,编成《白石山房逸稿》五卷。其中仅有第1—2卷为张公之作,但未收该诗。《明史》卷二八五有附传。方孝孺曾撰《张孟兼传》,收入《逊之斋集》卷二四及《国朝献征录》卷九五。

〔二〕应隔五云西:化用宋黄公度《御赐阁额二首》:"信誓山河固,庞恩雨露低。寒儒倚天禄，目断五云西。"①

---

① ［宋］黄公度：《知稼翁集》卷上，四库全书本。

伯颜宗道传[一]①

潘 迪[二]

　　侯名伯颜[三]，字宗道，北地[四]人也。其部族为曷剌鲁[五]氏。宪宗之己未[六]（1259），其祖[七]从大兵征宋，衽金革[八]者十余年。宋平，天下始偃兵，弗服[九]，乃土著隶山东河北蒙古军籍，分赐刍牧地[十]为编民[十一]，遂家[十二]濮阳县南之月城村。

【校注】

〔一〕伯颜宗道传：除《述善集》外，又见于《正德大名府志》卷一〇《文类》。

〔二〕潘迪：甲乙本皆未录著者姓名。但从文末"侯之姻家有唐兀崇喜，颇知梗概；予亦为同郡，遂录其忠节，以传于后世云"等记载看，作者应与伯颜为同乡，又是同时人。他所写内容主要取材于唐兀崇喜的口述。这些因素使笔者有理由将作者推定为潘迪。潘迪为元末元城（河北省大名县）人，博学能文，历官国子司业、集贤学士、礼部尚书致仕，著有《易春秋学庸述解》《格物类编》《六经发明》。他是唐兀崇喜在国子学的老师，关系密切。在《述善集》中，他的文章最多，一人就占了二至三成。该文的文风，也与潘迪其他文章的文风相吻合。加上他是唐兀崇喜的老师，利用学生提供的素材撰写文章也是顺理成章之事。

〔三〕侯名伯颜：伯颜，即伯颜宗道，《元史》卷一九〇有传，与本传互有异同，可互相参阅。伯颜并未封侯，此侯字是对伯颜的尊称。

〔四〕北地：初看易将之与北地郡相联系。按：北地郡，始置于秦，汉、三国魏及隋续有设置，统治中心大致在今甘肃省宁县一带。但此地自古以来无哈剌鲁

---

① 对《伯颜宗道传》的研究，参见陈高华：《读〈伯颜宗道传〉》，《元史及北方民族史研究集刊》第10期，1986年，第37—38页（收入陈高华《元史研究论稿》，北京：中华书局，1991年，450—453页）；潘迪撰，朱绍侯点校：《〈述善集〉选注（二篇）》，《史学月刊》2000年第4期，第8—10页（收入何广博主编《〈述善集〉研究论集》，兰州：甘肃人民出版社，2001年，第73—75页）；杨富学：《元代哈剌鲁人伯颜宗道事文辑》，《文献》2001年第2期，第76—88页（收入氏著《中国北方民族历史文化论稿》，兰州：甘肃人民出版社，2001年，第257—268页）。

人活动。结合文义,可以断定,此北地当为"北方"之意。同传又载:"时北方人初至,犹射猎为俗,后渐知耕垦播殖如华人。"可作为此说之佐证。因为宁县自古为农业区,居民以汉人为主。

〔五〕曷剌鲁:即哈剌鲁。哈剌鲁又译合儿鲁、罕禄鲁、匣剌鲁、哈剌奴儿、柯耳鲁,唐代作葛逻禄,系西突厥的一部。金代,驻牧于巴尔喀什湖东海押立周围地区,臣属于西辽,由其君主阿儿思兰汗及西辽委派的监护官共同统治。1211年,成吉思汗派忽必来向西辽进军,阿儿思兰汗杀西辽监护官,降附蒙古,娶公主。哈剌鲁人来中原者甚多,元世祖至元二十四年(1287)招集哈剌鲁军人立万户府,屯田于襄阳。

〔六〕已未:《正德大名府志》(以下称《大名府志》本)卷一〇作"世"。

〔七〕《大名府志》本在"祖"后多出"已来"二字。

〔八〕衽金革:以兵器、甲胄为卧席。《礼记·中庸》:"衽金革,死而不厌。"孔颖达疏:"金革,谓军戎器械也。"

〔九〕弗服:不服兵役。

〔十〕地:《大名府志》本作"在"。

〔十一〕编民:即编户,指编入户籍的平民。《史记·货殖列传》:"夫千乘之王,万家之侯,百室之君,尚犹患贫,而况匹夫编户之民乎?"《汉书·高帝纪下》:"诸将故与帝为编户民。北面为臣,心常怏怏。"又《梅福传》:"孔氏子孙,不免编户。"颜师古注:"列为庶人也。"

〔十二〕家:《述善集》甲本、乙本皆作"定",而《大名府志》本作"家",善,可取。

时北方人初至,犹[一]射猎为俗,后渐知耕垦播殖如华人。侯父早丧,诸子皆华衣锦帽,纵鹰犬弛逐以为乐。惟侯谦恭卑逊,举止如儒素[二],恒执书册以游乡校。母亦贤明,遂使就学。有儒士黄履道,江淮人也[三]。聚徒数十人,侯往师之。

时朱子书未大行[四],学者惟事注疏[五]。从事师数年,终[六]若不自得。一日,有以《四书》见示者,一览,辄忻然曰:"圣贤之事,其在斯乎!"尽弃其学而学焉。

【校注】

〔一〕《大名府志》本在"犹"后多出一"以"字,意亦通。

〔二〕儒素:儒士。

〔三〕有儒士黄履道，江淮人也：《元史·伯颜宗道传》称伯颜宗道曾："受业宋进士建安黄坦。"结合二种记载，可以得出如下结论：黄坦，字履道，为宋朝进士。原籍建安(今福建省福州市)，后移居江淮，于那里聚徒讲学。

〔四〕朱子书未大行：朱子书，即南宋著名理学家朱熹的著作，如《朱子语类》《四书章句集注》《西铭解义》《小学》《仪礼经传通解》《晦庵文集》《朱子遗书》等。金朝建立前后，儒家经典在北方即有所传播，熙宗完颜亶(1135—1149)以后的几朝皇帝都很尊重孔子，重视儒家思想。《诗》《书》《礼》《易》《春秋左传》《论语》《孟子》《孝经》等，被规定为各级官学必修课程及科举考试的范围。北宋邵雍、周敦颐、程颢、程颐的著作与学说在金朝都有传播，并有人专门传授二程的伊洛之学。例如，金人杜时昇曾于章宗承安(1196—1200)、泰和(1201—1208)年间南渡，"隐居嵩、洛山中，从学者甚众。大抵以'伊洛之学'教人自时升始"①。随后，薛继先、高仲振、张潜、王汝梅等也都于嵩、洛一带讲授经学。但似乎看不到朱子学说的蛛丝马迹。直到1235年，元军于德安(今湖北安陆)俘获赵复后，蓟北才得以接触朱子学说。赵复，生卒年不详，字仁甫，世称江汉先生。赵复被俘，勉强随姚枢北上，专门讲授程朱理学。他把自己所记程、朱所著诸经传注，复述下来传给杨惟中、姚枢、许衡、郝经、刘因等。故《元史·赵复传》对赵复作出了如下评价："北方知有程朱之学，自复始。"②

〔五〕惟事注疏：金朝出现了一些通晓经学的学者，其中既有汉人，也有女真人及其他族人。如冯延登，长于《易》与《左传》，平生以攻研《易》为业，并集前人章句，名为《学易记》；董文甫对《论语》《孟子》诸书一章一句都熟读深思。据杨家骆《新补金史艺文志》著录，金人注疏、解说《易》《书》《诗》《礼》《乐》《春秋》《论语》《大学》《中庸》《孟子》等著述达五六十种。③只是这些著作对经书的注解，唯以注疏为事，与朱熹《四书章句集注》的做法迥然有别。朱熹注释《四书》的特点，"在于大本大源，而不在于一字一句之间也"④。即是以程朱理学的特有概念和观点结合经文的义理，力求从整体上把握原书的思想体系，而不斤斤于字义、名物、制度的孤立烦琐的考证。蒙古灭金后，承袭了金朝经学"惟事注疏"的传统。

〔六〕终：《述善集》甲本、乙本皆作"经"。唯《大名府志》本作"终"，善，可取。

---

① [元]脱脱等：《金史》卷一二七《杜时昇传》，北京：中华书局，1975年，第2750页。

② 周良霄：《赵复小考》，中国元史研究会编《元史论丛》第5辑，北京：中国社会科学出版社，1993年，第190—198页。

③ 宋德金：《金代儒学述略》，《辽金史论集》第九集《金史国际学术研讨会专集》，郑州：中州古籍出版社，1995年，第244—252页。

④ [清]吴英：《四书章句附考序》，[南宋]朱熹《四书章句集注》附录一，北京：中华书局，1983年，第379页。

其师见其颖悟,欲教以诗赋,为禄仕计。侯雅不乐,无寒暑昼夜,诵习不辍。又数年,诸史百家之言无不遍观。性复聪敏,一过目辄不忘。有来问〔一〕者,应答如响。讲授之际,令弟子执书〔二〕册,侯端坐剖析〔三〕浪然,其傍引子史与其注文,皆哩识无遗,由是人大服之。所居有小斋曰"友古",学者云集村落,寄寓皆满,其后来者日众,则各为小房,环所居百余间,檐角相触,骈集如市。且广其斋曰"四勿"〔四〕。因自号曰"愚庵"。择隙地为祠堂以祀其先,弟子则春秋释奠先圣先师。其师黄履道亦像设而事之。父母丧事,悉如礼制,浮屠〔五〕、葬师〔六〕皆不用。

【校注】

〔一〕问:《述善集》甲本、乙本皆作"者"字。此依《大名府志》本。

〔二〕书:《述善集》甲本、乙本同此,《大名府志》本无"书"字,亦通。

〔三〕析:甲乙本皆误作"折"。"析""折"以形近而误。

〔四〕四勿:《论语·颜渊》:"非礼勿视,非礼勿听,非礼勿言,非礼勿动。""四勿"是古代知识分子克己复礼的座右铭。故伯颜以"四勿"为斋名。

〔五〕浮屠:亦作"浮图""佛图"。梵文 Buddha 的音译,同"佛陀",即佛。此处指佛教。

〔六〕葬师:当指旧时丧葬中以看风水、择时日等迷信活动为业的人。

年三十始娶。束脩之奉〔一〕,余则分之族人,吉凶寡乏皆有数焉。于是[伯]颜先生〔二〕之名,溢于河朔,虽田夫市人亦皆知之。山东蒙古万户府举〔三〕为校官〔四〕,不就。至正四年(1344),诏征为翰林待制,与修《金史》,〔五〕既毕〔六〕,以疾辞归。再除江西湖东道肃政廉访佥事〔七〕,不久亦去。

【校注】

〔一〕束脩之奉:教学所得的收入。束脩,原意为十条干肉,是送人的礼物。后来演变为学生入学时敬师的礼物,逐渐演变成学费的代称。《论语·述而》:"子曰:'自行束脩以上,吾未尝无诲焉。'"

〔二〕伯颜先生:《述善集》甲乙本均作"颜先生",《大名府志》本作"伯颜先生",义更善,径补。

〔三〕举:甲本误作"学"。

〔四〕校官:官名,职掌教育。

〔五〕与修《金史》:《金史》,纪传体金代史,"二十四史"之一。元脱脱等撰,计一百三十五卷。纂修于元至正三年至四年(1343—1344)。金代原有实录,而且刘祁《归潜志》、元好问《中州集》《壬辰杂编》等也都涵有丰富的金代史料。元初,王鹗根据这些史料撰成《金史》一书,成为元末所修《金史》的底本。观阿图鲁《进金史表》中有"翰林待制臣伯颜"之名,证明伯颜宗道确曾与役《金史》的编纂工作,直到《金史》完成交稿。

〔六〕既毕:甲乙本皆作"至",不词。《元史·伯颜宗道传》:"预修《金史》,既毕,辞归。"句通意合。故作是改。

〔七〕江西湖东道肃政廉访佥事:官名。江西湖东道肃政廉访司的长官,正五品,职掌监察。

壬辰(1352),盗起河南,明年逾河而北,开、滑等处,俱被剽掠[一]。侯挈家避地安山[二],已而盗去,复还乡里。丁酉(1357),曹[三]、濮二州陷,复避徙彰德[四]。门生乡里从者数百家[五]。侯谓之曰:"吾辈老幼百千余口,野宿露处,无所依着,一旦贼至,将为渔猎乎。曷若筑为营垒,团集固守,上可以为国御寇,下可以自固保家。忠义两得,计无出是者。"众皆曰:"善。"遂筑垒彰南,远近闻之,归者殆将万人。

【校注】

〔一〕壬辰,盗起河南,明年逾河而北,开、滑等处,俱被剽掠:这段记载与其他史书的说法略有出入,也与唐兀崇喜《节妇后序》所谓"至正十有一禩(1351),盗起颍、亳;又七载,蔓延河北"的记载相扞格。按:韩山童等以红巾为号,利用白莲教率先发动起义是在元顺帝至正十一年(1351)五月初,比壬辰早一年。当时,韩山童、刘福通联合杜遵道、罗文素、盛文郁、王忠显、韩咬儿等,聚众三千人于颍州(今安徽省阜阳市)颍上,杀黑马白牛,誓告天地,准备起义。不幸事泄,韩山童被捕牺牲。其徒刘福通在颍州继起斗争,于五月三日一举攻下颍州,大起义正式爆发。由于起义军头裹红巾为标志,故称红巾军;起义军多为白莲教徒,烧香拜佛,故又称香军。接着,刘福通很快攻占了亳州(今安徽省亳县)、项城(今河南省项城市南)、朱皋(今河南省固始县北)、罗山(今河南省罗山县)、真阳(今河南省正阳县)、确山(今河南省确山县)、汝宁府(今河南省汝南县)、息州(今河南省息县)、光州(今河南省潢川县),有众十余万人。刘福通的起义,得到了全国各地的响应,其中,王权(可能是布商,故被称为"布王三")、张椿等攻占了邓州(今河南省邓州市)、南阳(今河南省南阳市),称"北琐红军",接着又占领了唐(今河南省唐河县)、

嵩(今河南省嵩县)、汝(今河南省汝州市)、河南府(今河南省洛阳市),并进逼滑
(今河南省滑县东旧滑县)、浚(今河南省浚县)等地。文中所谓"开、滑等处,俱被
剽掠",可能指的就是这件事。但史书并未记载这时开州(今河南省濮阳县)"被剽
掠"之事。这段记载是根据经历了此事的唐兀崇喜的口述撰写的,应有可信之处。

〔二〕安山:又名民安山,在今山东省东平县西南。

〔三〕曹:曹州,今山东省菏泽市。伯颜宗道墓在此。

〔四〕彰德:今河南省安阳市。

〔五〕门生乡里从者数百家:《元史》载伯颜宗道起兵时,"邦人从之者数十万
家"。① 显然为夸大不实之词。《述善集》所载是可信的。

然统纪约束,折〔一〕冲扞敌,非所长也。戊戌(1358),东昌〔二〕沙刘二者,
帅众来攻。先宣言曰:"颜先生河北名儒,慎勿伤也。"攻二日,垒破,妻、子皆
被执。刘二亲解其缚,温言语之曰:"先生知古通今,天下十分,我有太半,尔
能屈从,可共图富贵也。"侯曰:"尔本良民,乃以妖言惑乱黔首〔三〕也。尔能改
悔,我当上言朝廷,使汝为王官,不犹于〔四〕受伪命乎?"刘二笑曰:"迂儒不达
事宜,可谓不知天命矣。"坐[有]〔五〕一贼提刀而起,曰:"汝见此否? 更道一不
顺,只消一刀耳。"侯曰:"不顺! 不顺! 我受一刀,不受贼污也。"贼怒,遂摔
出,与妻怯烈氏、子咬儿皆遇害,同死者,宗族三十余口。时至正十八年
(1358)五月也,年六十有七。

【校注】

〔一〕折:甲本误作"学"。

〔二〕东昌:路名,治所在今山东省聊城市。关于沙刘二的籍贯,《元史》等各
种文献都未予记载。

〔三〕黔首:百姓。秦人喜以黑布包头,故其百姓被称作"黔首"。

〔四〕于:《述善集》甲乙本同此,《大名府志》本作"愈",兼通。

〔五〕有:《述善集》甲乙本皆无此字,兹依《大名府志》本补。

河北统兵官言之朝廷,制赠太常礼仪院同佥〔一〕,追封范阳郡伯〔二〕,谥文
节。赞曰:

---

① 《元史》卷一九〇《伯颜宗道传》,北京:中华书局,1976年,第4350页。

【校注】

〔一〕太常礼仪院同佥:太常礼仪院,官署名。元武宗至大二年(1309)由太常寺改置,秩正二品,掌管大礼乐、祭祀宗庙社稷以及封赠谥号等事务。下辖太庙、郊祀、社稷、大乐四署。同佥,官名,为太常礼仪院使下属官员,二人,正四品。

〔二〕范阳郡伯:伯爵名。范阳郡,治今北京市西南。此封号为虚封,不食邑。《元史·伯颜宗道传》未作记载。郡伯,《大名府志》本作"郡侯",未详孰是。

国家兴自龙朔〔一〕,人淳俗质,初不知读书为事也。后入中国,风气渐变,世祖大阐文治,乃命硕儒许文正公,以经学训北来子弟。然知学者,公卿大夫贵游人耳。延祐科举肇立〔二〕,遂取国人如汉人之半,而彬乎四海矣。然所习者,惟程式、策射之文,间有出乎类者,则立翰染词藻,为能高而已,其好古博雅,真履实践之士,盖千百无一二焉。

侯出于穷乡下里,非有父师君上之教督也,乃能以经训道学为己任,诚所谓无〔三〕文王〔四〕而兴者欤?然与古忠臣烈士比肩并列,斯可尚矣。侯之姻家有唐兀崇喜,颇知梗概。予亦为同郡,遂录其忠节,以传于后世云。

大明正德十六年(1521)五月吉旦。〔五〕

【校注】

〔一〕龙朔:泛指北方塞外荒漠之地。龙,指龙城,又作龙庭,古代匈奴祭天的地方,地当今蒙古鄂尔浑河西侧和硕柴达木湖附近。唐王昌龄《出塞》诗"但使龙城飞将在,不教胡马度阴山"中之龙城即指此。朔,指北方。

〔二〕延祐科举肇立:延祐为元仁宗爱育黎拔力八达的年号(1314—1320)。科举,甲乙本皆误作"科学",今据文意改。延祐科举指延祐二年(1315)三月廷试进士,蒙古人、色目人为右榜,汉人、南人为左榜。第一名赐进士及第,从六品;第二名以下及第二甲,皆正七品;三甲皆正八品。蒙古人、色目人愿试汉人、南人科目,中选者加授一等注授。开始了国人(蒙古人、色目人)、汉人(包括南人)各取一半的政策。从中我们不难看出,元代的科举制度具有明显的自身特点。蒙古、色目人只需经过两场考试便可中进士,汉人和南人要经过三场难度大的考试才能入选。甚至公布考试名次时,还要分两榜。① 同时亦应看到,蒙古、色目考生的

_____
① 《元史》卷八一《选举志一》,北京:中华书局,1976年,第2019页。

汉语言表达能力和儒学基础与汉族考生相差甚远。存在差异性也是应有之举。元代科举制度形成较晚，皇庆二年（1313）元仁宗下诏恢复科举。延祐二年（1315）第一次开科取士，以后三年一次，直到元亡。元惠宗时，因丞相伯颜擅权，执意废科举，故1336年科举和1339年科举停办，前后行科举48年，16考，录得进士1139人。从延祐科举开始，宋儒朱熹的《四书章句集注》被定为科举考试的标准书，从中出题，依此制卷，使宋代理学的传播与教育和元朝的科举制度融为一体，促进了中原文化在漠北地区的普及。延祐科举的确立，对明清科举制度的形成与发展也产生过重大的影响。

〔三〕无：《述善集》甲乙本同此，《大名府志》本作"不待"，似乎义更善。

〔四〕文王：周朝的奠基者周文王。名姬昌，为周族创始人弃的后代子孙。周族历代重视发展农业生产，日渐强盛，姬昌接替父位，成了周族的首领后，亦称西伯。他继承祖先的事业，发展生产，关心民众，"笃仁、敬老、慈少、礼下贤者，日中不暇食以待士，士以此多归之"①。当时正值殷末，纣王极其残暴。而西伯的善行，赢得了四十多位诸侯的支持，都把他当成领袖。在姜子牙（吕尚）的辅助下，他攻克了许多小的诸侯国，奠定了后来周的基业。数千年来，他一直被作为人们传诵的道德榜样。

〔五〕大明正德十六年五月吉旦：应为抄写《伯颜宗道传》入《述善集》的时间。传文云："侯之姻家有唐兀崇喜，颇知梗概。予亦为同郡，遂录其忠节，以传于后世云。"说明作者所撰之应主要取材于唐兀崇喜的口述。《述善集》收文数十篇，唯有此篇比较特殊，被置于附录。个中原因值得探讨。鄙意为，之所以出现这种情况，可能与此文原不见于《述善集》，只是后来才被补入有关。

《伯颜宗道传》一文，元明文集均未收录，王德毅编《元人传记资料索引》、陆峻岭编《元人文集篇目分类索引》均未提及此文。此文仅见于《正德大名府志》卷十《文类》。大约在正德十六年五月，书手据此将该文录入《述善集》。后人未知其详，将其误为作品写作的年代。

---

① ［汉］司马迁：《史记》卷四《周本纪》，北京：中华书局，1959年，第116页。

尾 题 诗

佚名氏

历览祖遗述善篇,始知起居自贺兰。
迁濮先修龙祠殿,回乡又买崇义田。
顺乐思本孝已尽,收灭报效忠可全。
自元至清三百载,谁能承先把后传。

顺治十六年(1659)七月十五日。

《述善集》内容索引

【说明】本索引主要收录《述善集》中出现的比较重要的人名、地名、职官及其他专门术语，按音序排列，条目后数字为所在页码。

阿咸 208,209

安定 21,90,112,200

安山 220,221

白鹿（白鹿洞书院）18,19,20,68,69,76,77,84,88,97,100,101,201,214

白鹿洞书院 20,69,77,84,88,97,100,201,204

白鹿之规 68,69

百夫长 27,28,31,56,58,71,88,105,110,126,127,135,136,140,141,149,151,156,164,166,173,180,190

百户 28,56,141,142,143,144,145,147,148

保保 135,145

北地 216,217

北面 164,217

比屋昔可封 62

閟宫 77,96

避地 21,60,64,200,220

砭愚 17,19

编民 216,217

扁（匾）72,73,96,97,110,111,125,151,153,158,159,161,162

扁舟 83,213

豳风 48

伯都（唐兀伯都）41,42,43,71,72,73

伯颜 16,26,29,34,43,130,131,132,135,143,145,146,156,216,218,219,220,221,222,223

伯颜先生 221

伯颜宗道 16,26,34,43,130,131,135,143,216,218,220,221,222,223

亳［州］60,61,133,220

卜式 68,126,128

卜式输边为时献 68

蔡顺 177,179

曹［州］16,61,220,221

澶渊 13,15,17,21,36,37,44,51,58,66,71,76,83,89,96,108,110,151,158,160,164,200,203,211

朝列大夫 29,30,73,158,159,162,
　　164,175
朝散大夫 153,154,181,190
朝鲜化礼让 53,54
陈信之 213
成均 27,28,29,39,58,61,66,68,73,
　　81,136,158,162
诚意正心 166
程(程颢、程颐) 18,25,26,29,30,77,
　　106,153,160,161,162,163,194,
　　195,218
程徐 51,62,64,82,83,102,104,171,
　　184
程朱 26,30,161,162,163,218
程子(程颢、程颐) 29,30,153,160,195
崇义书院 27,28,42,43,58,59,60,61,
　　67, 96, 102, 104, 117, 118, 119,
　　122,124,126,127,128,200
楮币 71,72,105,138,140
处士 27,53,125,132,169,197,199,
　　209
俶扰定 201
俶营 127,128
垂裕后昆 35
春官 28,126,128
春秋释奠,朔望行香 110,111
淳浇朴散,俗靡风流 130
淳庞 94
磁州 133,134
从善如登,从恶如崩 191
存养践履 162,163
嵯峨高栋起乾位 67

达海 28,58,140,141
达鲁花赤 120,122,143,144,146,173
大成 59,109,110,111,113,118,125
大成殿 111,113
大成至圣文宣王 109,110,111,118
大堤 31,32,51
大堤曲 67
大夫 15,29,30,53,61,73,97,101,104,
　　106, 108, 130, 135, 136, 143, 151,
　　153, 154, 156, 159, 162, 164, 175,
　　181, 182, 190, 192, 193, 202, 208,
　　222
大父 102,103,197,198
大名 16,25,27,30,61,117,119,121,
　　124, 133, 200, 216, 217, 218, 219,
　　221,222,223
大名路 117,119,121,124
大朴 62
戴溪 185,186
丹膺 100,101
弹压 55,137
党(古代地方组织) 17,20,26,77,92,
　　99, 103, 112, 128, 138, 139, 158,
　　179,184
党庠 103
叨居胄馆 58,59
盗起颍、亳 60,133,220
篓笈 72
堤(金堤)31,32,43,51,67,138
帝丘 13,51
典谟 78
丁外艰 158

东昌 221

东平王(刘苍) 185,186

东原 86,87,95

都万户府左手万户府 131,135,145

兜鍪 88

杜秉周 119,120

端木赐 82

端溪子 12,14

兑方 109,110

敦武(唐兀闾马) 19,27,52,56,57,58,
　　68,71,100,102,109,110,124,
　　126,127,135,136,143,145,146,
　　147,148,149,173,200

敦武公(唐兀闾马) 58,100,200

敦武校尉(唐兀闾马) 27,52,56,57,
　　127,135,136,143,145,146,147,
　　148,149,173

二美 69

二难贤 184

伐木之燕 37

范阳郡伯 222

风雩 79

枫林 48,49

逢掖 15,16

奉训大夫 104,108

奉直大夫 101

浮屠 219

甘旨 135,159,182,205

干禄 20

高公 27,28,29,31,44

格物致知 162

艮方 58,109,110

赓歌 182

公试 58,59

宫商 79,80

恭人 57,59,110,124,125,140,141,
　　142,143,173

共姜 131,132

贡士 58,71,72,110,122

固始县 146

瓜实 177

官人寨 43,57,58,71,105,108,109,
　　110,138,145

官师 151

官司 14

婠婠 103,104

广平 16,117,133

龟食兆 51

国风 48,130

国史编修官 101,202

国子博士 102,106

国子司业 25,29,30,36,73,156,159,
　　162,164,175,177,216

哈剌鲁 216

函丈 158

涵煦 83,200

韩愈 54,100,106,107,108,109,169

汗简 132

翰林待制 16,59,60,101,143,219,220

翰林侍讲学士 59,60,202

行(职官) 60,66,85,107,108,119,
　　120,122,133,134,142,144

呵冻 64,65

合干 118,119

河东 64,65,84,91,107

河朔 100,179,219

河西 124,125

曷剌鲁 216,217

盍簪 82,95

贺兰 12,13,15,55,76,102,137,147,
　　148,203,210,224

贺兰山 12,13,55,137

鹤鸣九皋,声闻于外 98

横渠 17,19,20,21,25,53

衡门 74,75

鸿洞 64

侯名伯颜 216

后皇 80,81

后昆 35,128

后胥感 116

后主 191

弧矢 20

瓠子河 67,212

桓(表柱)71,72

皇极 45,58,119,111,112

皇嗣 55,137,138

皇嗣兄弟 55

黄履道 217,218,219

会试 59,136,137,156

机杼 106

姬昌 93,223

集贤院 60,96,102,118,119,121,125

集贤直学士 96,108,136,153,190

纪叔姬 130

季父 124,126,127

济宁路金乡县务司提领 146,147

济阴郡 131

继述 100,109

祭酒 26,30,66,67,102,179,203,206

寄斋辅臣 131

跽请 151,153,160

冀安 149,146

家乘 29

家礼 17,18,19,103,151,152,153

家谱 127,137,138

家塾 103,185

嘉平月 21

监察御史 30,66,74,104,106,107,108

监邑 42,71,72

荐绅 15,16

渐丁 141,142

江西湖东道肃政廉访金事 219,220

江左 124,125,209

将仕郎 108,147

将有解力刀佩犊 180,181

浇风 39,130

浇漓 62

金柜 114

金史 16,146,199,218,219,220

金乡县务司提领 146,147

进义校尉 146,147

近悦远来 96,97

晋安 16,21,26,28,53,59,81,101,
　　128,168,180

晋鄙薰善良 53,54

京师 16,21,26,27,37,57,60,69,72,
　　108,109,136,139,173,174,200,
　　205

经界 20,21

经筵译文官 108

菁菁莪草茂 83

菁菁者莪 83,90,97

精舍 17,36,37,77,161

井田制 20,52,103

敬业乐群 20,21

敬止 12,13,17,18,24,35,160,161,
　　162,163,198,203

鸠告 32,33

鸠杖 52

鸠族间 200

九畴 111,112

九法 111

九皋 86,87,98

九皋感鹤鸣 86

巨公 61

遽公里 182

鄄城 13,41,42,116,124,135,144,212

鄄城乡 116,124

军户 57,138,139

军帅长 72,73

君子无所争 188

开州 12,13,14,16,27,28,39,56,60,
　　66,67,74,86,105,116,117,124,
　　126,127,128,129,138,182,197,
　　200,204,205,221

康里 132,133

考亭 160,161

客户 142,143,185

肯构 78,89,90,101,114

肯堂 78,100,101

孔嘉 98,99

孔门之多贤兮,缤三千其有徒 78.79

孔硕 76

孔颜 45

孔子庙学 198

抠衣 105,160

抠衣跽请 160

匡山(匡庐) 84

壶范 131,132

来游来歌 96

莱芜 50

兰臭发同心 95

兰阳县 146,147

兰阳县务司副使 146,147

蓝田 17,25,26,34,35,37,41,44,52,
　　66,68,117,200

蓝田吕氏 17,25,26,34,35,37,44,66,
　　200

蓝田吕氏法 200

蓝田吕氏旧规 37

蓝田吕氏乡约 17,25,66

牢醴 103,104

老氏(老子)166,167

老子 166,167,195,198

乐安 94

乐尔 158,170

乐乎 17,72,73,159

乐胥 79

礼部 15,16,25,59,66,71,102,107,
　　108,117,119,121,122,124,126,
　　136,137,203,205,207,208,211,
　　212,216

礼部尚书 15,16,25,102,108,124,
　　136,203,205,212,216
礼部侍郎 12,205,208
李颜 210
里仁为美,择不处仁 41
里有仁人 45
里于榆林 12,13
理安 108,126,143
醴齐 103,104,125
良耜 48
林下之风 131,132
临川 66,69,70,96,98,199
临川郡 66,69,70
临濠 204
灵璧 140
灵星 125,126
凌烟阁 45,93
凌烟侯 92,93
令史 119,120,145
刘备 191
刘德新 117,119,121
刘让 114,115
柳宗元 35,107,126,204
六德 187,188,190
六府 111,112
六行 187,188,190
六经 16,25,164,165,187,216
六虚 114
六艺 111,165,187,188,190,198
龙祠 25,26,27,28,29,31,32,34,35,
　　36,37,38,39,41,43,44,47,50,
　　51,66,67,69,141,197,203,224

龙祠约 44
龙集 180,181
龙朔 222
鲁无君子,斯焉取斯 113
鹿驯 177,178
乱离斯瘼 100,101
乱曰 80,81
罗逢原 36,37
洛社真率会 66
闾马(唐兀闾马)56,57,58,93,137,
　　139,140,148,173
吕蓝田 52,66
吕乡盟 44
律吕 79,80
麻姑酒 212
买邻百万 50
梅方颜 133,134
蒙古国 55
孟氏 175
孟氏之笋 175
孟子 12,20,36,52,59,64,72,73,99,
　　113,130,162,178,185,188,192,
　　194,218
祢庙 151
密州 42,43,72,105
庙学 28,58,59,108,109,111,116,
　　117,118,119,121,122,124,198,
　　200
鸣蛩 80
母弟 14,110,126,127,142
牧守 39,181
乃齿胄闵:127

乃蛮 132,145,146,147

南宫 206,207

南康 50,84,99,174

南山有杨,北山有李,岂弟君子,德音不已 97

鸟为之耘 177,178

宁夏 13,31,55,62,63,68,81,90,126,136,137,138,144,149

女贞 197

女真 63,132,144,197,218

女直 197

潘迪 25,26,29,43,58,69,71,73,105,106,108,110,135,136,151,153,156,158,159,160,162,164,173,175,179,183,190,216

判（职官）74,114,115,119,121,132,185

泮池 89,90

泮涣尔游方咏,薄采藻芹之乐 100,101

泮沼菁莪 90

庞公 213

佩犊 180,181

朋来自远,不亦乐乎 72,73

蓬莱 206,217,212

辟雍 69,89,111

脯脩 103,104

蒲山 206

濮阳 26,27,29,31,32,36,42,43,48,51,55,56,57,58,60,61,62,63,66,67,69,71,73,74,86,88,93,100,102,105,114,116,117,119,121,124,125,126,135,137,138,139,143,148,151,182,197,199,200,204,212,216,221

濮州 13,42,115,131,135,144,204

妻子好合,如鼓瑟琴 158,170

齐鲁 45

齐民 124,200

齐贤 105,110,156,157

其乐如何 97

其争也君子 188

耆旧传 209

杞梓 96,97

契券 19,23,140,155

千夫长 27,28,29,31

千户所 28,55,143,144,145,173

千指 158

金宪 15,16,36

乾隅 57,58,71

黔首 221

翘楚 34,35

怯烈 146,221

愜山 25,29,30,36,39,43,105,106,153,156,159,162,164,185,190

愜山先生（潘迪）43

钦察 131,132,133

亲王 114,115

青衿 78

琼台山 203,205

曲阜林庙 121,122

取马镯自解 183

权舆 29,30,58,71,110,151

人为善恶,迟疾必报,不及其身,必及其子孙 195

人性之本善 12

如切如磋,如琢如磨 97

儒先 20,21

儒学 31,43,72,73,102,105,106,108,
109,117,121,122,161,178,185,
198,218,223

蕊珠 74,75

三代 20,53,62,73,93,99,103,111,
112,113,114,157,168,198

三纲五常 103

三山 213

三时 63

三事 111,112

桑梓 35,63,182,206

色目 55,57,74,131,132,144,222

沙刘二 133,134,221

厦屋 74,77

山东河北蒙古军 56,57,131,135,138,
145,216

善俗十书 25,26

上甲 105

上舍 42,58,71,72,96,110,126,136,
137,143,156,158

上庠 198

社举 27,29,31,32,33

社内平均君己宰 50

社司 27,29,31,32,33

射[礼] 12,20,72,99,103,187,188,
190,198,203,222

参商 52,53

慎独 162,163

十八郎寨 27,28,31,48,56,116,138

石鼓 18,20,84,101,185,201,204

石鼓书院 84,101,185

时止则止,时行则行 167,168

士冠礼 151

士婚礼 151

世祖(忽必烈) 17,26,30,56,57,96,
108,121,122,132,137,139,140,
155,173,217,222

世祖皇帝圣旨 121,122

式宴 127

侍卫亲军 56,57,133,138,139

赏酒 206,207

嗜学 136,160

守(职官) 39,100,110,114,115,127,
179,181

书院 18,19,20,23,27,28,32,42,43,
58,59,60,61,66,67,69,77,84,
88,96,97,100,101,102,104,
117,118,119,121,122,124,126,
127,128,161,185,200,201,203,
204

书院锡号 19,20

枢密院 17,57,133,134,139,143,144,
145,173

叔姬 130,131,132

疏广 166,167

束脩 105,106,107,139,148,219

束脩礼 139

束脩之奉 219

爽垲 110,138

朔望 27,31,44,110,114,122,190

司业(国子司业) 25,29,30,36,66,73,

156,159,162,164,167,175,177,216

缌麻同爨 204

四民 64,112

四明 64,83

四书 13,64,84,97,100,101,159,160,161,162,198,201,217,218,220,223

四书院 84,100,101,201

四勿 219

四凶 192,193,194

俟贡有期 58,136,137

嵩阳 18,20,76,77,84,101,201,204

嵩阳书院 77,84,101,201,204

苏轼 37,40,49,83,89,137,180

肃政廉访司 74,120,122,220

睢阳 17,18,84,201,204

睢阳戚氏 17,18

睢阳书院 18,201

遂(地方行政区划单位) 20,112

遂序 103,201

孙叔敖 193

笋生 175,177

塔塔里 56,141,143,144,145,148,173

太常礼仪院 133,134,221,222

太常礼仪院同佥 133,221,222

太君 131,133,135

唐兀 14,15,16,18,25,27,28,31,32,36,41,42,43,44,51,52,55,56,57,58,61,68,69,71,72,76,81,88,93,100,102,105,108,110,113,115,116,117,118,119,121,124,126,127,131,132,133,135,136,137,138,140,141,142,143,144,145,146,147,148,149,150,151,153,155,158,160,164,166,169,173,177,179,183,185,187,188,190,191,198,200,216,220,221,222,223

唐兀伯都 41,42,72

唐兀崇喜(杨崇喜) 16,18,25,27,28,31,42,43,55,61,68,69,76,105,108,115,116,117,118,119,121,127,131,133,135,145,150,151,155,158,160,185,187,188,190,191,198,216,220,221,222,223

唐兀达海 28,58,140

唐兀闾马 56,58,148

唐兀氏 15,28,32,52,88,93,100,102,113,115,116,124,126,137,138,147,153,166

唐兀台 55,56,93,137

唐兀象贤 36,58,68,71,81,110,173

唐兀彦国 43,72,105

唐虞 73,81,159,175

陶凯 203,215,212

陶唐 53,54,73

提举儒学 121,122

提举万亿绮源库 108

提领 146,147

裼身 19

天道福善祸淫 191,192

天历兵兴 141,142

天网恢恢,疏而不漏 195

天彝 89

田为井授 20

同气多阅墙 52,53

同金 16,133,134,221,222

同修国史 102,202

桐溪 45,46

头匹 33,141

兔扰 177

兔罝 76

象(象辞) 167,168

推毂之选 180,181

琬琰 136,137

万户府 27,56,57,131,135,136,139,
　　140,141,143,144,145,147,148,
　　149,173,217,219

万象 74,152

万指 124,125,147,153

王崇庆 12,14

王烈 64

王烈去避地 64

王氏之鲤 175,178

王祥 175,176

王延 175,176

王余庆 108

危素 64,66,125,197,199

为善最乐 12,14,19,24,185,186,203

围襄取樊 56

惟事注疏 217,218

魏观 206

魏郡 15,16,32,59,73,96,108,136,
　　138,173

文榜 23,121,122

文公(朱熹) 69,151,187

文公先生(朱熹)187

文济王(蛮子) 111,113,114

文节 133,134,135,221

文王(姬昌) 13,18,20,32,58,76,93,
　　109,160,177,198,222,223

闻三喜子禽 82

我心悠悠 97

乌之号 177,178

於粲洒扫,陈馈八篦 37

於缉熙敬止 13,18,160

毋不敬 160,161

吾伊 67

五常 103,104,113

五符 124,125

五女冢 182

武德将军 143,144

武威 27,125,197,198,199

武卫亲军 143,144

勿以恶小而为之,勿以善小而不为 191

务司 146,147

雾瀜 106,107

西夏 13,15,19,26,27,31,44,51,55,
　　57,58,60,62,63,81,114,115,
　　119,121,125,136,138,139,146,
　　151,154,155,185,197,198,210

西夷 12,13

希圣 156,157

胖豕 68,69

奚酋 130

夏(华夏) 12,13,26,37

先王之礼 25,26

贤王(蛮子)113

县官 105,124,126

县君 143,144

乡三物 187,190

乡塾 82

乡田同井 36,37

乡饮礼 52,53

乡饮之仪 66

香会 141

庠(古代学校)20,92,93,98,99,103,
　　111,112,118,198

庠序 20,98,99

项驾 211

象贤(唐兀崇喜)15,16,20,21,27,34,
　　36,37,39,43,44,58,61,68,69,
　　71,72,73,81,82,83,94,96,100,
　　104,110,114,125,126,156,160,
　　161,162,164,166,173,197,198,
　　199,200,203,205

小学书 187

孝弟 63,64,103,174,179

校官 119

辛阳 93

性情 44,164

兄弟既翕,和乐且耽 158

修齐治平 162

修之于乡,其德乃长 198,199

宿州 140

胥宇 127

许公(许衡)26,34,37

许衡 26,27,34,37,218

许文正公(许衡)25,26,222

旭申 143,146,147

序(古代学校)20,92,93,98,99,103,
　　111,112,198

宣力 137,188

宣圣(孔子谥号)117,118,119,121

薛苞 206

薛苞归去复田庐 206

学田 59,73,102,103,105,117,118,
　　119,121,201

学正 42,43,72,105,161

埙篪 95

薰莸、冰炭之相,反霄壤之不侔 195

牙签万轴 161,162

雅颂 78

延祐科举 222,223

颜箪瓢 79

颜回 45,79

颜渊 194,219

颜子 194,195

俨若思 160,161

彦国(唐兀彦国)43,72,73,105

燕为之唧土 178,179

杨崇喜(唐兀崇喜)27,86,135,196

要质 36,37

伊川 30,160,161,164

伊何 129

宜尔室家,乐尔妻帑 158,170

宜人 143,144,145,173

贻谋 76

义方 52,58,71,84,109

亦乐 17,23,43,58,59,71,72,73,82,
　　83,86,88,96,98,110,124

易易 126

银符 52,125,184

淫祀 41

印组 127

楹(房屋构件)57,58,72,86,102,109,
　　124,125

颍[州]60,61,133,220

雍丘 89

雍熙 63,64,69

幽贞 76,77

犹子 205,211

有其举之,莫敢废也 41

有渝此盟,明神殛之 36,37

有志者事竟成 201

黝垩 125,126

于止,知其所止 18,166,167,168,169

鱼之跃 177,178

榆里 48,49

榆林 12,13,49

愚庵先生(伯颜宗道)43

愚庵颜先生(伯颜宗道)15,16,59

渊鱼 79,80

元恺 95

元恺具举同辛阳 93

元士 151

月令 48

岳麓 18,20,84,100,101,201,204

岳麓书院 84,100,101,201,204

云翰 113

云仍 12,13

载芟 48

赞(古代文体)16,23,26,34,36,37,

　　45,66,88,221

赞画功 45,46

葬师 219

曾坚 66,69

曾鲁 208,209

曾子 69,79,166,167,180

劄付 119,121

战阵无勇,非孝也 180

张筹 212

张公仲谦(张文谦)25,26

张孟兼 214

张守(张九龄)206

张守从来畏简书 206

张文谦 26

张以宁 15,21,51,53,76,81,100,101,
　　124,126,128,166,168,177,180,
　　200

张昭 108,181

张桢 74,169,182

张祯 74

张矗 62,64,65,84,85

彰德 16,74,220,221

长芦 146,147

长芦盐运司利民场司令 146,147

昭烈 191

昭烈皇帝 191

赵礼 177,179

赵孝 179

镇抚 131,135,145

镇花台 127,140,144

镇化台 126,127,140

征君 82

征士 82,83,101,143

正议大夫 108,136

芝山 47

知二怀端木 82

知其所知,止其所止 168

知 止 17,18,24,159,164,166,167,
169,171,174,203

知止而后有定 18,166,167

知制诰 15,202

跖(柳下跖) 130,194,195

止其所止 168,169

止善 160,161

摘填 167

中奉大夫 202

中书 15,16,17,23,26,27,28,29,60,
73,117,118,119,121,124,126,
134,202,206

忠显(唐兀忠显) 27,28,29,31,44,51,
58,59,66,68,71,102,109,124,
140,141,143,155,174,197,200

忠显公(唐兀忠显) 58,59,66,140,
155,200

忠显校尉 28,58,140,141,174

周昌 93

周礼 20,26,28,53,187,190

周亲有斗室 52,53

周文王 177,223

朱陈(古村名) 40

朱熹 13,18,19,21,26,30,64,69,76,

84,92,100,116,152,153,159,
160,161,162,163,164,187,198,
218,223

朱子(朱熹) 18,19,153,160,161,164,
191,192,217,218

朱子书未大行 217,218

诸 侯 13,17,36,72,89,90,93,151,
185,194,223

烛几 200

主一无适 160,161

专城之寄 181

缁黄 100,101

子贡 83

子路 97,192,193

子禽 82

子舆(曾子) 79,167

子张子 37,38

紫阳(朱熹别号) 17,18,19,161,187

紫阳家礼 17,18,19

宗圣公 69,167

总兵 133,134

总管 119,120,121,122,134

总管府 120,121,122

俎豆 27,28,37,68,88,90

左手万户府 131,135,145

左翊蒙古侍卫百夫长 136,140,141

左翊蒙古侍卫亲军 56,138

作善降之百祥,作不善降之百殃 191,
192

下篇 《述善集》与河南濮阳西夏遗民研究

第一章 河南濮阳的西夏遗民

第一节 河南濮阳西夏遗民的来历

河南濮阳的西夏遗民后裔约有5000多口,集中居住在濮阳城东约50里处柳屯乡的杨十八郎、西杨十八郎、南杨庄、东杨庄、刘庄、焦村、单十八郎、季十八郎、大寨、清河头、小集、陈庄等十余个自然村中,均为杨姓。他们都是西夏遗民的后裔,这不仅有碑文为证,而且有家谱可稽。令人惊异的是,这些杨姓居民,竟然家家户户都有一部家谱,毗邻而居的汉人,则没有一家有这样的家谱。

西夏遗民之徙居河南,史籍少有记载,幸赖河南濮阳民间收藏的《述善集》抄本,为研究这些西夏后裔的来源提供了依据。

1. 王崇庆《序杨氏遗集》:

> 端溪子曰:"吾尝读杨氏集而知人性之本善也。"夫氏也,生于贺兰,迁于濮阳,里于榆林,派衍于元,云仍于明,何其盛也。然而是西夷之人也,夷之变于夏者也。[1]

2. 张以宁《述善集叙》:

> 象贤之先,自贺兰而澶渊,为善之积,盖四世矣。[2]

3. 唐兀崇喜《龙祠乡社义约自序》:

---

[1] 焦进文、杨富学校注:《元代西夏遗民文献〈述善集〉校注》,兰州:甘肃人民出版社,2001年,第1页。
[2] 焦进文、杨富学校注:《元代西夏遗民文献〈述善集〉校注》,兰州:甘肃人民出版社,2001年,第4页。

余杨其姓,世居宁夏之贺兰山,先曾祖讳唐兀台。①

4. 张以宁《题亦乐堂赋》:

侯贺兰之名裔兮,宅澶渊之隩区;
族浸蕃而孔硕兮,袭祖祢之庆余。②

5. 程徐《崇义书院田记》:

贺兰唐兀氏,有侨居澶之濮阳者,曰杨君崇喜,承其祖父之志,建义学买
田以给师生廪膳。③

尤其值得注意的是,濮阳杨氏四世唐兀崇喜(杨崇喜)为纪念其祖父唐兀闾
马而于元顺帝至正十六年(1356)建立的《大元赠敦武校尉军民万户府百夫长唐
兀公碑铭》为我们提供了更有说服力的材料。该碑由正议大夫、集贤直学士、致
仕任礼部尚书的潘迪撰文并书石篆额。碑文除北面风雨侵蚀较重,少数文字剥
落外,东、西、南三面文字均清晰可辨。全文三千余字,是难得的研究西夏遗民问
题的文字材料。该碑铭云:

谨按,府君讳闾马,唐兀氏。其父唐兀台,世居宁夏路贺兰山。④

上述六条记载都说明,濮阳西夏遗民是由贺兰山迁来的。这里值得说明的
一点是,有的资料又称濮阳西夏遗民是从河西地区迁徙过来的,如张以宁《崇义
书院记》即称:

---

① 焦进文、杨富学校注:《元代西夏遗民文献〈述善集〉校注》卷一《善俗卷》,兰州:甘肃人民出版社,2001
年,第49页。
② 焦进文、杨富学校注:《元代西夏遗民文献〈述善集〉校注》卷二《育材卷》,兰州:甘肃人民出版社,2001
年,第72页。
③ 焦进文、杨富学校注:《元代西夏遗民文献〈述善集〉校注》卷二《育材卷》,兰州:甘肃人民出版社,2001
年,第100页。
④ 焦进文、杨富学校注:《元代西夏遗民文献〈述善集〉校注》卷三《行实卷》,兰州:甘肃人民出版社,2001
年,第137页。

从其父繇河西,下江左,还侨于澶,即今开州之濮阳也。①

唐兀氏为蒙古军灭西夏后对其遗民的一种统称,柯绍忞《新元史·氏族表》所说"唐兀氏,故西夏国"②,即其谓也。而《杨氏家谱》所谓"大元赐姓唐兀"之说恐怕不一定妥当。陶宗仪《南村辍耕录》将唐兀列入色目三十一种之中。他们居住的贺兰山在今天的宁夏境内,曾是西夏国的管辖之地。但贺兰山仅是一个象征性的地域方位,而不是确切地望。《大元赠敦武校尉军民万户府百夫长唐兀公碑铭并序》及《杨氏总谱》、每户所庋藏的分谱,均未回答河南西夏遗民来自宁夏的什么地方。唯一可以考查的是杨崇喜编的《述善集》。该书共二十九篇,其中有善俗、育材、行实三卷,另有载序、记、碑铭、字说、诗、文等。杨崇喜在至正二十七年(1367)写的自序中说:"余杨其姓,世居宁夏之贺兰山。"一些文人士大夫赠送的诗文,或说"若祖来西夏,澶乡卜震居",或说"与君同是贺兰人,柳色都门别意新",或说"英英西夏贤,好古敦民彝,几世家濮阳,尔兹风土宜"。这些诗虽未说明他们祖籍确系何处,但明确指出了他们是西夏人。值得注意的是危素所写的《赠武威处士杨象贤序》一文。象贤为崇喜之字,武威古称凉州,亦称武威郡、凉州、凉州府等,西夏时代称为西凉州,曾为西夏国的辅郡,受西夏统治长达200余年(1006—1226),拥有丰富的西夏文化遗产。从清代以来,在此出土、收集、保存的西夏文物就达3200多件。其数量之多,种类之丰富,研究价值之高,在全国都是不多见的。

危素是元末人,顺帝至正年间曾任参知政事,他和杨崇喜同时,元末红巾军起义时,杨崇喜避居大都,二人交情甚笃,因此危素说杨崇喜是武威人,应该是可信的。这一条难能可贵的材料,证实了河南西夏遗民的祖籍即今天甘肃的武威。

凉州自秦汉以后便是干戈扰攘之地,频繁的战争虽然为劳动人民带来了深重的灾难,良田鞠为茂草,田园毁于兵燹,但在另一方面也促进了民族的交融,一直到五代末年,"凉州郭外数十里尚有汉族陷没者耕作,余皆吐蕃"③。北宋初年虽在这里设置西凉府,名义上归陕西路统领,实际上由吐蕃族首领管辖。这里既有吐蕃族,又有羌族,还有早年流落在这里的三百户汉人。西夏的李继迁在北宋景德元年(1004)占据凉州、甘州、肃州、沙州等地,从此凉州便一直在西夏国的控

---

① 焦进文、杨富学校注:《元代西夏遗民文献〈述善集〉校注》卷二《育材卷》,兰州:甘肃人民出版社,2001年,第125页。

② 柯劭忞:《新元史》卷二九《氏族表》,北京:中国书店,1988年,第127页。

③ [清]徐松辑:《宋会要辑稿》方域二一之一四,北京:中华书局,1957年,第7668页。

制之下,直到1225年成吉思汗占领凉州,这块土地才成为蒙古的一部分。凉州位于西夏南部,正北为一望无垠的沙漠,东北为绵延数百里的贺兰山,在成吉思汗攻陷凉州之前,这里很少有蒙古人居住,可见唐兀台不是蒙古人。凉州汉人本来不多,在西夏灭亡后都纷纷要求返回祖籍,如《金史·西夏传》所载,西夏史臣王立之到金国访问,未及复命而西夏已亡,欲返不能,"诏于京兆安置,充宣差弹压,主管西夏降户"。但王立之要求收回成命,自言"先世本申州(河南信阳)人,乞不仕,居申州。诏如所请,以本官居申州,主管唐、邓、申、裕等处夏国降户"①。唐兀台家族没有这段经历,可证也不是汉人。

如果以上推论不误,那么,唐兀台当是凉州人,其祖先应是羌族或吐蕃族。柯绍忞的《新元史·氏族表》亦云:"唐兀氏,故西夏国。太祖平其地,称其部众曰唐兀氏。"②《杨氏家谱》的序言也说:"大元赐姓唐兀。"两说不谋而合,足证柳屯乡的杨姓居民确是西夏遗民后裔。

接着,碑铭进一步写道:

> 岁乙未(1235)扈从皇嗣昆仲南征,收金破宋,不避艰险,宣力国家,尝为弹压,累著功效。方议超擢,年六十余,以疾卒于营戍。其妻名九姐,年五十余,先卒。时府君甫十岁许,别无恒产,依所亲次以居,即崇喜之祖也。及长成丁,优于武艺,攻城野战,围打襄樊,诸处征讨,多获功赏。然性恬退,不求进用。大事既定,遂来开州濮阳县东,拨付草地,与民相参住坐。后置庄于草地之西北官人寨店东南十八郎寨两堤之间,卜茔于本宅之西北堤南道北爽垲之地,亲茔冢圹,栽植柏杨,乃迁其祖考妣而葬焉。至元八年(1271)籍充山东河北蒙古军户,十六年(1279)奉旨选充左翊蒙古侍卫亲军,三十年(1293)编类入籍。累得功,赏马匹楮币,弗肯过侈,用之有节,推其余以济乡邻之匮乏。虽幼在戎行,然好学向义,勤于稼穑,尝言:宁得子孙贤,莫求家道富。常厚礼学师以教子孙,乡人家贫好学者,悉为代其束脩礼,亲戚有贫弗能育其子女者,府君辄与其值赎之以养于家……③

这一段记载与各家家谱大致吻合,唯一有出入的是唐兀台从戎的时间。碑文上说"岁乙未扈从皇嗣昆仲南征",而所有的家谱则众口一词,都说"自宋理宗

---

① [元]脱脱等:《金史》卷一三四《西夏传》,北京:中华书局,1975年,第2876页。
② 柯劭忞:《新元史》卷二九《氏族表》,北京:中国书店,1988年,第127页。
③ 张相梅:《河南濮阳唐兀公碑》,《中原文物》1996年第3期,第91—94页。

开庆元年(1259,己未)扈从大元皇嗣南征,收金破宋"。推而论之,己未说与史实不合,必因乙、己二字形近而讹。这是因为,1259年,蒙哥与忽必烈同时南征宋朝,二人虽是昆仲,但忽必烈不是汗位继承人,而且金朝早在1234年即已亡于蒙古人之手,"收金"二字无从说起。1235年,窝阔台曾遣"诸王拔都及皇子贵由、皇侄蒙哥征西域,皇子阔端征秦、巩,皇子曲出及胡土虎伐宋,唐古征高丽"[①]。贵由后来被追尊为定宗皇帝,当时是汗位继承人,他和蒙哥、阔端、曲出等人是昆仲。金国虽在1234年亡于蔡州(河南省汝南县),但秦(甘肃省天水市)、巩(甘肃省陇西县)二州的残余势力尚存,唐兀台随军收金,当在情理之中。[②]当时,蒙古人招降了金巩昌府便宜都总帅汪世显,阔端率汪世显等入蜀,取南宋关外数州,斩蜀将曹友闻(宋大将曹彬的十四世孙)。十月,阔端入成都。部将张柔等攻下郢州(今湖北省钟祥市)。襄阳府(今湖北省襄阳市)的南宋守将来降。[③]《大元赠敦武校尉军民万户府百夫长唐兀公碑铭并序》所言"收金破宋",指的当为这些事件。

据《大元赠敦武校尉军民万户府百夫长唐兀公碑铭并序》记载,濮阳西夏遗民的始祖唐兀台最后殁于军中,其实并未曾涉足河南。但他曾任过弹压,而弹压一官设于世祖时,可知唐兀台死于至元初年。始来河南者为唐兀台之子闾马,其父死时,他才10岁,由于父母双亡,由亲族培养成人。据碑文记载,他死于致和元年(1328),享年八十有一。他参加过元军于1273年攻取襄阳、樊城的战役,当时26岁。《大元赠敦武校尉军民万户府百夫长唐兀公碑铭并序》说闾马在"大事既定后,始卜居于濮阳县东",当是指元朝灭掉南宋,混一宇内而言。由此可以断定,闾马是在1279年前后解甲归田来到河南的,当时闾马年龄在32左右。[④]

西夏覆亡之后,全国战事正酣,金宣宗虽然于公元1214年将首都由中都迁往汴梁(今河南开封市),但并未受到毁灭性的打击;南宋又控制着长江以南的广袤领土,蒙古统治者要奄有全国,一统天下,自然不那么容易。因此成吉思汗、窝阔台等人在征讨之际,便于攻破的州县中签发丁壮从军,唐兀台便是凉州被攻占之后加入行伍的。他究竟在哪些地方作过战,虽然无从稽查,但从他"收金破宋"及其子闾马参加过襄樊战役来看,他这个家族从北方南下当是没有疑问的。由于父子均在军中服役,因而至元八年(1271)年以色目人的身份充当蒙古国户。

忽必烈灭亡南宋之后,"海宇混一,然后命宗王将兵镇边徼襟喉之地,而河

①《元史》卷二《太宗本纪》,北京:中华书局,1976年,第34页。

②任崇岳、穆朝庆:《略谈河南省的西夏遗民》,《宁夏社会科学》1986年第2期,第77页。

③李清凌:《从〈述善集〉看河南濮阳西夏遗民的族属与汉化》,《固原师专学报》(社会科学版)2000年第4期,第3页。

④任崇岳、穆朝庆:《略谈河南省的西夏遗民》,《宁夏社会科学》1986年第2期,第77页。

洛、山东据天下腹心,则以蒙古、探马赤军列大府以屯之。淮、江以南,地尽南海,则名藩列郡,又各以汉军及新附等军戍焉。"①虽然天下厎定,忽必烈仍然不敢掉以轻心,为了保卫这个领土广袤的国家,他煞费苦心,组建了各种卫戍部队,完善了镇戍制度。他把左右蒙古侍卫亲军都调在黄河以北地区,以加强大都的外围力量,在河北、山东的交界处设有"山东河北蒙古军都万户府",这些士卒"以万户为率、择可屯之地屯之,诸蒙古军士,散处南北及还各奥鲁者,亦皆收聚。令四万户所领之众屯河北,阿术二万户屯河南,以备调遣,余丁定其版籍,编入行伍,俾各有所属,遇征伐则遣之"②。闾马所在的部队大概就在南宋灭亡之后来到了濮阳,也就是说,闾马由野战部队变成了屯田部队,"上马则备战,下马则屯聚牧养",只要不发生大的战争,他们便以屯田终老其身了。这些士兵的主要职能是屯田,既无更戍之苦,也无操练之劳,比起飘泊无定的羁旅生活要安定多了,因此军士们都相继卜宅而居,竟成为一个"子姓僮奴,类食者万指"(《述善集·崇义书院记》)的豪绅地主,其变化之大,可想而知。不过,闾马的子孙一直没有脱离军户籍,其中数人并做过百夫长之类低级军官,天历年间还曾应征入伍。明嘉靖十三年(1534)年的《开州志》卷一载:"十八郎寨,即十八郎里,相传元设千户屯兵于诸寨,因名。"可见,闾马家族是从濮阳屯田开始发迹变泰,最后成为豪绅地主的。

第二节　濮阳西夏遗民的社会转型

西夏建国后,其辖区内大部分地区为沙漠、戈壁和山坡,不宜于农耕,但为畜牧业的发展提供了得天独厚的环境,西夏地区"善水草、宜畜牧"③,河西走廊自古就为著名的牧区。凉州素有"畜牧甲天下"之称,甘州"水草丰美,畜牧孳息"④,"瓜、沙诸州素鲜耕稼,专以畜牧为生"⑤。西夏的另一牧区为河套南部的银、夏、盐等州及河套北部的鄂尔多斯高原。如夏州"产羊、马、驼"⑥,盐州"风俗以牧养牛马为业"⑦。祁连山、贺兰山又以牦牛著称。

西夏牧畜品种主要有马、牛、羊、骆驼、牦牛、驴、骆、猪等,其畜牧方式既有逐

---

①《元史》卷九九《兵志二·镇戍》,北京:中华书局,1976年,第3538页。

②《元史》卷九九《兵志二·镇戍》,北京:中华书局,1976年,第3540页。

③张迎胜:《西夏文化概论》,兰州:甘肃文化出版社,1995年,第189页。

④[清]吴广成撰,龚世俊等校证:《西夏书事校证》卷一一,兰州:甘肃文化出版社,1995年,第126页。

⑤[清]吴广成撰,龚世俊等校证:《西夏书事校证》卷三二,兰州:甘肃文化出版社,1995年,第370页。

⑥[宋]乐史:《太平寰宇记》卷三七,北京:中华书局,2007年,第782页。

⑦[宋]乐史:《太平寰宇记》卷三七,北京:中华书局,2007年,第785页。

水草牧畜、无定居的游牧生产方式,也有设厩喂饲料的舍饲生产方式,还有放牧与舍饲相结合的半舍饲方式。

西夏的主体民族党项族,在从事畜牧业的同时,仍然保留狩猎的习俗。狩猎不仅是西夏传统的生产部门,还是其最高统治者与部落酋豪商议军事、练兵打战不可或缺的重要手段。元昊"每举兵,必率部长与猎"①。即使在西夏中后期封建经济获得比较充分发展之时,狩猎也从未间断过。如乾顺时御史大夫谋宁克云:"吾朝立国西陲,狩猎为务。"②

西夏人初到濮阳,"犹射猎为俗",但是由于他们长期生活在汉文化的包围中,"后渐知耕垦播殖如华人"。

唐兀崇喜家族由尚武到崇文、由游牧到农耕的转型过程,与元朝统治政策是密不可分的。蒙古族入主中原时,中原大地的封建制度已有一千多年的发展历史,经济发达,文化教育、科学技术进步,与蒙古族和其他少数民族地区相比,具有明显的差距。为了加速本民族的封建化进程,元代统治者推行汉化政策。而元统治者的汉化政策,进一步加速了唐兀氏家族的社会转型。

蒙古贵族入主中原后,随着其军事征战的胜利,夺得了中原广大地区的土地,但此时其军队数量激增,其军事费用随即成为国家的沉重负担,为了长治久安,开源节流,蒙古统治者逐渐认识到"国以民为本,民以衣食为本,衣食以农桑为本"③。中原地区的农耕经济逐步得到蒙古统治者的认可与肯定,开始促进农耕、劝课农桑。蒙古统治者推行了一系列重农政策,设立专门机构,加强组织领导。从中统二年(1261)开始,先后在中央和地方设"劝农司""司农司""大司农司"等机构,专掌农桑水利事务。为了恢复和发展农业生产,元朝政府多次颁布奖励垦荒的命令。水利是农业的命脉,元朝政府十分重视水利建设,至元二十八年(1291)设立都水监和河渠司。在元朝政府的组织和督促下,全国各地兴修了许多水利灌溉工程。此外,元朝政府还减免租税、提高耕作技术等。④

蒙古统治者将大量的军队转业安置,由野战转为戍守,参与屯田牧守,"官与草地,偕民错居"。这样,唐兀氏家族随之开始了其农耕生活,但他们仍以军籍编户,所以他们实际上过的是亦军亦农——"上马则备战,下马则屯聚牧养"的双栖生活。

---

①《宋史》卷四八五《夏国传上》,北京:中华书局,1977年,第13993页;宋德金、史金波:《中国风俗通史·辽金西夏卷》,上海:上海文艺出版社,2001年,第605页。

②[清]吴广成撰,龚世俊等校证:《西夏书事校证》卷三二,兰州:甘肃文化出版社,1995年,第371页。

③《元史》卷九三《食货志一·农桑》,第2354页。

④陈贤春:《元代农业生产的发展及其原因探讨》,《湖北大学学报》(哲学社会科学版)1996年第3期,第62页。

唐兀氏社会转型与濮阳的人文生态环境也有密切关联。濮阳历史悠久,文化灿烂,是中华文明发源地之一。濮阳地处黄河母亲的怀抱中,因此,生态条件优越。濮阳地区,水渠交错,灌溉便利,水文条件得天独厚,这里土地平坦,土壤肥沃,气候温润,植被茂盛,适合农耕,农耕文明发达。这些优厚的环境,给唐兀氏社会转型提供了便利的条件,他们在定居濮阳后,就由骑射转为农耕,播耕如汉人。

待到他们结束征战、游牧生活,定居濮阳后,便与汉人通婚、改姓汉姓、学习汉俗而逐渐汉化了,在汉化的基础上尊崇儒学,兴办义学,订立乡约,美化风俗。

第三节　濮阳西夏遗民的汉化

濮阳西夏遗民虽然聚集而居,但因长期生活在文明程度较高的汉族的包围之中,因而逐渐被汉文明所征服,逐步汉化。西夏遗民的汉化,可以上溯到西夏国时期。元昊建立大夏国后,虽然在政治上与宋朝分庭抗礼,但在文化上借鉴汉文化。

元昊十分强调本民族特点,将创造西夏文看作立国称帝、发展西夏文化的一个基本条件。于是,借鉴汉字而创制了西夏文。西夏创造文字时借鉴汉字的笔画构造,而不是袭用现成的汉字,故所创造出的西夏字无一与汉字相同。然而,其造字原则、文字结构等方面,都未能摆脱汉字的影响。因此,人们乍一看到西夏字,便以为是汉字。自创制新文字并推广使用后,西夏人用西夏文翻译了大量汉文古籍或依据汉籍编写成书,这些书籍流传至现在者种数不少,例如《论语》《孟子》《孝经》《贞观政要》《六韬》《类林》《黄石公三略》《孙子传》《十二国》《德行集》《慈孝记》等。[①]

元昊系统地建立官制,其官名和职责一如宋朝。夏显道二年(宋仁宗明道二年,1033),元昊模仿宋朝建立了一整套官制:"官分文武两班,设立了中书、枢密二司,御史台、开封府、翊卫司、官计司、受纳司、农田司、群牧司、飞龙苑、磨勘司、文思院、蕃学、汉学。"[②]夏天授礼法延祚二年(宋宝元二年,1039),元昊以中书不能统理庶务,仿宋制置尚书令,令考百官庶府之事,后"又改宋二十四司为十六

---

① 吴天墀:《西夏史稿》,成都:四川人民出版社,1980年,第226页。
② 《宋史》卷四八五《夏国传上》,北京:中华书局,1977年,第13993页;刘建丽:《儒学与西夏的封建化》,《中国宝鸡张载关学与东亚文明学术研讨会论文集》,2007年,第106页。

司,分理六曹"①。官制的设立及不断完备表明西夏统治者不断地接受汉文化的影响。②

西夏国在借用中原王朝政治制度的同时,还加强了对儒学思想的吸收。贞观元年(宋建中靖国元年,1101)乾顺命"于蕃学之外特设国学置弟子员三百,立养贤务以癝食之"③。这里的"国学"其实就是指汉学,尤其是指儒家思想。西夏人庆三年(宋绍兴十六年,1146),仁宗"尊儒学先师孔子为文宣帝,令州郡悉立庙祀,殿庭宏敞,如同帝制"④。翌年,仁宗"仿宋朝实行科举制,设进士科,策举人"⑤各科考试均以儒学经义为主要内容。科举制度大大刺激了西夏儒学的发展,促使儒学在西夏进入一个空前昌盛的时期。人庆五年(宋绍兴十八年,1148),仁宗还设了一个学习儒学的机构"内学",并"选名儒主之"。天盛十三年(宋绍兴三十一年,1161),仁宗又设立了翰林学士院。⑥这是更高一级的文化教育机构。

随着儒学的发展,西夏国翻译了许多儒家经典著作,如《孝经》《尔雅》《四言杂字》⑦《论语》《孟子》《列子》《左传》《周书》等。西夏儒学大师斡道冲在译《论语注》的同时,还阐发别义,作《论语小义》二十卷。⑧

由于儒学的发展,西夏国文人学士辈出,尤其是在推行科举制度之后,形成了儒士云集、文人荟萃的局面。见诸文献的翰林学士就有十多个。如翰林学士院的学士王金掌管编修实录;焦景颜、杨彦敬由翰林学士进参知政事,为仁宗时的名臣;刘志直、刘志真兄弟皆为当时的名士;刘昭由翰林学士进枢密直学士、户部侍郎;王师信作为翰林学士曾出使金国;梁宇由翰林学士进御使大夫等。⑨

西夏除翰林学士外,还有殿、阁学士。这是地位较高的儒臣称号。

正因为在西夏国时期,西夏文、官制、礼乐等多与宋同,所以唐兀杨氏家族在到达濮阳后,很快就适应了当地的生活环境而逐渐被汉化。

濮阳西夏遗民长期与汉人杂居,受其熏染,逐步汉化,主要表现在以下几个

① [清]吴广成撰,龚世俊等校证:《西夏书事校证》卷一三,兰州:甘肃文化出版社,1995年,第153页。

② 刘建丽:《论儒学对西夏社会的影响》,《西北师大学报》(社会科学版)2000年第3期,第103—106页;刘建丽:《略论汉文化对西夏的影响》,王希隆主编《西北少数民族史研究》,北京:民族出版社,2003年,第382—388页。

③ 《宋史》卷四八六《夏国传下》,北京:中华书局,1977年,第14019页。

④ 史金波:《西夏文化》,长春:吉林教育出版社,1986年,第118页。

⑤ 文志勇、崔红芬:《西夏儒学的发展和儒释关系初探》,《西北民族研究》2006年第1期,第42页。

⑥ 《宋史》卷四八六《夏国传下》,北京:中华书局,1977年,第14025页。

⑦ 《宋史》卷四八五《夏国传上》,北京:中华书局,1977年,第13995页。

⑧ 史金波:《西夏文化》,长春:吉林教育出版社,1986年,第118页。

⑨ 史金波:《西夏文化》,长春:吉林教育出版社,1986年,第126页;李范文主编《西夏通史》,北京:人民出版社、银川:宁夏人民出版社,2005年第621页。

方面：

首先表现在姓名的取用上。从《杨氏家谱》来看，唐兀杨氏家族从赐姓唐兀到易姓为杨，经历了三个阶段：从始祖唐兀台到三世达海，专用赐姓唐兀；四世崇喜则唐兀与杨氏并用；五世以后，独用杨姓。

何为唐兀氏？吴海《闻过斋集》卷一《王氏家谱叙》云："宋朝李元昊据之为边患，元康相继用兵，士有陷没者……不能自还遂为夏人。元初得天下……赐姓唐兀氏。"[①] 柯劭忞《新元史》卷二九《氏族表》载："唐兀氏，故西夏国。太祖平其地，称其部众曰唐兀氏。"[②] 陈垣《元西域人华化考》卷二《儒学篇》称："五代而后，河西陷西夏者二百年，诸羌杂处，元人谓之唐兀氏。"[③] 鉴于西夏是一个多民族的政权，境内有党项、吐蕃、回鹘等其他民族，因此，元人称故西夏人为唐兀，并非专指一个具体民族，而是指西夏国境内的成员。

唐兀氏是何时改姓杨姓的？原因为何？考《述善集》可知，元至正年间（1341—1368）以后，唐兀氏改姓杨姓。唐兀氏称杨姓，首见于至正八年（1348）刘让所作《自述》，文中刘让称崇喜为"象贤杨君"。至正十八年（1358）程徐《崇义书院田记》云"贺兰唐兀氏，有侨居潭之濮阳者，曰杨君崇喜"，至正二十四年（1364）危素撰《赠武威处士杨象贤序》，至正丁未（1367）张以宁撰《送杨象贤归澶渊序》，唐兀崇喜在《自序》和《节妇后序》也自称杨崇喜，洪武五年（1372）陶凯作《送杨公象贤归澶渊序》。可见，至正丁未（1367）之后，唐兀氏逐渐被杨氏取代。

从唐兀氏改为杨姓的时间，笔者推测，唐兀氏改杨姓很可能与当时的农民战争有关。河南是元末农民战争的主要战场之一，元末河南的农民暴动始于泰定年间。泰定二年（1325）六月，"息州（今河南省息县）民赵丑厮、郭菩萨，妖言弥勒佛当有天下，有司以闻，命宗正府、刑部、枢密院、御史台及河南行省官杂鞫之。"[④] 这次起义在五个月后被镇压下去。元统元年（1333），元末皇帝顺帝登位，由于他当时只有十三岁，大权掌握在大臣手中。当时掌权的都是佞臣。元朝统治黑暗腐朽，河南的饥民失望、不满、愤怒与日俱增，而河南又是元朝统治比较薄弱的地区。这些成了河南农民暴动的契机。至正年间，河南先是小股农民暴动，继之是大规模的红巾军起义。[⑤] 是时，农民暴动风起云涌，唐兀氏为了防止反元势力的

---

① 吴海：《闻过斋集》卷一《王氏家谱叙》，台北：新文丰出版公司，1985年，第236页。
② 柯劭忞：《新元史》卷二九《氏族表》，北京：中国书店，1988年，第127页。
③ 陈垣：《元西域人华化考》，上海：上海古籍出版社，2000年，第9页；白滨：《西夏遗民述论》，《民大史学》第2辑，北京：民族出版社，1997年，第53页。
④《元史》卷二九《泰定帝本纪一》，第657页。
⑤ 任崇岳：《略论元代末年的河南农民起义》，《许昌师专学报》1986年第1期，第66—71页。

冲击而改汉姓。《赠武威处士杨象贤序》《送杨象贤归澶渊序》及《送杨公象贤归澶渊序》都是在崇喜"避难京师""天下既平"而要还澶渊时所作,也印证了笔者的观点。

其次是与汉人通婚。

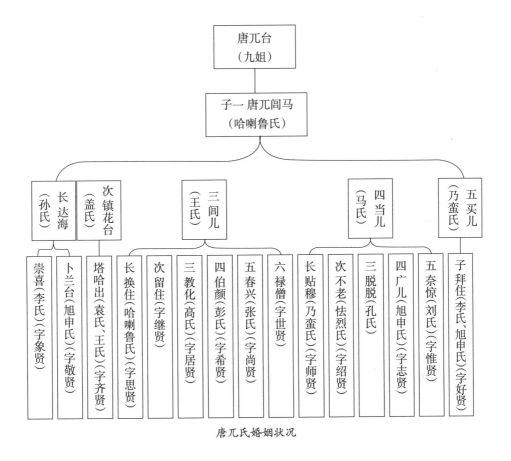

唐兀氏婚姻状况

据上图①可知,从唐兀台之孙达海一辈开始,兄弟5人,只有买儿一人娶乃蛮氏,其余4人皆娶汉女为妻。四世崇喜一辈兄弟15人,留住早卒,禄僧未娶,其余13人,卜兰台娶旭申氏,换住娶哈喇鲁氏,贴穆娶乃蛮氏,不老娶怯烈氏,广儿娶旭申氏,余9人皆娶汉族女。五世弟兄只有理安(崇喜之子)娶哈喇鲁氏,童儿(不老长子)娶乃蛮氏。六世之后,娶妻均为汉族。

---

① 该图系作者所绘,图中只列了唐兀氏前四世的婚姻状况,括号里为婚配对象的姓氏。

据《南村辍耕录》① 与《元史氏族表》,哈喇鲁人原为西突厥人,色目人之一,唐时译作"葛逻禄"。北宋时哈剌鲁人建立了喀拉汗王朝。12世纪末,曾一度臣服于西辽。1211年,归顺成吉思汗。后来大批哈剌鲁人内迁中原。元世祖至元二十四年(1287),召集哈剌鲁军人立万户府,屯田襄阳。乃蛮人原为突厥语部落,色目人之一,后来成吉思汗击溃乃蛮人,部分乃蛮民众被派至成吉思汗划分的各个千户中。怯烈人,突厥原始部落之一,后被成吉思汗所灭,融入了蒙古族。旭申氏是被称为"都儿鲁斤"的突厥部落之一,成吉思汗兴起以前,该部落已成为蒙古贵族的附属民,并随从参与蒙古统一战争。②

由于同汉人通婚,杨氏家族的人在日常生活中,处处接受中原礼俗的浸染,如至正丁亥(1347),唐兀崇喜抠衣跪请,嘱潘迪为其书房题匾"敬止斋"。唐兀崇喜所施的"抠衣跪请"礼节,本不是党项人的习俗,而是中原化的礼节。以中原礼俗作为调控家族秩序的武器,制定了《龙祠乡社义约》,而后投身于以兴儒办学为中心的中国传统文化事业,创办了崇义书院。杨氏家族这支西夏遗民逐渐被中原文化所同化。

第四节　濮阳西夏遗民汉化的原因分析

蒙古族虽然征服了中原,但经济与文化的差异依然存在。中原当时已是发达的封建经济与文化,而蒙古族仍处于由奴隶制向封建制过度的阶段。以忽必烈为代表的蒙古统治者逐步认识到儒学对国家稳定的重要作用,于是开始优待儒学,积极发展教育。

在中国古代,虽然教育的内容和形式与现代教育存在很大的不同,但在古代中国历史的发展过程中同样起了不可替代的作用。中国古代教育培养了各级国家政权所需的官吏。中国古代教育的内容主要是儒家思想,因此中国古代教育还造就了以儒家思想为核心的传统社会秩序。这一秩序与专制主义中央集权的政治制度相结合,构成了中国封建统治的主要内容。中国古代教育以中央和地方的官学为中心,以书院、社学、义塾、私塾等教育形式为补充,形成了一个层次分明的教育结构。这一教育层级结构是在中国古代教育发展的过程中逐步形成的。从教育层级的变换中,可以看出中国教育由中央向地方的基层社会扩散,受教育者的范围由皇族、贵族、官僚子弟向一般百姓子弟逐步扩展。中国古代的教

---

① [元]陶宗仪:《南村辍耕录》,北京:中华书局,1959年,第12—14页。
② 张迎胜:《杨氏家族婚姻关系刍议——〈述善集〉窥见》,见《述善集研究论集》,第128—129页。

育除了培养统治人才的职能外,还具有传承、传播文化的职能。① 地方教育层级在知识传授的同时,更能实现社会教化的功能,深刻地塑造着地域文化的基本面貌,影响地域文化发展的方方面面。②

蒙古的文教政策,为蒙古人和色目人的子弟学习汉文化提供了一个非常广阔的学习环境。蒙古统治者禁止对文庙骚扰,维护儒学的正常运行;优待学校、鼓励儒学发展;允许学校支配学田收入;制定儒户户籍,实行儒士免役等。③ 蒙古统治者除在京师设立集贤院外,还下诏立诸路提举学校官。集贤院为元代儒学教育的最高管理机构,对地方儒学实施宏观管理。④ 学生主要来自蒙古人、汉人高官及怯薛官员子弟。学习的内容主要有:用蒙古语译写的《通鉴节要》,以及《孝经》《小学》《论语》《孟子》《大学》《中庸》《诗》《书》《礼记》《周礼》《春秋》《易》等。在国子学教授的人不乏当时的大儒名士、理学大师等良好的师资。

蒙古族是马背上的游牧民族,其原始的草原生活使其几乎无文教可言。当他们征服中原、定居中原后,生活和文化上的巨大改变,使蒙古人不能很快适应。蒙古人为了保持其统治地位和利益,就需要找到一种切实可行的方法对广大的汉族进行统治。色目人顺服蒙古较早,而且汉文化相对较高,因此得到了蒙古统治者的重用。色目人为了维护自己的利益,一方面极力讨好蒙古统治者,另一方面努力学习汉文化,与汉人中的儒士阶层交流往来,以期更好地统治和管理汉人。这样,色目人的汉文化水平不断提高,其汉化程度逐步加深。

蒙古统治者出于政治和军事的需要,向全国各地派遣驻守军队和官员。西夏人刚直守义、勇敢善战的特性得到了蒙古人的信任和重用,被派往全国各地。《金史·西夏传》记载西夏民族:"民俗强梗尚气,重然诺,敢战斗。"⑤ 元朝将领出身于党项族的不少,其中最著名的有察罕,他是西夏皇族嵬名氏的后代,在降灭金朝、进攻南宋时,是受蒙古统治者重用并立下赫赫战功的大将。元末党项人余阙,驻守庐州。这些官吏和军人在驻守地定居,其生活、习俗、文化慢慢汉化,并逐渐与汉人通婚。

西夏人凭借自己的汉文化底蕴和优良的民族特性,以及在元朝所享有的特殊的政治地位,有更多的接受教育的机会,也为西夏遗民的汉化提供了更多的机会。

---

① 申万里:《元代教育研究》,武汉:武汉大学出版社,2007年,第1—4页。
② 林拓:《文化的地理过程分析》,上海:上海书店出版社,2004年,第21页。
③ 申万里:《元代教育研究》,武汉:武汉大学出版社,2007年,第30—47页。
④ 申万里:《元代教育研究》,武汉:武汉大学出版社,2007年,第160—186页。
⑤ [元]脱脱等:《金史》卷一三四《西夏传》,北京:中华书局,1975年,第2877页。

第二章 《龙祠乡约》所见濮阳西夏遗民的乡村建设

第一节 《龙祠乡约》的发现与研究

1985年,珍藏在河南濮阳民间达640余年之久的《述善集》一书重见天日,其中由柳屯镇杨十八郎村唐兀忠显及其子唐兀崇喜,与邻村(今濮阳柳屯镇虎变村)耆老千夫长高公(图1)等于元末至正元年(1341)七月共同制定的《龙祠乡社义约》(以下简称《龙祠乡约》)也随之引起学术界的兴趣。

图1:濮阳柳屯镇虎变村高公家族墓碑刻

龙祠是十八郎寨近南的一座古庙,名曰"龙王之殿",殿中塑有神像、龙、云等。传说,每逢天旱,寨中的老人等就斋戒沐浴,到龙王殿烧香祷祝,祈降甘雨,每次祈求都能灵验,故名"龙王社",而把所立乡约称为《龙祠乡约》。全约共15款、1072个字。文虽不长,但是其中所蕴含的濮阳西夏遗民有关乡村建设的思想与举措是异常丰富的。

《龙祠乡约》是《述善集》第一卷《善俗卷》的主体内容,是元朝保存下来的唯一完整的乡约,是研究元代乡约民俗的第一手资料。学术界对《龙祠乡约》的研究成果主要有刘坤太撰《元代唐兀杨氏〈述善集·龙祠乡约〉的伦理学探析》[1]和杨富学、焦进文撰《河南濮阳新发现的元末西夏遗民乡约》。[2]刘坤太撰《元代唐兀杨氏〈述善集·龙祠乡约〉的伦理学探析》"从微观、宏观、历史三个角度逐层深入地揭示了《龙祠乡约》的伦理学价值,分别阐述了《龙祠乡约》中蕴含的民间善俗途径、民间对善俗的社会认同及民间社会伦理观念的发展,对《龙祠乡约》所蕴含社会伦理思想进行了全面、系统的探析"[3]。杨富学、焦进文撰《河南濮阳新发现的元末西夏遗民乡约》"通过对该乡约与中国历史上著名的另外两部乡约《蓝田吕氏乡约》和《南赣乡约》的比较研究,指出《龙祠乡约》直接脱胎于北宋吕大钧的《蓝田吕氏乡约》,但内容较《蓝田吕氏乡约》有较大的变更,表达方式也有相当程度的改变。《龙祠乡约》对西夏遗民有较大的影响,在元末产生了较大的社会影响,并直接或间接地影响到明代王阳明《南赣乡约》的制定,承上启下,在中国伦理学史上具有非常重要的地位"[4]。

第二节 《龙祠乡约》有关乡村建设的条款

《龙祠乡约》凸显了濮阳西夏遗民提倡节俭、杜绝奢侈浪费、尚贤、乡社经济公开化、惩过奖善、务农富民等乡村建设思想。这些思想及其相应措施长期在河南濮阳西夏遗民中得到执行,对于美化社会风气起到了重要作用。

乡约开篇即指明本村原定的乡约存在"因袭之弊,尚于奢侈,不究立社之义,

---

① 刘坤太:《元代唐兀杨氏〈述善集·龙祠乡约〉的伦理学探析》,《述善集研究论集》,第26—41页。

② 杨富学、焦进文:《河南濮阳新发现的元末西夏遗民乡约》,《宁夏社会科学》2001年第5期,第79—82页。

③ 朱绍侯:《元代西夏遗民研究的新成果——〈述善集研究论文集〉序》,《宁夏师范学院学报》2001年第4期,第95—97页。

④ 朱绍侯:《元代西夏遗民研究的新成果——〈述善集研究论文集〉序》,《宁夏师范学院学报》2001年第4期,第95—97页。

乡约之礼。但以肴馔相侈,宴饮为尚,甚有悖于礼"①,明显有悖于古人立社以求向善之目的,强调立约之宗旨应在"重神明,祈雨泽,美风俗,厚人伦,救灾恤难,厚本抑末,周济贫乏,忧悯茕独"②。因此商定在旧约基础上重新立约,并将乡约规范以一种习惯法的形式固定下来。以"可行之事,当禁之失,悉载社籍"的方式,以求使乡社人员都遵照乡约行事。同时,乡约还对死丧、患难、救济之礼,德业、过失、劝惩之道,做了详细的列举与规定。

从《龙祠乡约》全文可以看出,廉政思想与乡村建设是乡约的两项基本内容。廉政是中国封建统治阶级治国安邦的重要思想之一,统治阶级为维护其政权及统治地位,不得不重视廉政建设,要求为官者廉洁公正。各朝各代有政治远见的政治思想家也都十分重视官吏的廉洁问题,注重廉政建设。从《龙祠乡约》看,在乡村建设实践中,廉政思想也是非常受重视的,而且其举措是相当完善的。大体来说,该乡约的乡村建设思想主要体现在以下几个方面。

《龙祠乡约》秉持了提倡节俭、杜绝奢侈浪费的观念。据潘迪撰《唐兀公碑》记载,其实,在唐兀忠显之前,当地已有乡社存在,而且制有乡约,但失于奢侈,"以酒馔相矜"③。忠显父子观其旧制,明确指出:"乡社之礼,本以义会;风俗之美,在于礼交……习侈至此,其非可久之道,大为不可。"④故而与众人商议,对乡约进行修订。今天所见到的《龙祠乡约》,就是唐兀忠显等人对旧约进行大规模修改的产物。

廉政的前提是节俭。只有节俭的生活方式才能保持清廉的品格。《龙祠乡约》第一款对乡社聚会饮宴有如下规定:

> 每设肴馔酬酢之礼,肉面止各用二十斤,造膳不过二道,鸡酒茶汤,相为宴乐。盖会数礼勤,物薄情厚。⑤

---

① 焦进文、杨富学校注:《元代西夏遗民文献〈述善集〉校注》卷一《善俗卷》,兰州:甘肃人民出版社,2001年,第23页。

② 焦进文、杨富学校注:《元代西夏遗民文献〈述善集〉校注》卷一《善俗卷》,兰州:甘肃人民出版社,2001年,第23页。

③ 焦进文、杨富学校注:《元代西夏遗民文献〈述善集〉校注》卷三《行实卷》,兰州:甘肃人民出版社,2001年,第139页。

④ 穆朝庆、任崇岳:《〈大元赠敦武校尉军民万户府百夫长唐兀公碑铭〉笺注》,《宁夏社会科学》1987年第1期,第89页。

⑤ 焦进文、杨富学校注:《元代西夏遗民文献〈述善集〉校注》卷一《善俗卷》,兰州:甘肃人民出版社,2001年,第24页。

　　节俭自古以来就被奉为中华民族的传统美德，早在先秦时期，崇尚节俭就为广大劳动人民所推崇。《左传·庄公二十四年》："俭，德之共也；侈，恶之大也。"①诸葛亮《诫子书》中说："夫君子之行，静以修身，俭以养德，非淡泊无以明志，非宁静无以致远。"②《龙祠乡约》继承了这一优良传统，将节俭作为立约的重要原则之一，置于首款位置，旨在强调社众节俭意识的重要性。

　　《龙祠乡约》所体现出的务农富民的民本思想也很浓厚，这在《龙祠乡约》中多有体现，如第一款："议定每年设社。除夏季忙月不会，余月皆会。"

　　第四款："在社之时……讲究农务。"

　　第八款："其社内之家，使牛一犋，内有倒死，则社人自备饮食，各与助耕地一晌。其锄田人，社随忙月、灾害，自备饮食，各与耘田一日。"

　　第九款："社内人等，不得……妨误农业。"

　　第十款："各家头匹，务要牢固收拾牧养，毋得恣意撒放，作践田禾，暴殄天物。"③

　　以民为本是廉政建设的思想根基，核心在于顺民心，"政之所兴，在顺民心；政之所废，在逆民心"④。要想顺民心，就应当"富民""务地"，所谓"仓廪实而知礼节，衣食足而知荣辱"⑤。乡约的这些条款，正是对我国自春秋战国以来民本思想的继承，也是封建时代重农抑商、务农富民思想的具体表现。

　　尚贤理念在《龙祠乡约》中也有具体反映。乡村建设的关键在于举贤。"举贤以临国，官能以救民，则其道业。"⑥《龙祠乡约》中明确规定："推举年高有德、才良行修者，俾充社举、社司，掌管社人。"⑦易言之，就是要举德才兼备者充任乡社的管理者。中华民族素有选举良才之传统。《论语·为政》所谓"先有司，赦小过，举贤才"，就是历史上尚贤思想的集中表现，也就是孔子所强调的"举直错诸枉，则民服；举枉错诸直，则民不服"。中国历史上的开明君主都不同程度地重视官吏的选拔，尤其是尧舜时期奉行的禅让，更是为历代文人所称颂。《史记》载帝尧在

---

　　①［唐］孔颖达：《春秋左传正义》，［清］阮元校刻《十三经注疏》，北京：中华书局，1980年，第1779页。

　　②李伯勋：《诸葛亮集笺论》，西安：陕西人民出版社，1997年，第286页。

　　③焦进文、杨富学校注：《元代西夏遗民文献〈述善集〉校注》卷一《善俗卷》，兰州：甘肃人民出版社，2001年，第23—25页。

　　④黎翔凤：《管子校注》，北京：中华书局，2004年，第13页。

　　⑤黎翔凤：《管子校注》，北京：中华书局，2004年，第2页。

　　⑥张纯一：《晏子春秋校注》，上海：世界书局，1935年，第84页。

　　⑦焦进文、杨富学校注：《元代西夏遗民文献〈述善集〉校注》卷一《善俗卷》，兰州：甘肃人民出版社，2001年，第23页。

选择继任者时,"知子丹珠之不肖,不足以授天下,于是乃权授舜"①。唐太宗十分重视官吏的擢拔,一贯坚持德才兼备的用人标准,"不以卑而不用,不以辱而不尊"②,淡化门第观念,做到唯才是举,为贞观之治的形成奠定了基础。《龙祠乡约》的尚贤理念正是中华传统理念的具体体现。

《龙祠乡约》还规定乡社经济要予以公开,不得私用。乡村建设之"廉政",归根到底要通过乡社为政者的清廉体现出来,廉政先廉吏。经济的公开与否同为政者的贪污腐败有着直接的关系,缺乏监督的经济运行会促使为政者犯错,从而滋生腐败。《龙祠乡约》第十三款规定:

> 社内所罚钞两,社举、社司附历对众交付管社人收贮,营运修盖庙宇,补塑神像。余者周给社内,毋得非礼花破,入己使用。③

此约中明确规定社内的钱财要讲明来龙去脉,并当着社众之面向有关管理人员转交,做到财务公开。明确规定所有一切花费,都应用于乡社内的建设,不得挪用于其他地方,更严格禁止管理人员中饱私囊。这种公开透明的乡社经济体制确保了社内财物使用到位,同时社众的监督也将遏制管理人员营私舞弊,杜绝管理人员监守自盗。

《龙祠乡约》中要求掌权者要赏罚公正,从而达到间接约束掌权者之主旨。以权谋私,代有所见,在古代中国"人治"的观念下,为政者在运用权力"为政"的过程中往往为自家谋,这使得以权谋私的范围呈现出不断扩大的趋势。公道之失缘自私心的存在,针对这种情况,《龙祠乡约》第十二款规定:

> 夫社举、社司所举之事,务在公当。若管社人当罚而不罚,与不当罚而妄罚者,罚钞二两。合举不举及举不当,亦罚钞二两。当罚者不受罚除名。社内俱与绝交,违者罚绢一匹。④

这里对为政者提出了"务在公当"的要求,以求戒除自私自利。换言之,乡约

---

① [汉]司马迁:《史记》卷一《五帝本纪》,北京:中华书局,1959年,第30页。
② [唐]唐太宗:《帝范》,北京:商务印书馆,1935年,第10页。
③ 焦进文、杨富学校注:《元代西夏遗民文献〈述善集〉校注》卷一《善俗卷》,兰州:甘肃人民出版社,2001年,第25页。
④ 焦进文、杨富学校注:《元代西夏遗民文献〈述善集〉校注》卷一《善俗卷》,兰州:甘肃人民出版社,2001年,第25页。

要求掌权者做事必须要秉持公正公平的原则,不能有所偏颇和私心,否则依乡约进行惩罚。这种惩罚除了经济以外,另一个更严重的内容是"社内俱与绝交"①,来惩戒违约者。在宗法制有巨大影响力的社会条件下,这种惩治措施是很有杀伤力的,会使为政者不敢滥用权力。

《龙祠乡约》贯穿着惩过奖善的法治思想,这在古代也是难能可贵的。对违约者,根据情节的轻重,给予不同的惩处,有罚钞一两、罚钞一两五钱、罚钞二两、罚钞五两、罚钞十两、罚绢一匹以及罚而不悛,削去其籍等。对于善事,则"聚众奖之"。《墨子·法仪》曰:"天下从事者,不可以无法仪。无法仪而其事能成者,无有也。"法治的根本表现在于赏罚分明,故同书《尚同下》又言:"善人赏而暴人罚,则国必治。"以法而治,树立法律的权威,是实现廉政和达到美化乡俗的基本保障。

第三节 《龙祠乡约》与《吕氏乡约》的比较研究

《龙祠乡约》的出现并非空穴来风,而是来源有自。潘迪《龙祠乡约序》(图2)言:"观其条目详约备,颇增于吕氏,而其大致多与吕同。"② 这一记载说明,《龙祠乡约》的范本来自北宋《蓝田吕氏乡约》。

《蓝田吕氏乡约》是由吕大钧(1029—1082)于熙宁九年(1076)制定的。由于吕氏兄弟的大力提倡并身体力行,其乡约在北宋时颇具影响,不仅使蓝田民俗淳朴,影响所及,"关中风俗为之一变"③,故而赢得了北宋著名理学家张载的赞扬,言称"秦俗之化,亦先自和叔有力焉"④。后经南宋朱熹增删修订,《吕氏乡约》逐步成为中国封建教育的圭臬。⑤ 明代王守仁在南昌讲学时曾仿《吕氏乡约》而制定、推行《南赣乡约》。该乡约的推行使封建教育深入到社会最底层,对民众既是一种精神约束,又是一种政治教化。《蓝田吕氏乡约》影响之大于此可见其一斑。

将《龙祠乡约》与《蓝田吕氏乡约》略作比较,不难发现,前者不仅在形式上脱

---

① 焦进文、杨富学校注:《元代西夏遗民文献〈述善集〉校注》卷一《善俗卷》,兰州:甘肃人民出版社,2001年,第25页。
② 焦进文、杨富学校注:《元代西夏遗民文献〈述善集〉校注》卷一《善俗卷》,兰州:甘肃人民出版社,2001年,第17页。
③ [清]黄宗羲撰,[清]全祖望补修:《宋元学案》卷三一《吕范诸儒学案》,北京:中华书局,1986年,第1097页。
④ [宋]张载:《张子全书》卷一四《拾遗》,本衙藏版,第14页。
⑤ 胡庆钧:《从蓝田乡约到呈贡乡约》,《云南社会科学》2001年第3期,第42页;杨建宏:《〈吕氏乡约〉与宋代民间社会控制》,《湖南师范大学社会科学学报》2005年第5期,第128—129页。

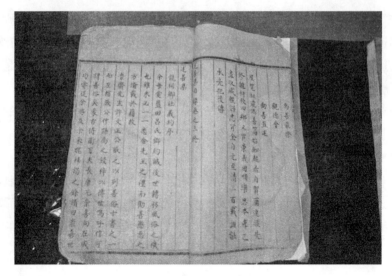

图 2:潘迪《龙祠乡约序》书影

胎于后者,也继承了后者所包含的伦理观念。如《龙祠乡约》杜绝奢侈的观念,在《蓝田吕氏乡约》中是这样表述的:

> 不修之过五……不修之过……五曰用度不节,不计家之有无,过为侈费者,不能安贫而非道营求……不修之过,其罚一百,重者或增至二百三百。①

《龙祠乡约》的务农富民思想,在《蓝田吕氏乡约》中也有踪影,如该约强调要"读书治田,营家济物"②,认为"游戏怠惰"为不修之过,所谓"游",即"止务闲适",所谓"怠惰"即"不修事业,及家事不治,门庭不洁"③。《龙祠乡约》中明确提出"推举年高有德、才良行修者,俾充社举、社司,掌管社人"④。《蓝田吕氏乡约》同样明文规定"约正一人或二人,众推正直不阿者为之"⑤,与《龙祠乡约》之规定如出一辙。

至于《龙祠乡约》的惩过奖善之思想,更是《蓝田吕氏乡约》之再现。如《蓝田

---

① [北宋]吕大忠、吕大钧、吕大临著,陈俊民辑校:《蓝田吕氏遗著辑校》,北京:中华书局,1993年,第563—566页。
② [北宋]吕大忠、吕大钧、吕大临著,陈俊民辑校:《蓝田吕氏遗著辑校》,北京:中华书局,1993年,第563页。
③ [北宋]吕大忠、吕大钧、吕大临著,陈俊民辑校:《蓝田吕氏遗著辑校》,北京:中华书局,1993年,第564页。
④ 焦进文、杨富学校注:《元代西夏遗民文献〈述善集〉校注》卷一《善俗卷》,兰州:甘肃人民出版社,2001年,第23页。
⑤ [北宋]吕大忠、吕大钧、吕大临著,陈俊民辑校:《蓝田吕氏遗著辑校》,北京:中华书局,1993年,第567页。

吕氏乡约》的"德业相劝""过失相规""礼俗相交""患难相恤"四个方面,就是先详细阐明何为善、何为过。对善者,"凡有一善,为从所推者,皆书于籍,以为善行";对过者,"每犯皆书于籍,三犯则行罚","聚会则书其善恶,行其赏罚"。

《龙祠乡约》直接脱胎于《蓝田吕氏乡约》,晚于后者260多年。由于二者的制定者身份不同,故其间的差异也是相当明显的。《蓝田吕氏乡约》的制定者为蓝田吕氏。吕氏兄弟共六人,祖先汲郡人,祖父吕通曾为太常博士,去世后葬于"京兆蓝田",于是以蓝田为籍。吕氏兄弟中除一人早夭外,余皆登科,其中四人都很有名望。《宋史》为吕大防立,同时附有吕大忠、吕大钧和吕大临之传。乡约之定,也许兄弟四人都曾提出意见,都为起草者和发起人,但用力最勤,并且大力推行乡约和保护乡约的人,应首推吕大钧。朱熹《增损吕氏乡约》编后注云:"此篇旧传吕公进伯所作,今乃载于其弟和叔文集。又有问答诸书。如此知其为和叔所定不疑。篇末者,进伯名意,以其族党之长而推之,使主斯约故尔。淳熙乙未四月甲子朱熹识。"①此论长期为后世所采纳。

吕大钧为北宋嘉祐二年(1057)进士,拜北宋著名哲学家、理学奠基人张载为师,随其学习关中理学。②他所编定的乡约,在制度传承上具有重要意义。中国社会,尤其是农村,对乡邻间善俗的教化古来有之,而且世代相续,但一般都是口耳相传,从未见诸文字。然而,若要形成制度,必须成文才可有章可循,进而行之广泛。"由人民主动主持,人民起草法则,在中国历史上,吕氏乡约实在是破天荒第一遭。"③

在其影响下而形成的《龙祠乡约》,其制定者为唐兀忠显、唐兀崇喜父子人等。唐兀忠显时任敦武校尉军民万户府百夫长,戎马出身。所以,将《龙祠乡约》与《蓝田吕氏乡约》进行对比,差异立见。《蓝田吕氏乡约》逻辑更分明,条理更清晰,约文有明确分类,分为"德业相劝""过失相规""礼俗相交""患难相恤"四个方面。"德业相劝"方面,分述何为德、何为业;"过失相规"方面,先界定过失的类型,计有"犯义之过六,犯约之过四,不修之过五"④,再叙述对每种过失的规劝与处理方法,对过失之惩罚,规定"犯义之过,其罚五百。不修之过及犯约之过,其罚一

---

①［南宋］朱熹:《增补吕氏乡约》(《四部丛刊初编·集部》卷七四),上海:商务印书馆,1937年,第1379页。

② 李晓东:《论吕大钧及〈吕氏乡约〉在理学史上的地位》,《西北大学学报(哲学社会科学版)》1987年第2期,第27—32页;郑艳:《蓝田吕氏礼学思想及乡村实践研究》,陕西师范大学硕士学位论文,2007年,第5—6页。

③ 杨开道:《中国乡约制度》,邹平:山东省乡村服务人员训练处,1937年,第103—107页。

④［北宋］吕大忠、吕大钧、吕大临著,陈俊民辑校:《蓝田吕氏遗著辑校》,北京:中华书局,1993年,第563页。

百"①。"礼俗相交"方面,对婚嫁丧葬分别加以论述,如"患难相恤"方面,罗列"患难之事七"②。这些条款都为《龙祠乡约》所承袭。同时,根据当时面临的新情况,《龙祠乡约》在道德监督机制方面又作了必要的补充。首先,《龙祠乡约》规定乡社经济要予以公开,不得私用,内容见于乡约第十三款,已如前述。公开是一种最好的监督形式,经济公开透明,可以促进廉政建设。乡社经济公开透明,乡民的监督将促使乡社经济提高使用效益,保全乡社的集体利益。其次,《龙祠乡约》中要求掌权者赏罚公正,间接对掌权者有所约束,见于第十二款。赏罚分明可以促使官吏清正廉洁,避免贪污肥私。这些都是其进步之处。

第四节　《龙祠乡约》的形成背景与影响

有元一代,政治腐败。及至元朝后期,贪污剥削现象更是愈来愈严重,尤其是元顺帝统治时期,腐败达到顶点。政府卖官鬻爵,贿赂公行,蒙古贵族和僧侣的专横跋扈现象也与日俱增,民怨沸腾,民族矛盾和阶级矛盾都迅速激化。与此同时,接连出现严重的天灾,导致无以生存的农民成群结队地离开故土而逃往他乡,势必引起社会动荡。天灾人祸连年不断,各种矛盾郁积,最终引致农民武装起义的爆发。③早在泰定二年(1325),河南息州赵丑厮、郭菩萨首先起义,他们倡言"弥勒佛下凡"为农民撑腰,助其推翻元朝,从而揭开了元末农民战争的序幕。顺帝至元三年(1337),广东增城县民朱光卿、聂秀卿又以"定光佛出世"为号召发动起义。同年,河南陈州人棒胡在信阳发动起义。棒胡是白莲教教徒,起义者"举弥勒小旗",烧香聚众,一度攻占鹿邑。翌年,袁州白莲教教徒周子旺起义,号称周王,势力盛时达五千余人。到了至正初,小规模起义、暴动更是风起云涌,而且呈现出遍及全国之势。④《龙祠乡约》就是在这样的社会背景下制定的,其主旨无疑在于用乡约的形式规范村民的行为,在美化风俗的基础上,安里弭盗。

河南是"洛学"创始人二程的家乡。二程即程颢、程颐。程颢(1032—1085),字伯淳,河南(今洛阳市)人,世称明道先生。弟程颐(1033—1107),字正叔,世称

①[北宋]吕大忠、吕大钧、吕大临著,陈俊民辑校:《蓝田吕氏遗著辑校》,北京:中华书局,1993年,第566页。
②[北宋]吕大忠、吕大钧、吕大临著,陈俊民辑校:《蓝田吕氏遗著辑校》,北京:中华书局,1993年,第565页。
③丁国范:《元末社会诸矛盾的分析》,《南京大学学报》1963年第1期,第46—56页(收入南京大学历史系元史研究室编《元史论集》,北京:人民出版社,1984年,第583—600页)。
④王崇武:《论元末农民起义的发展蜕变及其在中国历史上所起的作用》,《历史研究》1954年第3期,第86—87页(王崇武:《论元末农民起义的发展蜕变及其在中国历史上所起的作用》,南京大学历史系元史研究室编《元史论集》,北京:人民出版社,1984年,第610—611页)。

伊川先生,他们的著作经后人辑录为《河南二程全书》,其中包括杨时编辑的《粹言》二卷,朱熹编辑的《遗书》即(《二程语录》原本)二十五卷和《外书》十二卷,程颢的《文集》五卷,程颐的《文集》八卷和《易传》四卷、《经说》八卷。[1]

理学起于北宋,经许多思想家之间的诘辩和相互吸收,终于形成了以二程为代表的新儒学者的理学思想体系。二程理学由于在洛阳传授,故称"洛学"。二程之学由谢良佐和杨时继承和发扬,二程理学得以南传,影响江南士人,得力于杨时,杨时又创立了闽学,教授东南,至朱熹而集大成。朱熹建立了严密的理学思想体系,总结了北宋以来理学的成就,使理学思想更严密、更丰富。这个体系熔铸了传统的儒家思想及佛学思想、道教思想,更富于理论的色彩。朱熹的理学思想对后世的影响很大。朱熹的《家礼》为封建士大夫所奉行,在社会上具有规范风俗习惯的力量。封建社会后期儒家的传统思想,实际就是朱熹的理学思想,其对巩固封建统治,维护封建礼教,起了重要作用。[2]

理学到了元代起了变化,这种变化,一方面是由于理学有它自身演变的原因,另一方面是由于蒙古人入主中原的原因。13世纪,崛起于漠北的蒙古人,在攻灭金和南宋的过程中,开始了他们的封建化过程,大量吸取以儒学为主的汉族思想文化。但是,由于这一时期南北"声教不通",南方的理学,还没有传到北方,当时蒙古人所接触的儒学,只是北方的经学章句。1236年,窝阔台伐南宋破德安府,在湖北俘获理学名儒赵复,加以优容保护,并礼送至燕京太极学院,请他传授程朱理学。自此,北方的儒士大夫才得知理学的奥义。在北方传授理学,影响最大的是间接受学于赵复的许衡。

许衡(1209—1281),字平仲,河内(今河南省沁阳市)人,学者称鲁斋先生。其著作有《许文正公遗书》《许鲁斋集》。许衡在接受姚枢传赵复的伊洛之学以前,所学的基本上是北方"落第老儒"所传的汉儒章句之学,这与注重思辨哲理和伦理践履的程朱理学迥然有别。许衡在接受程朱理学后,感到耳目一新,几乎达到入迷的地步,他不仅钻研程朱理学,而且重视封建伦理的践履,"凡丧祭嫁娶,必征于礼,以倡其乡人"[3]。许衡在元朝为理学"承流宣化",被视为"朱子之后一人",使道统不坠。许衡也是促使朱熹的《四书集注》在元朝延祐年间定为科场程式,逐渐成为统治阶级的统治思想的有力人物。许衡所处的元朝,是文明程度低于中原的蒙古贵族刚征服了政治腐败的南宋而要巩固政权、励精图治的时期。

---

① 侯外庐、邱汉生、张岂之:《宋明理学史》,北京:北京出版社,1997年,第127页。
② 侯外庐、邱汉生、张岂之:《宋明理学史》,北京:北京出版社,1997年,第679—682页。
③ 陈正夫、何植靖:《许衡评传》,南京:南京大学出版社,1995年,第19页。

这个时期我国历经战乱,许衡提倡实行汉法,传播儒学和程朱理学,促进了理学由南向北的回归。而《龙祠乡约》的制定,恰恰缘自理学的北回,况且濮阳距离二程的故乡、洛学的发源地洛阳不远,受到二程理学之强烈影响,自为必然之事。

《龙祠乡约》所体现的乡村建设思想与具体措施,在当时得到了切实执行,不仅有利于改善社会风气,更有利于维护社会的稳定。虽然该乡约是针对濮阳杨什八郎村等地的西夏遗民制定,有宗族法规的性质。在古代乡村社会中,以宗族为代表的血缘团体长期占据重要地位。这不仅因为宗法思想符合官方的尊祖忠孝教义,而且宗族可以约束其成员,使其言行更为符合封建道德和行为规范。正因为如此,宗族成为村庄公务活动的合法组织者。①是故,该乡约以更适合于当时的社会而颇受关注,"四方来观,皆慕且仿"②。显而易见,当时《龙祠乡约》对元末社会所产生的影响是不小的,成为人们观摩、仿效的对象,无怪乎当时的朝臣、文人都纷纷撰写诗文称道之。唐兀崇喜在国子学的老师国子司业潘迪在《龙祠乡约序》中赞道:"当后世风俗披靡中,何幸是乡有此约乎。使自乡而邑,自邑而郡,自郡而天下,则风俗之丕变,安知不自是乡而权舆哉?"③翰林待制伯颜宗道撰《龙祠乡约赞》称其"善俗有方,乡约为美""善恶惩劝、立监垂史"④。马淳斋《诗一首》赞曰:"一天甘雨称殊庆,满地嘉禾贺太平,仁寿有途终可致,朱陈未必与齐名。"⑤董庸赞曰:"约严费省堪遵守,千载流芳礼义乡。"⑥据笔者实地考察和耳闻目睹,自立约至今600多年来,乡约所反映的思想及其相应措施,都长期在河南濮阳西夏遗民中得到执行,对于美化社会风气起到了重要作用。同时,河南濮阳唐兀家族一直恪守"宁得子孙贤,莫求家道富"⑦之祖训,勤俭持家,创办学校。著名

①[美]杜赞奇著,王福明译:《文化、权利与国家——1900—1942年的华北农村》,南京:江苏人民出版社,1992年,第92页;赵秀玲:《中国乡里制度》,北京:社会科学文献出版社,1998年,第198页。

②焦进文、杨富学校注:《元代西夏遗民文献〈述善集〉校注》卷一《善俗卷》,兰州:甘肃人民出版社,2001年,第50页。

③焦进文、杨富学校注:《元代西夏遗民文献〈述善集〉校注》卷一《善俗卷》,兰州:甘肃人民出版社,2001年,第17页。

④焦进文、杨富学校注:《元代西夏遗民文献〈述善集〉校注》卷一《善俗卷》,兰州:甘肃人民出版社,2001年,第27页。

⑤焦进文、杨富学校注:《元代西夏遗民文献〈述善集〉校注》卷一《善俗卷》,兰州:甘肃人民出版社,2001年,第34页。

⑥焦进文、杨富学校注:《元代西夏遗民文献〈述善集〉校注》卷一《善俗卷》,兰州:甘肃人民出版社,2001年,第41页。

⑦焦进文、杨富学校注:《元代西夏遗民文献〈述善集〉校注》卷三《行实卷》,兰州:甘肃人民出版社,2001年,第138页;穆朝庆、任崇岳:《〈大元赠敦武校尉军民万户府百夫长唐兀公碑铭〉笺注》,《宁夏社会科学》1987年第1期,第88页。

的义塾"崇义书院"就是唐兀家族于元末创办的,并获元顺帝赐号。①清末武状元张三甲(1876—1898)就是崇义书院的后世弟子。唐兀家族自宁夏贺兰山迁居濮阳,创家立业之始,家丁不满30人,而今800余户,5000余人。他们与当地汉族世代友好相处,从未发生过纠纷,以善邻、文明而为远近周邻所称道。

明朝中期,社会动荡不安,为防止人民"犯上作乱",王守仁在任南赣、汀漳等处巡抚时制定了《南赣乡约》,言称"自今凡尔同约之民,皆宜孝尔父母,敬尔兄长,教训尔子孙,和顺尔乡里,死丧相助,患难相恤,善相劝勉,恶相告戒,息讼罢争,讲信修睦,务为良善之民,共成仁厚之俗"②。可以看出,该约的制定显然受到了《蓝田吕氏乡约》的启发与影响,但有不少增益,如约中提出要革除陋习、破除迷信,使入约民众互相监督,通过集体聚会检讨或表扬,以求达到改造人格道德之初衷,这些都是《蓝田吕氏乡约》所缺略的。再以《龙祠乡约》与《南赣乡约》相观照,却不难发现后者中颇有前者的影子,《南赣乡约》的制定抑或受到《龙祠乡约》的影响,未可知也。

第五节 《龙祠乡约》在中国伦理学史上的地位

在剖析《龙祠乡约》之文化意蕴时,我们不应忽视北宋熙宁九年(1076)吕大钧③所定的《吕氏乡约》。《吕氏乡约》比《龙祠乡约》早265年,从结构到内容,都对《龙祠乡约》有着既深且巨的影响。

吕大钧(1029—1082),陕西蓝田人,嘉祐二年(1057)进士。历任秦州司理、三原知县等职。因其父年迈长期家居尽孝。张载在关中讲学,附和者很少。吕大钧是张载的同年友,赞同张载的思想主张,遂拜张载为师,为关中学者以张载为中心形成关学学派作出了重要贡献。

张载在修养方法上主张"知礼成性"④,特别注重"用礼渐成俗"⑤。吕大钧为贯彻张载的主张,乃作《吕氏乡约》,其内容包括"德业相励""过失相规""礼俗相交""患难相恤"四个方面。

① 杨富学:《元政府护持学校文告二件——元代西夏遗民兴学档案之一》,《档案》2001年第2期,第43—45页;汤开建、王建军:《元代崇义书院论略》,《元史论丛》第9辑,第151—161页。

② [明]王守仁:《南赣乡约》,《王阳明全集》卷一七,上海:上海古籍出版社,1992年,第600页。

③ 旧传该乡约为吕大忠所著,《宋史》引约一条,载于《吕大防传》。经朱熹考订,为吕大钧所作,见朱熹《答刘平叔》,载[北宋]吕大忠、吕大钧、吕大临著,陈俊民辑校《蓝田吕氏遗著辑校》,北京:中华书局,1993年,第569页。

④ [北宋]张载:《横渠易说·系辞上》,章锡琛点校《张载集》,北京:中华书局,1978年,第191页。

⑤ [北宋]程颢、程颐:《河南程氏遗书》卷一〇,王孝余点校《二程集》,北京:中华书局,1981年,第114页。

"德"谓"见善必行,闻过必改",包括治身、治家、从政、交游及调解纠纷、兴办社会福利等方面的德行;"业"谓居家在外所从事的正当事业,包括"读书治田,营家济物"等活动。

"过失"包括"犯义""犯约""不修"3个方面15条,主要有"酗博斗松""行止逾违"(逾礼、违法)、"造言诬毁"(诬陷诽谤)、"营私"(经济上自私自利)、"交非其人"及怠惰、奢侈等。

"礼俗相交"主要规定了各种社交往来的礼节、礼仪。

"患难相恤"则规定约内约外的人在遇到水火、盗贼、疾病、死丧、孤弱、诬枉等患难时相互扶持救济的义务。

《吕氏乡约》规定,凡入约的人定期集会,表现好的经会议书于册籍,有过失的同约之人互相规诫,小过秘密规诫,大过当众规诫,如不听,则于集会之日由值日向约正报告,约正予以诲谕,能谢过请改,书于册籍以观其行动,不服诲谕或行动上不能改正的,"听其出约"。《吕氏乡约》体现了张载"民胞物与"的伦理精神,对扩大其思想影响、改变关中风俗起了很大作用。南宋著名理学家朱熹对这个乡约很感兴趣,对其进行了细致的研究,并加以增删补改,撰为《增损吕氏乡约》[①],使其更为实用。《吕氏乡约》对后世影响甚巨,可以肯定地说,《龙祠乡约》就是在《吕氏乡约》的基础上形成的。

同时,我们还应看出,《龙祠乡约》和《吕氏乡约》之间还存在着明显的区别。《吕氏乡约》的作者身为进士,又是著名理学家张载的高足,关中理学是其思想基础,故其约条理清晰,理论性特别强,如讲过失,列出"犯义之过六,犯约之过四,不修之过五"。讲患难,称"患难之事七",然后一一罗列,其适用范围相当广泛。而《龙祠乡约》的制定者唐兀忠显出身行伍,虽为百夫长,但长期与民杂居,故其乡约的制定,尽管深受《吕氏乡约》的影响,其中也不无宋代张载、程朱,元代许衡理学思想的影子,但总体来说,还是以乡村面临的具体问题为对象的,如有条款称:

> 各家头匹,务要牢固,收拾牧养,毋得恣意撒放,作践田禾,暴殄天物,违者每一匹罚钞一两,若是透漏,不在所罚,香誓为准。
> 社内所罚钞两,社举、社司附历对众交付,管社人收贮营运,修盖庙宇,补塑神像,余者周给社内,毋得非礼花破,入己使用。

---

① [南宋]朱熹:《增损吕氏乡约》,朱杰人、严佐之、刘永翔主编《朱子全书》第24册,上海:上海古籍出版社、合肥:安徽教育出版社,2002年,第3594—3603页。

诸如此类的内容,在《吕氏乡约》中就不会出现。理论性的内容减少了,而实用性的内容却明显增多了。比起《吕氏乡约》来,它更适合乡村的具体情况,更便于操作。

在《龙祠乡约》出现167年之后,中国历史上又出现了另外一部乡约,那就是明末著名理学家王守仁制定的《南赣乡约》。

王守仁(1472—1529),字伯安,浙江余姚人,因曾筑室会稽阳明洞,而被称为阳明先生。正德十一年(1516),江西南部及福建汀州、漳州等地发生大规模农民起义,王守仁奉命前往镇压,他采取软硬兼施的手段,血腥屠杀农民义军,以军功升任都察院右副都御史。他从镇压农民起义的实践中认识到"破山中贼易,破心中贼难"[①],注意从思想上铲除不利于封建统治的观念,遂于正德十三年(1518)"举乡约告谕父老子弟"[②],以加强封建伦理道德教育。

王守仁所定《南赣乡约》分两部分。第一部分为序言,说明为什么要制定乡约。认为"新民盖常弃其宗族,畔其乡里,四出而为暴"的原因,就在于"我有司治之无道,教之无方。尔父老子弟所以训诲戒饬于家庭者不早薰陶,渐染于里闾者无素,诱掖奖劝之不行"。制定乡约的目的,是为了"协和尔民",使"同约之民,皆宜孝尔父母,敬尔兄长,教训尔子孙,和顺尔乡里。死丧相助,患难相恤,善相劝勉,恶相告诫,息诉罢争,讲信修睦,务为良善之民,共成仁厚之俗"。

第二部分为乡约正文,共15条,详细阐述了进行道德教化的组织形式、机构设置和人选、道德教育的内容、方法与仪式、纠纷处理与奖惩办法等。其中有一些合理因素,如第13条规定:"男女长成,各宜及时嫁娶。往往女家责聘礼不充,男家责嫁妆不丰,遂致愆期",约长应进行疏通,视其"家之有无随时婚嫁"。又如第14条规定:"父母丧葬,衣衾棺椁但尽诚孝,称家有无而行",若"大作佛事或盛设宴乐,倾家费财,俱于死者无益"。它所提出的一些道德教育的措施和方法,也有一定的借鉴价值。但是,制定《南赣乡约》的真实目的,则在于通过封建道德教化,对人民在思想上和组织上进行控制,建立封建统治阶级所需要的社会秩序。如在第10条中就明确规定:"军民人等若有阳为良善,阴通贼情,贩买牛马,走传消息,归利一己,殃及万民者,约长等率同约诸人指实劝戒",若不改过自新,则

①［明］王守仁撰,吴光、钱明、董平、姚延福编校:《王阳明全集》卷四《与杨仕德薛尚谦书》,上海:上海古籍出版社,1992年,第168页。
②［明］钱德洪:《阳明先生年谱》,［明］王守仁撰,吴光、钱明、董平、姚延福编校《王阳明全集》卷三三,上海:上海古籍出版社,1992年,第1255页。

"呈官究治"。①

《南赣乡约》制定于王守仁镇压农民起义的过程之中,故比起《吕氏乡约》和《龙祠乡约》来,它充满的是血腥味和火药味,很少见到规劝、诱导方面的内容,几乎每一条款都是指令性的,以奖惩代替说教,把乡约的重点放在了恢复礼仪方面。可以明显看出,其目的在于割断起义军与民间的联系,并防范农民起义的再度发生,以维护现有的封建统治。

最后,我们还应提到在《龙祠乡约》之外由古代少数民族制定的其他乡约。就目前的资料看,乡约及具有乡约性质的习惯法在1949年以前的瑶族社会中曾普遍存在着。如广东北部排瑶的习惯法已有300多年的历史,其基本内容有两项,一是界定那些行为属违法,二是对违法行为作出具体的处罚规定。不同地区的习惯法又颇有差异,其内容大致可归纳为偷盗、奸情、杀人、放火、和战及其他六方面,而重点在于偷盗、杀人两类。②广西大瑶山瑶族聚居地区存在的石牌制则是一种带有原始民主制残余的维护社会秩序的政治组织。通常以村为单位,分别或联合组成小石牌、大石牌、总石牌。将有关维护生产、社会秩序的习惯法,制成若干条规,经群众集会通过,刻在石碑或写于木牌上,大家共同遵守,推举年长有威望的人为石牌头人,执行石碑公约。石牌头人有判处罪犯、指挥战斗和管理排内各项事务的权力。③这里应予特别指出的是,在广西龙胜各族自治县红瑶聚居区很早就有自己的民间组织与社会法律条文——乡约,著名者有《道光十八年乡约》《光绪十七年乡约》等。以上两部乡约都刻于潘内村杨梅屯的石碑上。瑶族石牌及乡约的产生,一般先由各村"寨老""头人"预先拟订好"料令"(条规),然后由一人在会议上"料话"(讲话)时进行宣布,由大家以默认或欢呼的方法通过,然后将条文刻在石碑上,立于村头,并另书于木牌,分屯张挂。瑶族的乡约,有的一村拟订,也有的数村联定,一般是瑶族自定,有时是瑶族与其他民族合定。一般每年清明祭祖时宣布一次乡约条文,而与其他地方合立者,则视具体情况,一般四五年协商一次。其格式与内容均与《龙祠乡约》及《南赣乡约》雷同,只是在具体的处罚措施上带有瑶族习惯法的特点。④至于它和《龙祠乡约》的关系

---

① [明]王守仁撰,吴光、钱明、董平、姚延福编校:《王阳明全集》卷一七《南赣乡约》,上海:上海古籍出版社,1992年,第602—603页。

② 练铭志、马建钊、李筱文:《排瑶历史文化》,广州:广东人民出版社,1992年,第342—356页。

③ 广西壮族自治区编辑组:《中国少数民族社会历史调查资料丛刊》修订编辑委员会编:《广西瑶族社会历史调查》第1册《广西金秀大瑶山瑶族社会历史调查》,南宁:广西人民出版社,1984年;胡起望、范宏贵:《盘村瑶族》,北京:民族出版社,1983年,第107—130页。

④ 蒲朝军、过竹主编:《中国瑶族风土志》,北京:北京大学出版社,1992年,第275—278页。

如何,尚有待于进一步研究。

《吕氏乡约》的制定者吕大钧是理学家张载的信徒,是张载理学思想的实践者,《龙祠乡约》的制定者唐兀忠显、唐兀崇喜等也是理学的追随者,《南赣乡约》的制定者更是中国历史上著名的理学家之一,这说明乡约的制定与宋、元、明时期理学的发展息息相关,本身就是理学思想在社会中的一种实践。

《龙祠乡约》直接脱胎于《吕氏乡约》,但内容有较大的变更,表达方式也有相当程度的改变。这一乡约,在元末对西夏遗民有较大影响,但是否影响到明代,目前尚无确切的资料予以证实,但从王阳明的《南赣乡约》中,我们不难看到《龙祠乡约》的影子。《南赣乡约》,不管在内容还是在表述方式上都与《吕氏乡约》有很大距离,却与《龙祠乡约》相类似。以理度之,《南赣乡约》应直接或间接地受到了《龙祠乡约》的影响。《龙祠乡约》在中国伦理学史上具有重要地位,应引起足够的重视。

第三章　从《述善集》看宋元理学对濮阳西夏遗民的影响

　　《述善集》是西夏遗民唐兀崇喜(字象贤)于元至正十八年(1358)所编纂的文集,后来又于明初有所补充,内容分"善俗""育材""行实"三卷,并有附录二篇,共收录濮阳西夏遗民及其亲朋师友等所撰记、序、碑铭、诗赋、题赞、杂著等各种体裁作品75篇,内容主要记述西夏遗民唐兀氏迁居濮阳前后的事迹,除元末明初西夏遗民之著述外,大多为亲朋师友撰写的赠诗、赠文。保存下来的濮阳西夏遗民资料相当丰富,而且具有非常高的史料价值。①

　　1998年,本章作者之一杨富学受朱绍侯、白滨二先生之命,协同濮阳当地学者焦进文对该文献进行整理、校注,阅三年寒暑,终得以刊行②,引起了国内外学术界的关注③,十余年来研究不辍。但观当前研究状况,多偏重于具体史实的考订和西夏遗民的教育、汉化、乡村建设等问题,而没有重视《述善集》所反映的理学思想。其实,《述善集》所载龙祠乡约的制定、唐兀氏对家族教育的重视和书院的兴建,都在强调一个"善"字。究其深层背景,皆可追溯至元代理学的影响,这是研究《述善集》应关注的核心问题之一。有鉴于此,本章拟从忠君、孝道、中庸、善乐、贞节等方面对《述善集》所蕴含的理学思想略作阐释,进而探讨其成因和影响。

---

　　① 朱绍侯:《试论〈述善集〉的学术价值》,《史学月刊》2000年第4期,第11—18页;刘巧云:《〈述善集〉学术价值刍议》,何广博主编《述善集研究论集》,兰州:甘肃人民出版社,2001年,第15—25页;彭超、徐希平:《一个多民族文学融合互动的范本——〈述善集〉文学文献价值考述》,《民族学刊》2016年第5期,第49—57页。
　　② 焦进文、杨富学校注:《元代西夏遗民文献〈述善集〉校注》,兰州:甘肃人民出版社,2001年。
　　③ 相关述评见[日]舩田善之:《新出史料〈述善集〉绍介——新刊の關連書三册》,《史滴》第24期,2002年,第141—150页;刘再聪:《觅宝于"寻常百姓家故纸堆中"——评〈元代西夏遗民文献述善集校注〉》,《甘肃民族研究》2005年第3—4期,第123—126页;李吉和:《〈元代西夏遗民文献述善集校注〉述评》,《西夏学》第1辑,银川:宁夏人民出版社,2006年,第186—188页。

第一节 元代濮阳西夏遗民的忠孝思想

在中国传统文化中,忠孝乃立德之本,忠孝思想在古代中国的意识形态领域中占有核心地位,在维系社会稳定方面发挥了重要作用。

儒家的忠君思想,源自孝道,推家及国,忠君即是孝。《孝经》云:"夫孝,始于事亲,中于事君,终于立身。"《孟子·公孙丑下》曰:"内则父子,外则君臣,人之大伦也。"彼时的君臣之义尚停留在理论倡导阶段,及至宋代,理学大兴,作为伦理纲常重要环节的忠君观念被大大强化,近乎宗教。

《述善集》对崇喜忠君思想多有记载,言其在罄家资兴办学校的同时还为元政府献粮,如《锡号崇义书院中书礼部符文》记载"唐兀崇喜创建宣圣庙学,并置学田四顷五十四亩,献粟五百石,草一万束,以供调兵之用",故而被朝廷树立为忠君报国的楷模,不仅准其兴建书院,而且赐额曰"崇义书院"。

> 斯人尚义轻财,尊儒重道,建学田,育人才以报国,献粟草,供军需而效忠……本人不望名爵官钱,欲尽报国之心,以为殄寇之资,乞赐以书院之号,护持禁约,使庙学无沮坏之虞,田土免侵欺之弊,上不失朝廷重道崇儒之意,下可励士庶学古向善之心。①

除崇喜外,《述善集》中还记载了与之有着姻亲关系的伯颜宗道(伯颜宗道女嫁于崇喜子理安)的忠君之举。

伯颜宗道(1292—1358),开州濮阳月城人,哈剌鲁氏,又名师圣,字宗道,号愚庵。《元史》卷一九○《伯颜传》及《述善集》附录中收录的《伯颜宗道传》均载有其生平事迹。《伯颜宗道传》又见于《正德大名府志》卷一○《文类》。②通过比较可以看出,《正德大名府志》所载的《伯颜宗道传》比《述善集》所载多出了近30个字,而且二者文字略有不同。《述善集》所载当为底本,在收入《正德大名府志》时内容有补充。

据载,至正四年(1344),朝廷招纳才德隐迹之士,伯颜宗道被征召至京师,成

---

① 《锡号崇义书院中书礼部符文》,焦进文、杨富学校注《元代西夏遗民文献〈述善集〉校注》卷二《育材卷》,兰州:甘肃人民出版社,2001年,第120页。

② 陈高华《读〈伯颜宗道传〉》,《元史及北方民族史研究集刊》第10期,1986年,第37—38页(收入氏著《元史研究论稿》,北京:中华书局,1991年,450—453页)。

为翰林待制，参与编修《金史》，书成后，因病辞归，后担任江西湖东道肃政廉访金事，又辞归，回乡讲学。宗道修辑《六经》，很多著述均毁于兵燹，幸赖《述善集》存其《节妇序》和《龙祠乡社义约赞》两篇诗文①，被陈垣称作"西域理学名儒"②。

至正十七年（1357），红巾军攻战濮阳地区，伯颜宗道带领门生乡亲上百家，避乱到安阳，在野外筑起堡垒对抗红巾军，一时间有上万人来投。翌年，红巾军将领沙刘二率部来攻，缺乏作战指挥经验的伯颜宗道被俘，不屈而死，享年67岁。③妻子宗族三十余口同时遇害。伯颜宗道虽一介文士，却能组织起一支武装力量拱卫元朝，被俘后又表现出视死如归、杀身成仁的凛然之气，因而被朝廷追封为范阳郡伯，谥号"文节"。

在不同种族之间，忠义行为都会获得认可与称赞。宗道祖上来自西域，系哈剌鲁人的血统，刚健豪迈，富有忠君报国思想。潘迪论曰："侯出于穷乡下里，非有父师君上之教督也，乃能以经训道学为己任，诚所谓无文王而兴者欤？然与古忠臣烈士比肩并列，斯可尚矣。"④潘迪还论道，大部分学习理学流于言论文辞，躬身践行的太少，像宗道这样舍生取义的就更少了，"其好古博雅，真履实践之士，盖千百无一二焉"⑤。不唯伯颜宗道，《元史·忠义传》列举出大量以死殉国的案例，其中很多色目人都有国子学和科举的经历，举其要者，有唐兀进士丑闾、明安达尔、塔不台、余阙、迈里古思等，畏兀儿进士普达世理、偰列篪、"回回"进士吉雅谟丁、获独步丁、海鲁丁、穆鲁丁。科举之士对君臣伦常观念的体认，远比那些没有受过理学思想熏陶的封疆大吏要强烈。元代进士数量甚少，仅有1139人⑥，然而在元末死节的就有43人。⑦比例之高，史无前例。诚如杨维桢所论："我朝科举得士之盛，实出培养之久，要非汉比也。至正初，盗作。元臣大将守封疆者不以死殉而以死节闻者，大率科举之士也。兵革稍息，朝廷下诏取士如初。"⑧清代

---

① 杨富学：《元代哈剌鲁人伯颜宗道事文辑》，《文献》2001年第2期，第76—88页（收入氏著《中国北方民族历史文化论稿》，兰州：甘肃人民出版社，2001年，第257—268页）。

② 陈垣：《元西域人华化考》，上海古籍出版社，2000年，第16页。

③ 杨富学：《元代哈剌鲁人伯颜宗道事文辑》，《文献》2001年第2期，第80页。

④ ［元］潘迪：《伯颜宗道传》，焦进文、杨富学校注《元代西夏遗民文献〈述善集〉校注》卷三《行实卷》附篇，兰州：甘肃人民出版社，2001年，第228页。原文未著录作者姓名，笔者考定为潘迪。

⑤ ［元］潘迪：《伯颜宗道传》，焦进文、杨富学校注《元代西夏遗民文献〈述善集〉校注》卷三《行实卷》附篇，兰州：甘肃人民出版社，2001年，第228页。

⑥ 萧启庆：《元代进士辑考》，台北："中央研究院"历史语言研究所，2012年，第20页。另，桂栖鹏：《元代进士研究》，兰州：兰州大学出版社，2001年，第4页言为1200人。

⑦ 桂栖鹏：《元代进士研究》，兰州：兰州大学出版社，2001年，第77页。

⑧ ［元］杨维桢：《铁崖先生集》卷二《送王好问会试春官叙》，李修生主编《全元文》第42册，南京：凤凰出版社，1999年，第519页。

赵翼也感慨:"末年仗义死节者,多在进士出身之人。"①元代理学忠君思想对色目人深刻的影响于此可见一斑。

许衡在国子学任教期间,也谈到蒙古与色目生员质朴的特点,认为质朴的弟子经过理学熏陶后可堪大用。西夏遗民余阙、蒙古人泰不华为许衡之说给予了最好的诠释。至正十二年(1352),余阙率二千(一曰四千)羸弱之兵与陈友谅军鏖战,苦守孤城庐州三个月,破城之日,余阙引刀自刎坠于清水塘中,妻子儿女亦投井而亡。②同年,儒者泰不华在台州与方国珍部战于舟船之上,其力大过人,肉搏战中手刃数人,最终被包围,死于长矛之下。③朝堂上守正不阿,沙场上拼死报国,他们之耿介性情、刚烈行为,不失西北民族强悍之遗风。无论崇喜在生活中恪守理学规范的虔诚之心、贯云石普及孝经的热情,还是宗道、余阙、泰不华等以生命来践履理学的死节之行,同为"西北子弟"接受并践行程朱理学之最佳注脚。

与忠君思想相伴,儒家的孝道思想在濮阳西夏遗民中也有着根深蒂固的影响。孝道之核心在于敬老养老,《尔雅》定义为:"善事父母为孝。"《述善集》多处提及孝道,"百善孝为先"思想跃然纸上,崇喜和弟弟卜兰台(字敬贤)均堪称孝道之典范。

卜兰台孝亲的举动成就了一段传奇。至正四年(1344)秋,兄长崇喜尚在京师,卜兰台独自操办父亲丧事,家中突遇强盗,卜兰台令母亲及家人逃走,而自己独守父亲灵柩,面对强盗。张以宁《书唐兀敬贤孝感后序》称赞其孝举:"大哉孝乎! 可以感天地、感鬼神,笋生而瓜实,兔扰而鹿驯,鱼之跃,乌之号,鸟之为耘,而燕为之衔土,凡草木、禽兽、鳞虫之微,举可以感焉。盗亦人也,於戏有不感而动者乎? 予读汉蔡顺、赵礼事,击恻也。今观唐兀敬贤孝感序,益信。"

儒家强调将生前的孝敬延至死后,注重丧葬祭祀。祭祀以神道设教的方式缅怀先人,后世子孙在反复习礼中得到教育。《礼记》称:"祭者,所以追养继孝也……君子生则敬养,死则敬享,思终身弗辱也。"至正四年,崇喜"虑母老,欲豫寿器,躬诣炎陬,市紫沙棺材,修盈又广尺许"④。崇喜营建家庙,妥置祖先牌位,命名为"思本堂"。潘迪撰《思本堂记》盛赞崇喜之孝道,认为思本即孝道的最高境界:"且四时迁改,霜露下降,晨鸡鸣,暮角哀,此固孝子之思亲也。此特思之

① [清]赵翼著,王树民校证:《廿二史札记校证》卷三〇,北京:中华书局,1984年,第706页。

② 《元史》卷一四三《余阙传》,北京:中华书局,1976年,第3428页;[明]李东阳:《余忠宣公祠堂记》,《雍正合肥县志》卷二二《艺文志》。

③ 《元史》卷一四三《泰不华传》,北京:中华书局,1976年,第3425页。

④ [元]潘迪《唐兀敬贤孝感序》,焦进文、杨富学校注《元代西夏遗民文献〈述善集〉校注》卷三《行实卷》,兰州:甘肃人民出版社,2001年,第178页。

小者,由一世推而至百世,必思本之所自,则其思也。为何如?故孝子之思亲也,不以孝思为难,而以时思为难;不以时思为难,而能思其本为尤难欤。"

崇喜、卜兰台兄弟通过为祖辈获得追封,以示感恩思本,"褒封祖考,荣及存殁,诚子孙之至愿也"①。祖父间马、祖母哈剌鲁氏因卜兰台而被追封为"敦武校尉"和"宜人",父亲达海(字忠显)亦因崇喜之故而被追封为"忠显校尉"。至正四年(1344),因父去世,在京师参加礼部考试而正等候出贡入仕的唐兀崇喜即刻离京还家养母,"以守业务本为事"②。崇喜、卜兰台兄弟二人在父亡后,为侍奉母亲,均放弃仕进,潘迪感而撰《唐兀敬贤孝感序》,赞其为"知止之士"。

祖父间马去世后,崇喜拜求老师潘迪为之撰写碑文,"然先世潜德,苟不托巨笔铭诸琬琰,不惟无以示后人,而百世之下,亦安知余庆之所自哉?敢再拜请"③。并作《〈唐兀公碑〉赋诗》一首:

> 欲镌金石纪宗枝,特特求文谒我师。
> 为感恩亲无可报,且传行实后人知。

诗虽简短,但情真意切,表达了自己对先人的敬仰与怀念之情。

《孝经》中对事亲的各个方面提出要求,"孝子之事亲也,居则致其敬,养则致其乐,病则致其忧,丧则致其哀,祭则致其严,五者备矣,然后能事亲"。崇喜、卜兰台兄弟用孝心践行了这几个方面,他们的行为得到亲友的赞赏,张以宁《知止斋后记》即谓:"唐兀氏象贤及其弟敬贤之孝友,皆可传也。"

第二节　元代濮阳西夏遗民的中庸与善乐思想

中庸是一种为人处世的智慧,是不偏不倚的行为准则。《述善集》所见中庸

---

① [元]潘迪:《大元赠敦武校尉、军民万户府百夫长唐兀公碑铭并序》,焦进文、杨富学校注《元代西夏遗民文献〈述善集〉校注》卷三《行实卷》,兰州:甘肃人民出版社,2001年,第137页;穆朝庆、任崇岳:《〈大元赠敦武校尉军民万户府百夫长唐兀公碑铭〉笺注》,《宁夏社会科学》1989年第1期,第88页;朱绍侯:《〈述善集〉选注二篇》,《史学月刊》2000年第4期,第5页。

② [元]唐兀崇喜:《自序》,焦进文、杨富学校注《元代西夏遗民文献〈述善集〉校注》卷一《善俗卷》,兰州:甘肃人民出版社,2001年,第49页。

③ [元]潘迪:《大元赠敦武校尉、军民万户府百夫长唐兀公碑铭并序》,焦进文、杨富学校注《元代西夏遗民文献〈述善集〉校注》卷三《行实卷》,兰州:甘肃人民出版社,2001年,第137页;穆朝庆、任崇岳:《〈大元赠敦武校尉军民万户府百夫长唐兀公碑铭〉笺注》,《宁夏社会科学》1989年第1期,第88页;朱绍侯:《〈述善集〉选注二篇》,《史学月刊》2000年第4期,第5页。

思想之核心可用一字即"止"来概括,唐兀崇喜以"敬止斋",弟弟唐兀卜兰台以"知止斋"来命名自己的书斋,金有"止"字,意指凡事皆有度,止于所当止,不可超越规范,如潘迪《知止斋记》解释道:"当止之处止,不失其所止而止,适其时则止……父止于慈,子止于孝,兄止于友,弟止于敬。"朱熹言"敬止,言其无不敬而安所止也"①。《述善集》中的"止",表述的正是这个意思。

《述善集》所示唐兀家风的一个重要特点是安分守己,如潘迪《顺乐堂记》所言:"今崇喜处于家道优裕之中,而能知止以安分。"唐兀氏见于《述善集》记载的五代基本一夫一妻,同样表现出一种节制,是为"知止"也。这正是对中庸思想的践履。

儒家思想追求精神上的快乐,认为过度的物质享乐是不足取的。在《劝善直述》中,唐兀崇喜引用《尚书》所谓"天道福善祸淫"的观点,认为过分享乐就会带来灾祸。崇喜还撰《为善最乐》,言:"千日之乐,不足以敌一日之忧。汉诸侯王,大抵皆骄佚放恣。夫其为骄佚放恣者,岂不以为乐哉?曾未几何,身死国除,其祸惨矣。岂非前日之乐,乃所以为后日之忧乎?"中庸思想体现的是"善"的境界,是达到"乐"的方式。

崇喜所讲的"善"不只是指人性单纯的善良,"善"是仁义礼智信,是理学思想的本质。许衡说:"上品之人,不教而善;中品之人,教而后善;下品之人,教亦不善。"②"述善"的本质在于恪守理学规范。在《述善集》中,"善"是一以贯之的一条主线,反复被提及。

陶凯《送杨公象贤归澶渊序》:"力学树善,为乡间楷式……为善最乐……积善之报……力于为善。"

唐兀崇喜《劝善直述》:"善成福至……心既不藏沮疾为善……感发而进于善。"

危素《赠武威处士杨象贤序》:"称武威象贤之善而识之……善而能恒。"

张以宁《〈述善集〉叙》:"为善之积,盖四世矣……是时,士无不善……上之善治,下之善俗。"

诸如此类,不一而足。"善"是研修理学最基本的方式和最高境界,是人生快乐的源泉,因此,"善"成为崇喜毕生的追求。其祖传遗书被命名为《述善集》,原因即出乎此。

---

①[南宋]朱熹:《四书章句集注》卷一,北京:中华书局,1983年,第5页。
②[元]许衡著,王成儒点校:《许衡集》卷三《小大学或问》,北京:东方出版社,2007年,第39页。

至正元年(1341),唐兀忠显、崇喜父子与邻村耆老千夫长高公① 等共同制定了《龙祠乡社义约》,核心内容就是"善",由己及人之"善"。该乡约为乡村百姓的日常行为制定了如下规范:

> 一、除社簿内所载罚赏、劝戒事外,若有水火盗贼一切不虞之家,从管社人所举,各量己力而济助之。
> 一、如有无事饮酒,失误农业,好乐赌博,交非其人,不孝不悌,非礼过为,则聚众而惩戒,三犯而行罚,罚而不悛,削去其籍。若有善事,亦聚众而奖之。
> 如此为社,虽不尽合于古礼,亦颇有补于世教。②

其中有村民互助、奖善惩恶的条款,社内若有遭遇水火灾害的家庭,其他家庭要施以援手,尽力救济。不孝不悌等行为要聚众惩罚,善事则聚众奖励。③其奖惩方式具有非常强烈的道德评价色彩。如设立社籍,将社众道德行为书于"簿"上,对于历来以重名为风的社会来说,本身就是一道很有影响的道德防线。④《龙祠乡社义约》强调:"乡社之礼,本以义会;风俗之美,在于礼交。"乡约的制定,既是一种心灵教化,同时也是一种行为约束和道德防线。唐兀崇喜父子以程朱理学为基础,依据北宋嘉祐二年(1057)吕大钧所定《蓝田吕氏乡约》⑤而制定了《龙祠乡社义约》。《吕氏乡约》作为践履理学的有效方式,受到朱熹的推崇,元人许衡把它作为美化社会风俗的教材大力宣传推广。潘迪《龙祠乡社义约序》言:"余每爱《蓝田吕氏乡约》,诚后世转移风俗之机也。虽未必一一悉合先王之礼,而劝善惩恶之方,备载于籍。故鲁斋先生许文正公取之,以列善俗十书之一,而左辖张公仲谦为之锓梓以传世。"《龙祠乡社义约》的制定,比诸《吕氏乡约》,内容颇有增损,尤其是乡约凸显了濮阳西夏遗民在乡村建设中提倡节俭、杜绝奢侈

---

① 高公墓在今濮阳县城东二十公里处高家村,西距唐兀崇喜所在之杨十八郎村仅有一公里。有关考证见 Tomoyasu Iiyama, A Tangut Family′s Community Compact and Rituals: Aspects of the Society of North China, ca. 1350 to the Present, Asia Major Third Series Vol.27, No.1, 2014, p. 131.

② [元]唐兀忠显、唐兀崇喜:《龙祠乡社义约》,焦进文、杨富学校注《元代西夏遗民文献〈述善集〉校注》卷一《善俗卷》,兰州:甘肃人民出版社,2001年,第25页。

③ 杨富学、焦进文:《河南濮阳新发现的元末西夏遗民乡约》,《宁夏社会科学》2001年第5期,第79—82页。

④ 刘坤太:《元代唐兀杨氏〈述善集·龙词乡约〉的伦理学探析》,何广博主编《述善集研究论集》,兰州:甘肃人民出版社,2001年,第32页。

⑤ [北宋]吕大忠、吕大钧、吕大临著,陈俊民辑校:《蓝田吕氏遗著辑校》,北京:中华书局,1993年,第563—566页。

浪费、尚贤、乡社经济公开化、惩过奖善、务农富民等思想与举措。[①] 这些对于促进乡村建设,美化社会风气具有积极作用。

人生之"乐"来自"善",来自对理学的践行。自古至今,中国儒者形成了自己独特的喜乐观,体现出的是儒家以天下为己任的情怀,此乃善与乐的最高境界,亦即《述善集》所倡导的超越一己之私的理学情怀:"自乡而邑,自邑而郡,自郡而天下,皆在春风和气中。则乐之所及广矣。"[②] 安分守己、轻视功名利禄,就能获得一份精神上的安宁,崇喜在研修理学的过程中就逐渐体认到超然物外的乐趣,诚如潘迪《顺乐堂记》所言:"今崇喜处于家道优裕之中,而能知止以安分,延师以诲子,和顺以悦乎亲,怡逊以友其弟,薄利禄如浮云,鄙功名为外物,则其乐之所适,又岂他人之可逮哉?"唐兀氏二祖闾马"好学向义,服勤稼穑,尝言:'宁得子孙贤,莫求家道富。'厚礼学师,以教子孙"。三祖达海曰:"欲求家道久昌,莫若教子义方",而且出资"构讲堂,延师儒,诲子孙,以为永图。"[③] 历三世至于崇喜,终得于至正八年(1348)建成乡校亦乐堂,后发展为"崇义书院"。崇喜用自己无私的行动诠释了理学的"善"与"乐",他说:"夫为善之人,从容中道,不为不义。明无人非,幽无鬼责。浩然天地之间,俯仰无愧,心平气和,神安而体舒。天下之乐,岂夫有大于此者?"[④] 深厚的儒学涵养流露于举手投足之间。

第三节　元代濮阳西夏遗民之贞节观

贞节观是理学思想的重要内容,从观念上的形成到理论上的成熟再到日常生活的实践,经历了漫长的发展过程,在不同时期,对女性生活和民风民俗的影响是不同的。《述善集》为我们展现的是理学贞节观在元代后期的情况,从中可以看出,在朝廷和文人的大力宣传下,这种观念已深入日常生活,融于民俗之中。

贞节观念最早可追溯到《易经》,其中爻辞《象传》有言:"妇人贞吉,从一而终也。"嗣后,儒家纳入礼教范畴,要求妇女遵守。然而,从周礼的制定到宋代理学思想的成熟,从一而终的思想并没有对妇女生活造成非常严重的影响。

---

① 王君、杨富学:《〈龙祠乡约〉所见元末西夏遗民的乡村建设》,《宁夏社会科学》2013年第1期,第93—99页。

② [元]潘迪:《顺乐堂记》,焦进文、杨富学校注《元代西夏遗民文献〈述善集〉校注》卷三《行实卷》,兰州:甘肃人民出版社,2001年,第161页。

③ [元]唐兀崇喜:《自序》,焦进文、杨富学校注《元代西夏遗民文献〈述善集〉校注》卷一《善俗卷》,兰州:甘肃人民出版社,2001年,第49页。

④ [元]唐兀崇喜:《为善最乐》,焦进文、杨富学校注《元代西夏遗民文献〈述善集〉校注》卷三《行实卷》,兰州:甘肃人民出版社,2001年,第191页。

　　唐代贞节观念淡薄,影响延及宋代社会生活,在宋代女性再嫁为民风所接受。同时也正是因为唐代礼教规范的松弛,程颐和朱熹金斥其"三纲不正",宋代理学家们才试图加强礼教的约束力,强调贞节观,重整社会秩序。理学形成之初,周敦颐、张载强调女性顺从礼教规范,但没有特别强调贞节。理学发展至二程,贞节观完成了理论的建构。程颐提出女人再嫁,男人娶失节的女人,皆为失节,堵塞了女性再嫁之路。南宋朱熹进一步完善二程的贞节理论,并将其上升到理的层次,强调要在实际生活中践履。经其大力宣扬,这一思想逐步深入人心,并渗透到社会风俗中去。这些举措,将儒家礼教所提倡由程颐发展成熟的贞节观,由道德范畴引向法制轨道,为明代朱元璋将贞节行诸法律提供了理论基础。①

　　宋代虽然理论上倡导贞节观,但在实际生活中尚未推行开来,直到南宋末年,贞节观对妇女生活的影响力才开始显现,元代延续了这一趋势,妇女守节渐成流俗。有宋300年,写进《列女传》的3名以孝闻名的女子中,只有1名是节妇(另两名是一对姐妹孝父例);而元代100年,载入《列女传》的夫死守节不嫁的19人,节而又以孝舅姑闻名者18人,孝己父母者13人,实际上元代孝节妇女远非正史表彰之数,当时已渐染成习。②

　　元代贞节观逐步深入社会生活,这在《述善集》中也不无体现。崇喜、宗道赞赏节妇之文显示了元代西夏遗民的贞节观。脱因是伯颜宗道的姻家,其母济阴县太君二十四岁守寡,抚育孤儿,奉养婆母,孀居五十多年,得到朝廷的表彰,"降花诰,表宅里,建雄门之壮观"③。伯颜宗道《节妇序》、唐兀崇喜《节妇后序》中都赞赏这种恪守妇道、志节坚定的行为,盛赞其"志节弥坚,脂松不御"的品格。

　　元代,朝廷大力提倡表彰守节殉夫的行为,要求女人对男人尽义,"一身二夫,烈妇所耻"以及"妇之行一节而已,再嫁而失节"④的贞节观从官方到民间,逐步深入人心,元末顺帝至正年间达到高潮。在所谓"烈女不事二夫"思想的主导下,元代众多妇女以生命践履贞节观,《元史·列女传》就记载了48例殉夫的事件,远远高于理学盛行的宋代,见于《宋史》的守节殉夫行为只有2例。《元史·列女传》还记载了83例在遭遇乱兵匪盗时为夫死烈的事迹,大多发生在至正年间。⑤

　　① 舒红霞:《宋代理学贞节观及其影响》,《西北大学学报》(哲学社会科学版)2000年第1期,第48—49页。
　　② 杜芳琴:《元代理学初渐对妇女的影响》,《山西师范大学学报》(社会科学版)1996年第4期,第71页。
　　③ [元]伯颜宗道:《节妇序》,焦进文、杨富学校注《元代西夏遗民文献〈述善集〉校注》卷二《育材卷》,兰州:甘肃人民出版社,2001年,第130页。
　　④《元史》卷二〇〇《列女传一》,北京:中华书局,1976年,第4490、4488页。
　　⑤ 杜芳琴:《元代理学初渐对妇女的影响》,《山西师范大学学报(社会科学版)》1996年第4期,第72页。

在西夏遗民的汉化过程中,理学贞节观对西夏遗民的思想和行为都产生了重大的影响,《述善集》中所显示的不唯是脱因之母的事迹,更有崇喜、宗道对贞节观的崇尚,体现了理学思想对西夏遗民贞节观的巨大影响。

崇喜是西夏唐兀人,他的姻家伯颜宗道是哈剌鲁人,伯颜宗道的姻家脱因是康里部人,脱因的母亲是钦察人①,不论来自哪个民族,他们皆自愿接受儒家文化,自觉践行理学思想。《述善集》所呈现的是濮阳地区色目人对理学的践履,说明理学已经成为他们共同的价值观,濮阳地区的色目人由是而逐步汉化。

第四节 元代濮阳西夏遗民理学观形成之原委

通过以上分析,可见理学在元代后期已深入社会最底层的乡村。值得注意的是,来自西夏,迁居中原仅有60年左右的唐兀氏子孙,却成为程朱理学的忠实躬行者。初祖唐兀台于1235年随蒙古军队征战到中原,二祖闾马在13世纪70年代迁居濮阳,10年后生第三代达海(字忠显),而第四代崇喜则生于1300年,在短短的几十年里,唐兀氏家族就积淀了深厚的理学根基。形成原因固然很多,但首要者莫过于元末中原一带理学思想的盛行。

理学的奠基者程颐、程颢兄弟本系洛阳人,程颐在洛阳讲学十年,故称"洛学",主张天即理之学说,强调"去人欲,存天理",提倡"饿死事极小,失节事极大"。兹后,谢良佐和杨时紧承其后,大力弘扬这些说教。杨时曾讲学东南,于是,二程思想播迁于江南,对江南士人产生了深刻影响。及至南宋朱熹,在二程思想的基础上,进一步熔铸儒释道诸家思想,形成了富于理论思辨色彩的严密的思想体系——闽学。②南宋理宗以后,程朱理学逐渐成为官方哲学。但自理宗于1224年即位,仅过50余年,南宋就灭亡了。所以,程朱理学成为后期封建社会的统治思想,关键是在元朝。

蒙古人入主中原,给宋初以来发展起来的理学带来了比较深刻的变化。13世纪初,蒙古崛起朔漠,南征北战,破金灭夏。在此过程中,蒙古人开始大量吸取以儒学为主的中原文化。但当时南北方"声教不通",北方盛行章句之学,并没有接触到南方程朱理学。1236年,窝阔台率部南下伐宋,在德安府(今湖北安陆)俘获南宋理学名儒赵复,命之北上。于是,赵复被迫在燕京太极学院开始传授程朱

---

① 张迎胜:《杨氏家族婚姻关系刍议——〈述善集〉窥见》,何广博主编《述善集研究论集》,兰州:甘肃人民出版社,2001年,第125—137页。

② 侯外庐、邱汉生、张岂之:《宋明理学史》,北京:北京出版社,1997年,第697—682页。

理学①，姚枢、刘因、许衡、窦默、郝经等一批北方著名学者成为赵复的门生，"学子从者百余人"②，习得理学奥义的儒士们又将所学带到各地。黄宗羲曰：

> 自石晋燕、云十六州之割，北方之为异域也久矣，虽有宋诸儒迭出，声教不通。自赵江汉以南冠之囚，吾道入北，而姚枢、窦默、许衡、刘因之徒，得闻程、朱之学以广其传，由是北方之学郁起，如吴澄之经学，姚燧之文学，指不胜屈，皆彬彬郁郁矣。③

赵复北上之前，许衡治学范围局限于汉儒章句之学，赵复所传程朱理学的宇宙观使他视野大开，理学的思辨哲理性更令许衡耳目一新，几近痴迷。"自得伊洛之学，冰释理顺，美如刍豢。尝谓：'终夜以思，不知手之舞之，足之蹈之。'"④赵复之后，许衡成为北方理学的一代宗师，对理学在北方的传播广大，厥功甚伟，被苏天爵誉为朱熹之后第一人：

> 伊川殁二十余年而文公生焉，继程氏之学，集厥大成，未能遍中州也。文公殁十年而鲁斋先生生焉，圣朝道学一脉，乃自先生发之。至今学术正，人心一，不为邪论曲学所胜，先生力也。所以继往圣开来学，功不在文公下。⑤

全望祖亦曰："河北之学，传自江汉先生，曰姚枢，曰窦默，曰郝经，而鲁斋其大宗也，元时实赖之。"⑥许衡、姚枢、窦默等苏门山学者以传播理学为己任，他们讲学于怀庆、卫辉一代，又被称为怀卫理学家群体，他们是北方第一批理学家，其影响首先辐射到濮阳所在的河南地区。

在元代的北方学者中，苏门山学者长于理学，紫金山学者长于自然科技，封龙山学者长于文史。苏门山位处河南省辉县，邵雍、周敦颐、程颢、程颐均曾亲至

---

① 王君、杨富学：《〈龙祠乡约〉所见元末西夏遗民的乡村建设》，《宁夏社会科学》2013年第1期，第97页。
② 《元史》卷一八九《赵复传》，北京：中华书局，1976年，第4314页。
③ [清]黄宗羲著，全祖望补修，陈金生、梁运华点校：《宋元学案》卷九〇《鲁斋学案·赵复》，北京：中华书局，1986年，第2995页。
④ [元]耶律有尚编：《许文正公考岁略续》，《北京图书馆藏珍本年谱丛刊》第35册，北京：图书馆出版社，1999年，第562页。
⑤ [元]苏天爵辑撰，姚景安点校：《元朝名臣事略》卷八《左丞许文正公》，北京：中华书局，1996年，第179页。
⑥ [清]黄宗羲著，全祖望补修，陈金生、梁运华点校：《宋元学案》卷九〇《鲁斋学案·序录》，北京：中华书局，1986年，第2994页。

其地。1242年,姚枢弃官隐居苏门山,在太极书院(明代改名百泉书院)讲授赵复所传理学,许衡前往求学。1250年,许衡移居苏门山,与姚枢、窦默等在此隐居、讲学。1251年,姚枢赴征,许衡独居苏门山。中统年间(1260—1264),许衡奉旨往河南怀孟聚徒授学,"世祖中统间,征许衡,授怀孟路教官,诏于怀孟等处选子弟之俊秀者教育之"①。许衡讲学的苏门山、大名府、怀卫等地,皆距濮阳不远。《述善集》中多次提及许衡的影响,如伯颜宗道《龙祠乡社义约赞》言:"象贤衮友朋、结乡社,惟讲信修睦为事,蹑蓝田之芳踪,遵许公之垂训。"罗逢原《龙祠乡社义约赞》则曰:"立社之约,盖仿蓝田吕氏旧规与鲁斋许公遗意。"二文中所谓的"蓝田",代指蓝田吕氏,其乡约对濮阳《龙祠乡社义约》的制定有着决定性影响;"许公"无疑指许衡,他提出的善恶消长、以善攻恶的思想影响很大②,影响所及,濮阳唐兀氏将其理学思想奉为圭臬。潘迪《龙祠乡社义约序》言:"国家兴自龙朔,人淳俗质,初不知读书为事也。后入中国,风气渐变,世祖大阐文治,乃命硕儒许文正公,以经学训北来子弟。"在序中,潘迪还谈到许衡对乡约善俗的重视,言其曾将《吕氏乡约》列为"善俗十书"之一。

唐兀氏第二代传人闾马(1248—1328)曾参加过著名的襄樊之战,后定居濮阳,斯时许衡正在河南一带传播理学。几十年后,唐兀忠显、崇喜父子与当地百姓共立《龙祠乡社义约》,兴办学校,建立崇义书院。许衡是躬身实践理学思想的楷模,在教育思想和对伦理纲常的践履方面对崇喜等人的影响既深且巨。

许衡不仅从理论上研修理学,而且非常注重践履。蒙古统治者崛起于朔漠,注重实用是其最重要的价值取向。在这样的政治环境下,许衡等人既有发展理学的诉求,又要迎合蒙古统治者的需要,空谈性理很难得到支持,因而,注重事功,强调在日常生活中的践行成为元代理学发展的方向,唯此,理学方可获得发展的机会。职是之故,缺乏理论建树,长于务实便成为元代理学的重要特点之一,在宋明理学由理论到实践的转化过程中,元代可谓关键期。③理学影响了蒙古文化,蒙古文化也为理学带来了实用的价值观和新的发展契机,为理学注入清新之气。

许衡认为,国家不可一日无纲常伦理,不仅上层的人要履行理学思想,一般的人也要履行,日常衣食起居、婚丧嫁娶皆应守礼。"日用间若不自加提策,则怠

---

① 《元史》卷八一《选举志一》,北京:中华书局,1976年,第2034页。
② 陈正夫、何植靖:《许衡评传》,南京:南京大学出版社,1995年,第271页。
③ Chi-pan Lau, Hsu Heng's(1209-1281)Role in the Development of Chinese Institution and Culture under the Mongol Rule, Ph. D. diss., University of Washington, 2000, p. 150.

惰之心生焉,怠惰心生不止于悠悠无所成,而放僻邪侈随至矣……我所行不合于六经语孟中,便须改之,先务躬行非止诵书作文而已。"① 他认为,伦理纲常的教育要从小抓起,至元三年(1266)上书建议兴办学校:"自上都、中都,下及司县,皆设学校,使皇子以至庶人之子弟,皆从事于学,日明父子君臣之大伦,自洒扫应对至于平天下之要道,十年以后,上知所以御下,下知所以事上,上和下睦,又非今日比矣。"②

崇喜家族数代生活在理学之风盛行的河南地区,他们将理学奉为圭臬,深入践履理学。崇喜父子制定了旨在美化民风民俗的《龙祠乡社义约》,用乡约的形式规范村民的行为,移风易俗,匡扶时弊。唐兀氏重视教育,兴办学校,自二祖间马始,便在西北官人寨置屋办学,未果。三祖达海在泰定年间购置房舍,兴办学校,又未果。四祖崇喜,绳其祖武,倾尽家资,终于在至正八年(1348)办起乡校讲堂——亦乐堂,至正十三年(1353)建成庙学。朝廷赐以崇义书院的名号。③ 至正十八年(1358),兵燹起,崇喜避祸京师。至正二十七年(1367),崇喜再回濮阳,重办崇义书院。翌年,元朝灭亡,书院受此所累,自然难以长存。崇喜所办学校以尊儒治经、弘扬理学为主旨,因应了元代普及理学的需要,在当地产生了一定的影响。

由以上分析可见,北宋"洛学"的发源地在洛阳,元代理学名山苏门山等地距离唐兀氏家族所在的濮阳不远,地理空间上的相近,使得濮阳自北宋始就受到理学强烈的影响,中原地区悠久的理学传统成为《述善集》理学思想形成的大环境。

自蒙古至元代,包括西夏唐兀氏在内的大批色目人迁居汉地,对传统汉文化十分向往,孜孜以求,"首信许公衡,举相天下,《诗》《书》大振……人无不学,莫盛吾元;学无不用,莫盛今日也"④。研修理学最高级的殿堂就是国子学,唐兀崇喜的学养即来自国子学。潘迪《龙祠乡社义约序》所见"今崇喜之学,实得之成均"之言,即此谓也。就读国子学并参加科举,是蒙古人、色目人晋身官场的重要途径,也与其族群文化背景及汉化进程的快慢有密切关联。⑤ 据萧启庆先生分析,

① [元]许衡著,王成儒点校:《许衡集》卷一《语录上》,北京:东方出版社,2007年,第4页。
② [元]许衡著,王成儒点校:《许衡集》卷三《小大学或问》,北京:东方出版社,2007年,第39页;[元]苏天爵辑撰,姚景安点校:《元朝名臣事略》卷八《左丞许文正公》,北京:中华书局,1996年,第171页。
③ 杨富学:《元政府护持学校档案两件——元代西夏遗民兴学档案之一》,《档案》2001年第2期,第43—45页;汤开建、王建军:《元代崇义书院略论》,刘迎胜主编《元史论丛》第9辑,北京:中央广播电视出版社,2004年,第151—161页。
④ [元]贯云石:《夏氏义塾记》,明刊本《松江府志》卷一三,现收于李修生等编《全元文》第36册,南京:凤凰出版社,2004年,第193页。
⑤ Tomoyasu Iiyama, A Tangut Family's Community Compact and Rituals: Aspects of the Society of North China, ca. 1350 to the Present, Asia Major Third Series Vol. 27, No. 1, 2014, p. 122.

蒙古、色目进士多来自仕宦家庭。① 作为有军功的地方精英家庭,唐兀氏家族第四代有堂兄弟14人,除崇喜外,尚有从弟伯颜(字希贤)、广儿(字志贤)二人先后就读于国子学,而且三人同为上舍生。② 上舍是国子学中的最高档次。

国子学创设于1271年,教学内容及管理形式始终沿用许衡制定的模式。崇喜于1341—1343年就读于国子学,《述善集》中多次提到他在国子学的经历。潘迪《亦乐堂记》言其"培养于成均者久",在《昆季字说》中又称"蒙古百夫长崇喜象贤,从予问学既久,闻见益广,而谦虚益甚。尝以国子生,积分及第,升上舍,略无自满色"。崇喜在《自序》中自谦曰:"资遂不敏,叨居胄馆。"《唐兀公碑》言:"崇喜,国子上舍生,积分及等,蒙枢密院奏充本卫百户,授敦武校尉。"据《元史·选举志一》,每年国子学试贡,策试中上等一分,中等半分,年终算分,积分在八分以上的为上舍生,高等生员,成为"所贡生员",可以参加礼部考试。③ 试贡法用的是积分法,及等者所授官级也不同,蒙古人授官六品,色目人正七品,汉人从七品。由此可见,崇喜在国子学积分及等,官级应为正七品。④ 这些说明,崇喜在国子学成绩优异成为高等生,即上舍生,参加了礼部考试,中试为贡生。至正四年(1344)秋,因父亲去世,"值丁忧"而未能参见殿试。

国子学主攻儒家经典,以"四书五经"为主,由博士、助教讲授并出题考试,考试成绩优异者授予官职。在《观德会》一文中,崇喜即谈到了自己的学习内容——朱熹《小学》。《小学》全书六卷,分内外两篇。内篇有四个纲目:前三者为立教、明伦、敬身,第四为鉴古。外篇分两部分:一为嘉言,二为善行。

至于国子学教官的来源,《元史·选举志》有如下记载:

> 凡翰林院、国子学官,大德七年议:"文翰师儒难同常调,翰林院宜选通经史、能文辞者,国子学宜选年高德劭、能文辞者,须求资格相应之人,不得预保布衣之士。若果才德素著,必合不次超擢者,别行具闻。"⑤

可见,国子学教官的选拔标准是很高的,不仅要求德高望重、擅长文辞,而且

---

① 萧启庆:《元代的族群文化与科举》,台北:联经出版事业股份有限公司,2008年,第123—124页。

② [元]潘迪:《昆季字说》,焦进文、杨富学校注《元代西夏遗民文献〈述善集〉校注》卷三《行实卷》,兰州:甘肃人民出版社,2001年,第159页。

③《元史》卷八一《选举志一》,北京:中华书局,1976年,第2031页。

④ 张迎胜:《家族文化的灿烂奇葩——杨氏家族教育刍议》,何广博主编《述善集研究论集》,兰州:甘肃人民出版社,2001年,第147页。

⑤《元史》卷八三《选举志三》,北京:中华书局,1976年,第2064页。

需要有官职,一般不录用平民之士。如果民间特别出色者,需要上报考核。任教于国子学的多是当时一流的硕学大儒,如太宗时期的冯志常,世祖时期的许衡、王恂。仁宗延祐时期,集贤学士赵孟頫、礼部尚书元明善等修订国子学贡试之法。崇喜在国子学的老师潘迪、张翥、危素,咸为元代中后期著名的学者、文学家。

　　通过对国子学修习内容、教师水平等各种高规格建制的分析,可以想见崇喜、伯颜(希贤)、广儿(志贤)等均受到了当时顶尖级水平的儒学教育。崇喜在国子学勤奋好学,得到了老师潘迪的赞赏:"余素嘉崇喜有志嗜学,观其持守严,践履笃,讲习精明,议论正大,所以名斋之意可知矣。"潘迪还赞赏崇喜践履程朱理学的精神和深厚的儒学修养,"今象贤尝游成均,从事于四书,得之于程朱,闻之于师友者多,所以存养践履有非他人可逮者矣"①。国子学教育奠定了崇喜理学思想的基础,也使崇喜结识了京师的名家硕儒,形成了稳定的交游网络。例如,《述善集》收录有魏观七律诗一首。魏观元季隐居蒲山,至正二十四年(1364)被朱元璋聘为国子助教,洪武三年(1370)任翰林侍读学士、国子祭酒,后于洪武五年(1372)出知苏州府。魏观为政,"以明教化、正风俗为治","行乡饮酒礼"②。其善俗行为与唐兀崇喜颇为接近。再如元代著名诗人和教育家张翥,为宋代著名理学家陆九渊再传弟子,曾任国子助教、国子祭酒等职③,《述善集》收录其五言长诗一首和七律诗各一首,二者皆不见于张翥《蜕庵诗集》。张翥对元末反对农民军的死节之士尊崇有加,故而收集其事迹编为《忠义录》。④另外,与《述善集》有关的潘迪、张翥、危素等皆为国子学老师。唐兀伯都,曾任濮阳监邑、密州学正,后应崇喜之请,主持崇义书院师席⑤,同为国子学上舍生,《述善集》中收录其诗作一篇。⑥国子学的经历对唐兀氏崇喜、伯颜、广儿三兄弟理学思想的形成产生了深刻影响,这可以说是《述善集》理学思想得以形成的直接原因。

---

　　①[元]潘迪:《敬止斋记》,焦进文、杨富学校注:《元代西夏遗民文献〈述善集〉校注》卷三《行实卷》,兰州:甘肃人民出版社,2001年,第163—164页。

　　②《明史》卷一四〇《魏观传》,北京:中华书局,1974年,第4002页。

　　③邓绍基:《元代文学史》,北京:人民文学出版社,1998年,第514—520页。

　　④《元史》卷一八六《张翥传》,北京:中华书局,1976年,第4284—4285页。

　　⑤[元]潘迪:《亦乐堂记》,焦进文、杨富学校注:《元代西夏遗民文献〈述善集〉校注》卷二《育材卷》,兰州:甘肃人民出版社,2001年,第68页。

　　⑥[元]唐兀伯都:《诗一首并序》,焦进文、杨富学校注:《元代西夏遗民文献〈述善集〉校注》卷一《善俗卷》,兰州:甘肃人民出版社,2001年,第35页。

第五节 《述善集》在中国理学史上的地位

理学在中原地区有着悠久的传统,经过元代近百年的传播、弘扬,至元末已成为社会流行的思潮,深入人心,为《述善集》理学思想的形成提供了契机。《述善集》理学气息浓厚,昭示出理学思想在民间已经被普及贯彻到乡村日常生活中。

理学在元代的发展与斯时文人学风息息相关,据其治学特点,以延祐(1314—1320)为界,大致可把元人治学活动分为前后两期,前期治学驳杂多元,后期学风递嬗,学术活动停滞不前。元代前期,北方学者肩负文化救亡的使命,冀以接续行将断裂的文化脉络。不以一门一派为守,各种学说,靡不涉猎,格局广大,内容繁多,成为当时治学活动的主要特点。以世界性和深刻的包容性为特征的元初文化生态是这一特点形成的重要原因。在这一特殊历史时期,中亚、吐蕃、大理、畏兀儿、辽、西夏、金、宋等不同地域、不同民族、不同宗教的文化交织碰撞,蒙古人、色目人、汉人的精英学者汇集一堂,形成了多民族、多元的文化圈,为治学驳杂特点的形成创造了氛围。《述善集》反映的就是元代后期理学从国子学到乡村传播的基本状况。

大蒙古国前四汗时代,以西域法治国,西域文化占主导,学者们治学活动的多元文化特点开始形成。从元世祖忽必烈继位历成宗到武宗时代(1260—1311),蒙古政权开始以汉法治国,汉文化开始向蒙古统治集团渗透,西域文化和中原汉文化多元文化并存,多元文化进一步融合,学者治学、文人创作都有较大的自由空间,元曲等俗文学的成长壮大就发生在这一阶段,治学活动呈现出驳杂多元的特点。至元十六年(1279)南北统一以后,南北文化交流加强,理学得到更广泛的传播,但尚未成为官学。

延祐以后,理学思想进一步加强,学术多元性减弱。[①]南北统一之后,理学在北方的影响逐渐扩大,尤其在延祐以经术取士以后,理学和科举合二为一,士人学习理学的热情空前高涨,朱熹理学思想随之成为官学。"朱子之学盛行乎今,上自国学,下至乡校家塾,师之所教,弟子之所学,莫非朱子之书。"[②]元代后期,郑玉、赵汸、赵偕、危素、李存、张翥、黄溍、吴莱、虞集、揭傒斯、张率等人,以继承光大理学为己任,精心研习。元代中后期的理学家不再像南宋末期和元代初期的理学家那样一味排斥陆九渊之心学,而是较为自觉地兼取陆学之长,从而促进了

---

① 胡蓉:《元前期北方学者治学之驳杂及其成因》,《哈尔滨工业大学学报》2016年第1期,第71页。
② [元]王毅:《木讷斋文集》卷一《送陈复斋道士归金华序》。续修四库全书本。

心学因素的增长。另一方面,元代陆学在江西、浙江某些地区亦呈现出"中兴"之势。元代理学预示了明代理学的一个可能的发展方向,即朝着心学的方向发展。①

合流朱熹理学、陆九渊心学,乃元代晚期理学的特点之一。朱熹主张研外物以明天理,陆九渊主张理在人心,元代理学家则兼取朱陆,用直取本心的办法,探究天理,力行所学,培养仁义礼智的"善端"。这为元代理学力矫宋学空疏之弊,贴近实际生活的主张提供了理论依据。

唐兀氏二祖间马生卒年为1248—1328年,三祖达海生卒年为(字忠显)1280—1344年,四祖崇喜生卒年是1300—1372年。延祐元年(1314)恢复科举,以程朱理学为官学,"海内之士,非程朱书不读"②,由此进入理学日盛而学术风气却日趋呆滞的时期。唐兀崇喜之理学修习,恰处这一时期。唐兀崇喜本身对理学谈不上有什么新见,更谈不上什么重要贡献,但其制定《龙祠乡社义约》,在那个时代却是一件有意义的创举,可以看作是许衡、张文谦之善俗理念在乡村的推广与实践。元代理学之重"行",可以说是明代王阳明"知行合一"说的先导。

程、朱理学皆强调知先行后,朱熹论知行道:

> 致知力行,用功不可偏废……但也要分先后轻重,论先后当以致知为先,论轻重当以力行为重。③

其意是说,人必须首先了解道德准则,才能使自己在行为上合乎道德准则,履行道德行为,进而成为有道德的人。④如是一来,知和行自然就被分作两截了,强调知先行后,于是学者只知学、问、思辨,而缺乏实践。⑤职是之故,王阳明强调"知行合一",认为人的本心作为道德实体,其自身就决定道德法则,从而突出了道德实践的主体性原则。⑥观《述善集》,从卷一之"善俗",到卷二之"育材",再到卷三之"行实",在理论上都强调一个"善"字,在实践中强调一个"行"字,而最终落脚点也在"行"字之上。《述善集》本身未必会对王阳明之学产生什么影响,但《述善集》所代表的元末理学思潮,却必然会对王阳明有所濡染。

---

① 徐远和:《理学与元代社会》,北京:人民出版社,1992年,第252页。
② [元]虞集:《道园学古录》卷三九《跋济宁李彰所刻九经四书》。四部丛刊初编本。
③ [宋]朱熹:《朱子语类》卷九,北京:中华书局,1986年,第148页。
④ 陈来:《宋明理学》,上海:华东师范大学出版社,2004年,第188页。
⑤ 赵吉惠等主编:《中国儒学史》,郑州:中州古籍出版社,1991年,第687页。
⑥ 陈来:《宋明理学》,上海:华东师范大学出版社,2004年,第13页。

《述善集》在中国理学史上的地位,通过《龙祠乡社义约》即可清楚地看出来。

《龙祠乡社义约》直接脱胎于《吕氏乡约》,而《吕氏乡约》的制定者吕大钧是理学家张载的信徒,《龙祠乡社义约》的制定者唐兀忠显、崇喜父子同为理学追随者,《南赣乡约》的制定者更是中国历史上非常著名的理学家之一王阳明,足见乡约的制定与宋、元、明时期理学的发展息息相关。《龙祠乡社义约》在元末无论对濮阳西夏遗民还是周边地区都有一定影响,至于是否影响到明代,不得而知,但从王阳明的《南赣乡约》中,隐隐约约似乎可以看到《龙祠乡社义约》的影子。不管在内容还是在表述方式上,《南赣乡约》都与《吕氏乡约》有很大距离,却与《龙祠乡社义约》颇类,尤其是二者对"行"的注重上更是如此,为《吕氏乡约》所不及。推而论之,《南赣乡约》应直接或间接地受到了《龙祠乡社义约》的影响,体现了《龙祠乡社义约》在中国伦理学史上的重要地位。[1]

通过上述论证,庶几可以认为,元代文士(包括《述善集》的所有作者)对理学实用价值的倡导,对于开启明代理学具有重要意义。没有元代社会对理学的体认和践履,自然也就没有明代注重实践而反对空谈的王阳明心学博大精微的发展。从这个意义上说,在中国理学发展史上,《述善集》应有其一席之地。

---

[1] 杨富学、焦进文:《河南濮阳新发现的元末西夏遗民乡约》,《宁夏社会科学》2001年第5期,第82页。

第四章 《述善集》与崇义书院

书院是我国封建社会中期开始出现的一种新型教育组织形式。其名始见于唐代。最早为唐玄宗于开元六年(718)设立的丽正书院(开元十三年[725]改称集贤殿书院)。置有学士,掌校刊经籍、征集遗书、辨明典章,以备顾问应对,类似宋代的馆阁,而非私人讲学之所。贞元中,著名文学家李渤隐居读书于庐山白鹿洞,至南唐时就遗址建学馆,以授生徒,号为庐山国学;宋改称白鹿洞书院,为藏书和讲学之所。宋代书院尤盛。白鹿书院、嵩阳书院(一说为石鼓书院)、睢阳书院、岳麓书院号为四大书院。创办者或为私人,或为官府。一般选山林名胜之地为院址。不少有名学者讲学其间,采用个别钻研、相互问答、集体讲解相结合的教学方法,以研习儒家经籍为主,间亦议论时政,对学术思想发展有一定影响。

13世纪上半叶,蒙古攻灭夏、金,统治了整个中国北部地区。窝阔台十二年(1240),杨惟中、姚枢在燕京设立了蒙古的第一个书院——太极书院。至忽必烈统治时期,比较重视地方教育,各路、州、府皆有书院之设,其中,民办书院在元代特别盛行,数量大大超过了官办的书院。元末,社会动荡,农民暴动此起彼伏,为了挽救频频爆发的社会危机与政治危机,统治者更是不遗余力地提倡兴建书院,以冀通过"教化"来挽救岌岌可危的封建统治。于是,书院的兴建于元末蔚然成风,出现了一大批书院。[①]濮阳西夏遗民兴建的崇义书院就是在此背景下应运而生的。《述善集》对此多有记载,其中,最为重要的就是张以宁撰《濮阳县孝义乡重建书院疏》、潘迪撰《有元澶渊官人寨创建庙学记》、张以宁《崇义书院记》及程徐撰《崇义书院田记》。兹就崇义书院形成背景、过程、结果等问题略作述论。

---

① 王颋:《元代书院考略》,《中国史研究》1984年第1期,第157—168页。

第一节 濮阳西夏遗民的尚儒意识

唐兀杨氏家族对儒家文化十分羡慕,倾心学习。唐兀闾马"为人资性纯厚,好学向义,服勤稼穑",自云"宁得子孙贤,莫求家道富",常常"厚礼学师以教子孙"。祖母哈剌鲁氏"俭而好礼,和以睦族"。唐兀达海"性资温厚,仁慈恺悌","立乡约,一风俗,兴学校,育人材",曾叹"欲求家道久昌,莫若教子义方",欲"构讲堂,延师儒,诲子孙,以为永图"。唐兀崇喜"叨居胄馆,忝预公试,俟贡有期"。卜兰台"攻习儒书","深通农务,晓知水利"。镇花台,"性禀温纯,尚义疏财"。闾儿"儒吏兼优"。

一、濮阳西夏遗民"慕效华风,欲立字以副其名"

唐兀崇喜"蒙师友锡之以字,曰'象贤'"。崇喜请潘迪为其昆季之未字者取字。潘迪因象贤推类以代其名。

> 思贤则能象贤,象贤则知师贤,师贤则知齐贤矣。既知齐贤,人之贤者,知所以敬之;先世之贤者,知所以继之绍之矣。若徒知继绍而不能实有于身,则未可也。故次之以居贤,居贤则大贤之事业,知所以希之志之,又岂但惟贤是好是尚,信能世继其贤于无穷矣。[1]

象贤昆季共有14人,象贤兄换住取字思贤。弟帖穆字师贤,塔哈出字齐贤,卜兰台字敬贤,留住字继贤,不老字绍贤,教化字居贤,伯颜字希贤,广儿字志贤,奈惊字惟贤,拜住字好贤,春兴字尚贤,禄僧字世贤。

二、濮阳西夏遗民学习儒家的"向义"之德行,对乡社之人慷慨救济

孔子主张先义后利,"君子喻于义,小人喻于利"[2]。荀子也把"先义"或"先利"看成是区分荣辱的标准,他说:"先义而后利者荣,先利而后义者辱。"[3]唐兀闾马对"乡人有死,弗克葬者"给予"丧具、米粮以葬之"。对于那些不能袭父祖官荫

---

① 焦进文、杨富学校注:《元代西夏遗民文献〈述善集〉校注》卷三《行实卷》,兰州:甘肃人民出版社,2001年,第159—160页。

②《论语·里仁》,[清]阮元校刻《十三经注疏》,北京:中华书局,1980年,第2471页。

③[清]王先谦撰,沈啸寰、王星贤点校:《荀子集解》,北京:中华书局,1988年,第58页。

者,则给予"楮币、鞍马为之起复公文,以袭荫之,若此者十有余家"。间马之妻哈喇鲁氏"佐夫内治,俭而好礼,和以睦族"。间马长子达海"恤贫济困,克绍先志",其母亡后"凡诸家所假斛粟、楮币之类,悉命焚其券,以年难,免索也"。达海之妻孙氏"令家人每旦多备粥饭,以食乞人之老弱。有少壮男子饥饿濒死,命收留养济,以活者十余人。客户贫不能自存,辄贷粮以济者十余家"。间马次子镇花台"性禀温纯,尚义疏财"。

三、濮阳西夏遗民力行儒家之忠君之道

孔子把忠君视为道德价值判断中最为核心的观念,是君子修德的主要内容。孔子云:"居之无倦,行之以忠。"①"言忠信,行笃敬,虽蛮貊之邦,行矣。言不忠信,行不笃敬,虽州里,行乎哉?"②"夫子之道,忠恕而已矣。"③《礼记·祭义》:"事君不忠。非孝也……战陈无勇。非孝也。"至正十六年(1356),因"妖崇贼蜂起,两河调兵"④,崇喜"为国家方调军储,需用至广,崇喜除创建庙学及糊口外,愿出粟五百石,草一万束,并不愿除授名爵,关请官钱,但期天戈早息,生民获安"。⑤

四、濮阳西夏遗民行儒家孝敬守丧之礼

丁凌华《中国古代守丧之制述论》一文对儒家的敬孝守丧思想作了详细阐述:"儒家十分注重以孝治天下,视孝道为齐家、立国之本,为使孝悌之情有始有终,因此对生、死二事,同样重视。儒家认为丧事的内容主要包括两个方面,一是礼,即丧葬之礼仪;二是哀,即在丧期内对死去的家人所表现出来的哀戚之情。守丧习俗自原始社会以来就有,后来经儒家的一番改造,对守丧期间的行为加以标准化、系统化、等级化,逐渐演变为一种礼教制度,即守丧之制。"⑥唐兀氏家族自唐兀间马迁居濮阳,就学习汉人之孝敬守丧之礼,"卜祖茔(图3)置居于草地之西北","堤南道北爽垲之地,亲茔冢圹,栽植柏杨。乃迁其祖考妣而安葬焉"。达海将祖先茔地一亩扩为十亩,并"命崇喜栽植柏杨,东西南北,皆有伦理,赠坟地至二百余亩,内有所产,以供祭祀"。唐兀崇喜在"俟贡有期"的情况下,因其父

---

① 《论语·颜渊》,[清]阮元校刻《十三经注疏》,北京:中华书局,1980年,第2504页。
② 《论语·卫灵公》,[清]阮元校刻《十三经注疏》,北京:中华书局,1980年,第2517页。
③ 《论语·里仁》,[清]阮元校刻《十三经注疏》,北京:中华书局,1980年,第2471页。
④ 焦进文、杨富学校注:《元代西夏遗民文献〈述善集〉校注》卷一《善俗卷》,兰州:甘肃人民出版社,2001年,第50页。
⑤ 焦进文、杨富学校注:《元代西夏遗民文献〈述善集〉校注》卷二《育材卷》,兰州:甘肃人民出版社,2001年,第118页。
⑥ 丁凌华:《中国古代守丧之制述论》,《史林》1990年第1期,第1页。

"忧"，毅然"还家养母"，行守丧之礼。

　　唐兀崇喜优游于诗书时，是其弟唐兀敬贤"从侍于先生长者"。1344年，崇喜父卒，敬贤"制棺椁、衣衾，悉遵礼制。殡于客位，寝苫枕块，以讣凶问"。当强寇操兵突入其第时，"置母他处，举家逃窜，独守父枢，以身鹰之"，敬贤的孝行，感动了贼寇，寇曰："汝，大孝人，不敢有犯"。几个月后，崇喜赶到，"置明器，修葬具"。第二年夏天，"葬忠显府君于先茔。"1347年，考虑到母已年老，"欲豫寿器，躬谒炎陬，市紫沙棺材，修盈又广尺许"。

第二节　崇义书院的建成

　　唐兀杨氏家族高度重视兴办学校，倾注极大的精神力量和物质财富，不断扩大其家族教育，使其成为当时中原地区具有社会化特点的义学之一。

　　唐兀闾马常言："宁得子孙贤，莫求家道富。"① 他不仅"厚礼学师以教子孙"②，而且为同乡中家贫好学者，代交束脩楮币。有的亲戚因为贫困而不能供养子女上学，闾马就用钱将其子女赎买，在自家抚养育才。有人不能理解闾马的这种做法，认为别人家的孩子费钱养育，但是终归还是别人的。闾马不赞同别人的看法，他解释说家境贫寒者，不能养育自己的子女，我花钱赎买，他们的父母得到了钱财，可以养活自己，即"减口胜添粮"③，他们的子女在我家既能得到温饱，还有机会接

图3：唐兀杨氏祖茔碑

---

　　① 焦进文、杨富学校注：《元代西夏遗民文献〈述善集〉校注》卷一《善俗卷》，兰州：甘肃人民出版社，2001年，第49、138页。

　　② 焦进文、杨富学校注：《元代西夏遗民文献〈述善集〉校注》卷一《善俗卷》，兰州：甘肃人民出版社，2001年，第49页。

　　③ 焦进文、杨富学校注：《元代西夏遗民文献〈述善集〉校注》卷一《善俗卷》，兰州：甘肃人民出版社，2001年，第49页。

受教育,长大成人才,这是一举两得的事情,况且也花费不了多少钱。闾马在1323年"市屋为塾于居室之西北陬,南北为楹者九,东西广亦如之"①,准备开始经营学校,"而竟不果"。但闾马拉开了杨氏家族教育的序幕,为其家族教育奠定了基础。

闾马之长子达海,在建设家族教育的过程中,发挥了承上启下的重要作用。闾马兴办私塾未果,达海"慨然继志","兴学校,育人材",于1324—1328年,"续置东西瓦舍,为楹者亦如先祖敦武公所市之数","前后凡为步者十有八,适与南北九楹齐",并且"甃井于其西",感叹说"欲求家道久昌,莫若教子义方"。后来,他又"割资一千五百缗,购瓦舍为楹者三,为檩有七"②,方欲在前面所建九间房屋的正北构建讲堂,礼请师儒,教诲子孙,求家道久昌之时,还未及其付诸行动,就因病逝世。

唐兀崇喜开拓和发展业已成熟的家族文化,是全面升华杨氏家族文化的良性积累的杰出代表。他"恪守先志","思乃祖之积德,乃考之好义,与其兄思贤、弟百夫长卜兰台佥议,继祖考之志,扩而大之"③,"罄家资","捐金出粟","购财僝工",不到几个月,就使书院焕然一新。潘迪在《亦乐堂记》中云:

> 卑者崇,故者新,狭者裕,暗者明,轮奂翚飞,青碧璀璨,凡为正堂三楹,堵头二楹,桓高弥丈,梁倍之。又重茸东西九楹,西三楹以居师儒,中三楹门之以出入,东三楹以寓四方学者。以讲室后基稍隘,地主啬之。濮阳监尹伯都用意劝率。既允,象贤又用楮缗一千五百有奇,凡三券,市地计为步者若干,鸠工于至正丁亥(1347)十有一月,落成于今年四月。④

书院落成之后,请潘迪书匾,潘迪颜之"亦乐",取孔子"有朋自远方来,不亦乐乎"之意,且为孟子"得天下英才而教育之"之君子"三乐"之一。书院建成后,"诸生居是堂,肄是业,玩亦乐之旨,体圣贤之心,则他日将见人材辈出,以需世

---

① 焦进文、杨富学校注:《元代西夏遗民文献〈述善集〉校注》卷二《育材卷》,兰州:甘肃人民出版社,2001年,第125页。

② 焦进文、杨富学校注:《元代西夏遗民文献〈述善集〉校注》卷一《善俗卷》,兰州:甘肃人民出版社,2001年,第50页。

③ 焦进文、杨富学校注:《元代西夏遗民文献〈述善集〉校注》卷二《育材卷》,兰州:甘肃人民出版社,2001年,第67页。

④ 焦进文、杨富学校注:《元代西夏遗民文献〈述善集〉校注》卷二《育材卷》,兰州:甘肃人民出版社,2001年,第68页。

用,则不惟不负彦国教诲之勤,其于象贤兴举乡校之意亦不负矣"①。

崇喜与弟敬贤同心协力,"诹谋于讲堂西北卜地之爽垲,割资二千缗五券,续置地为亩者三,创建大成至圣文宣王之殿,以为春秋释奠、朔望行香、诸生瞻仰之所。阶崇四尺五寸,柱植丈有一尺,梁修二丈有二尺,歇山周角四,铺五明璃琉,金碧璀璨,朱户绿窗,丹青炳辉,轮奂飞翚,材抡二致,以为一方文明之壮观"。"文济王大书'大成殿'三字,以华其扁。"书院建成后,"自其塾立而教达于家,痒立而教达于堂,序立而教达于遂,学立而教达于国,则人材之培养,风俗之丕变,岂无所本欤?"②但是书院建成后,"官未锡名,无以列诸学院","是县上其事于州若郡,郡请于朝"③。集贤院议曰:"斯人尚义轻财,尊儒重道,建学田,育人材以报国,献粟草,供军需而效忠。既无心爵赏之名,惟注意书院之号,若兹嘉士,良可褒称,可拟'崇义书院',盖取褒崇义士之意。"④至正十八年(1358),中书礼部出榜文于"崇义书院"内张挂。

书院建成后,得到名人儒士的赞颂。亦乐堂建成后,"郡邑监尹暨军师长二悉来劝勉,饮以落之,岂徒为一乡学者劝,实可为一郡学校华也"⑤。潘迪赞曰:"象贤培养于成均者久,其居乡邑,乃能继祖考之志,兴起乡校,尊礼师儒,治经诲子,以及乡邻之子弟,以至构讲堂,施廪给,割学田,略无靳色。四方学者,莫不感发。"学生们"居是堂,肆是业,玩亦乐之旨,体圣贤之心,则他日将见人材辈出,以需世用",那么也就"不惟不负彦国教诲之勤,其于象贤兴举乡校之意亦不负矣"⑥。潘迪在《有元澶渊官人寨创建庙学记》赞曰:"品节五常之教,以施天下,诚非小补。他日人材之盛,风俗之美,宁不由是邑学校之化有以先之。"⑦

---

① 焦进文、杨富学校注:《元代西夏遗民文献〈述善集〉校注》卷二《育材卷》,兰州:甘肃人民出版社,2001年,第68页。
② 焦进文、杨富学校注:《元代西夏遗民文献〈述善集〉校注》卷二《育材卷》,兰州:甘肃人民出版社,2001年,第110页。
③ 焦进文、杨富学校注:《元代西夏遗民文献〈述善集〉校注》卷二《育材卷》,兰州:甘肃人民出版社,2001年,第126页。
④ 焦进文、杨富学校注:《元代西夏遗民文献〈述善集〉校注》卷二《育材卷》,兰州:甘肃人民出版社,2001年,第119页。
⑤ 焦进文、杨富学校注:《元代西夏遗民文献〈述善集〉校注》卷二《育材卷》,兰州:甘肃人民出版社,2001年,第68页。
⑥ 焦进文、杨富学校注:《元代西夏遗民文献〈述善集〉校注》卷二《育材卷》,兰州:甘肃人民出版社,2001年,第68页。
⑦ 焦进文、杨富学校注:《元代西夏遗民文献〈述善集〉校注》卷二《育材卷》,兰州:甘肃人民出版社,2001年,第111页。

第三节　关于崇义书院的若干问题

第一,濮阳西夏遗民礼请师儒,提高教育水平。教师是知识的传播者和人才的培养者,教师可以"蒙发蔽开,彝伦明而君子众;风移俗易,师道立而善人多"。学院建成后,唐兀崇喜并兄涣著(换住)及乡设之人"备束脩楮币一十五锭、米一十五石、学田四十亩、柴薪一千束,礼请到新除密州儒学正唐兀彦国,尊为乡师,教训各家子弟"①。在礼请师儒时,崇喜十分注重教师本人的素质,如所请彦国"诗礼名门,簪缨世胄,驰芳馨于河北,占上甲于山东"②。师德先生"有志诗书,无心利禄,德足以服众,道足以济人,垂训立言,允蹈先儒之范,行规导矩,当为后进之模。讲解有渊源,每得程朱之余论,文章有机杼,世修韩柳之正统,若允舆论,宜主师席,将见后进,有所依归"③。著名儒家学者主持或主讲书院不仅增强了书院对学者的吸引力,而且更有助于争取更多的儒家学者为元代文教事业服务。

第二,濮阳西夏遗民广置学田(图4),为教师及生员提供较好的物质条件。学田指所有权属于儒学,其收入归儒学开支的田地。④元代儒学、书院、义塾都有学田,它是儒学的收入来源,是学校赖以存在的主要物质条件,学田的兴废直接关系着学校的命运。为了"使其子弟得专心励志于学,成德达材以待宾兴之用",崇喜置学田"以给师生廪膳","凡祭祀、醴齐、币帛、脯修、膳饮供需,毕于是乎出,使其子弟得专心励志于学",崇喜前后置学田"为区二十有九,皆在学宫之傍,地以亩记,凡四百五十有四,其入皆为学用。直有缗记,凡十五万有畸,其资皆自君出"⑤。程徐在《崇义书院田记》中赞曰:"杨君以三世之积,兴建是学,始终不倦,无求于时,卒成厥志。心勤以诚,规宏以固。"⑥

①焦进文、杨富学校注:《元代西夏遗民文献〈述善集〉校注》卷二《育材卷》,兰州:甘肃人民出版社,2001年,第104页。
②焦进文、杨富学校注:《元代西夏遗民文献〈述善集〉校注》卷二《育材卷》,兰州:甘肃人民出版社,2001年,第104页。
③焦进文、杨富学校注:《元代西夏遗民文献〈述善集〉校注》卷二《育材卷》,兰州:甘肃人民出版社,2001年,第106页。
④申万里:《元代教育研究》,武汉:武汉大学出版社,2007年,第349页。
⑤焦进文、杨富学校注:《元代西夏遗民文献〈述善集〉校注》卷二《育材卷》,兰州:甘肃人民出版社,2001年,第100页。
⑥焦进文、杨富学校注:《元代西夏遗民文献〈述善集〉校注》卷二《育材卷》,兰州:甘肃人民出版社,2001年,第101页。

　　孟繁清在《元代的学田》[①]一文中,将学田的来源归为四种:沿袭前代旧有学田、拨官田给学校、私人捐献、购置民田。崇义书院学田主要来源是购置学田,皆由唐兀崇喜购买。

　　第三,崇义书院的发展中,有一点值得注意:崇义书院虽然属于义塾,但是义塾的发展却不能完全脱离地方官府的控制,崇义书院建成后,因"官未锡名",而不能"列诸学院"。元政府十分重视对书院的管理,因此对书院赐名的报批手续十分严格的:"先由书院所在的县尹写书面报告呈报上级部门——路,再由路呈报中书礼部,皇帝批准后再转中书礼部,交予集贤院讨论,讨论通过后向下逐级传达,最后将文告张挂于书院之内。"[②]

　　义塾也称义学、乡学,它是私人出钱创办,用以教育一乡之子弟的学校。义塾是元朝的基层教育机构,是元代基层乡村儒学教育发展水平的标志之一。

　　第四,从崇义书院的发展过程,可见窥见书院是春秋祭丁、朔望祭祀的场所。春秋祭丁既是儒学祭祀活动,也是一种社会文化活动,参加者有官员、学官、儒士、学生等,又有百姓从旁观瞻,有利于增加儒士的自我认同意识与自豪感。朔望祭祀一般于每月的初一、十五举行,除了祭祀,还有讲经活动,通过朔望祭祀而规范了儒士、学官以及学生的考核、奖惩机制,有利于完善元代地方儒学的教育制度。书院的祭祀从制度上保证了地方长官等官员每月至少有两次机会莅临学校,有利于加强儒学与地方政权之间的联系。

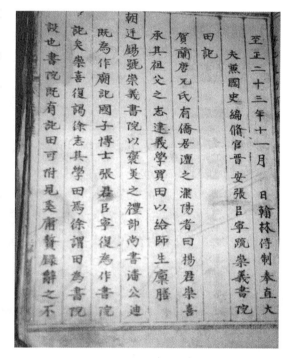

图4:张以宁《崇义书院田记》书影

　　① 孟繁清:《元代的学田》,《北京大学学报》(哲学社会科学版)1981年第6期,第49—55页。
　　② 杨富学:《元政府护持学校文告两件——元代西夏遗民兴学档案之一》,《档案》2001年第2期,第45页。

第五章 《述善集》所见哈剌鲁人伯颜宗道事迹

《述善集》中,有数篇诗文与元代著名哈剌鲁学者伯颜宗道有关,既有其事迹记录,又有其撰写的诗文,尽管内容不多,却为劫后余孤,故显得特别珍贵,对伯颜宗道本人及哈剌鲁人在元代的活动与汉化过程的研究具有重要意义。

第一节 《述善集》对伯颜宗道的记载

伯颜宗道(1292—1358),又名师圣,字宗道,号愚庵。世居开州(今河南省濮阳县)月城村。青少年时代曾随江淮儒士黄坦(字履道)学习儒术。至正四年(1344)应召入国史馆与修《金史》,书成而辞归,于家乡聚徒讲学,四方从者千余人,一时名震河朔。1352年,河南红巾军起义大兴。1357年,起义军攻占濮阳,伯颜宗道遂率其门生故里,渡漳河北上,徙于彰德,筑垒与义军相对抗。垒破而为义军所执,以不屈而与妻子、宗族三十余口俱死,谥文节。平生修辑《六经》,著述丰富,惜大多毁于兵燹。其生平事迹在《元史》卷一九〇《儒林传》中有专传记载。《述善集》卷末附有佚名氏撰写的《伯颜宗道传》,其记载比《元史》更详尽,内容更丰富,语言也更生动,兹引其全文如下,并兼列《元史》记载,以资比较。

伯颜宗道传

潘 迪①

侯名伯颜，字宗道，北地人也。其部族为曷剌鲁氏。宪宗之己未②（1259），其祖③从大兵征宋，衽金革者十余年。宋平，天下始偃兵，弗服，乃土著隶山东河北蒙古军籍，分赐刍牧地为编民，遂家濮阳县南之月城村。

时北方人初至，犹射猎为俗，后渐知耕垦播殖如华人。侯父早丧，诸子皆华衣锦帽，纵鹰犬弛逐以为乐。惟侯谦恭卑逊，举止如儒素，恒执书册以游乡校。母亦贤明，遂使就学。有儒士黄履道，江淮人也。聚徒数十人，侯往师之。

时朱子书未大行，学者惟事注疏。从事师数年，终若不自得。一日，有以《四书》见示者，一览，辄忻然曰："圣贤之事，其在斯乎！"尽弃其学而学焉。

其师见其颖悟，欲教以诗赋，为禄仕计。侯雅不乐，无寒暑昼夜，诵习不辍。又数年，诸史百家之言无不遍观。性复聪敏，一过目辄不忘。有来问者，应答如响。讲授之际，令弟子执书册，侯端坐剖析滚然，其傍引子史与其注文，皆哩识无遗，由是人大服之。所居有小斋曰"友古"，学者云集村落，寄寓皆满，其后来者日众，则各为小房，环所居百余间，檐角相触，骈集如市。且广其斋曰"四勿"。因自号曰"愚庵"。择隙地为祠堂以祀其先，弟子则春秋释奠先圣先师。其师黄履道亦像设而事之。父母丧事，悉如礼制，浮屠葬师皆不用。

年三十始娶。束脩之奉，余则分之族人，吉凶寡乏皆有数焉。于是颜先生之名，溢于河朔，虽田夫市人亦皆知之。山东蒙古万户府举为校官，不就。至正四年（1344），诏征为翰林待制，与修《金史》，既毕，以疾辞归。再除江西湖东道肃政廉访佥事，不久亦去。

壬辰（1352），盗起河南，明年逾河而北，开、滑等处，俱被剽掠。侯挈家避地安山，已而盗去，复还乡里。丁酉（1357），曹、濮二州陷，复避徙彰德。门生乡里从者数百家。侯谓之曰："吾辈老幼百千余口，野宿露处，无所依着，一

①潘迪：原文未录著者姓名。但从文末"侯之姻家有唐兀崇喜，颇知梗概；予亦与同郡，遂录其忠节，以传于后世云"等记载看，作者应与伯颜为同乡，又是同时人。他所写内容主要取材于唐兀崇喜的口述。这些因素使笔者有理由将作者推定为潘迪。潘迪为元末元城（河北大名县）人，博学能文，历官国子司业、集贤学士、礼部尚书，著有《易春秋学庸述解》《格物类编》《六经发明》。他是唐兀崇喜在国子学的老师，关系密切。在《述善集》所收文章中，他的最多，一人就占了二至三成。该文的文风也与潘迪其他文章的文风相合。加上他是唐兀崇喜的老师，利用学生提供的素材撰写文章也是顺理成章之事。

②己未：《正德大名府志》卷一〇《文类》作"世"。

③《大名府志》本在"祖"后多出"已来"二字。

旦贼至,将为渔猎乎。曷若筑为营垒,团集固守,上可以为国御寇,下可以自固保家。忠义两得,计无出是者。"众皆曰:"善。"遂筑垒彰南,远近闻之,归者殆将万人。然统纪约束,折冲扞敌,非所长也。戊戌(1358),东昌沙刘二者,帅众来攻。先宣言曰:"颜先生河北名儒,慎勿伤也。"攻二日,垒破,妻、子皆被执。刘二亲解其缚,温言语之曰:"先生知古通今,天下十分,我有太半,尔能屈从,可共图富贵也。"侯曰:"尔本良民,乃以妖言惑乱黔首也。尔能改悔,我当上言朝廷,使汝为王官,不犹于受伪命乎?"刘二笑曰:"迂儒不达事宜,可谓不知天命矣。"坐,一贼提刀而起,曰:"汝见此否? 更道一不顺,只消一刀耳。"侯曰:"不顺! 不顺! 我受一刀,不受贼污也。"贼怒,遂捽出,与妻怯烈氏、子咬儿皆遇害,同死者,宗族三十余口。时至正十八年(1358)五月也,年六十有七。

河北统兵官言之朝廷,制赠太常礼议院同佥,追封范阳郡伯,谥文节。赞曰(下略)。

《元史·伯颜传》记载:

伯颜,一名师圣,字宗道,哈剌鲁氏。隶军籍蒙古万户府,世居开州濮阳县。伯颜生三岁,常以指画地,或三或六,若为卦者。六岁,从里儒受《孝经》《论语》,即成诵。蚤丧父,其兄曲出卖经传等书以资之,日夜诵不辍。稍长,受业宋进士建安黄坦,坦曰:"此子颖悟过人,非诸生可比。"因命以颜为氏,且名而字之焉。久之,坦辞曰:"余不能为尔师,群经有朱子说俱在,归可求之可也。"

伯颜自弱冠即以斯文为己任,其于大经大法粲染有睹,而心所自得,每出于言意之表。乡之学者来相质难,随问随辨,咸解其惑。于是中原之士闻而从游者日益众。

至正四年,以隐士征至京师,授翰林待制,预修《金史》。既毕,辞归。已而复起为江南廉访佥事,数月,以病免。及还,四方之来学者至千余人。盖其为学专事讲解,而务真知力践,不屑事举子词章,而必期措诸实用。士出其门,不问知其为伯颜氏学者,至于异端之徒,以往往弃其学而学焉。

十八年,河南贼蔓延河北,伯颜言于省臣,将结其乡民为什伍以自保,而贼兵大至。伯颜乃渡漳北行,邦人从之者数十万家。至磁,与贼遇,贼知伯颜名士,生劫之,以见贼将,诱以富贵,伯颜骂不屈,引颈受刃,与妻子俱死之,年六十有四。

既死,人剖其腹,见其心数孔,曰:"古称圣人心有七窍,此非贤士乎!"乃纳心其腹中,覆墙而掩之。有司上其事,赠奉议大夫、佥太常礼仪院事,谥文节。太常谥议曰:"以城守论之,伯颜无守城之责而死,可与江州李黻一律;以风纪论之,伯颜无在官之责而死,可与西台御史张桓并驾。以平生有用之学,成临义不夺之节,乃古之所谓君子人者。"时以为确论。伯颜平生修辑《六经》,多所著述,皆毁于兵。

对比两传,不难看出二者之间存在着明显的差异。

一、《述善集》强调伯颜与其他漠北人喜"纵鹰犬弛逐以为乐"之习惯不同,自幼好学,较早地接受了汉文化,"谦恭卑逊,举止如儒,素恒执书册以游乡校"。故能学有所成。《元史》则不同,避谈北方"射猎"之俗,而强调伯颜少时的异行:三岁时以指画地,即为卦形,六岁即能诵《孝经》《论语》。两相比较,不难看出,前者当更接近于史实。

二、关于伯颜宗道的享年,《述善集》称其卒时年六十七,《元史》称六十四。当以何者为确,难以遽定。但从字里行间,我们还是可以看出《述善集》记载的准确。如《述善集》将伯颜引颈就戮的日期具体到五月,而且记载到其夫人为烈氏,同时被害的儿子名咬儿,这些记载都是其他文献中所没有的。看来,《述善集》的作者对伯颜宗道的事迹有着极为详尽而准确的把握,故应比《元史》所载更可靠一些。

三、《述善集》称伯颜北渡时,从者数百家,有"百千余口",在"筑垒彰南"后,"远近闻之,归者殆将万人"。这种说法是比较可信的。《元史》却不然,称"邦人从之者数十万家",显得甚不合情理,有夸大其词之嫌。

四、《元史》称伯颜死后,"人剖其腹,见其心数孔",正应古称圣人心有七窍之说。《述善集》则全然未提此事。盖此说难得证实,不可信,故为《述善集》所不取。

唐兀崇喜为伯颜宗道的姻亲,自然对伯颜事迹了解较多,《述善集·伯颜宗道传》载:"侯之姻家有唐兀崇喜,颇知梗概。"即其谓也。作者又称:"予亦为同郡,遂录其忠节,以传于后世云。"这说明他的记载根据的就是唐兀崇喜的描述。但文末题记却称写成日期为"大明正德十六年五月吉旦。"按,正德十六年为1521年。而唐兀崇喜生于大德四年(1300),据正德十六年有221年之遥,显然是不可能的。《述善集》收文数十篇,惟有此篇比较特殊,被置于附录。个中原因值得探讨。鄙意为,之所以出现这种情况,可能与此文原不见于《述善集》,只是后来才被补入有关。《伯颜宗道传》一文,元明文集均未收录,王德毅编《元人传记资料索引》、陆峻岭编《元人文集篇目分类索引》均未提及此文。此文仅见于《正德大名府志》卷一〇《艺文志》。大约在正德十六年五月,书手据此将该文录入《述善集》。后人未知其详,将其误为作品写作的年代。此正德十六年很可能是后人抄写的年份,也可能是书写之误,亦未可知。

第二节　伯颜宗道的两则佚文

作为当时河朔一带的名儒,伯颜宗道多有著述。《元史》称"伯颜平生修辑《六经》,多所著述,皆毁于兵。"故我们在元代的诗文集中根本看不到伯颜的任何著作。有幸的是,其作品《述善集》中也有收录,尽管数量有限,仅存二篇:
其一,《龙祠乡社义约赞》,文曰:

　　吾友象贤,袞友朋,结乡社,惟讲信修睦为事,蹑蓝田之芳踪,遵许公之垂训,与酿饮无仪者,大有径庭。予窃闻而是之,敢续朝列潘公辈众作之貂,为之赞云:
　　善俗有方,乡约为美;翘楚士林,蓝田吕氏;文正许公,十书中纪;镂梓寿传,仲谦张子;户庀家藏,化宏退迹。狝犹象贤,祖居仁里;鸠集朋友,前修遵履;至祷神龙,克诚裡祀;有感必通,畴繁离祉;宴集有时,农隙是俟;朋酒斯享,序宾以齿;冗费裁省,奢华禁止;好乐无荒,礼勤而已;善恶惩劝,立监垂史;邻保相助,或耕或耔;吉凶所需,赒生赙死;救患分灾,缕覼条理;礼让风淳,敬恭桑梓;迄迤于今,古风是似;化洽乡邦,济跄良士;一揆蓝田,端无彼此;爰赞兹垂,后昆昭示。

《龙祠乡社义约》是唐兀崇喜父达海(即唐兀忠显)为"劝善惩恶,美风俗,厚人伦,救灾恤难,厚本抑末,周济贫乏",而与邻近村社"年高有德、才良行修者"于至正元年(1341)七月共同议定的一部乡规民约。

龙祠是十八郎寨近南的一座古庙,名曰"龙王殿",殿中塑有神像。传说该神十分灵验,每遇干旱,祈之必应,为乡人所尊崇,故把乡约命名为《龙祠乡社义约》。全约共15款,1072字。文虽不长,却是我们目前所知由西夏后裔,也是我国古代少数民族制定的仅有的一部乡约。

该乡约的制定,受到了北宋吕大钧所定《吕氏乡约》的巨大影响。元代著名理学家许衡将《吕氏乡约》列为善俗十书之一,元代著名印书家张仲谦将其付梓以传世,文中所谓"蹑蓝田之芳踪,遵许公之垂训",以及"善俗有方,乡约为美;翘楚士林,蓝田吕氏;文正许公,十书中纪;锓梓寿传,仲谦张子"等言,阐述的都是《吕氏乡约》及许衡理学思想与《龙祠乡社义约》间的密切关系。

在《龙祠乡社义约》出现167年之后,中国历史上又出现了另外一部乡约,那就是明末著名理学家王守仁制定的《南赣乡约》。《龙祠乡社义约》上承《吕氏乡约》,下启《南赣乡约》,在中国伦理学史上具有相当重要的地位。

其二,《节妇序》：

> 淳浇朴散,俗磨风流,人道于是乎泯绝,节义于人绝无,而仅有奚睾颓波而砥柱哉。是以圣人于《春秋》书纪叔姬,《国风》录卫共姜,俾辉映简编,书于无穷。闻风而兴起者,俱足以继高风而蹈遐躅。固王化欲危之基,培世教将拔之本,岂曰小补之哉?
>
> 寄斋辅臣,世席山东河北蒙古军都万户府镇府之职,其母济阴郡太君,系色目,钦察氏,亦纳思国王之玄孙,神清朗澈,有林下之风。出于右族,来配名门,宣昭壸范,宜其家人,生子女而夫早世,甫二十四而孤在龆齿。甘守夫亡,恪执妇道,遵奉姑命,抚孤益笃,家系扈从之役,番上行戍,虽甫成童亦所不免。于是,子不能释膝下弄雏之情,母不能割出入雇复之恩,偕其子以行。自孀居迄今,积五十余年,志节弥坚,脂松不御。于是,耆旧张成保呈所属,转达朝廷,降花诰,表宅里,建雄门之壮观,清圣代之芳风,罔俾叔姬共姜专美于前所,汗简遗编永垂训于后云。
>
> 至正戊子(1348)夏四月朔旦,处士愚庵伯颜序。

文中讲述了元代色目钦察氏济阴郡太君的事迹。这里的"色目"即"色目人",系元朝对西北各族、西域以至欧洲来中原各族人的概称,包括唐兀、乃蛮、汪古、"回回"、畏兀儿、康里、钦察、阿速、哈剌鲁、吐蕃等。其中的钦察,又译钦叉、可弗驻、克鼻稍、乞卜察兀惕,原系乌拉尔河至黑海以北的突厥游牧部落。后来,成吉思汗和窝阔台两次派兵进军钦察,灭其国,部民多被蒙古军俘虏而为奴。元世祖时,以首领土土哈立有军功,而于其部置钦察卫亲军都指挥司。钦察人在元代的活动,我国史书上虽有记载,但数量有限,伯颜宗道此文对钦察氏济阴郡太君的记载颇值得注意。

她出身名门,为钦察国"亦纳思国王之玄孙",在二十四岁时不幸亡夫,孀居五十余年,"甘守夫亡,恪执妇道,遵奉姑命,抚孤益笃",成为那个时代理学家所提倡的"饿死事小,失节事大"这一理论的牺牲品。伯颜宗道撰文对其守节事备加赞赏,体现了宋元理学思想对他的深刻影响。所以说,该文不失为研究伯颜宗道理学思想的宝贵资料,对研究元代钦察人的历史活动来说,这段文字也是相当宝贵的。

第三节　哈剌鲁人在元代的活动

哈剌鲁,即《述善集·伯颜宗道传》中的"曷剌鲁",在我国史书上又译合儿鲁、哈鲁、哈利鲁、罕禄鲁、匣禄鲁、匣剌鲁、哈剌奴儿、柯耳鲁等,亦即唐代的三姓葛逻禄。

波斯史籍称,哈剌鲁和畏兀儿人一样,是从突厥人中分出来的。还说,哈剌鲁"有雪者、雪人"的意思。突厥人始祖乌古思南征北战,统治了广大的地区。他的嫡系就成了突厥人,依附于他的一些亲属的后代,就成了畏兀儿、钦察、康里和哈剌鲁人。在一次出征返回营地时,有几个家族被大雪所阻落后了,乌古思很不高兴,便给他们起名哈剌鲁。后来的哈剌鲁诸部就起源于这些人。[①]这些传说是否可信,今已无法证实,但可以肯定,哈剌鲁、畏兀儿人的确实在语言、体质上都与突厥人有着密切的关系。

哈剌鲁原居金山之西(今额尔齐斯河和乌伦古河地区),在后突厥汗国的压迫下逐渐南徙至北庭(今新疆自治区吉木萨尔县)附近。8世纪中叶,回纥强盛,不断越过金山,攻打葛逻禄。葛逻禄人不得不继续向西南迁徙,进入今巴尔喀什湖东南伊犁河和楚河一带。此时,这个地区的突骑施部业已衰落,葛逻禄人遂取而代之,成为该地区最强大的势力。哈喇汗王朝建立后,葛逻禄成为哈喇汗王朝的附庸。[②]

西辽统治时期,驻牧于巴尔喀什湖东海押立周围地区,臣属于西辽,由其君主阿儿思兰汗及西辽委派的监护官共同统治。1211年,成吉思汗派忽必来向西辽进军,阿儿思兰汗杀西辽监护官,降附蒙古。成吉思汗以其不战而降,十分优待,且以公主嫁之。[③]

---

① [伊朗]拉施特主编,余大钧、周建奇译:《史集》第一卷第一分册,北京:商务印书馆,1983年,第136—137页。

② 魏良弢:《喀喇汗王朝史稿》,乌鲁木齐:新疆人民出版社,1986年,第66—67页。

③ [伊朗]志费尼著,何高济译:《世界征服者史》,呼和浩特:内蒙古人民出版社,1981年,第86—88页。

归附之后,阿儿思兰汗被遣回海押立。但随从他前往蒙古觐见的一部分部队则被留下,在塔不台率领下,参加对金战争。这部分部队,后来就留在内地。1219年,成吉思汗西征,"阿儿思兰汗带领自己的人马与他会师,给了他很大的帮助"[①]。13世纪中叶,蒙哥汗曾将位于锡尔河畔的讹迹邗赠给阿儿思兰汗的一个儿子作为封邑。

除了海押立之外,伊犁河流域的阿力麻里和邻近的普剌亦为哈剌鲁人所有。其王斡匝尔以投附蒙古而被西辽所俘杀。由其子昔格纳黑的斤继位。13世纪50年代初,昔格纳黑的斤亡后,再传王位于其子。

13世纪以后,哈剌鲁人聚居的海押立和阿力麻里成为察合台汗国的一部分。在蒙古诸王连续不断的战争中,这些地区遭到了很大的破坏,哈剌鲁人也在这一过程中逐渐为中亚其他民族所同化,最后在历史上消失。[②]

哈剌鲁人来中原和江南者甚多。哈剌鲁人的内迁,主要是成吉思汗时期参与蒙古军事活动的结果。按照蒙古的惯例,凡归附者,当蒙古出征时,必须发兵助战。阿儿思兰汗所部哈剌鲁人即参加了蒙古对金朝的战争,后来,又"由河西、陇右入关陕","还师河南,复被旨西征",至延安,其首领塔不台死于军中。他的儿子阿达台,参加了蒙哥指挥的对宋战争,和蒙哥一样,战死于四川钓鱼山战役。另有一部分哈剌鲁人参加了蒙古的西征,后来又转入内地。

元朝统一后,哈剌鲁人得以逐渐定居下来。他们中的大部分,仍旧服军役;但也有一部分,改从他业。

于元世祖至元二十四年(1287)招集哈剌鲁军人立万户府,屯田于襄阳。

有元一代,哈剌鲁人甚受优待,涌现出不少有名的历史人物,其中声名最著者当推官至荣禄大夫、宣徽院使的答失蛮一家。《金华黄先生文集》卷二四收有《定国忠亮公神道碑》《定国忠亮公神道第二碑》,对其家族事迹有较详记载,兹略述于下:

答失蛮,西域人,系出哈剌鲁氏。其祖马马,为其国之近臣,1211年,当成吉思汗西征时,马马"奉其国主阿尔思兰来觐于龙居河"。死后赠集贤学士、正奉大夫、护军,追封中山郡公。

答失蛮父哈只曾入质蒙古,事窝阔台为近臣,尤受宠遇,后扈从窝阔台征西域,随忽必烈取南诏,伐南宋,立有军功。赠荣禄大夫、司徒、柱国,追封定国公。

答失蛮少袭父职,为宝儿赤,深受忽必烈宠爱,"极论阿合马尚书省之政,蠹

[①] [伊朗]志费尼著,何高济译:《世界征服者史》,呼和浩特:内蒙古人民出版社,1981年,第88页。
[②] 陈高华:《元代的哈剌鲁人》,《西北民族研究》1988年第1期,第147页。

国病民"。在乃颜于至元二十四年（1287）据辽东发动叛乱后，答失蛮受命从征，以功获赐名马、白金、佩服、珍异之物。成宗、仁宗时期，答失蛮先后任奉议大夫、司农卿、中书参知政事、宣徽院使等职，累阶荣禄大夫。

答失蛮有子三人，长子买奴官至河南江北等处行中书省平章政事，以翰林学士承旨、荣禄大夫致仕。次子忻都，官至资善大夫、上都留守，兼本路都总管府达鲁花赤。三子怯来，官资善大夫、同知宣徽院事。从中不难看出这一家族在元朝显赫的地位。其他在元朝具有较高地位的哈剌鲁人有太傅文安忠宪王柏铁木尔及其家族成员①，以军功而官至资德大夫、云南诸路行中书省右丞的合剌髀②，以军功先后任华亭府、松江万户府、隆兴万户府达鲁花赤的沙全③ 等。他们均以军功或宦迹见载于史册，而以文著名者，则比较少，早期有诗人廼贤（字易之），"其所为诗清丽而粹密，学士大夫多传诵之"。危素称"葛逻禄氏之能诗者，自易之始"④，即充分肯定了廼贤在哈剌鲁文学史上的地位。其后有影响的哈剌鲁文人则只有本文所述的伯颜宗道了。前者因有文集传世而著称于学界，后者则因其著作被毁于兵燹而少受重视。《元史》称其著作"皆毁于兵"，就说明《元史》的修纂者是不曾见过伯颜著作的。

第四节 《述善集》对元末农民战争的反映

《述善集》的大多数作品都写成于元末，而濮阳在元末是农民战争的核心地带，故《述善集》中有不少内容都反映了元末红巾军起义的具体情况。尤其值得注意的是，哈剌鲁著名理学家伯颜宗道就死于农民军之手。对杀害伯颜宗道的义军领袖，《元史》未载其名号，《述善集》则称其首领为沙刘二。

沙刘二，元末农民军将领，为刘福通指挥的三路军的中路军领袖之一，主要活动于山西、河北一带。至正十八年（1358）十二月，关先生、破头潘、沙刘二率领中路军向北攻克上都（内蒙古自治区正蓝旗东北），后又转攻全宁路（今内蒙古自治区赤峰市翁牛特旗），焚鲁王宫府。又夺取辽阳行省所在辽阳路（今辽宁省辽

---

① [元]黄溍：《太傅文安忠宪王家传》，《金华黄先生文集》卷十三，四部丛刊初编集部。

② 《元史》卷一三二《合剌髀传》，北京：中华书局，1976年，第3215—3217页；[元]危素：《危太朴文续集》卷八《云南诸路行中书省右丞赠荣禄大夫平章事追封巩国公谥武惠合鲁公家传》（元人文集珍本丛刊07），台北：新文丰出版公司，1985年，第575—576页。

③ 《元史》卷一三二《沙全传》，北京：中华书局，1976年，第3217—3218页。

④ [元]危素：《危太朴文集》卷一〇《廼易之金台后稿序》（元人文集珍本丛刊07），台北：新文丰出版公司，1985年，第471页。

阳市)，杀懿州路(今辽宁省阜新市东北)总管吕震。至正二十一年(1361)，中路军十万人在关先生、沙刘二、破头潘的率领下渡鸭绿江攻朔州，陷抚州、安州，并占领了高丽的京城开京(今朝鲜开城)，迫使高丽恭愍王逃奔福州(今朝鲜安东)。高丽王假降，并以财宝美女麻痹农民军。一天晚上，他们突然发起袭击，农民军损失惨重，关先生、沙刘二等战死，残部万余人在破头潘的率领下败退辽阳。四月，破头潘在辽阳被俘，中路军消亡。其中的沙刘二，《元史》卷九二《百官志》、卷二〇七《孛罗帖木儿传》均作"沙刘"。《元史》卷四五《顺帝纪》作"沙刘二"。《庚申外史》至正十七年、十八年所见均是"沙刘二"。当以何者为是，难以定夺。由《述善集》观之，当以"沙刘二"为是。

《元史》对伯颜被捕与遇害经过的记载相当简略，《述善集》则对此有着详尽而生动的描述，为元末农民战争的研究提供了极为难得的形象资料。

这里我们还应提到《述善集》所收唐兀崇喜撰《节妇后序》对伯颜遇害经过的叙述：

> 初，至正十有一年(1351)，盗起颍、亳。又七载，蔓延河北，先生之门人达儒丁刘、公辅等团结丁壮，保卫乡井。军大名、广平之间，先生在焉。
>
> 十八年(1358)夏五月，贼将沙刘二、梅方颜等，率众来攻，破其营，生执先生至磁州，释其缚，待先生以礼貌，诱使附己。先生毅然不肯，反①喻以大义，使之去逆效顺。贼不听。先生知其不悛，随骂不辍，求亟死。贼恚，尽杀其妻子。先生终不屈，遂死之。总兵行枢密院判官伯帖木儿具实以闻，廷议褒封太常礼仪院同金，谥曰"文节"。

这里也提到杀害伯颜的义军首领为沙刘二，同时还有不见于史册的梅方颜；从唐兀崇喜的记述知，与伯颜一起抗击义军的尚有其门人达儒丁刘、公辅等。唐兀崇喜称"先生之门人达儒丁刘、公辅等团结丁壮，保卫乡井。军大名、广平之间，先生在焉"。由是言观之，丁刘、公辅之抗击义军活动发轫于伯颜北渡之前，活动于大名、广平一带。伯颜由濮阳迁此后，融其势力于其中，并可能起到领导者的作用。这些记载都有填补历史空白的意义。

---

① "反"，原文作"返"。

第六章　元代理学与色目进士仕宦之死节现象

元代大批胡人入居中原,被称作色目人,主要有"回回"、畏兀儿、康里、钦察、阿速、哈剌鲁、唐兀、乃蛮、汪古、吐蕃、阿儿浑等。有元一代,色目人无论是在政治、经济、军事还科技文化领域都发挥过重要作用。元末,中原板荡,群雄并起,元政权处于风雨飘摇之中,直到1368年明朝取代元代,色目人始终与元政权站在一起。易代之后,以进士为代表的文人和其他仕宦,如果能够舍弃旧政权而选择服务于新政权,一般情况下依旧会获得荣华富贵,但元代色目文士无论进士还是普通仕宦、地方贤达似乎很少有人选择归顺新政权这条道路,而是投笔从戎,以死报国。他们既非蒙古统治者阶层,又不若汉人那样有千年忠孝节义观的濡染,却有不少人志在死节,令人玩味。

第一节　元末"仗义死节"的色目进士

元代科举制度形成较晚,皇庆二年(1313)元仁宗下诏恢复科举。延祐二年(1315)第一次开科取士,以后三年一次,直到元亡。元惠宗时,因丞相伯颜擅权,执意废科举,故1336年科举和1339年科举停办,前后行科举48年,16考,录得进士1139人。与唐宋明清相比,进士数量可以说是很少的,但令人称奇的是,元末为元朝死节的进士甚多,仅见于记载的就多达43人,比例之高,史无前例。色目进士有名可考者62人,而元末死节者竟多达17人,占比更高。元末诗人杨维桢(1296—1370)感叹:"我朝科举得士之盛,实出培养之久,要非汉比也。至正初,盗作。元臣大将守封疆者不以死殉,而以死节闻者,大率科举之士也。"[①]清代赵翼也感慨:"[元朝]末年仗义死节者,多在进士出身之人。"[②]

---

① [元]杨维桢:《铁崖先生集》卷二《送王好问会试春官叙》,李修生主编《全元文》第42册,南京:凤凰出版社,1999年,第519页。

② [清]赵翼著,王树民校证:《廿二史札记校证》卷三十,北京:中华书局,1984年,第705页。

元朝末年政治黑暗,社会动乱,农民暴动此起彼伏,元政权处于风雨飘摇之中。在此情况下,进士出身的元政府官员中涌现了一批誓死效忠故国的死节之臣。结合萧启庆、桂栖鹏、余来明等学者的统计,爬梳各类史籍,可知,从1315年到1366年有16次开科取士,目前文献记载的蒙古进士70名左右,色目进士100人左右,汉人和南人376人①,这个数字不包含存疑的进士,明清以后对蒙古人和色目人的记载较少,导致目前见于文献的蒙古、色目进士数量远低于当时登科人数,色目进士死节占比高于汉人南人,其中检得元末死节进士43人,其中17人属于色目进士,即泰不华、丑闾、塔不台、明安达尔、余阙、帖谟补化、傻列篯、普达世理、获独步丁、海鲁丁、穆鲁丁、迈里古思、吉雅谟丁、达海、铁德刚等。兹表列其族属及事迹等于下:

姓名	族群	中举时间	官职	殉难时间与事件	史源
泰不华	唐兀人	至治元年(1321)状元	台州路达鲁花赤	至正十二年(1352),与方国珍军决战海上	《元史》卷一四三
获独步丁	"回回"人	至顺元年(1330)进士	广东廉访金事	元末战死于福州	《元史》卷一九六
傻列篯	畏兀儿	至顺元年(1330)进士	潮阳县达鲁花赤	至正十八年(1358),战死于龙兴	《万历新修南昌府志》卷一八
铁德刚	色目人	至顺元年(1330)进士	浙东防御元帅	至正二十年(1360),战死任上	金哈喇《南游寓兴诗集》
丑闾	唐兀人	元统元年(1333)进士	安陆知府	至正十二年(1352),与徐寿辉部战于安陆,城破不降	《元史》卷一九五
塔不台	唐兀人	元统元年(1333)进士	襄阳录事司达鲁花赤	与农民军战被俘不降	《元史》卷一九四
明安达尔	唐兀人	元统元年(1333)进士	潜江县达鲁花赤	至正十二年(1352),与徐寿辉部作战	《元史》卷一九五
余阙	唐兀人	元统元年(1333)进士	淮南行省左丞	至正十八年(1358),安庆保卫战,与陈友谅部决战	《雍正合肥县志》《元史》卷一四三

① 萧启庆:《元代进士辑考》,台北:"中央研究院"历史语言研究所,2012年;桂栖鹏:《元代进士研究》,兰州:兰州大学出版社,2001年;余来明:《元代科举与文学》,武汉:武汉大学出版社,2013年;沈国仁《元代进士集证》,北京:中华书局,2016年;申万里:《元代科举新探》,北京:人民出版社,2019年。

续表

姓名	族群	中举时间	官职	殉难时间与事件	史源
普达世理	畏兀儿	元统元年(1333)进士	岭南行省参政知事	与徐寿辉部作战	《新元史》卷二三二
帖谟补化	唐兀人	至正二年(1342)进士	淮西都元帅府都事	至正十八年(1358),安庆保卫战	《嘉靖南畿志》卷三八
吉雅谟丁	"回回"人	至正八年(1348)进士	浙东金都元帅	元末战死	《九灵山房集》卷一四《题马元德伯仲诗后》;《全元诗》第60册
迈里古思	唐兀人	至正十四年(1354)进士	江东道肃政廉访司	元末战死于绍兴	《元史》卷一八八
海鲁丁	"回回"人	元进士科次不详	丽水县、上饶县达鲁花赤	至正十八年(1358),战死于信州	《元史》卷一九六
穆鲁丁	"回回"人	元进士科次不详	为官建康(南京)	"死国难"	《元史》卷一九六
纳速剌丁	"回回"人	乡贡进士	澋州达鲁花赤	至正十年(1350),战死于高邮	《元史》卷一九四
达海	色目人	至正年间进士	永嘉县丞	不肯降,被方国珍沉江	《弘治温州府志》
拜住	康里人	至正十年(1350年)辛卯科进士	翰林国史院都事、太子司经	不降,投井而死	《元史》卷一九六

　　唐兀人余阙是顺帝元统元年(1333)癸酉科右榜第二名,曾任翰林修撰、监察御史等职,至正十二年(1352),迁淮西宣慰副使兼副都元帅,分兵守安庆。至正十八年(1358),余阙率四千羸弱之兵与陈友谅军鏖战,苦守孤城,破城之日,余阙引刀自刎坠于清水塘中,妻子儿女亦投井而亡。[①]《元史》记载了至正十八年正月余阙慷慨赴死的细节:"西门势尤急,阙身当之,徒步提戈为士卒先……自以孤军血战,斩首无算,而阙亦被十余创。日中城陷,城中火起,阙知不可为,引刀自刎,堕清水塘中。阙妻耶卜氏及子德生、女福童皆赴井死。"[②]唐兀人泰不华是英宗至

---

　　① 王颋:《唐兀人余阙的生平和作品》,《北方民族大学学报》(哲学社会科学版)2009年第5期,第10页。
　　②《元史》卷一四三《余阙传》,北京:中华书局,1976年,第3427—3428页。

治元年(1321)辛酉科右榜第一名,曾任礼部尚书、翰林学士、台州路达鲁花赤等职。至正十二年(1352),泰不华在台州与方国珍部战于船上,肉搏战中手刃数人,死于义军的长矛之下。《元史·泰不华传》记载其死前拼杀的情景:"即前搏贼船,射死五人,贼跃入船,复斫死二人,贼举桨来刺,辄斫折之。贼群至,欲抱持过国珍船,泰不华嗔目叱之,脱起,夺贼刀,又杀二人。贼攒桨刺之,中颈死,犹植立不仆,投其尸海中。年四十九。"[①]

著名的畏兀儿科举家族偰氏,一门九进士,几代人忠于元朝。[②]偰烈篪为文宗至顺元年(1330)庚午科进士,曾任潮州路潮阳县达鲁花赤等职位,在与红巾军对抗中失败,拒绝投降,带领家族成员11人集体自杀。[③]偰百僚是元顺帝至正五年(1345)乙酉科进士,曾任国史院编修官、宣政院断事官等职,元朝灭亡后,不愿意为明朝效力,率家族子弟东渡入高丽。偰百僚入高丽后改名为偰逊,封高昌伯。[④]

"回回"人获独步丁兄弟三人都是进士,号为"三凤"。获独步丁是文宗至顺元年(1330)庚午科进士,海鲁丁、穆鲁丁科次不详。获独步丁曾任广东廉访司金事,在明军攻陷福州后投井而死。在此之前,其两位进士兄长,即为官建康的穆鲁丁和为官信州的海鲁丁都已经战死。[⑤]

康里人拜住者,字闻善,祖上是海蓝伯封河东公者。顺帝至正十一年(1351)辛卯科进士,读书治经颇有才华,官至翰林国史院都事、太子司经。兵至,不肯苟活,投井而死。拜住对家人说:"今吾生长中原,读书国学,而可不知大义乎!况吾上世受国厚恩,至吾又食禄,今其国破,尚忍见之!与其苟生,不如死。"[⑥]

唐兀氏明安达尔,字士元,元统元年进士,潜江县达鲁花赤,作战勇敢,在战斗中阵亡,全家遭到屠戮。[⑦]

元代科举促使色目子弟投身场屋,皓首穷经,加速色目人汉化的进程。元代科举规模小、录取人数少,考取成功率很低,前后共录取1139人,平均每年21.1

① 《元史》卷一四三《泰不华传》,北京:中华书局,1976年,第3425页。

② 尚衍斌:《元代畏兀儿研究》,北京:民族出版社,1999年,第254页。

③ 杨富学、王朝阳:《论元代畏兀儿的忠君与报国》,《新疆师范大学学报》(哲学社会科学版)2017年第2期,第143页。

④ 桂栖鹏、尚衍斌:《高昌偰氏与明初中朝交往》,《中国边疆史地研究》1995年第2期,第23页;Christopher P. Atwood, Review to Subjects and Masters: Uyghurs in the Mongol Empire by Michael Brose, T'oung Pao, Second Series, Vol. 94, 2008, p. 196.

⑤ 《元史》卷一九六《迭里弥实传附获独步丁》,北京:中华书局,1976年,第4434—4435页。

⑥ 《元史》卷一九六《闵本传附拜住传》,北京:中华书局,1976年,第4431页。

⑦ 《元史》卷一九五《聂炳传附明安达尔传》,北京:中华书局,1976年,第4415页。

人,南人乡试的录取率仅为0.68%①,低于1%,但无论成功与否,都对考生的精神品格的塑造产生重大影响。大部分考生名落孙山,但他们会担任书院、私塾的教师,或成为地方政权的吏员、幕僚等,科举考试结束后,他们像色目进士一样,践履忠君报国思想,将儒学文化传播四方。

第二节　为元朝死节的色目仕宦

元末战争中,不唯色目进士,普通色目官员、平民乃至整个色目阶层都表现出强烈的捍卫元朝政权的决心。明初宋濂所谓"自红巾窃发,士大夫不幸,死于难者多矣"②,反映的正是这一现象,诸如"回回"人迭里弥实、河南濮阳西夏遗民唐兀崇喜、哈剌鲁人伯颜宗道和高昌畏兀儿合剌普华等莫不如此。

迭里弥实,字子初,性刚介,任漳州路达鲁花赤。当明军占领福州时,迭里弥实仰天叹曰:"吾不材,位三品,国恩厚矣,其何以报乎!报国恩者,有死而已。"在手版上书写"大元臣子"四个字,拔刀刺喉而死。"既死,犹手执刀按膝坐,俨然如生时。"③

至正十六年(1356)七月,河南濮阳西夏遗民唐兀崇喜为朝廷大军捐献粮食五百石,草一万束,不求名爵,只求百姓获安④,朝廷颁文《锡号崇义书院中书礼部符文》嘉奖崇喜家族慕道报国,并为其家族三代人所建书院赐名"崇义书院","斯人尚义轻财,尊儒重道,建学田,育人才以报国,献粟草,供军需而效忠。既无心爵赏之名,惟注意书院之名,若兹嘉士,良可褒称,可拟'崇义书院'"⑤。

入居河南濮阳的哈剌鲁人伯颜宗道(1292—1358)乃唐兀崇喜的姻亲。宗道在儒者方面颇有成就,被陈垣称作"西域儒学大师","崛起乡里,讲求实用,自成一家",《宋元学案》应为之立传。⑥至正四年(1344)朝廷招纳才德隐迹之士,伯颜宗道被征召至京师,以翰林待制身份参与编修《金史》,后回乡讲学。至正十七年(1357),红巾军攻占濮阳地区,伯颜宗道以一介文士组织起一支万人的武装力量对抗红巾军,被俘后,凛然不降,与妻子宗族三十余口同时遇害。被朝廷追封为

---

① 萧启庆:《元代进士辑考》,台北:"中央研究院"历史语言研究所,2012年,第36页。
② [明]宋濂:《宋学士文集》卷三《巢国公华高神道碑》,罗月霞主编《宋濂全集》,杭州:浙江古籍出版社,1999年,第375页。
③ 《元史》卷一九六《迭里弥实传》,北京:中华书局,1976年,第4434页。
④ [元]唐兀崇喜:《报效军储》,焦进文、杨富学《元代西夏遗民文献〈述善集〉校注》,兰州:甘肃人民出版社,2001年,第118页。
⑤ 焦进文、杨富学:《元代西夏遗民文献〈述善集〉校注》,兰州:甘肃人民出版社,2001年,第120页。
⑥ 陈垣:《元西域人华化考》,上海:上海古籍出版社,2000年,第15页。

范阳郡伯,谥号"文节"。①

高昌回鹘人全普庵撒里官拜监察御史,刚正不阿,在出任江西行省参政时与义军陈友谅战,以不敌而自杀。与其勠力共守城池的色目人哈海赤也以不屈而被杀。②

高昌畏兀儿合剌普华自幼"学习儒书,颇有所成"③,至元二十一年(1284)在出任广东都转运盐使时,遇东莞、香山、惠州负贩之徒万人叛乱,合剌普华与叛军战,"身先士卒,力战矢尽,马被数创,犹徒步搏贼,格杀数十人",被俘后以不屈遇害,年仅39岁。④

高昌回鹘人孛罗帖木儿任襄阳路达鲁花赤时,"盗起汝、颍",至正十一年(1351)襄阳失守,孛罗帖木儿被执,以不屈遇害,"举家死者,凡二十六人"⑤。

北庭畏兀儿人卜理牙敦官至山南廉访使,至正十二年(1352)与叛军力战,被执,不屈而死。部将上都被俘后大骂贼兵,被害。⑥

新近在安徽马鞍山市发现的《金宪奉政真公太平路筑城碑》(未刊)记载了畏兀儿人真圣讷(字德卿),率领太平路百姓构筑防御工事,誓死与叛军抗衡的事迹。江浙行省太平路位于今当涂县,约七万户,下辖一录事司,当涂、芜湖、繁昌三县,元朝时期,统治者实行拆毁城墙的政策,"凡诸郡之有城郭,皆撤而去之,以示天下为公之义。洋洋圣谟,诚所谓在德不在险也"⑦。太平路城池亦废弃,碑文载"皇元隆平日久,天下城郭弗治,城亦因以废,"元末战乱四起,至正十二年(1352)夏五月,居民们惶恐不安企图逃离家园,当时统辖太平路的是江东金宪奉政公畏兀儿人真圣讷。他谙熟经史子集,有深厚的儒学修养。在危难之时,他毅然率领百姓筹款筑城,不避严寒酷暑,谋划指挥。他的行为感动了全城百姓,百姓把修城当成了自己家的事情,"荷锸负笈者如子之趋父事",终于在第二年完成了坚固的城防体系,五个城门,高大坚固的城墙绵延十几里,二十步设一岗哨,旌旗招展,昼夜不息,一呼百应,敌人闻风而退,不敢来犯,一城百姓得保平安,免于战火。

大量事例都可说明,以色目文士为代表的整个色目阶层都有维护元朝的心

---

① 杨富学:《元代哈剌鲁人伯颜宗道事文辑》,《文献》2001年第2期,第76—88页。

② 《元史》卷一九五《全普庵撒里传》,北京:中华书局,1976年,第4413页。

③ 《元史》卷一九三《合剌普华传》,北京:中华书局,1976年,第4386页。

④ [元]黄溍:《广东道都转运盐使赠推诚守忠全节功臣资德大夫河南江北等处行中书省右丞上护军追封高昌郡公谥忠愍合剌普华公神道碑》,《金华黄先生文集》卷二五,四部丛刊初编本。

⑤ 《元史》卷一九三《孛罗帖木儿传》,北京:中华书局,1976年,第4418—4419页。

⑥ 《元史》卷一九三《卜理牙敦传》,北京:中华书局,1976年,第4424页。

⑦ [元]俞希鲁编纂,杨积庆等校点:《至顺镇江志》卷二《城池》,南京:江苏古籍出版社,1999年,第7—8页。

愿。西域色目人入中原学习儒学,践行忠孝伦理观念。[1]《元史·忠义传》所载以死殉国的色目人不少都有国子学和科举的经历,"以平生有用之学,成不夺之志"[2]。《左传·昭公元年》言:"临患不忘国,忠也。"以元代色目文士为代表的色目阶层为了捍卫元朝而不惜生命,这一现象的形成抑或与元代理学之普及不无关系。

杭州新近发现的《濡滇杭氏宗谱》(未刊)记录了元代"杭"氏家族子弟在元末战争中誓死效忠元廷的实际:"元后兵乱,其尽忠王室者有之,死节别郡者有之,虽留名族谱,莫知所往矣。"这些史实为揭示色目人忠于元朝政权的事实及其与元朝统治者的休戚的关系提供依凭。《濡滇杭氏宗谱》中《杭氏老谱源本》记载:

> 朵儿只的斤第三子,生于至治元年(1321)辛酉九月初九日戌时,镇守信州,不屈伪汉,伏剑自刭,终于至正十九年(1359)己亥十月初十日丑时,加赠东宣慰使谥"桓敏公"仕至中宪大夫,江东道廉访司副使。国朝太祖皇帝敕封忠劢(效)侯,江西广信府岁时致祭焉。朵儿只的斤第三子,死节于信州。

这一佚名人物,其实就是《元史》所载伯颜不花的斤。家谱中朵儿只的斤,《元史》作"朵尔的斤",不词,当脱"只"字。伯颜不花的斤"倜傥好学,晓音律"。在元末的信州之战中,面对陈友谅军中来劝降的人,慷慨陈词:"贼欲我降尔,城存与存,城亡与亡,吾计之熟矣。"[3] 城池失陷后,伯颜不花的斤自杀身死。万历四十二年(1614),翰林院国史编修霍林汤宾尹为《濡滇杭氏宗谱》撰序,言:"巴而术阿而特的斤又能推诚仕元,并隆荆南王爵,尚公主于帝室者七,且伯颜不花以死殉国,而信州香火再举于昭应矣。"《濡滇杭氏宗谱》对伯颜不花的斤家族的记载,可补元史《元史》《元史氏族表》之不足与讹误。

在伯颜不花的斤死节之前,另有第四代高昌王亦都护火赤哈儿的斤为抵抗西域叛军都哇、卜思巴的围攻而誓死保卫高昌,对叛军的劝降如此答复:"吾闻忠臣不事二主,且吾生以此城为家,死以此城为墓。"[4] 大约在至元二十年(1283)前

---

① Michael C. Brose, *Subjects and Masters: Uyghurs in the Mongol Empire*, Bellingham: Western Washington University, 2007, pp. 115–136.

② 《元史》卷一九〇《儒学传二·伯颜传》,北京:中华书局,1976年,第4351页。这段文字不见于《述善集》所收元人潘迪撰《伯颜宗道传》,却见于《正德大名府志》卷十《文类》所收潘迪同文。当据《元史》补入。见陈高华:《读〈伯颜宗道传〉》,《元史及北方民族史研究集刊》第10期,1986年,第37—38页.

③ 《元史》卷一九五《伯颜不花的斤传》,北京:中华书局,1976年,第4409—4411页。

④ [元]虞集:《道园学古录》卷二四《高昌王世勋之碑》,四部丛刊初编本。

后,火赤哈儿的斤屯兵南哈密力,大战力尽而死。① 元末战争爆发后亦都护家族全力参与镇压各路起义军,在襄阳南阳等地的战斗中,亦都护高昌王月鲁帖木儿死于军中,其子桑哥继任亦都护,在战乱中生死不明。元顺帝至正十二年(1352)四月,"命亦都护月鲁帖木儿领畏吾儿军马,同豫王阿剌忒纳失里、知枢密院事老章,讨襄阳、南阳、邓州贼"②。第二年六月"亦都护高昌王月鲁帖木儿薨于南阳军中,命其子桑哥袭亦都护高昌王爵"③。继任者亦都护桑哥的部队在战乱中下落不明。

相较而言,回鹘人为元朝死节者数量最多。见于史册者既有普通官员,也有回鹘亦都护。可能与回鹘最早归顺蒙古,一直享受蒙元政府的特殊待遇有关。回鹘亦都护巴而术阿而忒的斤被成吉思汗封为第五子,并下嫁公主。巴而术阿而忒的斤感恩戴德,表示"当尽率部众为仆为子,竭犬马之劳也"④。许多回鹘知识分子都受到蒙古统治者的重用,以至于形成凡"有一材一艺者,毕效于朝"的局面。⑤ 自1209年亦都护归顺成吉思汗,直到元朝灭亡,百余年间,历代畏兀儿亦都护及其家族成员都与蒙古和元朝统治者勠力同心,为保卫蒙古和元朝披坚执锐,奋不顾身。

第三节　色目人为元朝死节的历史原委

在中国科举史上,元代转变了尊重文学的倾向,开始以经学为主导。唐宋科举偏重文学,元代科举废除诗赋科,注重经学,独尊道学。元代科举考试的内容直接塑造了元代色目士人的精神品格,并深刻影响了元代文风。

元政府注重经术德行,不尚浮华纤巧的文风。隋、唐、宋、金科举考试注重诗赋取士,元朝君臣认为是弃本逐末,"隋、唐有秀才、明经、进士、明法、明算等科,或兼用诗赋,士始有弃本而逐末者"⑥。元朝科举考试写作形式上废弃辞藻浮华的律赋,采用古赋形式,有力推动了文坛上古朴、简洁文风的形成。从窝阔台入主中原一直到仁宗朝,蒙古和元朝廷都以儒学经典、道德涵养为取士之道。"至仁

---

① [日]安部健夫:《西ウィグル國史の研究》,京都:匯文堂書店,1955年,第119页;[日]安部健夫著,宋肃瀛、刘美崧译:《西回鹘国史的研究》,乌鲁木齐:新疆人民出版社,1986年,第93页。

②《元史》卷四二《顺帝纪五》,北京:中华书局,1976年,第899页。

③《元史》卷四三《顺帝纪六》,北京:中华书局,1976年,第910页。

④ [元]佚名著,王国维校注:《圣武亲征录校注》,北京:文殿阁书庄,1936年,第122—123页。

⑤ [元]念常:《佛祖历代通载》卷二二《敕赐乞台萨理神道碑》,《大正藏》第49册,No. 2036,页727c。

⑥《元史》卷八一《选举志一》,北京:中华书局,1976年,第2015页。

宗延祐间,始斟酌旧制而行之,取士以德行为本,试艺以经术为先。"① 元代科举考试内容以"四书五经"为主,"蒙古、色目人,第一场经问五条,《大学》《论语》《孟子》《中庸》内设问,用朱氏章句集注。其义理精明,文辞典雅者为中选。第二场策一道,以时务出题,限五百字以上"②。以程朱理学为核心内容的科举考试极大地激发了色目人学习儒学的热情,经数年浸染,势必会对色目士人的价值观和道德涵养造成程度不同的影响,科举考试后这些人就成为真正的儒士,推动元代理学的发展。

理学兴起并盛行于宋代,至元代更为普及,涌现出赵复、姚枢、许衡、刘因、郝经、吴澄、汤干、谢枋得、陈苑、赵偕等著名理学家。在姚枢、许衡等人的推动下,儒学成为官学,程朱理学又为儒学的主导,在全国范围内逐步形成了集贤院、国子学、儒学提举司等多种机构所构成的儒学教育体系。"当时仕进有多岐,铨衡无定制,其出身于学校者,有国子监学,有蒙古字学、回回国学,有医学,有阴阳学"③,这种体系为色目人的仕进提供了渠道。元代开科举,以程朱理学为遵,推动了理学在元代的发展,元代理学在理论上"不过衍紫阳(朱熹)之余绪"④,没有取得大的发展。偏重实践,在民众中逐步日常化,此乃元代理学之显著特色。理学的核心内容就在于"忠孝节义"四字上,对元代色目士人的影响既深且巨,而色目士人以其所拥有的较高政治地位,通过对理学的阐释和践履,反过来又进一步推动了理学的发展。

元世祖至元八年(1271),蒙古国子学设立,成为色目文士学习儒学经典的重要途径。生员学习内容主要以"四书五经"等儒家经典为主,由博士、助教讲授并出题考试,考试成绩优异者授予官职。河南濮阳西夏遗民唐兀崇喜在《观德会》一文中详细谈到了他在国子学的学习内容,即朱熹的《小学书》,核心内容在于修六德,即"智、仁、圣、义、忠、和",奉六行,即"孝、友、睦、姻、任、恤",习六艺"礼、乐、射、御、书、数"⑤。国子学教官的选拔标准是德高望重、擅长文辞、有官职、长者。一般不录用平民,民间特别出色的,需要上报考核,获得批准,才有可能。任教于国子学的多是当时一流的大儒,如窝阔台时期的冯志常,忽必烈时期的许衡、王恂等。仁宗延祐时期,集贤学士赵孟頫、礼部尚书元明善等修订国子学贡试之法。《元史·选举志》记载:

① 《元史》卷八一《选举志一》,北京:中华书局,1976年,第2015页。
② 《元史》卷八一《选举志一》,北京:中华书局,1976年,第2019页。
③ 《元史》卷八一《选举志一》,北京:中华书局,1976年,第2016页。
④ 吕思勉:《理学纲要》,南京:江苏文艺出版社,2008年,第31页。
⑤ 焦进文、杨富学:《元代西夏遗民文献〈述善集〉校注》,兰州:甘肃人民出版社,2001年,第193页。

凡翰林院、国子学官：大德七年议："文翰师儒难同常调，翰林院宜选通经史、能文辞者，国子学宜选年高德劭、能文辞者，须求资格相应之人，不得预保布衣之士。若果才德素著，必合不次超擢者，别行具闻。"①

国子学在学习内容、教师水平等各方面的建制都是高规格的，在传承儒学思想方面起到了重要作用。大量色目子弟通过国子学接受儒学教育，奠定了理学思想。从京师到地方、从社会到家庭，理学所讲的忠孝节义观念在色目人中得到广泛的普及。

《述善集》显示，从西夏故地随蒙古大军东征的唐兀崇喜家族，在襄阳会战结束后定居河南濮阳十八郎寨，几代人筹建学校，于元末建成崇义书院，父子以《蓝田吕氏乡约》为蓝本而制《龙祠乡社义约》，成一时之盛。②崇喜家族堪称东迁唐兀人中下层军人家族的典型。较早从西域东迁内地的畏兀儿人廉希宪勤奋学习儒家经典，号称"廉孟子"，以仁爱德政辅佐忽必烈，称"为臣当忠，为子当孝，孔子之戒，如是而已"③。唐兀进士余阙笃志于儒学，"留意经术，《五经》皆有传注。为文有气魄，能达其所欲言"④。色目进士泰不花治学倾向于邵雍之学，"由进士得官二十余年，始以文字为职业，人则曰儒者也"⑤。西域人伯颜子中（1327—1379）曾经是南昌东湖书院山长和建昌路（今江西南城）教授，宣讲儒家教义。至正十八年（1358），伯颜子中领兵抗击攻赣的陈友谅部。明洪武十二年（1379），伯颜子中拒绝明廷所召，以不愿出仕新朝而饮鸩身亡。

深受儒家忠孝节义思想影响的色目儒士有的在朝堂上守正不阿，有的拼死沙场，其耿介之性情、刚烈之行为犹有西北民族强悍之遗风。元奉训大夫国子监司业潘迪曾对以身许国的哈剌鲁人伯颜宗道作如是评价："侯出于穷乡下里，非有父师君上之教督也，乃能以经训道学为己任，诚所谓无文王而兴者欤？然与古忠臣烈士比肩并列，斯可尚矣。"⑥潘迪批评彼时修习理学者多流于言论文辞，而

①《元史》卷八三《选举志三·铨法中》，北京：中华书局，1976年，第2064页。
② 王君、杨富学：《〈龙祠乡约〉所见元末西夏遗民的乡村建设》，《宁夏社会科学》2013年第1期，第93—99页；TOMOYASU IIYAMA, A Tangut family's community compact and rituals Aspects of the society of North China ca 1350 to the Present, Asia Major 27-1, 2014, pp. 99-138.
③《元史》卷一二六《廉希宪传》，北京：中华书局，1976年，第3092页。
④《元史》卷一四三《余阙传》，北京：中华书局，1976年，第3429页，
⑤ [元]苏天爵著，陈高华、孟繁清点校：《滋溪文稿》卷二四，北京：中华书局，1997年，第415—416页。
⑥ [元]潘迪：《伯颜宗道传》，焦进文、杨富学校注《元代西夏遗民文献〈述善集〉校注》，兰州：甘肃人民出版社，2001年，第228页。

躬身践行者少,像伯颜宗道这样舍生取义者就更少了,"盖千百无一二焉"。许衡曾执教国子学,对蒙古和色目生员之质朴性格赞誉有加,认为质朴者经过理学熏陶后可堪大用。廉希宪、不忽木、巎巎、贯云石、薛昂夫、马祖常、赵世延、泰不华等一大批色目儒士倾慕汉学。唐兀崇喜在生活中恪守理学规范。贯云石倾心于《孝经》,著《孝经直解》,流传于今。伯颜宗道、王翰等色目士人以死节践履理学。余阙、泰不华等色目士人为故国捐躯,凡此种种,皆堪充许衡之论的最佳注脚。色目儒士深受中原理学的影响,他们以独特的"西北气质"融入元代文人圈,丰富了元代理学文化,抑或可视作元代民族文化交流之一例证。

元代理学不仅强化了蒙古士人、色目士人忠君观念,也使得汉族知识阶层认同了元朝政权,在他们看来,文化主义的立场超越了"夷夏之防",许衡、郝经等元朝大儒们即认为凡行中华之道者即是正统王朝,强调文化而淡化种族差异。在元明易代之际,蒙古士人、色目士人,甚至还有不少汉族士人都为元朝尽节,这些都与元代理学主导下的文化认同不无关系。

元代科举极为偏袒蒙古人、色目人,使之在科举中占尽优势。科举制是元朝族群等级制的一种体现,元代科举是不同族群等级的人分开考试,蒙古人和色目人是考两场,汉人和南人要考三场。蒙古人、色目人应试内容较易,汉人、南人较难。蒙古人、色目人列一榜叫"右榜",汉人、南人另列一榜,叫"左榜"。录取名额两榜相等。"蒙古、色目人,愿试汉人、南人科目,中选者加一等注授。蒙古人、色目人作一榜,汉人、南人作一榜。第一名赐进士及第,从六品,第二名以下及第二甲,皆正七品,第三甲以下,皆正八品,两榜并同。"[1]

科举取士人数与各族群人口基数严重不平等,蒙古人、色目人的右榜和汉人、南人的左榜各五十。13世纪初,蒙古人三四十万,色目人三四十万,汉人、南人多达六千万[2],人口基数和读书人口的比例相差悬殊,但录取名额是一样的,而且蒙古、色目人的考试内容也比汉人、南人容易得多。原则上三年一次,左右榜各五十人,但只有元统元年(1333)录满100人,其余各科均不足100人。元代科举考试对蒙古人、色目人有利,这也是色目进士积极维护元朝统治的重要原因之一。蒙古、色目考生的汉语言表达和儒学基础与汉族考生相差很远,左右榜是基于考试公平的技术措施。[3] 这种配额制下,各族群内部竞争,优待蒙古人、色目人

① 《元史》卷八一《选举志一》,北京:中华书局,1976年,第2019页。
② 萧启庆:《内北国而外中国——蒙元史研究》,北京:中华书局,2007年,第465页。
③ 申万里:《元代科举新探》,北京:人民出版社,2019年,第367页。

不妨碍汉族考生登科的机会。①

色目进士和其他仕宦是元代数十万色目人的典型代表，体现了族群等级制在元代的盛行。在人才的阶层流动中，元朝重视族群等级和门第出身。元廷实行族群等级制和根脚制，根据家世任用官员，世代荫袭，享受根脚制的家族都是蒙古人和色目人，极少有汉人。在根脚制中，虽然高门贵族子弟可以荫袭父职，但仅限一人，其他子弟仍需寻找其他途径入仕，如就读国子学和应试科举，色目的世家子弟是族群等级制和门第差异的受惠者，可谓天之骄子，但仍要与寒门子弟在场屋一较高下，这是其中的一个重要原因。考察色目进士和其他仕宦的家庭背景，那些迁居中原较早、家族汉学深厚的色目文官家族子弟更易于登科，畏兀儿偰氏、廉氏、西夏斡玉伦徒家族、康里部太禧奴家族（即不忽木、巙巙家族）、蒙古答禄乃蛮家族等，最成功的科举世家偰氏家族两代人有九人中进士，一人中乡试，传为美谈。

族群等级制使色目人成为特权阶层，色目人因此而拥有更多的现实利益和社会资源。在元朝的户数统计中，蒙古人、色目人仅占3%，南人占82%，但是南人官员仅占官员总数的10.2%②，南人为官机会之少、社会地位之卑、族群身份尊卑之差异，可想而知。在元代社会的各个方面，色目人都享有特权，居住在中原的色目人，学习汉文化，尽管文化认同发生改变，但他们不愿意改变族群认同，而导致特权的丧失，直到明朝建立，政治诱因消失，才做到了族群间的完全融合。同时，学者们也注意到73.3%的进士有望做到中高级职务，尤其是汉人、南人进士比蒙古、色目进士还要优越些③，这是元朝中后期政治逐步汉化的表现。

有元一代，畏兀儿、唐兀、吐蕃、"回回"等成为蒙古人倚重的对象，在蒙古人的征服战争和治国理政的过程中功劳卓著，因而也获得了仅次于蒙古人的社会地位，成为族群等级制的受惠者。

蒙古统治者对畏兀儿最为倚重。1209年高昌畏兀儿亦都护巴而术阿而忒的斤归降成吉思汗，被成吉思汗封为第五子，并下嫁公主。归顺后的畏兀儿跟随成吉思汗及其子孙西征中亚，亡金灭宋，立下赫赫战功。畏兀儿人的战绩不仅局限于攻城略地，他们以较高的文化素养成功扮演了蒙古人文化导师的角色。美国学者比尔·康纳爵森（Bell Connor Joseph）称：畏兀儿不仅在战争中为蒙古输入阵容强大起起武夫式的军队，更为重要的是输入了别具特色的高文化层次智囊

① 萧启庆：《元代进士辑考》，台北："中央研究院"历史语言研究所，2012年，第31页。
② 萧启庆：《元代的族群文化与科举》，台北：联经出版事业股份有限公司，2008年，第152页。
③ 申万里：《元代科举新探》，北京：人民出版社，2019年，第372页。

团。① 塔塔统阿遵从成吉思汗之命以回鹘文字母为基础创制蒙古文字,改变了蒙古人"以木契"记事,"使命往反,必以口授"等传统而落后的传递信息方式。元朝统一后,畏兀儿人以长于语言文化和经商的优势,在经济、文化、政治等方面成为蒙古统治者的得力助手,出现了"有一才一艺者毕效于朝"②的景象。美国学者爱尔森对《元史》中的达鲁花赤做过统计,有名可查的达鲁花赤总共为277人,而其中明确记载为畏兀儿人的为34人,蒙古人104人,汉人、南人46人。③考虑到畏兀儿人口基数比汉人、南人要少得多,其充任达鲁花赤的占比是非常高的。他们仅凭"根脚"就能在统治阶层内部拥有优越的地位。

与畏兀儿的自觉归顺不同,唐兀人(西夏)在被征服的过程中殊死抵抗,所以在大蒙古国时期唐兀人的政治地位一直较低,直到忽必烈称汗以后,西夏遗民的政治地位才得到大的改善,"从民族阶梯的最底层一跃而登上仅次于蒙古人的第二阶层之中,它获得了与回回、畏兀儿等色目种类同样平等的政治待遇"④。如同畏兀儿、吐蕃、"回回"一样,西夏遗民成为蒙古统治力量之重要支柱之一,也成为元代社会的既得利益者。据统计,元代见于记载的西夏遗民有400余,其中大多为官员⑤,如李恒、迈里古思、丑闾、昂吉儿、完泽、明安达尔、观音奴、纳麟等,还有西夏国时期就以儒学著称的斡玉伦徒家族、高智耀家族、王翰家族和余阙家族等。色目高门家族世代继袭爵位,获得了众多利益,故而发自内心地忠于元朝。如王翰(1333—1378),本为东迁中原的第四代西夏遗民。1227年,西夏亡于蒙古,其高祖迁徙山东,其曾祖跟随西夏名将昂吉南征江淮,因军功而被授予武德将军,领兵千户,镇抚庐州即今安徽合肥,王家遂定居庐州,自祖父始三代世袭爵位。⑥王翰十六岁世袭爵位,任庐州路治中,后到福建任福州路治中,接着升任同知、理问官,管理永福、罗源两县事务,之后再升任朝列大夫、江西福建行省郎中。元末战争中,王翰在广东、福建等地积极组织力量抗击明军,保卫元朝。元朝灭亡11年后,46岁的王翰拒绝出仕明朝,自杀明志。

族群等级制是蒙古统治的基础,色目人有协助蒙古人治国之功,与蒙古人共享特权,汉族尤其是南人作为被征服族群,地位低,仕进困难,这也正是元末汉族

---

① Bell Connor Joseph, The Uyghur transformation in medieval Inner Asia: From nomadic Turkic tradition to cultured Mongol administrators, Ph. D. diss, University of Louisville, 2008, p. 87.

② [元]念常:《佛祖历代通载》卷二二《敕赐乞台萨理神道碑》,《大正藏》第49册, No. 2036,页727c。

③ Thomas T. Allsen, The Yuan Dynasty and the Uighurs of Turfan in the 13th Century, Morris Rossabi (ed.), China among Equals, the Middle Kingdom and Its Neighbors, 10th–14th Centuries, London, 1983, p. 267.

④ 汤开建:《元代西夏人的政治地位》,氏著《党项西夏史探微》,台北:晨允文化,2005年,第478页。

⑤ 汤开建:《增订〈元代西夏人物表〉》,《暨南史学》第2辑,2003年,第195—215页。

⑥ [元]吴海:《闻过斋集》卷五《友石山人墓志铭》,台北:新文丰出版公司,1985年,第278页。

群雄起兵推翻元政权的重要原因。以汉族仕宦为主的大量汉族士人是既得利益者，他们愿意为元朝守节，说明知识阶层和一般汉族民众对元朝统治的认识是不同的。明朝建立后，推行民族同化政策，色目人与汉人一视同仁，得到提拔，但禁胡语、胡服等政策，对滞留中原的色目士人出仕产生了消极影响。

综上，色目进士与各级仕宦尽管不是元朝最高统治者，不掌握政权，却是蒙古统治者倚重的对象。在元朝强调族群、重视门第的政策中，色目人可谓既得利益者，不仅享受优厚社会待遇，而且在科举中占尽优势，与元朝形成了盘根错节的关系。

结　语

元代进士数量甚少，而在元末为元朝死节者比例甚高，尤其是色目进士比例更高，在可考的62位色目进士中，在元末死节者高达17人。在进士之外，为元朝死节的色目仕宦也相当多，这不失为一种非常罕见的历史现象。元代理学文化的发展普及是色目进士与其他各族文士乃至将军人等忠君思想和伦理观念形成的基础，理学教育对色目各级仕宦精神品格的塑造关系重大。族群等级制是元代色目进士及其他文士死节现象形成的社会基础，元朝政权是色目人享受特权的温床，色目人与元朝政权可谓命运相连、休戚与共。以科举进士为代表的色目士人与元朝政权形成"命运共同体"，在元朝政权风雨飘摇之时，他们以死报国，形成了历史上罕见的色目仕宦死节现象。从历史记载看，为元死节的色目人中，以畏兀儿数量最多，西夏遗民次之，"回回"再次之，从侧面反映了三者在元朝末期政治、军事上地位的重要，与蒙古统治阶级之间的唇齿相依关系当更为密切。吐蕃尽管地位重要，但主要局限于宗教方面，此当为死节者中不见吐蕃人的重要原因。

参考文献

一、基本史料

《白虎通疏证》,[清]陈立撰,吴则虞点校,北京:中华书局,1994年。

《北史》,[唐]李延寿纂,北京:中华书局,1974年。

《楚辞补注》(中国古典文学基本丛书),[宋]洪兴祖注,北京:中华书局,1983年。

《春秋繁露集解》,[西汉]董仲舒撰,王心湛校勘,上海:广益书局刊行,1936年。

《春秋左传集解》,[晋]杜预著,上海:上海人民出版社,1977年。

《春秋左传正义》,[唐]孔颖达著,[清]阮元校刻《十三经注疏》,北京:中华书局,1980年。

《大唐新语》,[唐]刘肃撰,李鼎霞点校,北京:中华书局,1984年。

《道园学古录》,[元]虞集著,四部丛刊初编本。

《东观汉记校注》,[东汉]刘珍等辑,吴树平校注,北京:中华书局,2008年。

《帝范》,[唐]唐太宗,北京:商务印书馆,1935年。

《杜甫全集》,[唐]杜甫著,[清]仇兆鳌注,秦亮点校,珠海:珠海出版社,1996年。

《敦煌变文集》,王重民、王庆菽等编,北京:人民文学出版社,1984年。

《敦煌变文选注》,项楚著,成都:巴蜀书社,1989年。

《尔雅注疏》,[晋]郭璞注,[宋]邢昺疏,[清]阮元校刻《十三经注疏》,北京:中华书局,1980年。

《法言义疏》,[西汉]扬雄著,汪荣宝疏,北京:中华书局,1987年。

《翻译名义集》,[宋]法云撰,南京:江苏广陵古籍刻印社,1990年。

《佛祖历代通载》,[元]念常集,《大正藏》第49册,No.2036。

《高士传》，［晋］皇甫谧撰，上海：上海古籍出版社，2014年。

《攻媿集》，［宋］楼钥著，四部备要本。

《故宫珍本丛刊·（康熙）开州志》，故宫博物院编，海口：海南出版社，2001年。

《管子校注》，黎翔凤校注，北京：中华书局，2004年。

《国语集解》，徐元诰集解，北京：中华书局，2002年。

《郭店楚墓竹简〈老子〉校读》，侯才著，大连：大连出版社，1999年。

《韩昌黎文集校注》，［唐］韩愈撰，马其昶校注，上海：上海古籍出版社，1986年。

《韩非子集解》，王先慎撰，北京：中华书局，1954年。

《韩诗外传集释》，［汉］韩婴撰，许维遹校，北京：中华书局，1980年。

《汉书》，［汉］班固纂，北京：中华书局，1962年。

《河南程氏遗书》，［北宋］程颢、程颐，收入王孝余点校《二程集》，北京：中华书局，1981年。

《横渠先生行状》，［北宋］吕大临，［宋］张载著，收入章锡琛点校《张载集》，北京：中华书局，1978年。

《横渠易说》，［北宋］张载著，收入章锡琛点校《张载集》，北京：中华书局，1978年。

《后汉纪校注》，［晋］袁宏著，周天游校注，天津：天津古籍出版社，1987年。

《后汉书》，［南朝宋］范晔纂，北京：中华书局，1965年。

《皇极经世书》，［宋］邵雍著，［明］黄畿注，卫绍生校理，郑州：中州古籍出版社，1993年。

《黄帝内经素问注证发微》，［明］马莳撰，田代华主校，北京：人民卫生出版社，1998年。

《淮南子》，［西汉］刘安等撰，北京：中华书局，1954年。

《金华黄先生文集》，［元］黄溍著，四部丛刊初编本。

《金史》，［元］脱脱等纂，北京：中华书局，1975年。

《晋书》，［唐］房玄龄纂，北京：中华书局，1974年。

《（光绪）开州志》，濮阳县地方史志办公室校注，郑州：中州古籍出版社，1995年。

《蓝田吕氏遗著辑校》，［北宋］吕大忠、吕大钧、吕大临著，陈俊民辑校，北京：中华书局，1993年。

《李太白全集》，［清］王琦注，北京：中华书局，1977年。

《吏文·吏文辑览》,[古朝鲜]崔世珍编,[韩国]朴在渊、洪波点校,牙山:鲜文大学校中韩翻译文献研究所,2001年。

《吏学指南》,[元]徐元瑞撰,杨讷点校,杭州:浙江古籍出版社,1988年。

《礼记正义》,[唐]孔颖达著,[清]阮元校刻《十三经注疏》,北京:中华书局,1980年。

《列子注》(诸子集成本),[晋]张湛注,北京:中华书局,1954年。

《柳宗元集校注》,[唐]柳宗元撰,尹占华、韩文奇校注,北京:中华书局,2013年。

《陆游集》,[南宋]陆游著,北京:中华书局,1976年。

《论语注疏》,[魏]何晏注,[宋]邢昺疏,[清]阮元校刻《十三经注疏》,北京:中华书局,1980年。

《毛诗正义》,[唐]孔颖达等著,[清]阮元校刻《十三经注疏》,北京:中华书局,1980年。

《孟子注疏》,[宋]孙奭著,[清]阮元校刻《十三经注疏》,北京:中华书局,1980年。

《庙学典礼》,王颋点校,杭州:浙江古籍出版社,1992年。

《明史》,[清]张廷玉等纂,北京:中华书局,1974年。

《明太祖实录》,台北:"中央研究院"历史语言研究所校印本,1962年。

《木讷斋文集》,[元]王毅著,续修四库全书本。

《牧斋初学集》,[清]钱谦益著,四部丛刊本。

《南村辍耕录》,[元]陶宗仪著,北京:中华书局,1959年。

《南阳集》,[宋]韩维著,四库全书本。

《能改斋漫录》,[宋]吴曾著,四库全书本。

《廿二史札记校证》,[清]赵翼著,王树民校证,北京:中华书局,1984年。

《全上古三代秦汉三国六朝文》,[清]严可均校辑,北京:中华书局,1958年。

《全宋词》,唐圭璋编,北京:中华书局,1965年。

《全唐诗》(增订本),中华书局编辑部点校,北京:中华书局,1999年。

《全唐文》,[清]董诰等编,北京:中华书局,1983年。

《日下旧闻》,[清]朱彝尊撰,清康熙二十七年六峰阁刻本。

《权德舆诗文集》,[唐]权德舆撰,郭广伟校点,上海:上海古籍古版社,2008年。

《三国志》,[晋]陈寿撰,裴松之注,北京:中华书局,1982年。

《山谷诗集注》,[宋]黄庭坚著,[宋]任渊、[宋]史容、[宋]史季温注,黄宝华点校,上海:上海古籍出版社,2003年。

《尚书大传疏证》,皮锡瑞著,吴仰湘点校,北京:中华书局,2022年。

《尚书正义》,[唐]孔颖达等撰,[清]阮元校刻《十三经注疏》,北京:中华书局,1980年。

《邵氏闻见录》,[北宋]邵伯温著,王根林点校,北京:中华书局,1997年。

《圣武亲征录校注》,[元]佚名著,王国维校注,北京:文殿阁书庄,1936年。

《十三经注疏》,[清]阮元校刻,北京:中华书局,1980年。

《十一家注孙子校理》(新编诸子集成),[春秋]孙武撰,[东汉]曹操等注,杨丙安校理,北京:中华书局,2012年。

《史记》,[汉]司马迁纂,北京:中华书局,1959年。

《史通》,[唐]刘知幾著,北京:中华书局,2014年。

《世说新语笺疏》,[南朝宋]刘义庆著,[南朝梁]刘孝标注,余嘉锡笺疏,北京:中华书局,2007年。

《书断》,[唐]张怀瓘撰,石连坤评注,杭州:浙江美术出版社,2012年。

《四书章句附考序》,[清]吴英撰,收入[南宋]朱熹:《四书章句集注》,北京:中华书局,1983年。

《四书章句集注》,[南宋]朱熹著,北京:中华书局,1983年。

《宋会要辑稿》,[清]徐松辑,北京:中华书局,1957年。

《宋史纪事本末》,[明]陈邦瞻著,北京:中华书局,1977年。

《宋文宪公集》,[明]宋濂著,四部备要本。

《宋学士文集》,[明]宋濂著,罗月霞主编《宋濂全集》,杭州:浙江古籍出版社,1999年。

《宋元学案》,[清]黄宗羲著,全祖望补修,陈金生、梁运华点校,北京:中华书局,1986年。

《苏轼诗集合注》,[北宋]苏轼著,[清]冯应榴辑注,黄任轲、朱怀春校点,上海:上海古籍出版社,2001年。

《苏轼文集》,[北宋]苏轼撰,孔繁礼点校,北京:中华书局,1986年。

《隋书》,[唐]魏征、令狐德芬纂,北京:中华书局,1973年。

《太平广记》,[宋]李昉等编,北京:中华书局,1961年。

《太平寰宇记》,[宋]乐史著,北京:中华书局,2007年。

《太平御览》,[宋]李昉等撰,北京:中华书局,1960年。

《铁崖先生集》，[元]杨维桢撰，四部丛刊初编本。

《庭帏杂录》，[明]袁衮等著，王云五主编《丛书集成初编》第0975册，上海：商务印书馆，1935年。

《王阳明全集》，[明]王守仁著，上海：上海古籍出版社，1992年。

《危太朴文集》，[元]危素著，台北：新文丰出版公司，1985年。

《文天祥全集》，[南宋]文天祥著，北京：中国书店，1985年。

《文献通考》，[元]马端临著，北京：中华书局，1986年。

《文选》，[梁]萧统编，[唐]李善注，上海：上海古籍出版社，1986年。

《闻过斋集》，[元]吴海著，台北：新文丰出版公司，1985年。

《五杂组》，[明]谢肇淛著，上海：上海书店出版社，2001年。

《西湖游览志余》，[明]田汝成著，上海：上海古籍出版社，1998年。

《西夏书事校证》，[清]吴广成撰，龚世俊等校证，兰州：甘肃文化出版社，1995年。

《夏氏义塾记》，[元]贯云石著，明刊本《松江府志》卷一三，现收于李修生等编《全元文》第36册，南京：凤凰出版社，2004年。

《孝经注疏》，[宋]邢昺撰，[清]阮元校刻《十三经注疏》，北京：中华书局，1980年。

《新书校注》，[汉]贾谊撰，阎振益、钟夏校注，北京：中华书局，2000年。

《新元史》，柯劭忞著，北京：中国书店，1988年。

《许衡集》，[元]许衡著，王成儒点校，北京：东方出版社，2007年。

《许文正公考岁略续》，[元]耶律有尚编，《北京图书馆藏珍本年谱丛刊》第35册，北京：北京图书馆出版社，1999年。

《续资治通鉴》，[清]毕沅著，北京：中华书局，1957年。

《荀子集解》，[清]王先谦撰，沈啸寰、王星贤点校，北京：中华书局，1988年。

《颜氏家训集解》，[北齐]颜之推撰，王利器集解，北京：中华书局，1993年。

《晏子春秋校注》，张纯一著，上海：世界书局，1935年。

《仪礼注疏》，[唐]贾公彦撰，[清]阮元校刻《十三经注疏》，北京：中华书局，1980年。

《瑜伽师地论》，[唐]玄奘译，《大正藏》第30册，No.1579。

《玉海》，[北宋]王应麟辑，扬州：广陵书社，2003年。

《元朝名臣事略》，[元]苏天爵辑撰，姚景安点校，北京：中华书局，1996年。

《元代西夏遗民文献〈述善集〉校注》，焦进文、杨富学著，兰州：甘肃人民出版社,2001年。

《元典章》,洪金富校定本,台北:"中央研究院"历史语言研究所,2016年。

《元丰类稿》,[北宋]曾巩著,四部备要本。

《袁桷集》,[元]袁桷著,长春:吉林文史出版社,2009年。

《元史》,[明]宋濂著,中华书局,1976年。

《元文类》,[元]苏天爵编,北京:商务印书馆,1968年。

《增补吕氏乡约》,[南宋]朱熹撰,上海:商务印书馆,1937年。

《张衡诗文集校注》,[东汉]张衡著,张震泽校注,上海:上海古籍出版社,1986年。

《张说集校注》,[唐]张说著,熊飞校注,北京:中华书局,2013年。

《张载集》,[北宋]张载著,章锡琛点校,北京:中华书局,1978年。

《张子全书》,[宋]张载撰,本衙藏版。

《知稼翁集》,[宋]黄公度,四库全书本。

《至顺镇江志》,[元]俞希鲁编纂,杨积庆等校点,南京:江苏古籍出版社,1999年。

《周必大集》,[北宋]周必大著,清欧阳棨刻本。

《周礼注疏》,[汉]郑玄撰,[清]阮元校刻《十三经注疏》,北京:中华书局,1980年。

《周易正义》,[唐]孔颖达撰,[清]阮元校刻《十三经注疏》,北京:中华书局,1980年。

《朱文公集》,[南宋]朱熹撰,四部备要本。

《朱文公文集》,[南宋]朱熹撰,四部丛刊本。

《朱子全书》,[南宋]朱熹著,朱杰人、严佐之、刘永翔主编,上海:上海古籍出版社、合肥:安徽教育出版社,2002年。

《朱子语类》,[宋]朱熹撰,北京:中华书局,1986年。

《诸葛亮集笺论》,李伯勋撰,西安:陕西人民出版社,1997年。

《庄子集解》(新编诸子集成本),[清]王先谦集解,北京:中华书局,2012年。

《滋溪文稿》,[元]苏天爵著,陈高华、孟繁清点校,北京:中华书局,1997年。

二、研究著作

[日]安部健夫著,宋肃瀛、刘美崧译:《西回鹘国史的研究》,乌鲁木齐:新疆人民出版社,1986年,第93页。

[日]安居香山、中村璋八辑:《纬书集成》,石家庄:河北人民出版社,1994年。

白滨:《西夏遗民述论》,《民大史学》第2辑,北京:民族出版社,1997年,第50—70页。

白钢:《许衡与传统文化在元代的命运》,中国元史研究会编《元史论丛》第5辑,北京:中国社会科学出版社,1993年,第199—217页。

白玉冬:《"贺兰"释音释义》,《中国历史地理论丛》2020年第1期,第119—128页。

宝音德力根:《"驳马—贺兰部"的历史与贺兰山名称起源及相关史地问题》,《中国历史地理论丛》2007年第3期,第8—11页。

陈高华:《从〈述善集〉两篇碑铭看元代探马赤军户》,《庆祝何兹全先生九十华诞学术论集》,北京:北京师范大学出版社,2001年,第456—470页(收入氏著《元朝史事新证》,兰州:兰州大学出版社,2010年,第311—323页)。

陈高华:《读〈伯颜宗道传〉》,《元史及北方民族史研究集刊》第10期,1986年,第37—38页(收入陈高华《元史研究论稿》,北京:中华书局,1991年,450—453页)。

陈高华:《论元代的军户》,《元史论丛》第1辑,北京:中华书局,1982年,第72—90页(收入陈高华《元史研究论稿》,北京:中华书局,1991年,第127—155页)。

陈高华:《元代的哈剌鲁人》,《西北民族研究》1988年第1期,第145—154页。

陈观胜著,许章真译:《中国佛教中之孝道》,《西域与佛教文史论集》,台北:学生书局,1989年,第247—265页。

陈来:《宋明理学》,上海:华东师范大学出版社,2004年。

陈贤春:《元代农业生产的发展及其原因探讨》,《湖北大学学报》(哲学社会科学版)1996年第3期,第59—64页。

陈垣:《元西域人华化考》,上海:上海古籍出版社,2000年。

陈正夫、何植靖:《许衡评传》,南京:南京大学出版社,1995年。

邓少琴:《西康木雅乡西吴王考》,白滨编《西夏史论文集》,银川:宁夏人民出版社,1984年,第680—694页。

邓绍基:《元代文学史》,北京:人民文学出版社,1998年。

丁国范:《元末社会诸矛盾的分析》,《南京大学学报》1963年第1期,第46—56页(收入南京大学历史系元史研究室编《元史论集》,北京:人民出版社,1984年,第583—600页)。

丁凌华：《中国古代守丧之制述论》，《史林》1990年第1期，第1—7页。

杜芳琴：《元代理学初渐对妇女的影响》，《山西师范大学学报》（社会科学版）1996年第4期，第69—73页。

[美]杜赞奇著，王福明译：《文化、权利与国家——1900—1942年的华北农村》，南京：江苏人民出版社，1992年，第92页。

广西壮族自治区编辑组：《中国少数民族社会历史调查资料丛刊》修订编辑委员会编《广西瑶族社会历史调查》第1册《广西金秀大瑶山瑶族社会历史调查》，南宁：广西人民出版社，1984年。

桂栖鹏：《元代进士研究》，兰州：兰州大学出版社，2001年；

桂栖鹏、尚衍斌：《高昌偰氏与明初中朝交往》，《中国边疆史地研究》1995年第2期，第23—27页。

韩建瓴：《敦煌写本〈古贤集〉研究》，《敦煌语言文学研究》，北京：北京大学出版社，1988年，第150—176页。

韩儒林主编：《元朝史》，北京：人民出版社，1986年。

侯外庐、邱汉生、张岂之：《宋明理学史》，北京：北京出版社，1997年。

胡起望、范宏贵：《盘村瑶族》，北京：民族出版社，1983年。

胡庆钧：《从蓝田乡约到呈贡乡约》，《云南社会科学》2001年第3期，第41—45页。

胡蓉：《从〈述善集〉看元代小人物的创作》，《西夏研究》2020年第1期，第93—97页。

胡蓉：《元前期北方学者治学之驳杂及其成因》，《哈尔滨工业大学学报》（社会科学版）2016年第1期，第70—77页。

胡蓉、杨富学：《元代色目进士与仕宦死节现象考析》，《中原文化研究》2022年第3期。

胡若飞：《从〈述善集〉匾额看河南濮阳西夏遗民的家族文化》，《西夏研究》2010年第4期，第27—33页。

胡务：《元代庙学的兴建和繁荣》，中国元史研究会编《元史论丛》第6辑，北京：中国社会科学出版社，1996年，第118—131页。

黄顺义：《蒙元西夏遗民唐兀崇喜及其家族历史文化变迁散论》，郑州大学硕士学位论文，2011年。

黄震云、孙娟：《"乱曰"的乐舞功能与诗文艺术特征》，《文艺研究》2006年第7期，第61—70页。

金颖:《〈赤壁赋〉注释商榷二则:"属""枕藉"》,《语文建设》2007年第7期,第92—93页。

拉施特主编,余大钧、周建奇译《史集》,第一卷,北京:商务印书馆,1983年。

李范文:《关于明代西夏文经卷的年代和石幢的名称问题》,《考古》1979年第5期,第472—473页(收入白滨编《西夏史论文集》,银川:宁夏人民出版社,1984年,第595—599页)。

李范文:《西夏遗民调查记》,氏著《西夏研究论集》,银川:宁夏人民出版社,1983年,第190—278页。

李范文主编:《西夏通史》,北京:人民出版社、银川:宁夏人民出版社,2005年。

李吉和:《〈元代西夏遗民文献述善集校注〉述评》,《西夏学》第1辑,银川:宁夏人民出版社,2006年,第186—188页。

李清凌:《从〈述善集〉看河南濮阳西夏遗民的族属与汉化》,《固原师专学报》(社会科学版)2000年第4期,第1—5页。

李晓东:《中国封建家礼》(中国风俗丛书),西安:陕西人民出版社,1986年。

李晓东:《论吕大钧及〈吕氏乡约〉在理学史上的地位》,《西北大学学报》1987年第2期,第27—32页。

练铭志、马建钊、李筱文:《排瑶历史文化》,广州:广东人民出版社,1992年。

梁涛:《郭店竹简与"君子慎独"》,《光明日报》2000年9月15日第4版。

林拓:《文化的地理过程分析》,上海:上海书店出版社,2004年。

刘建丽:《论儒学对西夏社会的影响》,《西北师大学报》(社会科学版)2000年第3期,第103—106页。

刘建丽:《略论汉文化对西夏的影响》,王希隆主编《西北少数民族史研究》,北京:民族出版社,2003年,第382—388页。

刘建丽:《儒学与西夏的封建化》,《中国宝鸡张载关学与东亚文明学术研讨会论文集》,2007年,第105—110页。

刘坤太:《元代唐兀杨氏〈述善集·龙祠乡约〉的伦理学探析》,何广博主编《〈述善集〉研究论集》,兰州:甘肃人民出版社,2001年,第26—41页。

刘巧云:《〈述善集〉学术价值刍议》,何广博主编《述善集研究论集》,兰州:甘肃人民出版社,2001年,第15—25页。

刘再聪:《觅宝于"寻常百姓家故纸堆中"——评〈元代西夏遗民文献述善集校注〉》,《甘肃民族研究》2005年第3—4期,第123—126页。

鲁人勇、吴忠礼、徐庄：《宁夏历史地理考》，银川：宁夏人民出版社，1993年。

吕思勉：《理学纲要》，南京：江苏文艺出版社，2008年。

马晓英：《元代儒学的民间化俗实践——以〈述善集〉和〈龙祠乡约〉为中心》，《哲学动态》2017年第12期，第49—55页。

孟繁清：《元代的学田》，《北京大学学报》（哲学社会科学版）1981年第6期，第49—55页。

孟楠：《论克烈人与西夏的关系》，《内蒙古社会科学》1998年第3期，第37—42页。

穆朝庆、任崇岳：《〈大元赠敦武校尉军民万户府百夫长唐兀公碑铭〉笺注》，《宁夏社会科学》1987年第1期，第88—93页；

潘迪撰，朱绍侯点校：《〈述善集〉选注（二篇）》，《史学月刊》2000年第4期，第5—8页（收入何广博主编《述善集》研究论集》，兰州：甘肃人民出版社，2001年，第69—73页）。

彭超、徐希平：《一个多民族文学融合互动的范本——〈述善集〉文学文献价值考述》，《民族学刊》2016年第5期，第49—57页。

蒲朝军、过竹主编：《中国瑶族风土志》，北京：北京大学出版社，1992年。

乔今同：《元代的符牌》，《考古》1980年第6期，第542—543页。

秦新林：《试论元代的科举考试及其特点》，《殷都学刊》2003年第2期，第40—44页。

任崇岳：《略论元代末年的河南农民起义》，《许昌师专学报》1986年第1期，第66—71页。

任崇岳、穆朝庆：《略谈河南省的西夏遗民》，《宁夏社会科学》1986年第2期，第76—80页。

尚衍斌：《元代畏兀儿研究》，北京：民族出版社，1999年。

申万里：《元代教育研究》，武汉：武汉大学出版社，2007年。

申万里：《元代科举新探》，北京：人民出版社，2019年。

沈国仁：《元代进士集证》，北京：中华书局，2016年。

史金波、白滨：《明代西夏文经卷和石幢初探》，《考古学报》1977年第1期，第143—164页（收入白滨编《西夏史论文集》，银川：宁夏人民出版社，1984年，第574—594页）。

史金波、白滨：《明代西夏文经卷和石幢再探》，白滨编《西夏史论文集》，银川：宁夏人民出版社，1984年，第600—622页。

史金波:《西夏文化》,长春:吉林教育出版社,1986年。

舒红霞:《宋代理学贞节观及其影响》,《西北大学学报》(哲学社会科学版)2000年第1期,第47—52页。

宋德金、史金波:《中国风俗通史·辽金西夏卷》,上海:上海文艺出版社,2001年。

宋德金:《金代儒学述略》,《辽金史论集》第九集《金史国际学术研讨会专集》,郑州:中州古籍出版社,1995年,第244—252页。

苏成爱:《〈述善集〉所见元文及其作者考略——〈全元文〉补目23篇》,《学理论》2015年第23期,第106—108页。

汤开建:《增订〈元代西夏人物表〉》,《暨南史学》第2辑,2003年,第195—215页。

汤开建:《元代西夏人的政治地位》,氏著《党项西夏史探微》,台北:晨允文化,2005年,第470—501页。

汤开建、王建军:《元代崇义书院略论》,刘迎胜主编《元史论丛》第9辑,北京:中央广播电视出版社,2004年,第151—161页。

汪泛舟:《〈太公家教〉考》,《敦煌研究》1986年第1期,第48—55页。

汪泛舟:《〈蒙求〉(补足本)》,《敦煌研究文集·敦煌研究院藏敦煌文献研究篇》,兰州:甘肃民族出版社,2000年,第366—436页。

汪受宽:《谥法研究》,上海:上海古籍出版社,1995年。

王崇武:《论元末农民起义的发展蜕变及其在中国历史上所起的作用》,《历史研究》1954年第3期,第87—114页(收入南京大学历史系元史研究室编《元史论集》,北京:人民出版社,1984年,第610—639页)。

王国维:《鞑靼考》,《观堂集林》卷一四,北京:中华书局,1959年,第634—686页。

王君、杨富学:《〈龙祠乡约〉所见元末西夏遗民的乡村建设》,《宁夏社会科学》2013年第1期,第93—99页。

王颋:《元代书院考略》,《中国史研究》1984年第1期,第157—168页。

王颋:《唐兀人余阙的生平和作品》,《北方民族大学学报(哲学社会科学版)》2009年第5期,第5—11页。

王永平:《论唐代的民间淫祠与移风易俗》,《史学月刊》2000年第5期,第124—129页。

魏良弢:《喀喇汗王朝史稿》,乌鲁木齐:新疆人民出版社,1986年。

文志勇、崔红芬:《西夏儒学的发展和儒释关系初探》,《西北民族研究》2006年第1期,第33—51页。

问永宁:《〈元代西夏遗民文献《述善集》校注〉标点献疑》,《社科纵横》2009年第6期,第99—100页。

吴天墀:《西夏史稿》,四川人民出版社,1980年。

项泽仁:《蒙元符文考述——以〈述善集〉与石刻史料为中心》,《档案学通讯》2022年第1期,第67—73页。

萧启庆:《内北国而外中国——蒙元史研究》,北京:中华书局,2007年。

萧启庆:《元代的族群文化与科举》,台北:联经出版事业股份有限公司,2008年。

萧启庆:《元代进士辑考》,台北:"中央研究院"历史语言研究所,2012年。

谢明勋:《敦煌本〈孝子传〉"睒子"故事考索》,《敦煌学》第17辑,台北,1991年,第21—50页。

徐黎丽:《略论元代科举考试制度的特点》,《西北师大学报》(社会科学版)1998年第2期,第42—46页

徐远和:《理学与元代社会》,北京:人民出版社,1992年。

许成、汪一鸣:《西夏京畿的皇家林苑——贺兰山》,《宁夏社会科学》1986年第3期,第80—85页。

许成:《宁夏考古史地研究论集》,宁夏人民出版社,1989年。

杨富学:《〈祖遗契券志〉——元代西夏遗民整理家藏契券档案的记录》,《档案》2000年第6期,第37—38页(收入氏著《中国北方民族历史文化论稿》,兰州:甘肃人民出版社,2001年,第193—197页)。

杨富学:《元代西夏遗民文献〈唐兀公碑〉校释》,《甘肃民族研究》2001年第1期,第56—67页。

杨富学:《元政府护持学校文告两件——元代西夏遗民兴学档案之一》,《档案》2001年第2期,第43—45页。

杨富学:《元代哈剌鲁人伯颜宗道事文辑》,《文献》2001年第2期,第76—88页(收入氏著《中国北方民族历史文化论稿》,兰州:甘肃人民出版社,2001年,第257—268页)。

杨富学:《崇义书院史料辑注——元代西夏遗民兴学档案之二》,杨富学《中国北方民族历史文化论稿》,兰州:甘肃人民出版社,2001年,第205—221页。

杨富学:《回鹘文〈兔王本生〉及相关问题研究》,《宗教学研究》2006年第3期,

第64—71页。

杨富学、胡蓉:《从〈述善集〉看宋元理学对濮阳西夏遗民的影响》,《西北师大学报》(社会科学版)2017年第3期,第90—100页。

杨富学、焦进文:《河南濮阳新发现的元末西夏遗民乡约》,《宁夏社会科学》2001年第5期,第79—82页。

杨富学、王朝阳:《论元代畏兀儿的忠君与报国》,《新疆师范大学学报》(哲学社会科学版)2017年第2期,第143页。

杨建宏:《〈吕氏乡约〉与宋代民间社会控制》,《湖南师范大学社会科学学报》2005年第5期,第128—129页。

杨开道:《中国乡约制度》,邹平:山东省乡村服务人员训练处,1937年。

余来明:《元代科举与文学》,武汉:武汉大学出版社,2013年;

张国旺:《元代委任劄付略论》,《河北师范大学学报》(哲学社会科学版)2022年2期,第16—27页。

张相梅:《河南濮阳唐兀公碑》,《中原文物》1996年第3期,第91—94页。

张琰玲编著:《西夏遗民文献整理与研究》,南京:凤凰出版社,2019年。

张迎胜:《西夏文化概论》,兰州:甘肃文化出版社,1995年。

张迎胜:《杨氏家族婚姻关系刍议——〈述善集〉窥见》,何广博主编《述善集研究论集》,兰州:甘肃人民出版社,2001年,第125—137页。

张迎胜:《家族文化的灿烂奇葩——杨氏家族教育刍议》,何广博主编《述善集研究论集》,兰州:甘肃人民出版社,2001年,第138—156页。

赵吉惠等主编:《中国儒学史》,郑州:中州古籍出版社,1991年。

赵俪生主编:《古代西北屯田开发史》,兰州:甘肃文化出版社,1997年。

赵秀玲:《中国乡里制度》,北京:社会科学文献出版社,1998年。

郑阿财:《敦煌本〈蒙求〉及注文之考订与研究》,《敦煌学》第24辑,台北,2003年,第177—197页。

郑阿财:《敦煌文献与文学》,台北:新文丰出版公司,1993年。

郑彦卿:《"贺兰山"释疑——兼论贺兰山名称之由来》,《固原师专学报》2000年第4期,第50—51页。

郑艳:《蓝田吕氏礼学思想及乡村实践研究》,陕西师范大学硕士学位论文,2007年。

[伊朗]志费尼著,何高济译:《世界征服者史》,呼和浩特:内蒙古人民出版社,1981年,第86—88页。

周秉钧:《〈盘庚〉后胥慼鲜解》,《湖南师范大学学报》(哲学社会科学版)1980年第1期,第117—118页。

周凤五:《太公家教重探》,《汉学研究》第4卷第2期,台北,1986年,第355—377页。

周良霄:《赵复小考》,中国元史研究会编《元史论丛》第5辑,北京:中国社会科学出版社,1993年,第190—198页。

周松:《塔滩新考》,《中国边疆史地研究》2009年第4期,第117—125页。

朱凤玉:《太公家教研究》,《汉学研究》第4卷第2期,台北,1986年,第389—408页。

朱巧云:《关于〈述善集〉所收张以宁诗文的几个问题》,《宁夏大学学报》(人文社会科学版)2006年第5期,第79—81页。

朱绍侯:《〈述善集〉选注二篇》,《史学月刊》2000年第4期,第5—10页。

朱绍侯:《试论〈述善集〉的学术价值》,《史学月刊》2000年第4期,第11—18页。

朱绍侯:《元代西夏遗民研究的新成果——〈述善集研究论文集〉序》,《宁夏师范学院学报》2001年第4期,第95—97页。

庄春波:《舜征三苗考》,氏著《古史钩沉》,天津:历史教学社,1995年,第1—12页。

Allsen, Thomas T., The Yuan Dynasty and the Uighurs of Turfan in the 13th Century, Morris Rossabi (ed.), China among Equals, the Middle Kingdom and Its Neighbors, 10th–14th Centuries, London, 1983, p. 267.

Atwood, Christopher P., Review to Subjects and Masters: Uyghurs in the Mongol Empire by Michael Brose, T'oung Pao, Second Series, Vol. 94, 2008, p. 196.

Brose, Michael C., Subjects and Masters: Uyghurs in the Mongol Empire, Bellingham: Western Washington University, 2007, pp. 115–136.

Joseph, Bell Connor, The Uyghur transformation in medieval Inner Asia: From nomadic Turkic tradition to cultured Mongol administrators, Ph. D. diss, University of Louisville, 2008, p. 87.

Lau, Chi-pan, Hsu Heng's (1209–1281) Role in the Development of Chinese Institution and Culture under the Mongol Rule, Ph. D. diss., University of Washington, 2000, p. 150.

TOMOYASU, IIYAMA, A Tangut family's community compact and rituals Aspects of the society of North China ca 1350 to the Present, Asia Major 27–1, 2014, pp. 99–138.

Zieme, P., J ā taka–illustrationen in uigurischen Blockdrucken, Kulturhistorische Probleme S ü dasiens und Zentralasiens, Halle, 1984, S. 157–170.

［日］安部健夫：《西ウィグル國史の研究》，京都：匯文堂書店，1955年。

［日］舩田善之：《新出史料〈述善集〉紹介——新刊の關連書三冊》，《史滴》第24期，2002年，第141—150页。

后 记

2001年11月,由笔者与河南省濮阳县文化局干部焦进文先生合撰之《元代西夏遗民文献〈述善集〉校注》顺利刊行,当时印制了5000本,本以为量已够大,不想濮阳杨氏族人对此书非常热心,差不多每家都收藏了一册,加上这是新文献,颇受学术界重视,故而出版不久即已售罄。后来我们有重印的念头,但感觉原来的校注本在标点、断句、文字理解以及校注方面都存在不尽如人意的地方,理解错误、破句、失察的地方还是不少的,必须予以重新标点、校勘,才能为学术界提供一个尽量完善的本子。故而,从2001年《元代西夏遗民文献〈述善集〉校注》出版至今,笔者一直未敢懈怠,在努力补苴罅漏。《述善集》出自众人之手,所涉作者多达41人,且各种文体兼备,既有记、序、碑铭,也有诗、赋、题、赞和其他杂著,而且用典极多,数以百计。若不明典故,则无以解其文。本人不敏,加上旧学根底薄弱,每查明一个不太熟悉的典故,往往要花费"上穷碧落下黄泉"的功夫。即便如此,仍有挂一漏万之感,难以称意。

学界同仁,尤其是宁夏大学西夏学研究院杜建录、于光建二位教授早就督促我出版新的校注本。经过几年的努力,对原校注本进行了大规模的修订,又得到《述善集》持有者杨学景(杨存藻之子)和耆老杨美贵先生的大力支持,研究生熊一玮、闫珠君、丁小珊对本书的资料搜集与处理与有力焉。在书稿撰写与付梓过程中,得到了很多同仁的赐教与帮助,尤其是弟子樊丽沙博士,细心阅读全部书稿,在纠正鲁鱼亥豕外还提出了不少有益的意见与建议。著录弟子胡蓉博士与本人合力完成了本书下篇第三章和第六章的撰写。值本书正式刊行之际,幸得西夏学翘楚、宁夏大学西夏学研究院院长杜建录教授慷慨赐序,为拙作增辉。在此谨对上述诸位的帮助、支持与鼓励致以衷心的感谢。

最后,谨以此书告慰濮阳文化的热心耕耘者与推进者焦进文先生。他的积极推进,是《述善集》能够广为学界所知的主要动力。惜天不假年,他卧病在床多年后于2019年仙逝。哀哉!当他得知他心心念念的濮阳西夏遗民文献逐步走进国内外学术殿堂的时候，一定会含笑九泉的。

杨富学

2022 年 10 月 3 日